HEYNE BÜCHER

W0199346

Fantasy

Herausgegeben von Wolfgang Jeschke

Von Henry Rider Haggard erschienen in der Reihe HEYNE SCIENCE FICTION & FANTASY:

Sie · 06/4130
Allan Quatermain · 06/4131
Ayesha – Sie kehrt zurück · 06/4133
Sie und Allan · 06/4133
König Salomons Diamanten · 06/4134
Die heilige Blume · 06/4135
Das Halsband des Wanderers · 06/4136
Tochter der Weisheit · 06/4137
Das Sehnen der Welt · 06/4138
Morgenstern · 06/4146
Als die Welt erbebte · 06/4147
Das Nebelvolk · 06/4148
Das Herz der Welt · 06/4149
Kleopatra · 06/4150

Weitere Ausgaben sind in Vorbereitung.

HENRY RIDER
HAGGARD
& Andrew Lang

Das Sehnen der Welt

Fantasy Roman

9. Band der Haggard-Ausgabe

WILHELM HEYNE VERLAG
MÜNCHEN

HEYNE SCIENCE FICTION & FANTASY
Band 06/4138

Titel der englischen Originalausgabe
THE WORLD'S DESIRE
Deutsche Übersetzung von Hans Maeter
Das Umschlagbild schuf Vicente Segrelles/Norma

Redaktion: Wolfgang Jeschke
Die Erstausgabe des Romans erschien als Fortsetzung
in der Zeitschrift »New Review«
zwischen April und Dezember 1890 (Bd. II und III, Nr. 11–19);
im Oktober 1890 als Buch
im Verlag Longmans, Green, London,
und im November 1890 im Verlag Harper, New York
Copyright © 1985 der deutschen Übersetzung by
Wilhelm Heyne Verlag GmbH & Co. KG, München
Printed in Germany 1985
Umschlaggestaltung: Atelier Ingrid Schütz, München
Satz: Schaber, Wels
Druck und Bindung: Elsnerdruck GmbH, Berlin

ISBN 3-453-31194-9

Erstes Buch

Zweites Buch

Drittes Buch

Kommt mit uns, ihr, die ihr von Herzen entschlossen seid,
Die Gegenwart zu vergessen;
Kommt und lest über Dinge, von denen ihr wißt,
Daß sie nicht so waren und nicht so gewesen sein konnten!
Das Murmeln gefallener Kredos,
Wie Winde in schwankendem Rohr
An den Ufern des heiligen Nils
Soll dabei in euren Ohren widerklingen;
Die Fabeln des Nordens und des Südens
Sollen sich in einem heutigen Mund vereinen;
Die Phantasien des Ostens und des Westens
Sollen sich beim Festmahl sammeln und einherfliegen
Wie Tauben, die mit schwingenden Flügeln
Die Bankette des zypriotischen Königs kühlten.
Alte Formen von Gesängen, die nicht sterben,
Sollen in den Hallen der Erinnerung widerhallen,
Und durch ihre Bögen hell präludieren,
Schrill wie die Ballade von Gunnars Speer;
Es antworten Seufzer von Laute und Leier,
Die vom Sehnen der Welt murmeln ...

Erstes Buch

1

Die stille Insel

Über die breiten Rücken der Wogen, unter den Bergen, und zwischen den Inseln, glitt ein Schiff aus dem Dunkel in die Abenddämmerung, und von der Abenddämmerung ins Morgengrauen. Das Schiff trug nur einen Mast, daran ein breites, braunes Segel, auf dem ein goldener Stern eingestickt war; sein Bug und sein Heck waren hoch emporgezogen und gekrümmt wie Vogelschnäbel; der Bug war scharlachrot gestrichen, und es wurde sowohl von Ruderern, als auch vom Westwind vorangetrieben.

Ein Mann stand allein auf dem Vorderdeck, ein Mann, der beharrlich nach vorn Ausschau hielt, durch die Nacht, durch das Dämmerlicht, und durch den klaren Morgen. Er war nicht besonders groß, doch breitschulterig, und besaß einen gewaltigen Brustkorb. Er hatte blaue Augen, und dunkle Locken fielen unter seiner roten Kappe hervor, wie sie die Seeleute tragen, über seinen purpurfarbenen Mantel, der von einer goldenen Fibel zusammengehalten wurde. Silberfäden durchzogen sein Haar, und weiße Strähnen seinen Bart. Sein Herz folgte seinem Blick, der nach dem Schein der Leuchtfeuer seiner Insel Ausschau hielt, die bald aus dem Dunkel flammen mußten, und später nach dem Rauch, der sich über ferne Hügel erhob. Doch er sah vergeblich danach aus; weder Licht noch Rauch zeigte sich auf dem grauen Berggipfel, der sich klar gegen den gelben Himmel abzeichnete.

Da war kein Rauch, kein Feuer, weder der Laut von Stimmen, noch der Schrei eines Vogels. Die Insel lag totenstill.

Als sie sich der Küste näherten und keinerlei Lebenszeichen sahen oder hörten, veränderte sich das Gesicht des Mannes. Die Freude wich aus seinen Augen, seine Gesichtszüge wurden härter vor Sorge und Zweifel und von dem Verlangen, Nachricht von seinem Haus zu erhalten.

Kein Mann hatte sein Haus mehr geliebt als er, denn dies war Odysseus, der Sohn des Laertes, der von einer unbesungenen zweiten Reise zurückkehrte. Die ganze Welt hat den Bericht über seine erste Reise gehört, wie er nach der Eroberung Trojas zehn Jahre lang auf dem Meer hin und her getrieben wurde, bis er endlich wieder nach Hause gelangte, allein und als Bettler verkleidet; wie er Gewalttätigkeit in seinem Hause fand, wie er die Feinde in seiner Halle tötete und sein Weib zurückgewann. Doch selbst in seinem eigenen Lande war ihm keine Ruhe vergönnt gewesen, denn es lag ein Fluch auf seinem Haupt, und eine Arbeit mußte getan werden. Er mußte wieder hinaus- und umherziehen, bis er das Land von Menschen erreichte, die noch nie Salz gekostet, noch nie von den Salzmeeren gehört hatten. Dort mußte er dem Meeresgott Opfer darbringen und dann, endlich, durfte er sein Gesicht wieder der Heimat zuwenden. Jetzt hatte er diese Aufgabe erfüllt, und der Fluch war wieder von ihm genommen, doch hatte er dabei durch ein Versehen die Göttin erzürnt, die seine Freundin gewesen war, und nach Abenteuern, über die noch nie berichtet worden ist, hatte er nun wieder die Gestade Ithakas erreicht.

Er kam von einem seltsamen Land, von den Pforten der Sonne und dem Weißen Felsen, von dem Durchgangsort der Seelen, und von dem Volk der Träume.

Doch fand er seine Insel noch viel seltsamer vor. Das Reich der Träume war nicht so stumm, die Pforten der Sonne waren nicht so still wie die Ufer der vertrauten Insel, die im Licht der aufgehenden Sonne vor ihm lag.

Diese Geschichte, deren Substanz vor langer Zeit von Rei, dem gelehrten ägyptischen Priester, festgehalten wurde, berichtet davon, was er dort vorfand, und die Geschichte der letzten Abenteuer des Odysseus, dem Sohn des Laertes'.

Das Schiff fuhr weiter und erreichte den wohlbekannten Hafen, der durch zwei vorspringende Kaps aus steilen Klippen vor Wind und Wellen geschützt war. Das Schiff glitt in die schmale Bucht hinein, bis das Laub der Olivenbäume an ihrem Ende sich in dem Tauwerk verfing. Dann packte der Wanderer, ohne zurückzublicken, ohne ein Wort des Abschieds für seine Mannschaft, einen der Äste des Baumes und schwang sich an Land. Hier kniete er nieder und küßte die Erde, dann bedeckte er den Kopf mit dem Saum seines Mantels und betete, daß er sein Haus in Ordnung, seine Frau liebevoll und treu, und seinen Sohn seines Namens würdig vorfinden möge.

Doch nicht ein Wort seines Gebetes wurde ihm gewährt. Die Götter geben und die Götter nehmen, doch auf Erden können die Götter nicht zurückgeben.

Als er sich von den Knien erhob und zurückblickte, war kein Schiff im Hafen und keine Spur eines Segels auf der See.

Und noch immer war das Land still; nicht einmal die Vögel zirpten ein Willkommen.

Die Sonne war kaum aufgegangen, also waren die Menschen noch nicht wach, sagte der Wanderer sich und begann, den steilen Pfad hinaufzuschreiten, der bergan führte, über die Felder, und über den Bergrücken, der die Insel in zwei Teile schnitt. Er stieg hinauf in der Absicht, wie bei seiner ersten Rückkehr als erstes das Haus seines treuen Dieners, des Schweinehirten, aufzusuchen, und von ihm zu erfahren, wie es daheim stand. Als er die Hügelkuppe erreicht hatte, blieb er stehen und blickte auf das Haus seines Dieners hinab. Doch der stabile Eichenzaun war zerbrochen, kein Rauch kräuselte sich aus dem Abzugsloch in dem Schilfdach, und als er weiterging, kamen die Hunde nicht bellend auf ihn zugelaufen, wie es die Art von Hirtenhunden ist, wenn ein Fremder sich nähert. Der Weg, der zum Haus führte, war mit Gras und Kräutern überwuchert.

Die Tür der Hütte stand offen, doch drinnen war alles dunkel. Eine Spinne hatte ihr im Sonnenlicht glitzerndes

Netz zwischen die Türpfosten gespannt, ein Beweis dafür, daß seit vielen Tagen niemand das Haus betreten hatte. Der Wanderer rief zweimal, doch die einzige Antwort war das Echo vor dem Hügel. Er trat hinein, in der Hoffnung, Essen zu finden, oder vielleicht einen Rest von Glut auf dem Herd. Doch alles war leer und kalt wie der Tod.

Der Wanderer trat wieder in das warme Sonnenlicht hinaus und ging weiter, zur Stadt Ithaka.

Als er zurückblickte, sah er die See im hellen Sonnenlicht glitzern, doch nirgends war ein braunes Segel von Fischerbooten auf dem Wasser. All das Land, auf dem zu dieser Jahreszeit gelbes Korn wogen sollte, war grün von ineinander verfilztem Unkraut. Auf halber Höhe der anderen Seite des Hügels waren ein Eschen-Hain und das Steinbecken, in den das Wasser aus der Nymphenquelle rann. Doch keine Mädchen mit ihren Schöpfern und Krügen waren da; das Steinbecken war zerborsten und mit grünen Flechten bewachsen; das Wasser rann durch die Risse und floß dem Meer zu. Es lagen keine Opfergaben von Reisenden bei der Quelle, und auf dem Altar der Nymphen war die Flamme seit langem erloschen. Selbst die Asche war mit Gras bedeckt, und der Opferstein wurde von Efeuranken überwuchert.

Weiter zog der Wanderer mit schwerem Herzen. Jetzt kamen das hohe Dach seiner Halle und der von Mauern umschlossene Hof in Sicht, und er schritt rascher aus, um das Schlimmste zu erfahren.

Nur zu bald sah er, daß auch aus diesem Dach kein Rauch stieg und der Hof voller Unkraut war. In der Mitte des Hofes, an der Stelle, wo einst der Altar Zeus' gestanden hatte, war jetzt kein Altar, sondern nur ein großer, grauer Hügel, der jedoch nicht aus Erde bestand, sondern aus einem weißen Staub, mit schwarzem untermischt. Auf diesem grauen Hügel wuchs da und dort ein wenig Gras, wie dünnes Haar auf einer Leprabeule.

Da erschauerte der Wanderer, denn aus dem grauen Hügel ragten die schwarz verkohlten Knochen von Menschen.

Er trat näher, und siehe, der ganze Hügel bestand aus nichts anderem als der Asche von Männern und Frauen. Der Tod hatte viel zu tun gehabt hier; viele Menschen waren an einer Pestilenz gestorben. Sie waren alle auf einem einzigen Scheiterhaufen verbrannt worden, und jene, die sie darauf gelegt hatten, mußten geflohen sein, denn nirgends ließ sich eine Spur von lebenden Menschen entdecken. Die Türen standen offen, doch niemand trat heraus, niemand ging hinein. Das Haus war tot, wie die Menschen, die in ihm gewohnt hatten.

Da blieb der Wanderer stehen, an der Stelle, wo einst sein alter Hund, Argos, ihn willkommen geheißen hatte, und bei diesem Willkommen gestorben war. Dort stand er, auf seinen Stab gestützt, und niemand war da, ihn zu begrüßen. Ein plötzlicher Sonnenstrahl fiel auf etwas in dem grauen Haufen, das glitzerte, und er berührte es mit dem Ende des Stabes, den er in seiner Hand hielt. Es löste sich aus dem Haufen und rollte klirrend zu Boden. Es war ein Unterarmknochen, und das, was an ihm glitzerte, war ein halb geschmolzener Goldreif. In das Gold waren diese Worte eingraviert:

ΙΚΜΑΙΟΣ ΜΕΠΟΙΕΣΕΝ*

Beim Anblick dieses Armreifs sank der Wanderer zu Boden und wühlte in der Asche des Haufens, da er den Goldreif als jenen erkannte, den er vor langer Zeit seiner Frau Penelope geschenkt hatte. Dies war das Armband der Frau seiner Jugend, und hier, Hohn und Schrecken, waren die liebevollen Arme, in denen er einst gelegen hatte. Sein Körper wurde von Schluchzen geschüttelt, und seine Hände griffen blind in den Haufen, schaufelten den hellen Staub auf seinen Kopf, bis seine schwarzen Locken von der Asche seiner Liebsten bedeckt waren, und er hatte nur noch den Wunsch, zu sterben.

Dort lag er und biß sich in die Knöchel vor Trauer und

---

* Ikmalios hat mich gemacht

Schmerz, und vor Wut auf die Götter und das Schicksal. Dort lag er, und die Sonne des Himmels strahlte auf ihn herab, und er spürte es nicht; der Wind des Sonnenuntergangs fuhr durch sein Haar und er spürte es nicht. Er konnte nicht einmal eine Träne vergießen, denn dies war das Schwerste, das er jemals erlitten hatte, sei es auf den Wellen des Meeres oder an Land bei den Kriegen der Menschen.

Die Sonne versank, und die Wege lagen dunkel. Langsam färbte sich der östliche Horizont silbern mit dem aufgehenden Mond. Von ferne hörte er den Schrei eines Nachtvogels, dann näher; dann flatterten schwarze Schwingen durch den Schatten des Scheiterhaufens ins Mondlicht, und der Aasvogel schlug seine Krallen und seinen Schnabel in den Nacken des Wanderers. Jetzt bewegte er sich endlich; er riß den Arm hoch, packte den Vogel um den Hals, brach ihm das Genick und schleuderte ihn zu Boden. Sein krankes Herz war wütend über den kleinen, plötzlichen Schmerz, und er griff nach dem Messer in seinem Gürtel, um sich zu töten, doch er war unbewaffnet. Schließlich stand er auf, murmelte etwas vor sich hin und trat ins Mondlicht, wie ein Löwe in dem verfallenen Palast eines längst vergessenen Königs. Er war schwach vor Hunger und vom langen Trauern, als er durch die offenstehende Tür in sein Haus trat. Auf der hohen Schwelle blieb er stehen, auf jener Schwelle, wo er einst, als Bettler verkleidet, gehockt hatte, auf jener Schwelle, wo er gestanden und die tödlichen Pfeile in die Herzen der Männer gejagt hatte, die seine Frau umwarben und seinen Besitz durchbrachten. Doch jetzt war seine Frau tot; alle seine Reisen hatten hier ihr Ende gefunden, und alle seine Kriege waren vergebens gewesen. In dem weißen Licht war das Haus seines Königtums nicht mehr als der Geist eines Hauses, unheimlich, fremd, bar jeder Wärme und Liebe. Die Tische lagen umgestürzt in der langen Halle; bleiche Knochen, Reste des Leichenschmauses, und zerbrochene Becher und Teller lagen umher; die Stühle waren zerbrochen, und die auf die Wände fallenden Strahlen des

Mondlichts wurden da und dort von Stahlspitzen und Bronzeklingen reflektiert, obwohl viele der Schwerter dunkel von Rost waren.

Doch dort, in seinem schimmernden Kasten, lag etwas, das freundlich und vertraut war. Dort lag der Bogen des Eurytos, jener Bogen, für den der große Herkules seinen Gastgeber in dessen Halle getötet hatte, der furchtbare Bogen, den kein Sterblicher außer dem Wanderer spannen konnte. Er hatte diesen kostbaren Bogen nie auf seinen Reisen mitgeführt oder wenn er in den Krieg gezogen war, sondern ihn in seinem Hause aufbewahrt, eine Erinnerung an einen teuren Freund, der hinterhältig ermordet worden war. Jetzt nun, wo die Stimmen von Hund und Sklave, von Kind und Frau stumm waren, kam aus der Stille doch ein Wort des Willkommens für den Wanderer. Denn dieser Bogen, der in den Händen eines Gottes gelegen hatte, der die Rachepfeile des Herkules verschossen hatte, war wundertätig und magisch. Ein Geist wohnte in ihm, der von den kommenden Dingen wußte, der die Schlacht von ferne ahnen konnte, und deshalb sang der Bogen immer vor dem Töten ein seltsames Lied durch die Nacht. Seine Stimme war dünn und hell, ein Singen und Klingen der Bogensehne. Während der Wanderer vor dem Bogen stand und ihn anblickte, hört, begann dieser zu vibrieren! Der Klang war anfangs nur sehr leise, ein dünner Laut, doch nach und nach wurde die Stimme in jener Stille klar, kräftig, zornig und triumphierend. In seinen Ohren und in seinem Herzen schien das wortlose Lied so zu klingen:

Scharf und leise
Singt der Pfeil
Das Lied des Bogens,
Den Klang der Sehne.
Die Pfeile rufen schrill:
Schick uns wieder los!
Laß uns satt essen
Am Fleisch von Männern!

Gierig und schnell
Fliegen wir von ferne
Wie Vögel, die sich
Zum Bankett des Krieges versammeln,
Bis die Luft des Kampfes
Von unseren Flügeln aufgewirbelt wird,
Wie sie von dem Flug
Beutehungriger Vögel
Aufgewirbelt wird.
Gierig und schnell
Fliegen wir aus der Ferne heran,
Wie Vögel treffen wir uns
Auf der Brücke des Krieges.
Schnell wie heulende Geister,
Wenn die Spitzen treffen,
Schreien die schnellen Pfeile,
Bis sie warmen Tau trinken.
Scharf und leise
Singen die grauen Pfeile
Das Lied des Bogens,
Den Klang der Sehne.

Dies war die Botschaft des Todes, und dies war der erste Laut, der die Stille seines Hauses durchbrach.

Beim Willkommen dieser Musik, die sein Herz ansprach – dieser Musik, die er so oft gehört hatte – wußte der Wanderer, daß es Krieg geben würde. Er wußte, daß die Flügel seiner Pfeile zum Fliegen bereit waren, daß ihre Bronzeschnäbel danach lechzten, Menschenblut zu trinken. Er streckte die Hand aus, nahm den Bogen auf und zupfte an seiner Sehne; sie antwortete mit einem grellen Ton, der wie das Lied einer Schwalbe klang.

Jetzt endlich, als er die Bogensehne nach seiner Berührung klingen hörte, wurden die Brunnen seiner Trauer entsiegelt: Tränen rannen wie sanfter Regen über gefrorenes Land, und der Wanderer weinte.

Als er genug geweint hatte, erhob er sich, vom Hunger

getrieben – vom Hunger, der von allen Dingen das schamloseste ist, da der stärker ist als Trauer oder Liebe oder jedes andere Gefühl. Der Wanderer suchte sich den Weg zu einer schmalen Tür, stolperte hin und wieder über herabgefallene Trümmerstücke des Hauses, das er einst selbst erbaut hatte, und erreichte das innere, geheime Lagerhaus. Selbst *er* konnte kaum seine Tür finden, da sie von Schößlingen der Bäume fast zugewachsen war, doch schließlich entdeckte er sie. In der heiligen Quelle sprudelte nach wie vor das Wasser und glitzerte im Mondlicht über silberigem Sand; und hier befand sich auch ein Vorrat von angelegtem Korn, denn das Haus war reichlich versorgt gewesen, als die große Pest über die Menschen hereingebrochen war, während er sich in fernen Landen aufgehalten hatte. Also fand er Nahrung, um seinen Hunger zu stillen. Darauf holte er aus seiner Schatztruhe die wunderbare goldene Rüstung des unglücklichen Paris, des Sohnes Priamos', des falschen Liebhabers der schönen Helena. Diese Rüstung war den Griechen bei der Plünderung Trojas in die Hände gefallen und hatte lange in der Schatzkammer des Menelaos in Sparta gelegen; doch eines Tages hatte er sie Odysseus geschenkt, dem teuersten seiner Gäste. Der Wanderer legte die goldene Rüstung an und nahm das Schwert, das ›die Gabe des Euryalos‹ genannt wurde, heraus, eine Bronzeklinge mit einem Silbergriff, die in einer Elfenbeinscheide steckte, und die ein Fremder ihm einmal in einem weit entfernten Land geschenkt hatte. Seine Lebenskraft war wieder zurückgekehrt, nachdem er nun gegessen und getrunken und das Lied des Bogens gehört hatte. Er war noch am Leben, und in ihm lebte die Hoffnung, obwohl dieses Haus verlassen und seine Frau tot und niemand da war, der ihm Nachricht über sein einziges Kind geben konnte, seinen Sohn Telemach. Trotzdem pulsierte das Leben kraftvoll durch sein Herz, und seine Hände würden nicht ruhig bleiben, sollten Seeräuber nach Ithaka gekommen sein und sich hier eingenistet haben wie Falken in dem verlassenen Horst eines Seeadlers. Also kleidete er sich in seine Rüstung, wählte zwei Speere aus einem Lanzenständer und reinigte sie, hängte einen Köcher mit Pfeilen über die Schulter und nahm den großen Bogen, den Bogen des Eurytos, den kein anderer Mann spannen konnte, in die Hand.

Dann verließ er das leere, halb verfallene Haus zum letzten Mal, denn nie wieder sollte das hohe Dach das Echo seiner Schritte zurückwerfen. Längst ist es von Gras überwuchert, und der Wind vom Meer heult darüber hinweg.

2

Die Vision vom Sehnen der Welt

Die duftende Nacht war klar und still, die Ruhe nur selten vom Rauschen der Wellen unterbrochen, als der Wanderer von seinem zerstörten Haus zur Stadt am Meer schritt. Er ging wachsam, sein Augenmerk darauf gerichtet, ob irgendein Lichtschein aus den Häusern fiel. Doch sie waren alle so dunkel wie das seine, viele von ihnen ohne Dach und zerfallen, denn nach der Pest hatte auch ein Erdbeben die Stadt heimgesucht. Breite Risse klafften in der Straße, und durch Ritzen in den geborstenen Mauern der Häuser fiel der bleiche Schein des Mondes und warf bizarre Schatten. Schließlich kam der Wanderer zum Tempel Athenes, der Kriegsgöttin; doch sein Dach war eingestürzt, die Säulen waren umgefallen, und der Geruch wilden Thymians, der aus dem zerbrochenen Pflaster wucherte, hing in der Luft. Doch als er vor dem Tor des inneren Schreins stand, wo er so viele Opfer verbrannt hatte, sah er endlich ein Licht, das aus den Fenstern eines großen Tempels am Meeresufer fiel. Es war der Tempel Aphrodites, der Göttin der Liebe, und aus seiner offenen Tür drangen süßer Weihrauchduft und goldener Feuerschein, die sich im Licht des Mondes und dem

Salzgeruch des Meeres verloren. Dorthin lenkte der Wanderer langsam seine Schritte, denn er war müde, und seine Glieder waren schwer, und er ging fast wie in einem Traum. Doch verbarg er sich sorgsam im Schatten einer langen Baumreihe, da er annahm, daß Seeräuber in dem verlassenen Schrein eine Orgie feierten. Doch hörte er keinen Gesang, und auch nicht das Stampfen tanzender Füße aus dem Tempel der Liebesgöttin; der heilige Bezirk der Göttin und ihres Schreins waren still. Er lauschte eine Weile, bis er schließlich Mut faßte, zum offenen Tor des Tempels schlich und den heiligen Ort betrat. Doch keine Feuer loderten in den hohen Bronzebecken, noch Fackeln in den Händen der goldenen Männer und Mädchen, jener Statuen, die im Schrein Aphrodites standen. Doch wenn er nicht träumte oder den Mondschein mit Feuer verwechselte, wurde der Tempel von strahlenden Flammen in goldenes Licht getaucht. Niemand durfte sein Zentrum oder seine Quelle sehen; es entsprang weder dem Altar noch der Statue der Göttin, sondern war überall, eine Pracht, die nicht von dieser Welt war, ein Feuer, unbehütet und unentzündet. Und die bemalten Wände, auf denen die Liebe von Göttern und Menschen dargestellt war, und die reich geschnitzten Säulen und Träger, und die grüne Decke, waren hell von flammendem Licht.

Der Wanderer wurde von Furcht gepackt, da er wußte, daß ein Unsterblicher hier weilte, denn das Kommen und Gehen der Götter wurde, wie er es oft erlebt hatte, von diesem wunderbaren, unirdischen Licht begleitet. Also neigte er den Kopf und verbarg sein Gesicht, als er vor dem Altar des heiligsten der Schreine kniete, und umklammerte mit seiner rechten Hand den Rand des Opfertisches. Während er so kniete, wachend oder schlafend, er wußte es nicht – doch er mochte schlafen –, war es ihm, als ob er ein Murmeln und Wispern von Myrtenblättern und Lorbeer hörte, und ein Geräusch im hohen Gezweig der Pinien, und dann wurde sein Gesicht von einer Brise getroffen, die kälter war als der Wind, der die Morgendämmerung weckt. Bei der Berührung dieser Brise erschauerte der Wanderer, und die Haare seines Körpers sträubten sich, so kalt war jener seltsame Wind.

Es war Stille; und er hörte in ihr eine Stimme, und er wußte, daß es nicht die Stimme eines Sterblichen war, sondern die einer Göttin. Denn die Stimmen von Göttinnen waren seinen Ohren nicht unvertraut; er kannte den Hörnerruf der Stimme Athenes, der Königin der Weisheit und des Krieges, und die verführerischen Worte Kirkes, der Sonnentochter, und den süßen Gesang Kalypsos, wenn sie ihr goldenes Schiffchen im Webstuhl hin und her warf. Doch diese Worte klangen süßer als das Turteln von Tauben, sanfter als der Schlaf. Und so sprach diese goldene Stimme, ob er nun wachte, oder ob er träumte:

»Odysseus, du kennst mich nicht, ich bin nicht deine Herrin, noch bist du mein Sklave. Wo ist sie, die Königin der Lüfte, Athene, und warum kommst *du* als Bittsteller hierher, zu den Knien der Tochter Diones'?«

Er antwortete nicht, sondern ließ den Kopf vor Trauer noch weiter sinken.

Wieder sprach die Stimme.

»Siehe, dein Haus ist verlassen, dein Herd ist kalt. Die wilden Hasen hausen auf deiner Feuerstätte, und die Nachtvögel nisten in deinen Giebeln. Du hast weder Kind, noch Frau, noch Heimat, und *sie* hat dich verlassen – deine Herrin Athene. Viele Male hast du ihr die Keulen von Ziegen oder Schafen geopfert, aber hast du *mir* auch nur einmal etwas so Geringes wie ein Paar Tauben dargebracht? Hat sie dich verlassen, so wie die Morgendämmerung Tithon verließ, weil dein Haar jetzt von Silberfäden durchwirkt ist? Ist die weise Göttin so wählerisch wie eine Nymphe des Waldes oder der Quellen? Liebt sie einen Mann nur für die Blüte seiner Jugend? Nein, ich weiß es nicht, doch dieses weiß ich: daß dich, Odysseus, das Alter sehr bald eingeholt haben wird – das Alter, das gnadenlos und zerstörerisch und mühselig und kraftlos ist –, das Alter, das zu allen Menschen kommt, und das die Götter hassen. Darum, Odysseus, bevor es zu spät ist, werde ich dich unter meinen Willen beugen und dich als meinen Sklaven halten. Denn ich bin die, welche alles Lebende erobert: Götter und Tiere und Menschen. Hast du geglaubt, daß du Aphrodite entkommen könntest? Du, der du nie so geliebt hast, wie Menschen nach meinem Willen lieben sollen; du, der du mir nie auch nur für eine Stunde gehorcht hast, noch je die Freude und das Leid kanntest, das ich geben kann? Denn du hast die Zärtlichkeiten Kirkes, der Sonnentochter, lediglich erduldet, und in den Armen Kalypsos warst du müde, und die Tochter des Meereskönigs erreichte nie das Ziel ihres Verlangens. Und was jene betrifft, die deine Frau war, Penelope, so hast du sie zwar mit treuem Herzen geliebt, doch nie mit einem brennenden Herzen. Nein, sie ist lediglich deine Gefährtin gewesen, deine Hausfrau und die Mutter deines Kindes. Sie war Teil all der Erinnerungen an das Land, das du liebst, und so hast du ihr selbst wenig Liebe gegeben. Doch sie ist tot, und auch dein Kind ist nicht mehr, und dein Land ist wie die Asche eines verlassenen Herdes. Was haben alle deine Kriege und all die ruhelosen Reisen dir gebracht, alle deine Mühen und Abenteuer? Wonach hast du unter den Lebenden und den Toten gesucht? Du suchtest das, was alle Menschen suchen: Du suchtest *das Sehnen der Welt.* Sie haben es nicht gefunden, und auch du hast es nicht gefunden, Odysseus, und deine Freunde sind tot, dein Land ist tot, nichts lebt mehr als die Hoffnung. Doch das Leben, das vor dir liegt, ist ein neues, ohne ein Überbleibsel der alten Tage, außer der Bitterkeit der Erinnerung und des Sehnens. Aus diesem neuen Leben und seinen ungeborenen Stunden, willst du nicht geben, was du nie zuvor gegeben hast: eine Stunde an mich, um mein Diener zu sein?«

Die Stimme wurde, wie es schien, sanfter und näherte sich, bis der Wanderer sie in sein Ohr flüstern hörte, und mit der Stimme kam ein göttlicher Duft. Der Atem jener, die zu ihm sprach, schien seinen Hals zu fächeln; die unsterbliche Haarflut der Göttin vermischte sich mit seinen dunklen Locken.

Wieder sprach die Stimme:

»Nein, Odysseus, hast du mir nicht einmal eine kleine Stunde gegeben? Fürchte dich nicht, denn dieses Mal sollst du mich nicht sehen, doch heb den Kopf und blicke auf Das Sehnen der Welt!«

Nun hob der Wanderer den Kopf, und er sah, wie in einem Bronzespiegel, die Vision eines Mädchens. Sie war größer als es bei einer Sterblichen üblich ist, und obwohl noch immer in der ersten Blüte der Jugend stehend und an Jahren fast noch ein Kind, war sie so schön wie eine Göttin, so schön, daß Aphrodite selbst sie vielleicht beneiden mochte. Sie war so schlank und rank wie ein junger Palmenschößling, und ihre Augen waren furchtlos und unschuldig wie die eines Kindes. Auf ihrem Kopf trug sie eine glänzende Urne aus Bronze, als ob sie Wasser von einer Quelle holen wollte, und hinter ihr war die belaubte Krone einer Platane: Jetzt erkannte der Wanderer sie und wußte, daß er sie schon einmal gesehen hatte, als er als Junge zum Hof ihres Vaters, des Königs Tyndareos, gereist war. Denn als er Sparta erreicht hatte und den Berg Tygetos hinabgefahren war, als die Räder seines Streitwagens durch die Furt des Eurotas gerollt waren, hatten seine Augen die Schönheit Helenas erblickt, und sein Herz war mit dem Verlangen nach ihr gefüllt worden, und wie alle Prinzen Achaiens hatte er ihre Hand erringen wollen. Doch Helena wurde einem anderen Mann gegeben, Menelaos, dem Sohn des Atreos, von einem üblen Hause, was dazu führte, daß die Knie vieler im Tode gelöst wurden, und daß in kommender Zeit ein Lied in den Ohren der Menschen klingen sollte.

Als er die Vision der jungen Helena erblickte, wurde auch der Wanderer wieder jung. Doch als er sie mit den Augen eines Jungen anblickte und sie mit der ersten Liebe eines Jungen liebte, löste ihre Gestalt sich auf wie ein Nebel, und aus dem Nebel erschien eine neue Vision. Er sah sich selbst, als Bettler verkleidet und voller Schrunden, doch in einer langen Halle sitzend, in der Gold glitzerte, während eine Frau seine Füße wusch und sein Haar mit Öl salbte. Und das

Gesicht jener Frau war das Gesicht des Mädchens, jetzt sogar noch schöner, doch traurig vor Leid und von einer uralten Schmach. Nun erinnerte er sich, wie er sich einmal vom Lager der Achäer in die Stadt Troja geschlichen hatte, wie er in die Lumpen eines Bettlers gekleidet in das Haus des Priamos eingedrungen war, um zu spionieren, und wie Helena, die schönste der Frauen, ihn gebadet und mit Öl gesalbt und ihn dann in Frieden hatte gehen lassen, alles um der Erinnerung an die Liebe willen, die früher zwischen ihnen gewesen war. Als er auf das Bild starrte, verblaßte es und löste sich in Nebel auf, und wieder neigte er sein Haupt, kniete sich vor den goldenen Altar der Göttin nieder und rief: »Wo unter dem Licht der Sonne lebt die goldene Helena?« Denn jetzt war er nur von einem einzigen Wunsch beseelt: Helena noch einmal zu sehen, bevor er sterben würde.

Nun schien die Stimme der Göttin in sein Ohr zu flüstern: »Habe ich nicht die Wahrheit gesagt, Odysseus? Bist du nicht für eine Stunde mein Diener gewesen, und hat dich nicht in jener Nacht in der Stadt der Trojaner die Liebe errettet, als selbst Klugheit dir nichts mehr nützen konnte?«

»Ja, o Königin«, antwortete er.

»Dann höre«, sagte die Stimme, »daß ich dir noch einmal gnädig sein und dir eine Freundlichkeit erweisen will, denn wenn ich dir nicht helfe, hast du kein Leben mehr unter den Menschen. Heim und Familie und Heimatland hast du nicht; wenn ich nicht wäre, müßtest du dein eigenes Herz verzehren und einsam sein, bis du stirbst. Deshalb atme ich deinem Herzen ein süßes Vergessen allen Kummers ein, und Liebe für jene, die zu Beginn deiner Tage deine erste Liebe gewesen ist.

Denn Helena lebt noch auf Erden. Und ich werde dich auf die Suche nach Helena schicken, und du sollst wieder Freude am Krieg und am Wandern haben. Du wirst sie in einem seltsamen Land finden, bei seltsamen Menschen, bei einem Kampf von Göttern und Menschen; und der weiseste und tapferste der Männer soll schließlich in den Armen der schönsten aller Frauen schlafen. Doch lerne dieses, Odysseus: Du darfst an keine andere Frau denken, sondern nur an Helena!

Und ich nenne dir ein Zeichen, an dem du sie in einem Land der Magie und unter Frauen, die sich mit Zauberei befassen, erkennen kannst.

Auf der Brust Helenas funkelt ein Juwel, ein großer Sternstein, ein Geschenk von mir, das ich ihr gab, als sie Menelaos anvermählt wurde. Von diesem Stein fallen rote Tropfen wie Blut auf ihre Robe und trocknen dort, ohne sie zu verunreinigen.

An dem Stern der Liebe sollst du sie erkennen, bei dem Stern der Liebe sollst du ihr schwören, und wenn du die Macht des blutenden Sterns nicht respektierst, wenn du jenen Eid brichst, wirst du nie in deinem Leben die goldene Helena erringen, Odysseus! Dein eigener Tod soll vom Wasser kommen – ein rascher Tod –, auf daß die Weissagung des toten Propheten erfüllt werde. Doch vorher sollst du in den Armen der goldenen Helena liegen.«

Der Wanderer antwortete: »Königin, wie kann dies sein, da ich allein auf einer meerumspülten Insel bin und kein Schiff habe, und keine Gefährten, um mich über den weiten Golf der See zu bringen?«

Die Stimme antwortete: »Fürchte nicht! Die Götter können selbst größere Dinge als dieses zuwege bringen. Geh jetzt aus meinem Haus und leg dich auf meinem heiligen Boden, in Hörweite des Rauschens der See, zur Ruhe nieder. Schlaf dort und ruh dich aus! Deine Kraft soll zu dir zurückkehren, und vor dem Versinken der neuen Sonne wirst du auf dem Weg zum Sehnen der Welt sein. Doch vorher trinke von dem Kelch, der auf meinem Altar steht. Leb wohl!«

Die Stimme erstarb wie verklingende Musik. Der Wanderer erwachte und hob den Kopf, doch das Licht war verglommen, und der Tempel war grau vom ersten Erwachen der Morgendämmerung. Doch auf dem Altar, der vorher leer gewesen war, stand jetzt ein großer Kelch aus Gold, bis zum Rand mit rotem Wein gefüllt. Diesen nahm der Wanderer mit beiden Händen, hob ihn an die Lippen und leerte ihn – einen Trunk von Nepenthe, jenem magischen Elixier, der das Leid vergessen macht. Während er trank, wurde sein Herz von einer Woge süßer Hoffnung durchflutet, und sie begrub unter sich die Trauer der Erinnerung, und das Leid der Vergangenheit, und die brennende Sehnsucht nach Lieben, die nicht mehr waren.

Mit beflügelten Schritten, wie ein junger Mann, ging er davon, die beiden Speere in einer Hand, und den Bogen in der anderen; und er legte sich in den Schutz einer großen, überhängenden Klippe, am Ufer des Meeres, und dort schlief er ein.

3

Der Tod der Sidonier

Der Morgen dämmerte im Osten. Ein neuer Tag erhob sich über das stille Meer, über die Welt des Lichts und der Laute. Die aufgehende Sonne stieg schließlich über die Hügelkuppe, und ihr Schein fiel auf die goldene Rüstung des schlafenden Wanderers und ließ sie schimmern wie lebendiges Feuer. Als die Sonnenstrahlen sie trafen, schob sich der Bug eines schwarzen Schiffes, das von Ruderern fortbewegt wurde, um die Spitze des Kaps. Jeder Mann, der es sah, hätte es sofort als das Schiff eines Händlers aus Sidon erkannt – dieser gerissensten und profitgierigsten aller Menschen –, denn auf seinem Vorschiff standen zwei Statuen großköpfiger Zwerge mit klaffenden Mündern und knotigen Gliedern. Götter wie diese wurden von den Sidoniern angebetet. Das Schiff kehrte jetzt von Albion zurück, einer Insel jenseits der Säulen des Herkules und der Pforte des Großen Meeres, wo große Zinnvorkommen in der Erde gefunden werden, und hatte eine reiche Ladung an Bord. Auf dem Halbdeck, neben dem Steuermann, stand der Kapitän, ein hagerer, scharfäugiger Seemann, der uferwärts blickte und die Reflexion des Sonnenlichts auf der Rüstung des Wanderers bemerkte. Sie waren zu weit davon entfernt, um genau erkennen zu können, was es war, das dort so golden glitzerte, doch alles, was golden glitzerte, wirkte wie ein Köder auf ihn, und Gold zog ihn an wie das Eisen die Hände der Helden. Also befahl er dem Steuermann, direkten Kurs auf die Küste zu nehmen, denn das Wasser war tief unter den Klippen, und bald sahen sie einen Mann in einer goldenen Rüstung dort im Schlaf liegen. Sie flüsterten untereinander, lachten leise, und sprangen dann an Land, wobei sie ein Seil aus zusammengedrehter Ochsenhaut mit sich nahmen, ein Festmachetau des Schiffes, sowie einen starken Strick aus Byblus, der Papyruspflanze. In das Seil knüpften sie eine Schlinge und einen Laufknoten, so daß es zu einer Art Wurflasso wurde, mit dem sie den Mann aus sicherer Entfernung fangen konnten. Mit diesem in ihren Händen krochen sie die Klippe hinauf, in der Absicht, dem Mann in der goldenen Rüstung eine Schlinge über den Kopf zu werfen und ihn an Bord ihres Schiffes zu zerren, um ihn dann zur Mündung des ägyptischen Flusses zu bringen, wo sie ihn dem König als Sklaven verkaufen wollten. Denn die Sidonier, die auf alles gierig waren, liebten nichts mehr, als freie Männer und Frauen in ihren Besitz zu bringen, entweder durch List oder durch Gewalt, und sie dann für Gold und Silber und Rinder zu verkaufen. Viele Söhne von Königen waren auf diese Art von ihnen gefangen worden, hatten die Sklaverei in Babylon oder Tyros oder dem ägyptischen Theben kennengelernt, und waren in der Fremde elend gestorben.

Also schlichen die Sidonier vorsichtig heran, krochen über das kurze Gras und den wilden Thymian lautlos auf den Wanderer zu und waren ihm bald so nahe, wie ein Kind einen Stein werfen kann. Wie Schäfer, die versuchen, einen schlafenden Löwen mit dem Netz zu fangen, glitten sie verstohlen heran, doch nicht verstohlen genug, als daß der

Wanderer sie nicht in seinen Träumen gehört hätte, sich umwandte und aufrichtete, und verschlafen umherblickte. Doch in diesem Augenblick fiel die Schlinge über seinen Kopf und über seine Arme, und die Sidonier rissen hart daran und warfen ihn auf den Rücken. Aber bevor sie ihre Hände an ihn legen konnten, war er wieder auf den Beinen, stieß seinen furchtbaren Kriegsruf aus, jenen Ruf, der die Türme Ilions hatte erbeben lassen, und stürzte auf sie zu, die Hand am Schwertgriff. Die Männer, die ihm zunächst standen, ließen das Seil fahren und flohen, doch die anderen liefen um ihn herum und rissen mit aller Kraft an dem Seil. Wenn seine Arme frei gewesen wären, so daß er sein Schwert hätte ziehen können, würde es ihnen schlecht ergangen sein, denn obwohl sie sich in der Überzahl befanden, hatten die Sidonier keinen Nerv für den Kampf mit der nackten Klinge, doch seine Arme wurden von der Schlinge an seinen Körper gefesselt. Trotzdem hatten sie kein leichtes Spiel mit ihm; doch als jene, die geflohen waren, zurückkamen und sie alle gemeinsam an dem Seil zogen, konnten sie ihn schließlich durch ihre schiere Kraft überwältigen und zerrten ihn Schritt für Schritt vorwärts, bis er über einen Felsen stolperte und zu Boden stürzte. Da warfen sie sich auf ihn und banden ihn mit den Seilen und raffinierten Seemannsknoten. Doch war der Sieg teuer erkauft, denn nicht alle kehrten lebend zum Schiff zurück; einen Mann hatte der Wanderer mit den Knien zusammengepreßt, bis der Atem ihn verließ, einem anderen hatte er durch einen Fußtritt den Oberschenkel gebrochen.

Schließlich jedoch war seine Kraft am Ende, und sie hatten ihn gefangen wie einen Vogel im Netz. So trugen sie ihn zu ihrem Schiff und warfen ihn auf das Vordeck. Dort spotteten sie seiner, obwohl sie ihn noch immer fürchteten, denn selbst jetzt war er noch schrecklich. Dann hißten sie wieder das Segel auf und bemannten die Riemen. Der Wind wehte günstig, um sie zur Nilmündung und zu den Sklavenmärkten Ägyptens zu bringen, und ihre Herzen waren fröhlich, denn sie waren unter den ersten ihres Volkes, die mit den wilden Stämmen der Insel Albion Handel getrieben hatten; sie hatten Zinn und Gold für afrikanische Meeresmuscheln und grobe Glasperlen aus Ägypten gekauft. Und jetzt, gegen Ende ihres Abenteuers, war es ihnen gelungen, einen Mann einzufangen, dessen Rüstung und dessen Körper einen königlichen Preis erzielen würden. Es war eine glückliche Reise, sagten sie, und der Wind wehte günstig.

Es lag zwar noch immer ein langer Weg vor ihnen, doch befanden sie sich jetzt in vertrauten Gewässern. Sie passierten Kephalonia und den Felsen von Egilips, das dicht bewaldete Zakynth, und Samê, und von all diesen Inseln war er der Herr, den sie jetzt in die Sklaverei verschleppten. Doch er lag still und regte sich nur einmal, und das war, als sie sich Zakynth näherten. Da wandte er mit einer mächtigen Anstrengung den Kopf und sah die Sonne hinter den Bergen des felsigen Ithaka versinken – zum allerletzten Mal.

Das Schiff lief die Küste entlang, vorbei an vergessenen Städten. An den echinäischen Inseln, am Gestade Elias und dem schönen Eirene segelten sie vorüber, und es war Abend, bevor sie Dorion erreichten. Tiefe Nacht hüllte sie ein, als sie Pylos hinter sich ließen, und das Licht der Feuer in der Halle des Pylos Pisistratos, dem Sohn des Nestors alter Zeiten, schien auf die sandige Küste und das Meer. Doch als sie sich Malea näherten, dem südlichsten Punkt des Landes, an dem sich zwei Meere treffen, wurden sie von einem Sturm gepackt, der sie weit nach Süden trieb, jenseits von Kreta, auf die Nilmündung zu. Sie wurden von dem Sturm vorwärtsgepeitscht, verloren die Orientierung und trieben an Insel-Tempeln vorbei, die wie Geister aus dem dichten Nebel auftauchten, passierten sturmgeschützte Buchten, die sie nicht erreichen konnten. Weiter und weiter peitschte sie der Sturm, und die Männer würden das Schiff liebend gern leichter gemacht haben, indem sie die Ladung über Bord warfen, doch der Kapitän bewachte die Luken mit blankem Schwert und zwei mit Bronzespitzen bestückten Speeren in seinen Händen. Er wollte mit dem Schiff und seiner Ladung überleben oder mit ihnen untergehen; er wollte mit seinen Schätzen auf den Meeresgrund sinken oder Sidon erreichen, die Blumenstadt, und sich unter den Palmen am Strand von Bostren ein weißes Haus bauen und nie wieder aufs Meer hinausfahren.

Das schwor er und ließ sie auch nicht den Wanderer über Bord werfen, wie sie es wollten, da er ihnen Unglück gebracht habe. ›Er wird in Tanis einen guten Preis erzielen‹, rief der Kapitän. Schließlich flaute der Sturm ab, und die Sidonier faßten neuen Mut und waren so glücklich wie Männer, die dem Tode entronnen waren; also opferten sie ihren Zwergengöttern und verschütteten Wein vor ihnen und verbrannten Weihrauch auf ihrem kleinen Altar auf dem Bug des Schiffes. In ihrer Ausgelassenheit, und um mit dem Wanderer ihren Spott zu treiben, hängten sie sein Schwert und seinen Schild wie Trophäen an den Mast; und sie verhöhnten ihn, da sie glaubten, daß er kein Wort ihrer Sprache verstünde. Doch er kannte sie gut, so wie er auch die Sprache der Ägypter kannte, denn er hatte die Städte vieler Völker gesehen und in den großen Kriegen mit Feldherren und Söldnern aus vielen Ländern gesprochen.

Die Sidonier jedoch lästerten ihn und unterhielten sich ohne Zwang vor ihm, sagten, daß sie zu der reichen Stadt Tanis an der Mündung des ägyptischen Flusses wollten, und daß der Kapitän vorhabe, seinen Tribut an den Pharao mit dem Körper und der Rüstung des Wanderers zu bezahlen. Damit er gesünder aussehe, und der Gabe an einen König würdig, lockerten die Seeleute seine Fesseln ein wenig und brachten ihm getrocknetes Fleisch und Wein, und er aß, bis seine Kräfte zurückgekehrt waren. Dann bat er sie durch Zeichen, das Seil, mit dem seine Füße gebunden waren, zu lockern, denn diese waren durch die Fesselung tatsächlich völlig taub geworden, und die Rüstung drückte sich in sein Fleisch. Seine Bitte erweckte etwas Mitleid in ihnen, und sie lockerten seine Bande erneut, und er drehte sich auf den Rücken und bewegte seine Beine hin und her, bis sie wieder kräftig waren.

So fuhren sie immer weiter südwärts, über das ruhige

Meer und vorbei an den Inseln, die wie Seelilien auf diesem Teil des Meeres verstreut liegen. Viele seltsame Dinge sahen sie: Schiffe, die Sklaven transportierten, deren Seufzer durch das Seufzen des Windes und des Wassers zu hören waren: junge Männer und Frauen aus Ionien und Achaien, die von Sklavenhändlern gefangen und verschleppt worden waren; jetzt erblickten sie die weißen Häuser einer friedlichen Stadt, und dann sahen sie einen ganzen Tag lang Rauch am Horizont, der in schwarzen Wolken zum Himmel emporstieg, und als es Nacht wurde, sahen sie statt des Rauches ein gewaltiges, loderndes Feuer, das eine belagerte Stadt verwüstete; die Flammen schlugen auch aus den Schiffen der Belagerer, färbten ihre Segel mit blutigem Rot und spiegelten sich in den vergoldeten Schilden, die an den Schanzkleidern der Schiffe aufgereiht waren. Die Sidonier segelten weiter und weiter, bis sie eines Nachts im Windschatten einer kleinen Insel vor der Nilmündung vor Anker gingen. Nachdem sie das Schiff sicher festgemacht hatten, legten sie sich nieder und schliefen, die meisten von ihnen an Land.

Nun begann der Wanderer, über einen Fluchtplan nachzudenken, obwohl dieses Unternehmen fast aussichtslos schien. Er lag in der Dunkelheit des unteren Decks, schlaflos und wundgerieben von den Fesseln, während seine Bewacher im Mondlicht auf dem oberen Deck saßen. Sie hielten eine Flucht für so unmöglich, daß sie nur hin und wieder hinabstiegen und nach ihm sahen, und der Mann, der jetzt Wache hatte, schlief sogar ein. Viele Gedanken zogen durch das Gehirn des Wanderers, und jetzt glaubte er, daß die Vision der Göttin lediglich ein Traum gewesen war, welcher, wie man sagte, durch die falschen Tore aus Elfenbein gekommen war, und nicht durch die Tore aus Horn. Also war es ihm bestimmt, in Sklaverei zu leben, nicht länger ein König, sondern ein Gefangener, der in den ägyptischen Minen des Sinai schuften oder als Soldat ein Palasttor bewachen würde, bis er starb. Solche Gedanken erfüllten ihn, bis aus der Stille ein dünner, leiser, zirpender Laut erklang, von dem Bogen, der über ihm am Mast hing, jenem Bogen, den er nie wieder glaubte spannen zu dürfen. Da war das Singen der Bogensehne, und ihr wortloses Lied klang so im Herzen des Wanderers:

Siehe! Die Stunde ist nahe,
Und die Zeit des Zuschlagens gekommen,
Wenn der Feind vor dem Flug des Pfeiles
Fliehen wird!
Laß die Bronze tief hineinbeißen,
Laß die Vögel des Krieges fliegen,
Auf jene, die schlafen
Und reif für den Tod sind!
Schrill und leise
Singt der graue Pfeil
Das Lied des Bogens,
Den Klang der Sehne!

Dann erstarb die leise Musik zur Stille, und der Wanderer wußte, daß die nächste Sonne nicht über einem Tag der Sklaverei untergehen würde, und daß die Stunde der Rache gekommen war. Seine Fesseln würden ihn nicht daran hindern können, Vergeltung zu üben; sie würden wie Zunder im Feuer seiner Wut verbrennen, wußte er. Vor langen Jahren, in den Tagen seiner ersten Wanderung, hatte Kalypso, seine Geliebte, ihn in der Muße der Sommertage auf ihrer Meeresinsel gelehrt, Knoten zu schlingen, die kein Mensch lösen konnte, und alle Knoten zu lösen, die Menschen schlingen konnten. An diese Kunst erinnerte er sich wieder, als der Bogen vom Kriege sang. Also dachte er nicht mehr an Schlaf, sondern entknotete verstohlen und schnell alle Stricke und Bande, die ihn an eine Eisenstange im unteren Deck fesselten. Er hätte jetzt vielleicht entkommen können, wenn es ihm gelang, das obere Deck zu erreichen, ohne den Posten zu wecken, um über Bord zu springen und unter Wasser auf die Insel zuzuschwimmen, wo er sich im

Gebüsch verstecken konnte. Doch verlangte es ihn nicht nur nach Freiheit, sondern auch nach Rache, und er hatte sich vorgenommen, mit einem eigenen Schiff und all den großen Schätzen der Sidonier vor den König Ägyptens zu treten.

Diesen Plan vor Augen warf er seine Bande nicht ab, sondern ließ sie auf seinen Armen und auf seinem Körper liegen, als ob sie noch immer festgezogen wären. Doch er kämpfte gegen den Schlaf an, damit er nicht, wenn er erwachte, durch eine unbedachte Bewegung den Trick verriete und erneut gefesselt werden würde. So lag er und wartete, und bei Sonnenaufgang kamen die Seeleute wieder an Bord und machten sich abermals über ihn lustig. In seinem Übermut stellte einer der Männer eine Schüssel mit Linsen und Fleisch auf den Boden, gerade außerhalb der Reichweite des Wanderers, und sagte auf phönizisch: »Mächtiger Herr, bist du irgendein Gott aus Javan (denn so nannten die Sidonier die Achäer) und wärest du geneigt, unsere Opfergabe anzunehmen? Duftet sie nicht verlockend in der Nase meines Herrn? Warum streckt er nicht seine Hand aus, um unsere Opfergabe zu berühren?«

Nun zog eine finstere Wut über die Unverfrorenheit dieses Mannes in Odysseus' Herz ein. Doch er beherrschte sich, lächelte und sagte: »Willst du das Zeug nicht etwas näherschieben, mein Freund, auf daß ich den süßen Weihrauch deiner Opfergabe riechen kann?«

Sie waren verblüfft, als sie ihn in ihrer eigenen Sprache reden hörten, doch jener, der die Schüssel gebracht hatte, schob sie näher, wie ein Mensch, der einen Hund ärgert, indem er ihm einmal das Fleisch anbietet, und es dann wieder zurückzieht.

Sobald der Mann in Reichweite war, sprang der Wanderer auf die Füße, wobei alle Fesseln von ihm abfielen, und schlug dem Seemann die geballte Faust unter das Ohr.

Der Schlag, hinter dem seine ganze Wut lag, war so gewaltig, daß er die Knochen zerbrach und den Mann mit einer solchen Wucht gegen den Mast schleuderte, daß dieser erzitterte. Der Mann blieb am Fuß des Mastes liegen und zuckte sterbend mit den Füßen.

Nun riß der Wanderer seinen Bogen und das kurze Schwert vom Mast, schlang den Köcher über die Schulter und sprang auf das höherliegende Deck des Vorschiffes.

Die Schanzkleider des Vorschiffes waren hoch, und das Schiff war schmal, und bevor die Seeleute sich von ihrer Überraschung erholt hatten, war der Wanderer hinter dem kleinen Altar und den Zwergengöttern in Stellung gegangen. Dort stand er, mit einem Pfeil auf dem gespannten Bogen, und blickte mit schrecklichem Gesicht umher.

Jetzt wurden die Sidonier von Panik und Entsetzen gepackt, und einer von ihnen schrie: »Oh! Was für einen Gott haben wir gefangen und gebunden? Unser Schiff kann ihn nicht halten. Gewiß ist er Resef Mikal, der Gott des Bogens, er, den die Menschen Javans Apollo nennen. Nein, laßt uns ihn auf die Insel bringen und nicht gegen ihn kämpfen, sondern seine Gnade erflehen, damit er nicht den Wind und die Wellen auf uns herabbringt.«

Doch der Kapitän des sidonischen Schiffes rief: »Nein, ihr Feiglinge! Auf ihn! Er ist kein Gott, sondern ein sterblicher Mensch, und seine Rüstung ist viele Joch Ochsen wert!«

Dann befahl er einigen von ihnen, auf das erhöhte Deck im Heck des Schiffes zu steigen und mit Speeren nach ihm zu werfen, und anderen rief er zu, einen der langen Spieße loszumachen und ihn damit anzugreifen. Nun waren dies lange Piken, die von fünf oder sechs Männern gehalten werden mußten und dazu benutzt wurden, Enterer abzuwehren, und Angreifer, die ein Schiff in Besitz nehmen wollten, während es bei der Belagerung einer Stadt auf dem Strand lag.

Die Männer, denen der Kapitän diesen Befehl gegeben hatte, waren davon nicht begeistert, da diese langen Spieße in Halterungen entlang der Bordwand lagen, und sie, um sie zu erreichen, in die Reichweite von Odysseus' Bogen treten mußten. Doch die Seeleute auf dem hinteren Deck schleuderten alle ihre Speere gleichzeitig, während fünf Männer auf das Vorschiff sprangen, auf dem der Wanderer stand. Er ließ die Bogensehne los und der Pfeil schwirrte davon; wieder spannte er und löste einen Pfeil, und zwei der Angreifer lagen durchbohrt am Boden, ein dritter wurde von einem vom Achterdeck geschleuderten Speer getroffen, und die beiden anderen sprangen wieder in das untere Deck zurück.

Nun rief der Wanderer vom hohen Deck des Bugs in der Sprache der Sidonier: »Ihr Hunde, ihr habt die letzte Reise gemacht! Nie wieder sollt ihr das Joch der Sklaverei auf irgendeinen freien Menschen legen!«

So schrie er, und die sidonischen Seeleute drängten sich auf dem unteren Deck zusammen und berieten untereinander, wie sie mit ihm fertigwerden konnten. Doch inzwischen war der Bogen nicht stumm geblieben, und von denen, die auf dem Achterdeck standen und Speere schleuderten, sank einer tot zu Boden, und die anderen flohen zu ihren Gefährten im unteren Deck, da sie auf dem hohen Heck keine Deckung fanden.

Die Sonne stand jetzt hoch am Himmel und schien auf die goldene Rüstung des Wanderers, der mit gespanntem Bogen auf dem hohen Bug stand. Die Sonne schien, es war still, und das Schiff schwoite um seinen Anker; und noch immer wartete er, blickte nach unten, den Pfeil auf die Kante des Decks gerichtet, um ihn nach dem ersten Kopf abzuschießen, der sich über den Planken zeigte. Plötzlich stürmten Männer auf das Achterdeck, und einige von ihnen rissen die Schilde herunter, die entlang dem Schanzkleid an Pflöken hingen, und warfen sie zu jenen hinab, die unten geblieben waren, während andere einen Schauer von Speeren nach dem Wanderer schleuderten. Einigen dieser Speere konnte er ausweichen, andere prallten an seiner goldenen Panzerung ab, weitere fuhren in den Altar und in die Körper der Zwergengötter, und er beantwortete sie mit Pfeilen, die ihr Ziel nicht verfehlten. Doch blieb sein Blick dabei ständig auf die Kante des vorderen Decks gerichtet, von der eine schmale Rampe in den tieferen Teil des Schiffes führte, in dem sonst die Ruderer saßen, denn nur von dort aus konnten sie sich auf ihn stürzen. Als er umherblickte und einen neuen Pfeil aus dem Köcher zog, entdeckte er einen Schatten, der auf das Deck fiel. Er blickte auf und sah fast unmittelbar über sich einen Mann, der vom Mast gedeckt, die Rah entlanggeklettert war und sich jetzt von oben auf ihn herabfallen lassen wollte. Der Wanderer packte einen kurzen Speer und schleuderte ihn nach dem Mann. Der Speer flog schneller als ein Gedanke und nagelte beide Hände des Mannes an der Rah fest, so daß er hilflos dort hing und gellend um Hilfe schrie. Doch wagte niemand, ihm zu helfen, denn die Pfeile des Wanderers regneten noch immer auf die Männer auf dem Achterdeck nieder, bis ein paar von ihnen vor Angst hinabsprangen und schrien, er sei ein Gott und kein Mensch, während andere sich über Bord stürzten und zur Insel schwammen.

Jetzt wartete der Wanderer nicht länger, sondern zog sein kurzes Schwert und sprang mit einem Schrei, wie ihn der auf seine Beute herabstoßende Seeadler ausstößt, in das tiefere Deck. Nach rechts und links fuhr seine Klinge nieder, richtete Verwüstung an und verschonte niemanden, denn das Schwert dürstete nach Blut. Manche der Feinde fielen auf die Ruderbänke, doch solche, denen es möglich war, flohen die Rampe hinauf zum oberen Deck und sprangen von dort über Bord, während jene, die dieses Glück nicht hatten, dort starben, wo sie standen und kaum einen Schwertstreich führten. Allein der Kapitän des Schiffes, der wußte, daß alles verloren war, fuhr herum und schleuderte einen Speer nach dem Kopf des Wanderers. Doch der sah das Aufblitzen der Bronzespitze und duckte sich, so daß der Speer nur den goldenen Helm traf und ihn durchbohrte, jedoch kaum seine Kopfhaut ritzte. Jetzt sprang der Wanderer auf den sidonischen Kapitän zu, schlug ihn mit der stumpfen Seite seiner Schwertklinge nieder, so daß er bewußtlos auf Deck niederstürzte, und fesselte ihm dann Hände und Füße mit denselben Seilen, mit denen er gebunden gewesen war. Anschließend trug er die Toten auf seinen mächtigen Armen zum Vorschiff und lehnte sie dort an das Schanzkleid, sammelte die Ernte des Krieges ein. Über dem Deck hing noch immer der Mann, der die Rah entlanggekrochen war, an seinen Händen, die der Speer an das Holz genagelt hatte.

»Bist du noch da, mein Freund?« rief der Wanderer spöttisch. »Hast du dich dazu entschlossen, bei mir zu bleiben, anstatt mit deinen Freunden wegzulaufen oder dir einen neuen Dienst zu suchen? Nein, da du so tapfer bist, bleibst du hier und hältst scharfen Ausguck nach der Flußmündung und nach dem Markt, auf dem du mich um einen hohen Preis verkaufen willst.« So sprach er, doch der Mann war bereits tot vor Schmerzen und vor Angst. Nun legte der Wanderer seine goldene Rüstung ab, die klirrend auf das Deck fiel, zog frisches Wasser herauf und reinigte sich, denn er war so blutverschmiert wie ein Löwe, der einen Ochsen verschlungen hat, sodann kämmte er seine schwarzen Lokken mit einem goldenen Kamm, zog seine Pfeile aus den Körpern der Toten und aus dem Holz des Schiffes, reinigte sie und steckte sie in den Köcher zurück. Als all dies getan war, legte er seine Rüstung wieder an; doch gelang es ihm bei all seiner Kraft nicht, den Speer aus dem Helm zu ziehen, ohne das Gold zu beschädigen, also brach er den Schaft ab und setzte den Helm auf, aus dem noch immer die Speerspitze ragte, da das Schicksal es zu wollen schien, und dies sollte der Beginn seines Leides sein. Danach aß er Brot und Fleisch und trank Wein und verschüttete einige Tropfen Wein für seine Götter. Als letztes wuchtete er den schweren Stein empor, mit dem das Schiff verankert war, einen Stein, der schwerer war, als daß zwei andere Männer ihn heben konnten. Er nahm das Ruder in die Hände; der stetige Nordwind, der Etesische Wind, füllte das Segel, und er steuerte südwärts zur Mündung des Nils.

4

Das blutrote Meer

Es war ein harter Kampf gewesen, und ein langer, und der Wanderer war erschöpft. Er stand am Ruder des Schiffes und steuerte es nach Süden, der mittäglichen Sonne entgegen, die jetzt den höchsten Punkt ihres Laufes erreicht hatte. Doch plötzlich wurde der klare Himmel verdunkelt, und die Luft war vom Schwirren und Rauschen unzähliger Schwingen erfüllt. Es war, als ob sämtliche Vögel, die in den großen Salzsümpfen von Cayster ihre Nester haben und ihr Futter suchen, gleichzeitig aufgeflogen wären, denn der Himmel war dunkel von ihnen und hallte wider vom Schreien der Krähen und dem pfeifenden Ruf der wilden Enten. Als er ihrer ansichtig wurde, griff der Wanderer begierig nach seinem Bogen, legte einen Pfeil auf die Sehne, zielte sorgfältig auf die keilförmige Formation der Vögel und schoß einen weißen Schwan aus ihr heraus, als dieser hoch über den Mast hinwegflog. Der Schwan fiel wie ein Stein herab und stürzte hinter dem Heck des Bootes ins Meer. Der Wanderer verfolgte seinen Fall, und – siehe! – dort, wo der tote Schwan aufs Wasser schlug, schäumte es in blutig roten Blasen auf! Die langen, silberigen Schwingen und das schneeige Federkleid des Körpers waren mit blutroten Flecken übersät, und der Wanderer beugte sich über das Schanzkleid und starrte verwundert auf das Wasser. Nun sah er, daß das ganze Meer um das Schiff herum, so weit das Auge reichte, mit blutrotem Schaum bedeckt war. Hin und her wurde er vom Wind getrieben, doch unter dem Schaum, sah der Wanderer, war das Wasser graugrün. Als er weiter auf das Meer starrte, sah er, daß der rote Schaum nur von Süden herantrieb, von der Mündung des Nils, denn in der Bugwelle des Schiffes war es am rötesten; hinter ihm jedoch wurde der Schaum blasser, als ob die Farbe, die vom Fluß ins Meer gespült wurde, sich zu stark verdünnt hätte. In seinem Herzen dachte der Wanderer, wie es sicher viele andere taten, daß an den Ufern des ägyptischen Flusses eine Schlacht großer Nationen stattgefunden und daß der Kriegsgott furchtbare Ernte gehalten habe, weshalb der heilige Fluß so rot gefärbt in die See strömte. Wo der Krieg war, dort war seine Heimat, der nun keine andere Heimat mehr hatte, und noch begieriger steuerte er weiter, um zu sehen, was die Götter ihm schicken würden. Der Vogelschwarm war über ihn hinweggezogen; es war zwei Stunden nach Mittag und die Sonne stand hoch am Himmel, als plötzlich wieder ein Schatten auf ihn fiel, denn die mitten am Himmel stehende Sonne schrumpfte zusammen und wurde rot wie Blut. Nebelschwaden stiegen im Süden auf und verdeckten sie, Nebelschwaden, die zwar nur dünn waren, jedoch so schwarz wie die Nacht. Hinter ihnen, im Süden, lag eine Wolkenbank, so gewaltig wie eine Bergkette, steil und glänzend schwarz, mit Feuerkämmen übersät, und die Wand wurde immer wieder von grellen Blitzen aufgerissen, deren Helligkeit unerträglich war, während Blitze auf untere Teile Zeichen schrieben wie in eine Schriftrolle. Noch nie hatte der Wanderer auf all seinen Reisen und auf dem großen Fluß Okeanos, der die Erde umspannt und die Toten von den Lebenden trennt, noch nie hatte er eine solche Finsternis erlebt. Jetzt geriet er in ihren Schlund, der so schwarz wie der Rachen eines Wolfes war, so schwarz, daß er nicht einmal mehr die Leichen auf dem Vordeck sehen konnte, noch den Mast, noch den toten Mann, der an der Rah hin und her pendelte, noch den Kapitän der Phönizier, der im unteren Deck stöhnte und zu seinen Göttern flehte. Doch jenseits der Heckwelle des Schiffes war ein Streifen klaren Himmels am Horizont, in dessen Licht die kleine Insel, bei der er die Sidonier getötet hatte, von Ferne zu erkennen war, so hell und so weiß wie Elfenbein.

Jetzt, obwohl er sich dessen nicht bewußt war, schlossen sich die Pforten seiner Welt für immer hinter dem Wanderer. Im Norden, woher er kam, lagen der klare Himmel und die sonnigen Kaps und Inseln, die luftigen Berge des Landes der Achäer, weißgesprenkelt mit den Tempeln vertrauter Götter. Vor ihm jedoch, im Süden, wohin sein Kurs führte, lag eine Wolke von Dunkelheit und ein Land des Dunkels selbst. Dort gab es Dinge, die verwunderlicher waren als alles, was je in irgendeiner Erzählung berichtet wurde; dort gab es Kriege zwischen den Völkern, und Kriege zwischen den Göttern, den Echten Göttern und den Falschen Göttern, und dort sollte er die letzten Umarmungen der Liebe erleben, der Falschen Liebe und der Echten Liebe.

In einer gewissen Vorahnung der Gefahren, die vor ihm lagen, fühlte der Wanderer sich versucht, seinen Kurs zu ändern und in das Sonnenlicht zurückzusegeln. Doch war er einer, der niemals seine Hand vom Pfluge nahm, oder seinen Fuß vom Wege, und jetzt glaubte er, daß sein Weg vorbestimmt sei. Also laschte er das Ruder fest und tastete sich über das Deck, bis er den Altar der Zwergengötter erreichte, auf dem die Glut von dem letzten Opfer noch glomm. Mit seinem Schwert zerhieb er ein paar Speerschäfte und zerschlug Pfeile zu Splittern, füllte damit ein kleines Messingbecken und setzte das Holz mit der Glut des Altars von unten in Brand. Wenig später loderten die Flammen durch die mittägliche Nacht, und das Feuer warf seinen zuckenden, tanzenden Schein auf die Gesichter der Toten, die auf Deck lagen und mit den Bewegungen des Schiffes von Steuerbord nach Backbord rollten, und die Flammen leuchteten rot auf der goldenen Rüstung des Wanderers.

Von all seinen vielen Reisen war dieses die seltsamste, da er alleine fuhr, nur in Gesellschaft der Toten, in eine tiefe Dunkelheit, die ohne Maß und Grenzen war, zu einem Land, das nicht genannt werden durfte. Unheimliche Windböen bliesen ihn hierhin und dorthin. Die Brise erhob sich plötzlich aus irgendeiner Richtung und erstarb so abrupt, wie sie aufgekommen war, und ein neuer Wind jagte sie über die aufgewühlte See. Er wußte nicht, ob er nach Süden oder Norden segelte, er wußte nicht, wieviel Zeit vergangen war, denn die Sonne blieb unsichtbar. Es war eine Nacht ohne Abenddämmerung. Doch sein Herz war froh, so als ob er wieder ein Junge wäre, denn die alte Trauer war verklungen – so wirksam war der Trank aus dem Becher der Göttin gewesen, und so stark war seine Freude über den Kampf.

»Halte aus, mein Herz!« rief er, so wie er schon früher gerufen hatte. »Schlimmeres als dieses hast du schon überstanden.« Und er hob eine Leier der toten Sidonier auf und sang:

Obgleich das Licht der Sonne verborgen sein mag,
Obgleich dieses Rennen vorüber ist,
Obgleich wir in einem Meer segeln,
Das der goldenen Sonne verboten ist;
Obwohl wir allein wandern, ohne Ziel –
Oh Herz –
Auf dem Pfad der seltsamen Seereise
Auf dem blutroten Wasser,
Halte aus! Wir wollen auch von schlimmeren Dingen
Nicht erschüttert werden.
Wir sind entkommen, als unsere Freunde
Auf unbekannnten Meeren starben;
Schlimmeren Toden sind wir
In der Höhle des Zyklopen entronnen,
Als deren Boden rot war
Vom Blut der Männer,
Schlimmeres Leid haben wir erlebt,
Schlimmeren Schicksalen sind wir entgangen,
Als die Insel, die wir liebten,
Zerstört und tot vor uns lag!

So sang er, als er, fern und schwach, ein rotes Glühen bemerkte, das die Dunkelheit durchdrang wie ein Sonnenuntergang am Himmel der Unterwelt. Auf dieses Licht nahm er jetzt seinen Kurs, und bald sah er zwei hohe Flammensäulen, die nebeneinander lohten, mit einer schmalen Lücke von Dunkel zwischen ihnen. Er lenkte das Schiff auf sie zu, und als er sie erreicht hatte, sah er, daß sie wie zwei mächtige Berge von Holz waren, die mit heller Flamme brannten und ihr Licht zum Himmel emporschickten, und jeder war so hoch wie ein Scheiterhaufen, der über Männern errichtet wird, die in einem blutigen Krieg gefallen sind, und jeder Scheiterhaufen brannte auf einer hohen Klippe aus glattem, schwarzem Basalt, und zwischen den lodernden Feuern lag die vom zuckenden Widerschein der Flammen erleuchtete Einfahrt eines Hafens.

Das Schiff näherte sich der Einfahrt, und der Wanderer sah Laternen am Bug von Booten, die sich wie Glühwürmchen durch das Dunkel zogen, und von einem dieser Boote rief ein Seemann ihn in der Sprache der Ägypter an und fragte, ob er einen Lotsen brauche.

»Ja«, rief er zurück.

Das Boot kam längsseits, und der Lotse stieg an Bord, eine brennende Fackel in der Hand: doch als sein Blick auf die Toten fiel, die an Deck lagen, und auf den Schrecken, der von der Rah hing, und er den sidonischen Kapitän gefesselt auf dem unteren Deck liegen sah, und vor allem den Helden in seiner goldenen Rüstung erblickte, und die Speerspitze, die in seinen Helm eingebettet war, und sein grimmiges Gesicht, wich er furchtsam zurück, als ob der Gott Osiris selbst mit dem Schiff des Wanderers den Hafen erreicht hätte. Doch der Wanderer befahl ihm, keine Angst zu haben, und erklärte, daß er mit reichen Schätzen und einer großen Gabe für den Pharao gekommen sei. Daraufhin faßte der Lotse sich wieder ein Herz, packte das Ruder und steuerte das Schiff zwischen den beiden riesigen Feuerhügeln hindurch in die ruhigen Wasser des Flusses von Ägypten. Und der Widerschein der Flammen spielte über die Rüstung des Wanderers, der vor dem Mast stand und das Lied des Bogens sang.

Dann steuerte der Lotse das Schiff flußaufwärts zum Tempel des Herkules in Tanis, wo sich ein Asyl für Fremde befindet, in welchem niemand ihnen ein Leid zufügen darf. Vorher jedoch wurden die toten Sidonier über Bord und in den großen Fluß geworfen, denn menschliche Leichen sind den Ägyptern ein Greuel. Und als die Toten, einer nach dem anderen, auf die Oberfläche des Wassers aufschlugen, bot sich dem Wanderer ein entsetzlicher Anblick, denn das Wasser wurde von plötzlich herbeischießenden vierfüßigen Fischen – denn dafür hielt der Wanderer sie – zu Schaum aufgewirbelt. Der Lärm, den diese großen Wasserbestien verursachten, wenn sie sich aus dem Wasser schnellten und wieder zurückklatschten, wenn sie um die Beute kämpften, mit den schuppigen Schwänzen nach einander schlugen, die Kiefer zusammenkrachen ließen, wenn sie zu gierig zuschnappten und nur einen Bissen Luft erwischten, und das Hervorschießen einer gierigen, scharfen Schnauze aus den Wellen, noch bevor ein von Bord geworfener Toter die Wasseroberfläche berührte, waren schrecklich zu hören und zu sehen in der Dunkelheit und bei Feuerschein. Ein Fluß des Todes schien der Nil zu sein, heimgesucht von den Schrekken, die, wie behauptet wird, Jagd auf die Körper und Seelen der Toten machen. Zum ersten Mal erstarb das Herz des Wanderers in ihm ob des Schreckens der Finsternis und dieses entsetzlichen Flusses und der Wasserbestien, die in ihm lebten. Dann erinnerte er sich daran, wie die Vögel angsterfüllt von diesem Ort geflohen waren, und er dachte an das blutrote Meer.

Als die Toten alle über Bord geworfen waren, und der Fluß wieder still war, fragte der Wanderer den Lotsen, warum die See so rot gewesen sei, und ob in dem Land Krieg herrsche, und warum eine solche Finsternis über dem ganzen Land läge. Der Mann antwortete, daß nicht Krieg herrsche, sondern Frieden, das Land jedoch an all seinen Küsten durch eine seltsame Plage von Fröschen und Heuschrecken und Läusen heimgesucht werde, daß der heilige Fluß seit drei Tagen rotes Wasser führe, und daß dazu jetzt, am dritten Tage, Dunkel auf die ganze Welt gefallen sei. Doch für die Ursache dieser drei Plagen wußte der Lotse auch keine Erklärung, da er ein einfacher Mensch war. Er wußte nur von einer Geschichte, die unter den Leuten verbreitet wurde, nach der die Götter auf Khem (wie sie Ägypten nannten) zornig seien, was leicht zu glauben war, da solche Dinge nur von den Göttern kommen konnten. Warum diese jedoch zornig waren, konnte der Lotse nicht sagen, jedoch wurde allgemein angenommen, daß Hathor, die Göttin der Liebe, zornig sei, weil in Tanis eine angebetet wurde, welche DIE FREMDE HATHOR genannt wurde, eine Göttin oder Frau von überirdischer Schönheit, deren Tempel in Tanis stand. Was diese beträfe, sagte der Lotse, so sei sie vor langer Zeit, vor etwa dreißig Jahren, im Lande erschienen – niemand wisse, von woher – und seither in Tanis angebetet worden, bis sie eines Tages genauso plötzlich und geheimnisvoll wie sie gekommen war, verschwunden sei. Jetzt jedoch hatte sie sich wieder entschlossen, den Menschen sichtbar zu sein und in ihrem Tempel zu wohnen; und die Männer, die sie erblickten, waren so überwältigt von ihrer Schönheit, daß sie nicht anders konnten, als sie anzubeten. Ob sie aber eine Göttin war oder eine sterbliche Frau, konnte der Lotse nicht sagen, er glaubte jedoch, daß jene, die in Atarhechis wohnte, Hathor von Khem, die Königin der Liebe, zornig auf diese Fremde Hathor sei und die Dunkelheit und die Plagen gesandt habe, um jene zu bestrafen, welche sie anbeteten. Die Menschen von der Küste murmelten auch, daß es gut sein würde, die Fremde Hathor zu bitten, von ihren Küsten fortzugehen, wenn sie eine Göttin wäre; und falls sie eine Frau sei, sollte man sie steinigen, bis sie tot sei. Doch die Menschen von Tanis schworen, daß sie alle eher sterben wollten, als irgend etwas anderes zu tun, als die unvergleichliche Schönheit ihrer fremden Göttin anzubeten. Andere wiederum glaubten, daß zwei Zauberer, Führer von gewissen Sklaven einer seltsamen Rasse, Wanderer aus der Wüste, die sich in Tanis niedergelassen hatten, und die sie die Apura nannten, all dieses Leid durch ihre Zauberkünste hervorgebracht hätten. Als ob diese barbarischen Sklaven mächtiger wären als alle Priester Ägyptens, meinte der Lotse. Was ihn beträfe, so wüßte er jedoch nichts, nur, wenn die göttliche Hathor zornig auf die Menschen von Tanis sein sollte, war es ungerecht, das ganze Land Khem mit Plagen zu überziehen.

So murmelte der Lotse, und seine Erzählung war keine der kürzesten, doch noch während er sprach, lichtete sich die Finsternis, und die Wolke hob sich ein wenig, so daß man in einem grünen Licht, wie dem des Hades, die Flußufer erkennen konnte, und kurz darauf wurde die Finsternis gehoben wie ein Schleier, und es war wie zu Mittag im Lande Khem. Dann klangen, von einem Augenblick zum anderen und gemeinsam, alle Lebenslaute wieder auf: das Muhen der Rinder, das Rauschen des Windes in den Fächern der Palmen, das Platschen springender Fische im Fluß, die Stimmen von Männern, die einander von einem Ufer zum anderen etwas zuriefen, und das Stimmengewirr von Menschenmengen aus jedem roten Tempel, wo sie Ra priesen, ihren großen Gott, dessen Wohnsitz die Sonne ist. Auch der Wanderer pries seine Götter und dankte Apollo und Helios, Hyperion und Aphrodite. Und schließlich brachte der Lotse das Schiff an die Piers der großen Stadt, wo eine Mannschaft von Ruderern angeheuert wurde, und sie fuhren jubelnd im hellen Sonnenlicht durch einen von Menschenhand geschaffenen Kanal nach Tanis und dem Heiligtum des Herkules, dem Asyl der Fremden. Dort wurde das Schiff festgemacht und der Wanderer begab sich zur Ruhe, nachdem er von den kahlgeschorenen Priestern des Tempels willkommengeheißen worden war.

5

Die Königin Meriamun

Eine seltsame Nachricht verbreitet sich rasch, und so dauerte es nicht lange, bis der Pharao, der mit seinem Hof in Tanis, der neuerbauten Stadt weilte, erfuhr, daß ein Mann nach Khem gekommen sei, der wie ein Gott aussähe, eine goldene Rüstung trüge und allein in einem Schiff der Toten führe. Zu jener Zeit landeten oft die weißen Barbaren des Meeres und der Inseln in Ägypten, um die Felder zu verwüsten, die Frauen zu verschleppen und wieder in ihren Schiffen fortzusegeln. Doch keiner von ihnen hatte es gewagt, in der Rüstung eines Aquaiuscha, wie die Ägypter die Achäer nannten, den Fluß hinauf bis zur Stadt des Pharao zu segeln. Der König war deshalb erstaunt über den Bericht, und als er hörte, daß der Fremde Asyl im Tempel des Herkules genommen hatte, schickte er sofort nach seinem Hauptberater. Dieser war auch sein Städtebauer, der einen hohen Rang in dem Land besaß, ein alter Priester namens Rei. Er hatte dem pharaonischen Haus während der ganzen, langen Regierungszeit des Vaters dieses Königs, des göttlichen Ramses II., gedient, und er wurde sowohl von König Meneptah geliebt, wie auch von dessen Frau, der Königin Meriamun. Diesen beauftragte der Pharao nun, das Asyl aufzusuchen und den Fremden zu ihm zu bringen. Also rief Rei nach seinem Maultier und ritt zum Tempel des Herkules, der außerhalb der Stadtmauern stand.

Als Rei dort eintraf, trat ein Priester zu ihm und führte ihn in eine Kammer, wo der Wanderer gerade dabei war, Lilienbrot des Landes zu essen und Wein des Deltas zu trinken. Er erhob sich beim Eintreten Reis, noch immer in die goldene Rüstung gekleidet, da er noch keine Gelegenheit gefunden hatte, etwas anderes zu besorgen. Neben ihm, auf einem Dreifuß aus Bronze, lag sein Helm, der achäische

Helm, in dessen Gold noch immer die bronzene Speerspitze stak.

Die Augen Reis, des Priesters, fielen auf den Helm, und er sah ihn so aufmerksam an, daß er kaum die Begrüßungsworte des Wanderers hörte. Schließlich antwortete er ihm höflich, doch immer wieder wanderte der Blick seiner Augen zu der abgebrochenen Speerspitze.

»Ist dies der deine, mein Sohn?« fragte er und hob den Helm mit zitternder Hand auf.

»Es ist der meine«, sagte der Wanderer, »doch wurde die in ihm steckende Speerspitze mir erst kürzlich geliehen, als Gegengabe für eine nicht geringe Zahl von Pfeilen und ein paar Schwertstreiche.« Und dabei lächelte er.

Der alte Priester befahl den Tempeldienern, sich zurückzuziehen, und als sie den Raum verließen, hörten sie ihn ein Gebet murmeln.

»Die Toten haben die Wahrheit gesprochen«, murmelte er dann, ohne den Blick von dem Helm zu wenden. »Ja, die Toten sprechen nur selten, doch sie lügen nie. Mein Sohn, du hast gegessen und getrunken«, fuhr Rei, der Priester und Städtebauer dann fort, »darf ein alter Mann dich nun fragen, woher du kommst, welches deine Stadt ist, und wer deine Eltern sind?«

»Ich komme aus Alybas«, antwortete der Wanderer, da sein wirklicher Name zu gut bekannt war und er kunstvoll gewirkte Lügengewebe liebte. »Ich komme aus Alybas und bin der Sohn des Apheidas, Sohn des Polypemon, und mein Name ist Eperitos.«

»Und weshalb bist du hergekommen, allein in einem Schiff voller toter Männer und mit mehr Kostbarkeiten, als sie manches Königs Schatzkammer enthalten mag?«

»Es waren Männer von Sidon, die für die Fracht gearbeitet haben und gestorben sind«, sagte der Wanderer. »Sie sind für sie weit gereist und haben hart für sie gearbeitet, um sie dann innerhalb einer Stunde zu verlieren. Denn sie waren nicht zufrieden mit dem, was sie hatten, sondern nahmen mich gefangen, als ich an der Küste Kretas schlief. Doch die

Götter schenkten mir den Sieg über sie, und ich bringe ihren Kapitän und viel weißes Metall und viele Schwerter und Becher und wunderbar gewebte Stoffe als Gabe für deinen König. Und um dich für deine Höflichkeit zu belohnen, komm mit mir und suche dir selbst ein Geschenk aus.«

Dann führte er den alten Mann in die Schatzkammer des Tempels, welche gefüllt war von den Gaben vieler Reisender: Gold und Türkise und Weihrauch aus Sinai und Punt, reichgeschnitztes Elfenbein von dem unbekannten Osten und Süden, Schalen und Becher aus Silber von den Khita, welche die Verbündeten der Ägypter waren. Doch selbst inmitten all dieses Reichtums war die Fracht des Fremden eindrucksvoll, und die Augen des alten Priesters glitzerten, als er sie anblickte.

»Wähl dir aus, was dir gefällt«, sagte der Wanderer. »Die Beute der Feinde ist dazu da, sie mit Freunden zu teilen.«

Der Priester wollte sich weigern, doch der Wanderer sah, daß er fasziniert auf eine Schale aus durchsichtigem Bernstein blickte, die von der nördlichen See stammte und mit seltsamen Darstellungen von Menschen und Göttern und riesigen Fischen, wie sie in diesen Meeren unbekannt sind, verziert war. Der Wanderer drückte sie Rei in die Hände.

»Sie ist dein«, sagte er. »Trinke auf mich einen Schluck Wein daraus, wenn ich gegangen bin, in Erinnerung an einen Freund und Gast.«

Rei nahm die Schale, dankte ihm und hielt sie gegen das Licht, um ihre goldene Färbung zu bewundern.

»Wir sind doch immer noch Kinder«, sagte er mit einem ernsten Lächeln. »Siehe vor dir ein altes Kind, das du mit einem Spielzeug glücklich gemacht hast. Doch nur zu bald müssen wir wieder Männer sein; der König befiehlt, daß ich dich zu ihm bringe. Und, mein Sohn, wenn du mir eine größere Freude machen willst, als du es mit jeder Gabe tun könntest, so zieh bitte jene Speerspitze aus deinem Helm, bevor du vor die Königin trittst.«

»Das kann ich leider nicht tun«, antwortete der Wanderer. »Ich möchte nicht meinen Helm beschädigen, indem ich sie mit roher Gewalt herausreiße, und ich habe keine Schmiedewerkzeuge hier. Die Speerspitze, mein Vater, ein Beweis für die Wahrheit meiner Erzählung, werde ich wohl oder übel noch zwei oder drei Tage tragen müssen.«

Rei seufzte, neigte den Kopf, faltete die Hände und rief seinen Gott Amon an.

»O Amon, in dessen Händen das Ende einer Geschichte liegt, mildere die drückende Last dieses Leids und gebe, daß die Vision leicht zu erfüllen sei; und ich bitte dich, Amon, laß deine Hand leicht sein, die auf deiner Tochter Meriamun, der Königin von Khem, ruht.«

Dann führte der alte Mann den Wanderer hinaus und befahl den Priestern, einen Wagen für ihn anzuschirren, und sie fuhren durch die Stadt Tanis zum Hof Meneptahs, gefolgt von Priestern, die die Gaben trugen, welche der Wanderer von den Schätzen der Sidonier ausgewählt hatte, und auch der unglückliche Kapitän der Sidonier wurde mitgeschleppt, gefesselt und mit einem Strick an die Rückwand des Wagens gebunden. Durch ein Spalier gaffender Menschen gelangten sie zur Audienzhalle, in welcher, zwischen hohen Säulen, der Pharao auf seinem goldenen Thron saß. Neben ihm, zu seiner Rechten, saß Meriamun, die schöne Königin, welche die Priester gleichgültig anblickte, als ob dieses eine Angelegenheit wäre, die sie nichts anginge. Sie traten herein und warfen sich vor dem König zu Boden. Dann wurde der Kapitän der Sidonier hereingeführt und dem König als Geschenk übergeben, und der Pharao lächelte zufrieden.

Dann kamen weitere Männer, die Becher aus Gold brachten, welche in der Form von Löwen- und Widderköpfen geformt waren, und Schwerter, in deren Klingen Darstellungen von Szenen des Krieges und der Jagd eingraviert waren, und Halsketten von Bernstein aus dem Norden, die der Wanderer als Gabe für den Pharao und seine Königin ausgewählt hatte. Er hatte auch Seidenstoffe mitgebracht, die mit Goldfäden bestickt waren, die Nadelarbeit sidonischer Frauen, und alle diese berührte die Königin Meriamun mit ihrer Hand, zum Zeichen dafür, daß sie sie als Geschenk annähme, und sie lächelte dabei höflich und gelangweilt. Doch der habgierige Sidonier stöhnte, als er sah, wie sein Reichtum weggegeben wurde, für den er auf unbekannten Meeren das Leben riskiert hatte. Zuletzt befahl der Pharao, den Wanderer hereinzuführen, und dieser trat helmlos vor den Thron, der prachtvollste Mann, der je in Khem gesehen worden war. Die Blüte der Jugend war von ihm gewichen, doch sein Gesicht zeigte die markante Schönheit eines Kriegers, der auf See und an Land geprüft worden war; seine Augen strahlten unbesiegbaren Mut aus, und keine Frau konnte ihn anblicken, ohne zu wünschen, seine Geliebte zu sein.

Als er hereintrat, erhob sich ein Murmeln der Verwunderung, und alle Augen richteten sich auf ihn, mit Ausnahme jener der gelangweilten Meriamun. Doch als sie zufällig ihren Kopf hob und ihr Blick auf sein Gesicht fiel, sahen jene, die um den König und die Königin waren, daß sie so bleich wie der Tod wurde und eine Hand auf ihr Herz preßte. Auch der Pharao bemerkte dies, wußte jedoch nicht, was er davon halten sollte und fragte sie, ob sie Schmerzen habe.

»Nein, nein«, antwortete sie hastig, »doch die Luft ist schwer von Hitze und Parfüm. Begrüße du diesen Fremden.« Doch unter ihrer Robe spielten ihre Finger nervös mit den goldenen Fransen an den Armlehnen ihres Throns.

»Willkommen, Wanderer«, rief der Pharao mit einer tiefen und wohlklingenden Stimme. »Willkommen! Bei welchem Namen wirst du genannt, und wo wohnt dein Volk, und welches ist dein Land?«

Der Wanderer verneigte sich vor dem Pharao und beantwortete seine Fragen mit einer erfundenen Geschichte: daß er Eperitos aus Alybas, Sohn des Apheidas, sei. Alles andere, und auf welche Weise er von den Sidoniern gefangen worden sei, und wie er sie auf See besiegt habe, erzählte er so, wie er es Rei erzählt hatte. Und er zeigte den Helm vor, in dem die Speerspitze fest eingebettet war. Als Meriamun diese erblickte, erhob sie sich, als ob sie fortgehen wollte, sank dann jedoch auf ihren Thronsessel zurück, noch bleicher als zuvor.

»Die Königin, helft der Königin, sie sinkt in Ohnmacht!« rief Rei, der Priester, der nicht eine Sekunde lang den Blick von ihrem Gesicht gewandt hatte. Eine ihrer Hofdamen, eine auffallend schöne Frau, lief zu ihr, kniete sich vor Meriamun und rieb ihr die Hände, bis sie wieder zu sich kam.

»Laß das!« rief diese und setzte sich mit zornglänzenden Augen auf, »und sorge dafür, daß der Sklave, der für den Weihrauch zuständig ist, Stockhiebe auf die Fußsohlen erhält. Nein, ich will hier bleiben und nicht in meine Gemächer gehen. Laß mich in Ruhe!« Und ihre Hofdame wich furchtsam zurück.

Nun befahl der Pharao, den Sidonier hinauszubringen und ihn für seinen hinterhältigen Überfall auf den Wanderer auf dem Marktplatz hinzurichten; doch der Mann, dessen Name Kurri war, warf sich dem Wanderer zu Füßen und flehte um sein Leben. Der Wanderer war immer gnädig, wenn das Feuer des Kampfes erloschen war und sein Blut sich wieder abgekühlt hatte.

»Eine Gunst, o Pharao Meneptah«, rief er. »Verschone diesen Mann um meinetwillen! Er hat mir das Leben gerettet, als die Seeleute mich über Bord werfen wollten. Laß mich meine Schuld an ihm begleichen.«

»Er soll verschont sein, da du es so willst«, sagte der Pharao, »doch die Rache folgt oft den Füßen törichter Gnade, und viele Schulden werden beglichen, bevor alles vorüber ist.«

So geschah es, daß Kurri an Meriamun gegeben wurde, um ihr Goldschmied zu sein und Schmuck und Geschmeide für sie zu fertigen. Der Wanderer erhielt ein Zimmer im königlichen Palast, und der Pharao hoffte, daß er als Kommandeur seiner Garde bei ihm bleiben würde, da er großen Gefallen an seinem Aussehen und an seiner Kraft gefunden hatte.

Als er in Begleitung von Rei die Audienzhalle verließ, hob die Königin Meriamun wieder den Blick und sah ihn lange an, und ihre elfenbeinernen Wangen färbten sich rosig, wie das Elfenbein, das die Sidonier so färben, wenn sie es zur Verzierung von Zaumzeug für die Pferde von Königen verwenden. Doch der Wanderer sah den Ausdruck plötzlicher Furcht und das Erröten auf Meriamuns Gesicht, und obzwar das Gesicht sehr schön war, gefiel ihm dies gar nicht, und in seinem Herzen war die Vorahnung kommenden Unheils. Als er mit Rei allein war, sprach er mit ihm darüber und fragte den alten Mann, ob er ihm sagen könnte, was dieses Verhalten der Königin zu bedeuten habe.

»Denn mir schien es so«, schloß er, »als ob sie mein Gesicht kenne, ja, es sogar fürchte; doch bin ich ihr auf all meinen Reisen nie begegnet. Sehr schön ist sie, und dennoch ... doch es schickt sich nicht, von Königen und Königinnen in ihrem eigenen Lande zu reden.«

Als der Wanderer so sprach, lächelte Rei. Doch der Wanderer, der erkannte, daß er bedrückt war und sich jetzt erinnerte, wie er ihn gebeten hatte, die Speerspitze aus seinem Helm zu ziehen, bedrängte ihn mit Fragen. Also gab der alte Mann nach, teils, weil er der Fragen müde war, teils, weil er ihn mochte, und schließlich auch, weil das Geheimnis so lange auf seinem Herzen geschlummert hatte, führte den Wanderer in sein eigenes Gemach und erzählte ihm dort die Geschichte von Meriamun, der Königin.

6

Die Geschichte Meriamuns

Rei, der Priester Amons, der Städtebauer, begann seine Erzählung langsam und beinahe unwillig, gewann dann jedoch Freude am Erzählen, wie es bei alten Männern oft der Fall ist, und auch daran, die Last des Geheimnisses mit einem anderen zu teilen.

»Die Königin ist schön«, sagte er; »hast du auf all deinen Reisen eine Schönere gesehen?

»Sie ist in der Tat schön«, antwortete der Wanderer. »Ich hoffe, daß ihre Ehe gut ist, und sie glücklich ist auf ihrem Thron.«

»Das ist es, was ich dir sagen möchte, obwohl mein Leben der Preis dafür sein mag«, erklärte Rei. »Doch ein leichteres Herz ist das Risiko eines alten Lebens wert, und du könntest mir und ihr vielleicht helfen, wenn du alles weißt. Pharao Meneptah, der König, ist der Sohn des göttlichen Ramses, des ewig-lebenden Pharao, des Kindes der Sonne, der bei Osiris weilt.«

»Du meinst damit, daß er tot ist?« fragte der Wanderer.

»Er weilt bei Osiris«, sagte der Priester, »und die Königin Meriamun ist seine Tochter durch ein anderes Bett.«

»Ein Bruder und eine Schwester!« rief der Wanderer.

»Das ist der Brauch unseres königlichen Hauses, seit den Tagen der Zeitlosen Könige, der Kinder des Horus. Ein sehr alter Brauch.«

»Die Bräuche seiner Gastgeber sind immer gut in den Augen des Fremden«, sagte der Wanderer höflich.

»Es ist ein alter Brauch und ein geheiligter«, sagte Rei, »doch Frauen, die Schaffer von Bräuchen, sind oft auch deren Brecher. Und von allen Frauen hält Meriamun am wenigsten vom Gehorsam, selbst gegenüber den Toten. Dennoch hat sie gehorcht, und das geschah so: ihr Bruder Meneptah, der jetzt Pharao ist, und der Prinz von Kush war, als sein göttlicher Vater noch lebte, hatte viele Halbschwestern, doch Meriamun war die schönste von allen, ein Kind des Mondes, wie die einfachen Leute sagten, und klug, und sie kennt nicht das Gesicht der Angst. Deshalb lernte sie, was selbst die königlichen Frauen nur selten lernen: all die uralten, geheimen Weisheiten dieses uralten Landes. Mit Ausnahme der Königin Taia längst vergangener Tage wußte keine Frau, was Meriamun weiß, und was ich sie gelehrt habe – ich und ein anderer Berater.«

Er machte eine Pause, und schien sich glücklichen Erinnerungen hinzugeben.

»Ich habe sie gelehrt, seit sie im Kindesalter war«, fuhr er dann fort, »und ich wünschte, daß ich ihr einziger Vertrauter gewesen wäre – und nächst ihrem göttlichen Vater und ihrer göttlichen Mutter liebte sie mich mehr als jeden anderen, und sie liebte nur wenige. Doch von allen, die sie nicht liebte, liebte sie ihren königlichen Bruder am wenigsten. Er ist langsam von Gedanken, und sie ist schnell. Sie ist furchtlos, und er hat kein Herz für den Krieg. Von Kindheit an hat sie ihn verachtet, ihn verhöhnt und ihn mit ihrer Zunge gegeißelt. Sie erreichte es sogar, ihn beim Wagenrennen zu schlagen – das war der Grund dafür, daß der König, sein Vater, ihn lediglich zum Heerführer der Fußtruppen machte –, und beim Raten von Rätseln, einem Spiel, das unsere Menschen lieben, machte sie sich einen Spaß daraus, ihn immer wieder zu schlagen. Diese Siege waren nicht schwer zu erringen gewesen, da der Prinz von Geist schwerfällig war, doch Meriamun wurde es nie müde, ihn zu reizen. Offensichtlich hat sie es ihm schon als kleines Kind geneidet, daß er die Geißel der Macht schwingen und die Doppelkrone tragen sollte, während sie ihr Leben in Tatenlosigkeit und Hunger nach Herrschen verbringen müßte.«

»Dann ist es sehr seltsam, daß er von all seinen Schwestern, wenn schon eine von ihnen seine Königin sein mußte, gerade sie dazu erwählte.«

»Seltsam, ja, und es kam auch auf eine sehr seltsame Weise dazu. Der Vater des Prinzen, der göttliche Ramses, hatte diese Verbindung befohlen. Dem Prinzen war der Gedanke genauso zuwider wie Meriamun, doch der Wille des Vaters ist der Wille der Götter. Ein Spiel nun gab es, in dem der Prinz ein Meister war, das Kriegsspiel*, einem alten Sport in Khem. Es ist kein Zeitvertreib für Frauen, doch war Meriamun entschlossen, selbst dabei ihren Bruder zu schlagen. Sie bat mich, ihr aus dem harten Holz von

* Vorläufer des Schachspiels – *Anm. d. Übers.*

Azebi* einen neuen Satz Figuren mit Katzenköpfen zu schnitzen. Ich schnitzte sie mit meinen eigenen Händen, und Abend für Abend spielte sie gegen mich, der ich einen gewissen Ruhm als Meister dieses Spiels besitze.

Eines Tages, bei Sonnenuntergang, kam ihr Bruder von der Löwenjagd in den Bergen Libyens zurück. Er war in übler Laune, da er keine Löwen erlegt hatte, und befahl, daß man seine Jäger auf den Boden werfen und mit Stöcken schlagen solle. Dann rief er nach Wein und trank davon, während er im Hof des Palastes stand, und je mehr er trank, desto finsterer wurde seine Laune.

Er wollte gerade zu seinem Flügel des Palastes gehen, als er sich zufällig umwandte und Meriamun sah. Sie saß dort, wo die drei hohen Palmen stehen, und spielte das Kriegsspiel gegen mich. Dort saß sie im Schatten der Palmen, in Weiß und Purpur gekleidet, den goldenen Schlangenreif ihres königlichen Ranges in ihrem schwarzen Haar. Dort saß sie, so schön wie Hathor, die Königin der Liebe, oder wie die Göttin Isis; ja, ein alter Mann darf so etwas sagen: nur eine Frau gibt es, die schöner ist als Meriamun, falls sie überhaupt eine Frau ist: jene, die unsere Menschen *Die Fremde Hathor* nennen.«

Jetzt fiel dem Wanderer die Erzählung des Lotsen ein, doch sagte er nichts davon, und Rei sprach weiter.

»Der Prinz sah sie, und seine Wut suchte nach einem neuen Opfer. Er kam auf uns zu, und ich erhob mich und neigte den Kopf vor ihm. Meriamun jedoch ließ sich träge in ihren Elfenbeinstuhl zurücksinken, stieß mit der Hand alle auf dem Spielbrett befindlichen Figuren um und befahl ihrer Hofdame, die Hataska hieß, das Brett fortzubringen. Doch Hataskas Augen blickten verstohlen den Prinzen an.

›Sei gegrüßt, Prinzessin, meine königliche Schwester‹, sagte Meneptah. ›Was tust du mit diesen da?‹ und er deutete mit seiner Pferdepeitsche auf die katzenköpfigen Figuren. ›Dies ist kein Spiel für Frauen, diese Figuren sind nicht

* Zypern

weiche Männerherzen, die auf dem Spielbrett der Liebe hin und her geschoben werden. Dieses Spiel erfordert Verstand! Geh zu deiner Stickerei zurück, denn dort magst du Meisterin sein!‹

›Sei gegrüßt, Prinz, mein königlicher Bruder‹, sagte Meriamun. ›Es amüsiert mich, dich von einem Spiel sprechen zu hören, das Verstand erfordert. Deine Jagd ist wohl erfolglos gewesen, also geh zu deinem Bankett, denn dort, wie ich hörte, haben die Götter dir gewährt, ein Meister zu sein.‹

›Dazu gibt es wenig zu sagen‹, antwortete der Prinz und warf sich auf den Stuhl, den ich freigemacht hatte, ›doch für dieses Spiel habe ich genug Verstand, um dir eine Vorgabe von einem Tempel, einem Priester und fünf Bogenschützen zu gewähren und dich dennoch zu schlagen.‹ Denn dieses, o Wanderer, sind die Bezeichnungen für die Figuren.

›Ich nehme die Herausforderung an‹, rief Meriamun, denn jetzt hatte sie ihn da, wo sie ihn haben wollte, ›doch will ich keine Vorgabe. Hier ist meine Wette: ich spiele drei Spiele gegen dich und setze den geheiligten Reif auf meinem Haupt gegen den königlichen Uräus, den du trägst, und der Sieger soll sie beide erhalten.‹

›Nein, nein, Prinzessin‹, rief ich erschrocken, ›das ist ein zu hoher Einsatz.‹

›Hoch oder niedrig, ich nehme die Wette an‹, erklärte der Prinz. ›Diese meine Schwester hat mich zu lange verspottet. Sie soll nun lernen, daß ihr Frauenverstand dem meinen bei diesem Spiel nicht gewachsen ist, und daß meines Vaters Sohn, der königliche Prinz von Kush und künftige Pharao, einem Mädchen mehr als gleich ist. Ich nehme deine Wette an, Meriamun!‹

›Dann geh jetzt‹, rief sie, ›und komm nach Sonnenuntergang in mein Empfangszimmer. Bring einen Schreiber mit, der den Spielverlauf aufzeichnen soll; Rei wird Schiedsrichter sein und die Einsätze bis zur Entscheidung verwahren. Doch hüte dich vor dem goldenen Becher der Pasht! Leer ihn nicht an diesem Abend, damit ich nicht ein Liebesspiel gewinne, obgleich wir nicht um Liebe spielen.‹

Der Prinz ging stirnrunzelnd fort, und Meriamun lachte, doch ich sah kommendes Unheil. Die Einsätze waren zu hoch, die Chancen zu ungleich, doch Meriamun wollte nicht auf mich hören, da sie sehr starrköpfig war.

Die Sonne versank, und zwei Stunden später kam der Prinz mit seinem Schreiber und fand Meriamun, das Spielbrett vor sich, in ihrem Empfangszimmer sitzen.

Er setzte sich wortlos ihr gegenüber und fragte dann, wer den ersten Zug machen sollte.

›Warte‹, sagte sie, ›vorher wollen wir unsere Einsätze machen.‹ Damit hob sie den Goldreif mit dem Schlangenkopf von ihrem Haar und übergab ihn mir. ›Wenn ich verlieren sollte‹, sagte sie, ›werde ich nie wieder die Uräus-Krone tragen.‹

›Das wirst du nie wieder tun, solange noch Atem in mir ist‹, antwortete der Prinz, als auch er das königliche Symbol von seinem Kopf nahm und es mir reichte. Es bestand ein kleiner Unterschied zwischen den beiden: der Goldreif Meriamuns wies einen Schlangenkopf auf, das des göttlichen Prinzen jedoch deren zwei.

›Ja, Meneptah‹, sagte sie, ›doch vielleicht wartet Osiris, der Gott der Toten, bereits auf dich, da er jene liebt, die zu groß und zu gut für diese Welt sind. Mach du den ersten Zug und laß uns beginnen!‹ Bei ihren Worten bösen Omens runzelte er unwillig die Stirn. Doch er machte den ersten Zug, rasch und überlegt, denn er kannte das Spiel gut.

Sie machte einen nicht sehr klugen Gegenzug und spielte danach wirr und zerfahren, schob die kleinen Figuren mit unüberlegten Zügen über das Brett. Deshalb gewann er dieses erste Spiel ohne jede Schwierigkeit und warf mit dem Ruf ›*Pharao ist tot*‹ die Figuren vom Brett. ›Siehst du, wie leicht ich dich schlagen kann‹? sagte er dann spöttisch. ›Du spielst mit der Taktik einer Frau: Nur Angriff und keine Verteidigung.‹

›Freu dich nicht zu früh, Meneptah‹, sagte sie. ›Zwei Spiele liegen noch vor uns. Sieh, die Figuren sind neu aufgestellt, und jetzt mache ich den ersten Zug.‹

Dieses Mal nahm das Spiel einen anderen Verlauf, denn der Prinz konnte nur wenige der Figuren Meriamuns schlagen, lediglich einen Tempel und zwei Bogenschützen, und kurz darauf war es an Meriamun ›*Pharao ist tot*‹ zu rufen und die Figuren vom Brett zu fegen. Meneptah runzelte die Stirn, während ich die Figuren neu aufstellte, und der Schreiber das Spiel auf seiner Tontafel festhielt. Jetzt war es an dem Prinzen, den ersten Zug zu machen.

›Im Namen des heiligen Thoth‹, rief er, ›dem ich für einen Sieg reiche Opfer gelobe.‹

›Im Namen der heiligen Pasht‹, antwortete sie, ›der ich seit langem täglich mein Gebet emporschicke.‹ Denn da sie ein Mädchen war, schwor sie bei der Göttin der Keuschheit, und da sie Meriamun war, bei der Göttin der Rache.

›Es ist passend, daß du bei ihr schwörst, der Katzenköpfigen‹, sagte er grinsend.

›Ja, sehr passend‹, antwortete sie, ›denn vielleicht wird sie mir ihre Krallen leihen. Du bist am Zug, Prinz Meneptah.‹

Und er zog, und zwar so gut, daß sich das Spiel für eine Weile gegen sie kehrte. Doch schließlich, nach einem verbissenen Kampf, bei dem Meriamun die meisten ihrer Figuren verlor, trat ein Strahlen auf ihr Gesicht, als ob sie gefunden hätte, was sie suchte. Und während der Prinz nach Wein rief und trank, lehnte sie sich zurück und warf einen langen Blick auf das Spielbrett. Dann zog sie ihre Figuren so geschickt und nach einem so gut durchdachten Plan, daß er in die Falle ging, die sie ihm stellte, und nicht wieder aus ihr entkommen konnte. Vergeblich bot er Thoth reiche Gaben an, versprach ihm einen Tempel, wie man ihn in Khem noch nie gesehen hatte.

›Thoth hört dich nicht; er ist der Gott gebildeter Menschen‹, sagte Meriamun spottend. Da fluchte er und trank noch mehr Wein.

›Narren suchen Geist im Wein, doch nur der Weise findet ihn‹, zitierte sie ein Sprichwort. ›Siehe, königlicher Bruder, *Pharao ist tot,* und ich habe gesiegt und dich bei deinem eigenen Spiel geschlagen. Rei, mein Diener, gib mir den Reif;

nein, nicht jenen, den anderen, mit der Doppelschlange, den der göttliche Prinz verloren hat. Also setze ich ihn jetzt auf, denn er gehört mir, Meneptah. Selbst hier, wie immer und überall, habe ich dich besiegt.‹

Damit erhob sie sich, und im hellen Licht der Lampen stehend, den königlichen Uräus an ihrer Stirn, trieb sie ihren Spott mit ihrem Bruder, indem sie ihn aufforderte, ihr zu huldigen, die seine Krone gewonnen habe, und ihm ihre Hand zum Kuß entgegenstreckte. Und so einmalig war ihre Schönheit, daß der göttliche Prinz aufhörte, wegen seines Unglücks die bösen Götter anzurufen, und sie eine Weile schweigend anstarrte.

›Bei Ptah, du bist schön‹, rief er, ›und ich vergebe meinem Vater jetzt, daß er dich zu meiner Königin bestimmt hat!‹

›Aber ich werde ihm das niemals vergeben‹, sagte Meriamun.

Der Prinz, sollte hier gesagt werden, hatte zuviel Wein getrunken.

›Du sollst meine Königin werden‹, rief er, ›und zum Beweis dafür, daß es mir ernst ist, werde ich dich jetzt küssen. Das zumindest kann ich tun, da ich kräftiger bin als du.‹ Und bevor sie zurückweichen konnte, riß er sie in die Arme, küßte sie auf die Lippen und gab sie dann wieder frei.

Meriamun wurde bleich wie der Tod. An ihrer Seite hing ein Dolch. Sie riß ihn heraus und stach damit nach seinem Herzen, und wenn er nicht vor dem Stahl zurückgeschreckt wäre, hätte sie ihn sicher erstochen, und sie rief, als sie zustieß: ›So, Prinz, gebe ich dir deine Küsse zurück!‹

Doch durch dieses Zurückschrecken fuhr die Klinge nur in seinen Arm, und bevor sie erneut zustoßen konnte, hatte ich ihre Hand umklammert und hielt sie fest.

›Du Schlange‹, rief der Prinz, bleich vor Wut und Angst. ›Ich schwöre dir, daß ich dich küssen werde, ob es dir paßt oder nicht, und für dieses sollst du büßen.‹

Doch sie lachte nur über seine Worte, da ihre Wut jetzt verraucht war, und ich brachte ihn zu einem Arzt, der seine Wunde verbinden sollte.

Als ich zurückkehrte, rang ich meine Hände und sagte zu ihr: ›Oh, Prinzessin, was hast du getan? Du weißt sehr wohl, daß dein göttlicher Vater dir bestimmt hat, den Prinzen von Kush zu heiraten, den du jetzt so schwer verletzt hast.‹

›Nein, Rei, ich will nichts mit ihm zu tun haben, mit diesem langweiligen Trottel, der der Sohn des Pharao genannt wird. Außerdem ist er mein Halbbruder, und es ist nicht richtig, daß ich meinen Bruder heirate, denn die Natur protestiert laut gegen diesen Brauch des Landes.‹

›Trotzdem, es *ist* nun einmal der Brauch des Königshauses und der Wille deines Vaters. So wurden die Götter, deine Vorfahren, vermählt: Isis mit Osiris. Das gilt auch für den großen Thutmosis und Amonemhet, und alle ihre Vorfahren und alle ihre Nachkommen. Oh, überlege es dir gründlich – ich sage dies um deinetwillen, denn ich liebe dich wie meine eigene Tochter – denke daran, daß das Bett des Pharao die Stufe zum Thron des Pharao ist. Du willst Macht; hier ist das Tor zur Macht, und vielleicht ist der Herr des Tores bald nicht mehr da, und du wirst allein bei diesem Tor sitzen.‹

›Ah, Rei, jetzt sprichst du wie der Berater solcher, die Könige sein werden. Oh, wenn ich ihn nur nicht so abgrundtief hassen würde! Und doch kann ich ihn beherrschen. Es war kein Zufall, daß wir heute abend dieses Spiel spielten: die Zukunft stand auf dem Brett. Siehe dieses Diadem auf meinem Haupt. Das erste Spiel hat er gewonnen, weil ich es ihn gewinnen lassen wollte. Nun, vielleicht soll es so sein, vielleicht werde ich mich ihm geben – und ihn die ganze Zeit hassen. Und dann das nächste Spiel: Das soll um das Leben, um die Liebe und alle Dinge gehen, die mir teuer sind, und ich werde es gewinnen, und der Uräus-Reif soll mein sein, und mein auch die Doppelkrone des Landes Khem, und ich werde herrschen wie Hatschepsut, die große Königin der alten Zeit, denn ich bin stark, und den Starken gehört der Sieg.‹

›Ja‹, antwortete ich, ›doch achte darauf, daß die Götter nicht Stärke in Schwäche verwandeln; du bist zu leidenschaftlich, um nur Stärke sein zu können, und in einem Frauenherzen ist Leidenschaft die Tür, durch die der König Torheit Einlaß findet. Heute hassest du, doch hüte dich, daß du nicht morgen liebst.‹

›Liebe‹, sagte sie und blickte mich mit einem Ausdruck von Verachtung an, ›Meriamun liebt nicht, bevor sie einen Mann findet, der ihrer Liebe wert ist.‹

›Gut. Und dann?‹

Dann sprach sie plötzlich in einer anderen Sprache zu mir, die nur wenige außer ihr und mir kennen, und die niemand außer ihr und mir lesen kann: der toten Sprache eines toten Volkes, des Volkes jener uralten Felsenstadt, aus der unsere Vorväter kamen.*

›Ich gehe‹, sagte sie, und ich zitterte, denn kein Mensch benutzt diese Sprache, wenn irgendein guter Gedanke in seinem Herzen ist. ›Ich werde gehen, um mir den Rat Jenes zu holen, das du kennst.‹ Und sie berührte die goldene Schlange, die sie gewonnen hatte.

Nun warf ich mich ihr zu Füßen, umklammerte ihre Knie und rief: ›Meine Tochter, meine Tochter, begehe nicht diese große Sünde! Nein, um alle Königreiche der Welt, erwecke nicht Jenes, das schläft, noch erwärme zum Leben Jenes, das erkaltet ist.‹

Doch sie nickte nur und schob mich zurück.« Das Gesicht des alten Mannes wurde bleich, als er das sagte.

»Was hat sie mit ihren Worten gemeint?« fragte der Wanderer.

---

* Wahrscheinlich waren die geheimnisvollen und nicht entzifferbaren alten Schriften, die gelegentlich im alten Ägypten ausgegraben wurden, in dieser untergegangenen Sprache eines noch älteren und heute vergessenen Volkes abgefaßt. So wie die Schrift, die bei Coptos von einem Priester der Göttin in deren Tempel entdeckt worden war. ›Die ganze Erde war dunkel, doch der Mond schien auf diese Schriftrolle.‹ Ein Schreiber der Ramses-Ära erwähnt eine weitere unentzifferbare alte Schrift. ›Du sagst mir, daß du kein Wort davon verstehst, sei es gut oder schlecht. Es ist, als ob eine Mauer darum herumgezogen wäre, die niemand ersteigen kann. Du bist gebildet, aber dennoch weißt du es nicht; dies macht mir Angst.‹ (Birch, *Zeitschrift,* 1871, pp. 61–64. *Papyrus Anastasi* I, pl. X, 1,8, pl. X, 1,4. Maspero, *Hist. Anc.,* pp. 66–67.)

Rei verbarg sein Gesicht in den Händen und schwieg eine Weile.

»Nein, erwecke nicht *du* Jenes, das schläft, Wanderer«, sagte er schließlich. »Meine Zunge ist versiegelt. Ich habe dir schon mehr gesagt, als ich jedem anderen gesagt haben würde. Frag nicht weiter – doch höre! Da kommen sie wieder! Mögen Ra und Pasht und Amon sie verfluchen; möge die rote Schweineschnauze Sets sie benagen; möge der Fisch von Sebek auf ewig seine steinernen Zähne an ihnen wetzen, immer und immer wieder von ihnen fressen!«

»Warum fluchst du so, und wer sind jene, die vorbeiziehen?« fragte der Wanderer. »Ich höre ihr Trappeln und ihr Singen.«

Man hörte jetzt das Geräusch vieler schlurfender Füße von der anderen Seite der Palastmauer, und die Worte eines Liedes schallten triumphierend herüber.

Der Herr, unser Gott, tut Zeichen und Wunder,
Zeichen setzt Er uns im Lande Khem.
Er hat den Stolz der Könige zerschlagen
Und wirft Seinen Schuh über die Götter!
Er hat Frösche in ihre heiligen Stätten geschickt,
Er hat Staub auf Krone und Saum gestreut,
Er hat ihre Könige gehaßt und ihre Gesichter geschwärzt;
Wunder bringt er im Lande Khem hervor.

»Dies sind die verfluchten gotteslästernden Zauberer und Sklaven, die Apura«, sagte Rei, als das Singen und das Trappeln der Füße verklangen. »Ihre Magie ist stärker als selbst die unsere, die wir darin bewandert sind, denn ihr Führer war früher einer von uns, ein geschorener Priester, und kennt unsere Geheimnisse. Wann immer sie so marschieren und singen, geschieht etwas Schlimmes. Bevor der Morgen dämmert, werden wir von ihnen hören. Mögen die Götter sie vernichten, für den Moment sind sie fort. Doch wäre es gut, wenn Meriamun sie für immer gehen ließe, wie sie es wünschen, damit sie in der Wüste sterben, doch sie verhärtet das Herz des Königs.«

7

Die Vision der Königin

Endlich war es draußen still geworden; das Singen und Schlurfen der Apura war in der Ferne erstorben und Rei beruhigte sich, als er den wilden Gesang und das Klirren der Bronzebecken nicht länger hörte.

»Ich muß dir noch berichten, Eperitos, wie die Sache zwischen dem göttlichen Prinzen und Meriamun endete. Sie bezwang ihren Stolz, der Wille ihres Vaters wurde der ihre; sie schien ihr Geheimnis schlafen zu lassen, und sie setzte selbst den Preis für ihre Hand fest. Sie mußte in allem dem Pharao gleichberechtigt sein, das war ihr Preis: und in den Tempeln und in allen Städten mußte sie gemeinsam mit ihm zu Erben des Oberen und Unteren Nillandes ausgerufen werden. Der Handel wurde abgeschlossen, der Preis bezahlt. Nach jener Nacht des Spiels war Meriamun wie ausgewechselt. Von nun an machte sie sich nicht mehr über den Prinzen lustig, sondern gab sich ihm gegenüber sanft und unterwürfig.

So verging die Zeit, bis schließlich, zu Beginn des Monats des ansteigenden Wassers der Tag ihrer Hochzeit anbrach. Mit mächtigem Pomp wurde die Tochter des Pharao dem Sohn des Pharao anvermählt. Doch ihre Hand war kalt, als sie vor dem Altar stand, so kalt wie die Hand einer, die in Osiris schläft. Stolz und unnahbar saß sie im goldenen Wagen, in dem sie durch die Tore von Tanis fuhr. Erst als sie die versammelte Menschenmenge so laut *Meriamun* schreien hörte, daß der Ruf *Meneptah* von den Echos ihres Namens übertönt wurde, erst dann lächelte sie.

Stolz und unnahbar saß sie auch in ihrer weißen Robe bei dem Bankett, das der Pharao ausgerichtet hatte, und mit keinem Blick sah sie ihren Ehemann an, der an ihrer Seite saß, obwohl der sie liebevoll anblickte.

Das Bankett dauerte lange, doch schließlich ging es zu Ende, und dann kamen die Musik und die Sänger, doch Meriamun fand eine Entschuldigung, um sich zurückziehen zu können. Und auch ich, der ich müde und in meinem Herzen traurig war, verließ das Fest, ging in meine Gemächer und beschäftigte mich mit meiner Kunst, denn, Fremder, ich bin der Erbauer von Häusern für Götter und Könige.

Als ich so an meinem Tisch saß, klopfte es an die Tür, und eine in einen dunklen Umhang gekleidete Frau trat herein. Sie ließ den Umhang fallen, und vor mir stand Meriamun im Glanz ihrer Hochzeitsrobe.

›Kümmere dich nicht um mich, Rei‹, sagte sie. ›Ich bin nur eine Stunde lang frei und möchte dir bei deiner Arbeit zusehen. Nein, das war nur ein Scherz; widersprich mir nicht, doch ich mag dein runzeliges Gesicht ansehen, in dem der Meißel deines Wissens und deiner Jahre seine Spuren hinterlassen hat. Deshalb habe ich dir von Kindheit an zugesehen, wenn du die Formen mächtiger Tempel aufgezeichnet hast, die noch stehen werden, wenn wir, und vielleicht sogar die Götter, die wir anbeten, längst vergangen sein werden. Ah, Rei, du weiser Mann, dein ist das bessere Los, denn du baust in kaltem, dauerhaftem Stein und kleidest deine Mauern so, wie es dein Wille gebietet. Ich jedoch – ich baue in den Staub menschlicher Herzen, und mein Wille ist in ihren Staub geschrieben. Wenn ich tot bin, erbaue mir ein Grabmal, das schöner ist, als die Welt es je kannte, und schreibe auf sein Portal: *Hier, in dem letzten Tempel ihres Stolzes, ruht jene müde Erbauerin, Meriamun, die Königin.*‹

So sprach sie mit wilden Worten und mit wenig Verstand.

›Nein, sprich nicht so‹, sagte ich, ›denn ist nicht heute dein Hochzeitstag? Was tust du an diesem Tage bei mir?‹

›Was ich hier tue? Ich bin gekommen, um wieder ein Kind zu sein! Siehe, Rei, im ganzen, weiten Khem gibt es keine andere Frau, die so beschämt, so verloren, so völlig entwurzelt ist wie die Prinzessin Meriamun, die du liebst, an diesem Abend. Ich stehe tiefer als eine, die auf den Straßen um Brot bettelt, denn je höher der Geist, desto tiefer sein Fall. Ich habe mich in die Schande verkauft, und mein Preis dafür ist Macht. Oh, verflucht sei das Schicksal der Frau, die nur durch ihre Schönheit groß sein kann! Oh, verflucht sei jener uralte Berater, vor dem du mich warntest, und verflucht sei ich, die Jenes, das schlief, erweckte, und Jenes, das erkaltet war, in meinem Atem und in meiner Brust erwärmte! Und verflucht sei diese Sünde, zu der es mich geführt hat! Verachte mich, Rei, schlag mir ins Gesicht, spuck mich an, mich Meriamun, die königliche Hure, die sich verkaufte, um eine Krone zu erringen. Oh, ich hasse ihn, ich hasse ihn, und ich werde ihm jede Schande mit einer Schande zurückzahlen, ihm, diesem Clown im Gewand eines Königs! Sieh hier‹ – sie zog aus ihrer Robe eine weiße Blüte, die ihr und mir bekannt war – ›zweimal habe ich heute daran gedacht, mit dieser tödlichen Blume meinem Leben ein Ende zu machen, und meiner Schande, und meiner leeren Gier nach Ruhm. Doch dieser Gedanke hat mich davor zurückgehalten: Ich, Meriamun, will leben und auf sein Grab blicken, und alle seine Statuen zerbrechen und alle Schriftzüge seines Namens von jeder Tempelwand in Khem tilgen, so wie man einst den verhaßten Namen Hatschepsuts aus ihnen herausgeschlagen hat. Ich ...‹ – und plötzlich brach sie in Tränen aus, sie, die niemals geweint hatte.

›Nein, laß mich!‹ sagte sie. ›Das sind nur Tränen der Wut. Meriamun ist die Herrin ihres Schicksals, und nicht das Schicksal die Herrin Meriamuns. Doch jetzt werde ich von meinem Gemahl erwartet und muß gehen. Küß mich auf die Stirn, mein alter Freund, solange ich noch die Meriamun bin, die du kennst, und dann küß mich nie wieder! Zumindest ist diese Hochzeit für dich gut, denn wenn Meriamun die Königin von Khem sein wird, sollst du der Erste im Lande sein und auf den Stufen meines Thrones stehen. Leb wohl!‹ Und sie hob ihren Umhang vom Boden auf, warf die weiße Todesblume in die Flammen des Bronzebeckens und war gegangen, und ließ mich noch trauriger zurück, als ich es schon vorher gewesen war. Denn nun wußte ich, daß sie nicht war wie andere Frauen, sondern viel größer – im Guten wie im Bösen.

Am kommenden Abend saß ich wieder an meiner Arbeit, und wieder klopfte es an die Tür, und wieder trat eine Frau herein und warf ihren Umhang ab. Es war Meriamun. Sie war blaß und ernst, und als ich mich erheben wollte, winkte sie ab.

›Hat also der Prinz, dein Gemahl ...‹, stammelte ich.

›Sprich mir nicht von dem Prinzen, Rei, mein Diener‹, unterbrach sie mich. ›Gestern abend habe ich wirres Zeug gesprochen, mein Verstand war durcheinander: laß es vergessen sein – ich bin jetzt eine Ehefrau, eine glückliche Ehefrau.‹ Und sie lächelte auf eine so seltsame Art, daß ich vor ihr zurückwich.

›Und jetzt zum Grund meines Kommens. Ich habe einen Traum gehabt, einen bedrückenden Traum, und da du weise und gebildet bist, bitte ich dich, mir meine Vision zu deuten. Ich lag im Schlaf und träumte von einem Mann, und in meinem Traum liebte ich ihn mehr, als ich es je sagen kann. Denn mein Herz schlug seinem Herzen entgegen, und ich lebte in seinem Licht, und meine ganze Seele gehörte ihm, und ich wußte, daß ich ihn immer lieben würde. Und der Pharao war mein Ehemann, doch in meinem Traum liebte ich ihn nicht. Dann kam eine Frau – sie stieg aus dem Meer –, die schöner war als ich, von einer Schönheit, die größer und anmutiger war als die der Morgendämmerung auf den Bergen; und auch sie liebte diesen gottgleichen Mann, und er liebte sie. Dann rangen wir beide um seine Liebe, setzten Schönheit gegen Schönheit, und Verstand gegen Verstand, und Magie gegen Magie. Einmal gewann die eine, dann die andere; doch am Ende gehörte der Sieg mir, und ich ging zu ihm, gekleidet wie für eine Brautnacht – und umarmte einen Leichnam.

Ich wachte auf, schlief jedoch bald wieder ein und sah

mich in einem anderen Gewand, und in einer anderen Sprache redend. Vor mir stand der Mann, den ich liebte, und auch die andere Frau war da, in all ihrer Schönheit, und ich war verändert, aber trotzdem die Meriamun, die du hier vor dir siehst. Und wieder rangen wir um die Liebe dieses Mannes, und an jenem Tag besiegte sie mich. Und ich erwachte.

Darauf schlief und träumte ich wieder, und wieder war ich in einem anderen Land – einem fremden Land, und doch glaubte ich, es von einer lange zurückliegenden Zeit zu kennen. Dort wohnte ich zwischen den Gräbern, und dunkle Gesichter waren um mich, und ich trug Jenes, das du kennst, als Gürtel um meinen Körper. Und die Grabstätten in den Felshöhlen, in denen wir lebten, waren mit den Schriftzügen einer toten Sprache beschriftet, der Sprache jenes Landes, aus dem unsere Vorväter kamen. Wir waren alle verändert, und doch dieselben, und wieder rangen diese Frau und ich miteinander um die Liebe des Mannes, und als ich kurz vor dem Sieg zu stehen schien, brach ein Meer von Feuer über mich herein.

Dann aber überstürzten sich die Ereignisse in meinem Traum, und mein Verstand war nicht imstande, alles festzuhalten, das geschah, denn dieses Spiel wiederholte sich in weiteren Ländern, und weiteren Leben, und weiteren Sprachen, unzählige Male. Doch der letzte Kampf und seine Siegerin wurden mir nicht offenbart.

Und in meinem Traum flehte ich laut die beschützenden Götter an, mich aus ihm zu befreien, und ich suchte nach Licht, so daß ich sehen mochte, woher diese Dinge kamen. Dann, wie in einer Vision, öffnete die Vergangenheit mir ihre Pforten. Es schien, daß früher einmal, vor Tausenden und Abertausenden von Jahren, dieser Mann meines Traums und ich uns durch Zufall begegnet waren, einander in die Augen geblickt und mit einer unbeschreiblichen Liebe geliebt und uns geschworen hatten, die Zeit und die Welt zu überdauern. Denn wir waren zu jener Zeit nicht sterblich, sondern besaßen etwas von der Natur der Götter, waren schöner und weiser als jeder der anderen Menschen, und unser Glück war das Glück des Himmels. Doch in unserem großen Glück hörten wir auf die Stimme Jenes, das du kennst, Rei, und mit dem ich kürzlich, gegen deinen Rat, zu tun hatte. Der Kuß unserer Liebe erweckte Jenes, das schlief, und das Feuer unserer Liebe erwärmte Jenes, das erkaltet war! Wir vergaßen unsere Götter, beteten nicht mehr sie an, sondern einander, denn wir wußten, daß wir unsterblich waren, wie die Götter. Und die Götter wurden zornig auf uns und brachten uns vor sich. Und während wir zitternd vor ihnen standen, sprachen sie wie aus einem Munde:

›Ihr zwei, die ihr ein Leben seid, die ihr einer den anderen vollendet, habt mit euren Küssen Jenes, das schlief, erweckt, und mit dem Feuer eurer Liebe Jenes, das erkaltet war, erwärmt, und habt die vergessen, die euch Leben, Liebe und Glück gegeben haben. Hört jetzt das Urteil, das wir über euch verhängt haben!

Aus *Zweien* sollt ihr zu *Dreien* werden und durch alle Zeiten darum kämpfen, wieder zu Zweien zu werden. Von diesem heiligen Ort seid ihr auf die Hölle der Erde verbannt, und wenn ihr auch unsterblich bleibt, sollt ihr dennoch das Kleid der Sterblichkeit anlegen. Von einem Leben zum anderen sollt ihr gehen, und lieben und hassen und scheinbar sterben; jede Art von Schicksal sollt ihr erfahren und in eurer blinden Vergeßlichkeit, da ihr eins und einander gleich seid, einer nach dem Gesetz der Erde das Leid des anderen tragen, und um eurer Liebe willen sündigen und in Schande kommen, sterben und neugeboren werden, scheinbar zu sterben und besiegt werden, eurer dreifachen Bestimmung nachgehend, die jedoch nur so lange eine Bestimmung sein soll, bis die Strafe abgegolten ist, und, durch das Wort des Schicksals, der unveränderliche Kreis sich schließt, der Schleier der Blindheit von euren Augen fällt, und, gleich einer Schriftrolle, eure Dummheit entrollt wird und der verborgene Zweck eures Leides erfüllt ist und ihr wieder Zwei und Eins sein sollt!‹

Dann, während wir zitternd so standen, aneinander geklammert, sprach die Große Stimme wieder.

›Ihr zwei, die ihr eines seid, laßt Jenes, auf das ihr gehört habt, euch trennen und umfassen! So werdet drei!‹

Und während die Stimme so sprach, wurde ich von großen Schmerzen geschüttelt, und die Kraft entfloh aus mir, und dort, bei dem, den ich liebte, stand die Frau meines Traums, mit aller Schönheit geschmückt und mit dem Stern gekrönt. Und wir waren drei. Und zwischen ihm und mir, doch ihn und mich umschließend, krümmte sich das Ding, vor dem du mich warntest. Und er, den ich liebte, wandte den Kopf und blickte sich nach der schönen Frau um, fragend, und sie lächelte und streckte ihre Arme nach ihm aus wie eine, die das in Besitz nehmen will, das ihr gehört, und, Rei, zu jener Stunde, obwohl es nur ein Traum war, spürte ich doch den Schmerz der Eifersucht und erwachte am ganzen Körper zitternd. Und jetzt deute du mir diese Vision, Rei, du, der du gelehrt bist in der Traumdeutung und in der Art des Schlafes.‹

›O Prinzessin‹, antwortete ich, ›dieses Problem ist zu hoch für mich. Ich kann es nicht deuten. Doch wohin du gehst, dorthin werde auch ich gehen, um dir immer beizustehen.‹

›Ich kenne deine Liebe zu mir‹, sagte sie, ›doch liegt in deinen Worten wenig Licht. Also ... also ... lassen wir es! Es war nur ein Traum, und wenn er tatsächlich aus der Unterwelt gekommen sein sollte, so von keinem hilfreichen Gott, sondern eher von Set, dem Quäler, oder von Pasht, der Schrecklichen, die den unheimlichen Schatten ihres Verhängnisses auf den Spiegel meines Schlafes warf, um jetzt auf den höchsten Dächern der Tempel zu ruhen, um jetzt von Sklaven niedergetrampelt zu werden, und um jetzt von der bitteren Tiefe verschlungen und von dort nach gegebener Zeit weitergerollt zu werden. Ich liebe diesen meinen Mann nicht, der eines Tages Pharao sein wird, und der, den ich liebe, mag niemals kommen. Doch ist es gut, nicht zu lieben, denn zu lieben heißt, Sklave zu sein. Wenn mein

Herz kalt ist, dann ist meine Hand stark, und ich kann die Königin sein, die den Pharao bei seinem Barte führt, die erste seit der alten Zeit im Lande Khem: denn ich bin nicht geboren worden, um zu dienen. Nein, so lange es mir möglich ist, werde ich herrschen und den Tod jenes erwarten. Blick hinaus, Rei, und sieh, wie die Strahlen von Mutter Isis' Thron all die Höfe und all die Straßen der Städte überfluten und sich in den Wassern brechen: So soll der Ruhm des Mondkindes dieses ganze Land Khem überfluten. Was kommt es darauf an, daß Isis vor Anbruch des Morgens ins Reich der Toten gehen muß und die Stimme Meriamuns in einem Grabmal gestillt werden wird?‹

So sprach sie und ging fort, und auf ihrem Gesicht war nicht das Lächeln einer Braut, sondern eher jener Ausdruck, mit dem der Sphinx über die große Wüste blickt.

»Fürwahr, eine seltsame Königin«, sagte der Wanderer, als Rei schwieg, »aber was habe ich mit dieser Erzählung einer Braut und ihren verworrenen Träumen zu tun?«

»Mehr als du dir wünschen magst«, sagte Rei, »doch laß uns zum Ende kommen, damit du deinen Anteil an ihrem Schicksal erfährst.«

8

Das KA, das BAI, und das KHOU

»Der göttliche Ramses starb und wurde zu Osiris gerufen. Mit meinen eigenen Händen schloß ich seinen Sarg und brachte ihn in sein herrliches Grabmal, wo er bis zu dem Tage des Erwachens ungestört ruhen wird. Und Meriamun und Meneptah regierten in Khem. Doch war sie sehr kühl gegenüber dem Pharao, obwohl der ihr auf jede Weise zu Willen war, und sie hatten nur ein Kind, so daß er nach einer Weile ihrer Schönheit müde wurde.

Sie besaß jedoch den schärferen Verstand, und sie beherrschte den Pharao so wie sie auch alles andere beherrschte.

Was mich betraf, so wurde mein Los gebessert; sie sprach viel mit mir und erhöhte meine Position in dem Lande, so daß ich der Erste Städtebauer von Khem wurde, und Kommandeur der Legion Amons.

Nun geschah es, daß Meriamun ein Bankett gab, mit dem sie den Pharao unterhalten wollte, und Hataska saß neben ihm. Sie war die oberste der Hofdamen Meriamuns, eine sehr schöne, doch unbotmäßige Frau, die zur Stunde in der Gunst des Pharao stand. Nun wirkte der Wein so auf den König, daß er offen mit der Hand Hataskas spielte, doch Meriamun, die Königin, schenkte dem keinerlei Beachtung, doch Hataska, die ebenfalls von dem starken Wein des tieferen Landes getrunken hatte, wurde aufsässig, wie es ihre Art war. Sie nahm einen tiefen Schluck aus ihrem goldenen Kelch und befahl dem Sklaven, ihn zur Königin zu bringen, der sie zurief: ›Trink mit mir, meine Schwester!‹

Die Bedeutung dieser Worte war allen klar, die sie hörten; diese Hofdame erklärte sich offen zur Frau des Pharao und im gleichen Rang mit der Königin stehend. Nun war Meriamun die Liebe des Pharao zwar völlig gleichgültig, nicht jedoch die Macht, und sie runzelte die Stirn und ein seltsames Licht glomm in ihren Augen auf, doch sie nahm den Kelch und berührte ihn mit den Lippen.

Dann hob sie ihren eigenen Kelch und spielte eine Weile damit, tat so, als ob sie trinke und sagte mit sanfter Stimme zu der Geliebten des Königs: ›Trinke auch du mit mir, meine Dienerin, denn bald, glaube ich, wirst du größer sein als die Königin!‹

Nun verstand diese törichte Frau sie falsch und nahm den goldenen Kelch von dem Eunuchen, der ihn ihr überbrachte.

Mit einem kleinen Nicken zu der Königin und einem Winken ihrer schlanken Hand trank Hataska einen Schluck, stieß plötzlich einen lauten Schrei aus und fiel tot über den

Tisch. Und während alle wie erstarrt dasaßen und keiner sich zu sprechen traute, lächelte Meriamun verächtlich auf den schwarzhaarigen Kopf hinab, der nun zwischen den Rosen der Tischdekoration lag, und der Pharao sprang voller Wut auf und gab den Wachen Befehl, die Königin zu ergreifen.

Doch sie hielt die Wachen mit einem herrischen Wink zurück und sagte mit kühler Stimme: ›Wagt nicht, die gesalbte Königin Khems zu berühren, auf daß euer Schicksal nicht dem *ihren* gleiche‹, und sie deutete auf die tote Hataska, ›und du, Meneptah, vergiß nicht unseren Hochzeitsschwur. Soll ich, die Königin, mir bieten lassen, daß deine Bettgenossinnen mir Beleidigungen entgegenschleudern und mich ihre Schwester nennen? – Ich denke nicht daran, denn wenn auch meine Augen blind sein mögen, so sind doch meine Ohren offen. Gib Frieden, sie hat erhalten, was ihr zustand – und du suche dir eine Geliebte niedereren Standes!‹

Der Pharao antwortete nicht, denn er fürchtete sie mit einer ständig wachsenden Furcht. Sie jedoch ließ sich in ihrem thronartigen Sessel zurücksinken, spielte mit ihrer goldenen Kette und sah zu, wie Diener die Tote forttrugen, zum Hause Osiris'. Einer nach dem anderen verabschiedeten die Gäste sich und gingen, sichtlich erleichtert, davon, bis schließlich nur noch wir zurückgeblieben waren, Meneptah, der Pharao, Meriamun, die Königin, und ich – Rei, der Priester –, denn alle anderen hatten Furcht. Dann sprach der Pharao wieder, ohne sie oder mich anzublicken, halb in Wut, und halb in Furcht.

›Du hassenswerte Frau, verflucht sei der Tag, an dem ich deine Schönheit erblickte. Du hast mich wieder besiegt, doch hüte dich, denn noch bin ich der Pharao und dein Gemahl. Stell dich noch einmal gegen mich, und ich schwöre dir bei dem, der in Philae schläft, daß ich dich entthronen und deinen Körper den Folterern übergeben und deine Seele freisetzen werde, damit sie der jener folge, die du heute getötet hast.‹

›Ich warne dich, Pharao‹, antwortete Meriamun stolz, ›wenn du auch nur einen Finger gegen meine Majestät hebst, bist du verloren. Du kannst mich nicht töten, da du mir nicht gewachsen ist, und ich schwöre den gleichen Eid! Bei dem, welcher in Philae schläft: Wenn du auch nur einen Finger gegen mich hebst, ja, so du auch nur einen Gedanken an Verrat hegen solltest, wirst du sterben. Und ich kann nicht leicht verraten werden, denn ich habe Boten, die du nicht hören kannst. Etwas, königlicher Meneptah, weiß auch ich von der Magie Königin Taias, die lange vor mir war. Also höre! Tu dies, und alles ist gut: Geh du deinen Weg und laß mich dem meinen folgen. Ich bin die Königin und werde die Königin bleiben, und bei allen Angelegenheiten des Staates muß meine Stimme das gleiche Gewicht haben wie die deine, obwohl deine Stimme es ist, die spricht. Und was alles andere betrifft, so sind wir von nun an geschieden, denn du fürchtest mich, und ich liebe dich nicht, Meneptah, und auch keinen anderen Mann.‹

›Wie du es gesagt hast, so soll es sein‹, antwortete der Pharao, denn sein Herz sank, und er bekam wieder Furcht. ›Übel war der Tag, an dem ich dich traf, und dies ist der Preis dafür, dich zu begehren. Von nun an sind wir geschieden von Tisch und Bett, doch im Rat sind wir nach wie vor eins, da unsere Ziele die gleichen sind. Ich kenne deine Macht, Meriamun, die du deine Gaben von den Kräften des Bösen erhalten hast; du brauchst nicht zu fürchten, daß ich versuchen werde, dich zu töten, denn ein Speer, der gen Himmel geschleudert wird, fällt auf den zurück, der ihn warf. Rei, mein Diener, du warst einst Zeuge unserer Schwüre: höre jetzt auch ihre Auflösung! Meriamun, Königin des alten Khem, du bist nicht länger meine Ehefrau! Lebe wohl!‹

Und er ging mit schweren Schritten hinaus, von Furcht beladen.

›Nein‹, sagte sie und blickte ihm nach, ›nicht länger bin ich Meneptahs Ehefrau, aber noch immer Khems gefürchtete Königin. Oh, du alter Priester, ich bin all dessen so müde. Siehe, was für ein Los das meine ist, die ich alles habe, außer der Liebe, und doch habe ich alles so satt! Ich sehnte mich nach Macht, und Macht besitze ich, doch was ist Macht? Es ist eine Peitsche, mit der ich die Luft schlage, die sich unmittelbar nach dem Schlag wieder schließt. Ja, ich bin meiner liebesleeren Tage müde, und der Langeweile alltäglicher Dinge. Oh, nur eine Stunde lang zu lieben, und in dieser Stunde zu sterben! Oh, daß die Zukunft ihren Schleier lüften und mir das Gesicht der kommenden Zeit zeigen würde! Sag, Rei! Würdest du mutig sein und eine Tat wagen?‹ Und sie umklammerte meinen Arm und flüsterte mir in der toten Sprache, die ihr und mir bekannt ist, zu: ›Sie habe ich getötet ... du hast es gesehen ...‹

›Ja, Königin, ich sah es – was fragst du mich? – Es war eine böse Tat und schlecht getan!‹

›Nein, es war eine gute Tat und gut getan. Doch du weißt, daß sie noch nicht kalt ist, und ich beherrsche die Kunst, ihren Geist, solange sie noch nicht kalt ist, von jenem Ort zurückzuholen, an dem sie jetzt weilt, und Wissen von ihren Lippen zu zwingen – denn da sie in Osiris ist, liegt zu dieser Stunde die ganze Zukunft vor ihr offen.‹

›Nein, nein‹, rief ich, ›das ist unheilig – wir dürfen die Toten nicht stören, damit die Wächter-Götter nicht zornig werden.‹

›Trotzdem werde ich es tun, Rei. Wenn du dich fürchtest, brauchst du nicht mitzukommen. Doch ich gehe. Ich bin begierig nach Wissen, und nur so kann ich es erlangen. Wenn ich bei diesem unheimlichen Unterfangen sterben sollte, so schreibe von Königin Meriamun: daß sie auf der Suche nach dem, was sein wird – dieses fand.‹

›Nein, Königin‹, antwortete ich, ›du wirst nicht allein gehen. Auch ich besitze einige Fähigkeiten auf dem Gebiet der Magie und kann vielleicht Übel von dir abwenden. Wenn du also wirklich auf diesem entsetzlichen Vorhaben bestehst, bin ich, wie immer, zu deinen Diensten.‹

›Das ist gut. Paß auf! Die Leiche ist in den Tempel Osiris' beim großen Tor gebracht und dort aufgebahrt worden, wie es der Brauch ist, bis sich die Einbalsamierer um sie kümmern. Komm, bevor sie kälter als mein Herz wird, komm mit mir, Rei, zum Hause des Herrn der Toten!‹

Sie ging in ihr Schlafzimmer, hüllte sich in eine dunkle Robe und eilte mit mir zum Tor des Tempels, bei dem wir von der Wache angerufen wurden.

›Wer geht dort? Im Namen des heiligen Osiris, sprecht.‹

›Rei, der Städtebauer und gesalbte Priester, und ein anderer‹, antwortete ich. ›Öffne!‹

›Nein, ich öffne nicht. Es ist eine hier, die nicht geweckt werden darf.‹

›Wer ist denn im Tempel?‹

›Jene, welche die Königin tötete.‹

›Die Königin schickt jemanden, die jene, welche sie tötete, ansehen soll.‹

Nun blickte der Wächter die in eine dunkle Robe gehüllte Gestalt neben mir an. ›Ein Zeichen, ehrwürdiger Rei‹, rief er dann und wich zurück.

Ich hielt das königliche Siegel empor, und er verneigte sich und öffnete das Portal. Als wir in den Tempel traten, entzündete ich die bereitliegenden Kienspäne, die als Fackeln dienten. In ihrem schwachen Licht durchquerten wir dann die äußere Halle, bis wir die Vorhänge erreichten, die das Allerheiligste abtrennen, und hier drückte ich die Kienspäne aus, denn kein Feuer darf hineingebracht werden, außer jenem, das auf dem Altar der Toten brennt. Durch den Vorhang schimmerte Lichtschein.

›Öffne!‹ befahl Meriamun, und ich zog den Vorhang beiseite, und Hand in Hand schritten wir hinein. Auf dem Altar, der dort stand, loderte ein helles Feuer. Der Raum ist nicht weit und groß, denn dies ist der kleinste aller Tempel von Tanis, aber dennoch so groß, daß das Licht nicht bis zu seinen Wänden vordrang, noch das unter seiner Decke hängende Dunkel zu durchdringen vermochte, und erst nach längerem, angestrengtem Hinsehen gelang es uns, die geschnitzten Götterbildnisse zu erkennen, die entlang den Wänden standen. Doch der Lichtschein fiel klar auf die große Statue von Osiris, die, aus dem schwarzen Stein Syenes gefertigt, hinter dem Altar auf ihrem Thron saß, in Leichentücher gewickelt, auf dem Kopf die Krone des Oberen Landes, in den Händen den Krummstab der Göttlichkeit und die furchtbare Geißel der Bestrafung, und das Licht schien auch auf die bleiche Gestalt, die auf seinen heiligen Knien lag, den nackten Körper Hataskas, die in dieser Nacht durch die Hand Meriamuns gestorben war. Dort ruhte sie, den Kopf an die heilige Brust gelehnt, die Arme über ihrem Herzen verschränkt; die Augen, aus denen das Licht des Lebens kaum entwichen war, starrten ins Dunkel, und ihr schwarzes Haar fiel zu beiden Seiten ihres Gesichtes herab. Denn in Tanis ist es bis heute der Brauch, jene von hoher Geburt oder von hohem Amte, die einen plötzlichen Tod erleiden, eine Nacht auf die Knie Osiris' zu betten.

›Siehe‹, sagte ich mit leiser Stimme zu der Königin, denn die Last dieses unheimlichen Ortes drückte auf meine Seele, ›siehe, sie, die vor weniger als einer Stunde eine schöne, leichtfertige Frau war, ist durch deine Tat in eine noch größere Majestät gekleidet worden, als alle Macht der Welt sie gewähren kann. Überleg es dir! Willst du es wagen, den Geist in diesen Körper zurückzurufen, aus welchem du ihn freigesetzt hast? Nicht leichtfertig, o Königin, darf dieses, trotz all deiner Magie, getan werden, und falls sie dir antworten sollte, mag es wohl sein, daß der Schrecken ihrer Worte uns völlig überwältigt.‹

›Nein‹, antwortete sie. ›Auch ich bin eingeweiht, und ich habe keine Furcht. Ich weiß, bei welchem Namen ich das *Khou* rufen muß, das über der Schwelle der Doppelhalle der Wahrheit schwebt, und wie ich es an seinen Platz zurückbeordern muß. Ich habe keine Furcht, doch falls du dich fürchten solltest, Rei, so geh und laß mich diese Tat alleine hinter mich bringen.‹

›Nein‹, antwortete ich, ›denn auch ich bin eingeweiht, und ich werde nicht gehen. Doch sage ich dir noch einmal, daß dies unheilig ist.‹

Nun sprach Meriamun nicht mehr, sondern hob die Arme

und streckte ihre Hände himmelwärts, und so stand sie eine Weile, das Gesicht so starr wie das von Hataska. Dann zog ich, wie es getan werden mußte, einen Kreis um uns und den Altar und die Statue Osiris' mit jener, die auf seinen Knien ruhte. Ich zog diesen Kreis mit meinem Stab, und darin stehend sprach ich die heiligen Worte, die alles Böse abwehren, das zu einer solchen Stunde uns nahe kommen mochte.

Nun streute Meriamun ein gewisses Pulver in die auf dem Altar brennende Flamme. Dreimal streute sie dieses Pulver, und wenn sie das tat, erhob sich jedesmal ein Feuerball vom Altar und schwebte davon; wenn immer sie das Pulver in die Flammen warf, stieg ein solcher Feuerball daraus hervor, und dies war nötig, denn nur durch das Feuer können die Toten manifestiert werden, und deshalb wurde ein Feuerball jeder der drei Gestalten gegeben, die zusammen den dreifachen Geist eines Toten ausmachen. Und als diese drei Feuerbälle sich mit der Luft verschmolzen hatten, und über die Statue von Osiris hinweggetrieben waren, rief Meriamun dreimal mit lauter Stimme:

›*Hataska! Hataska! Hataska!*

Bei deinem verhaßten Namen rufe ich dich!

Ich rufe dich von der Schwelle der Tore des Gerichts!

Ich rufe dich von den Portalen der Verdammnis!

Durch die Verbindung zwischen Leben und Tod, die zwischen dir und mir ist, befehle ich dir, von dort herzukommen, wo du jetzt bist, und mir auf die Fragen zu antworten, die ich dir stellen werde.‹

Sie schwieg, aber es kam keine Antwort. Doch der kalte Osiris lächelte, und der leblose Körper, der auf seinen Knien saß, starrte ins Leere.

›Nicht so leicht‹, flüsterte ich, ›kann diese entsetzliche Aufgabe gelöst werden. Du bist eingeweiht in das Wort der Furcht. Wenn du es wagen solltest, so laß es über deine Lippen kommen, sonst aber laß uns gehen.‹

›Nein, es soll gesprochen werden‹, sagte sie – und sie tat es. Sie trat zur Statue, verbarg ihr Gesicht in ihrer Robe und umklammerte mit beiden Händen die Füße der toten Hataska.

Als ich dies sah, hockte auch ich mich auf den Boden und verbarg mein Gesicht, denn es bedeutet den Tod, jenes Wort mit unverhülltem Gesicht zu hören.

Dann sprach Meriamun mit einem Flüstern, das kaum so viel Atem hatte, um eine Feder auf ihren Lippen zu bewegen, das Wort der Furcht, das nie geschrieben werden darf, und dessen Klang die Macht besitzt, jeden Raum zu überwinden und die Ohren der Toten zu öffnen, die in Amenti weilen. Sie sprach sehr leise, doch in einem Brüllen von Donner wurden die Worte von ihren Lippen gerissen und hallten wider in den ewigen Hallen, so daß sie auf den Füßen eines Unwetters und den Flügeln eines Gewitters zu eilen schienen, so daß das Dach schwankte und die tiefen Fundamente des Tempels wie ein sturmgeschüttelter Baum erbebten.

›Enthüllt euch, ihr Sterblichen‹, schrie eine furchtbare Stimme, ›und blickt die entsetzliche Erscheinung an, die zu rufen ihr gewagt habt!‹

Und ich erhob mich und warf den vor mein Gesicht gebreiteten Umhang zurück, starrte – und sank von Entsetzen geschüttelt, zusammen. Denn rund um den Kreis, den ich gezogen hatte, drängte sich die Menge der Toten; so unzählbar wie die Sandkörner der Wüste drängten sie sich und starrten uns beide mit furchtbaren Augen an. Und das Feuer, das auf dem Altar loderte, erlosch, aber doch war noch Licht, denn es schien aus jenen toten Augen, in den toten Augen der verlorenen Hataska war Licht.

Und ständig veränderten sich die Gesichter, nicht einen Herzschlag lang hörten sie auf, sich zu verändern. Denn wenn wir diese Gesichter anstarrten, zerschmolzen sie bis auf die Augen, und um diese Augen war das Gesicht nie dasselbe. Und wie die abfallenden Seiten einer Pyramide waren diese Gesichter um uns, vom Boden bis zum Dach des Tempels – und ihre glühenden Augen starrten uns an.

Und ich, Rei, der ich eingeweiht bin, wußte, daß es den

Tod bedeuten würde, wenn ich mich vom Entsetzen überwältigen ließe, so wie es den Tod bedeutete, aus dem Kreis hinauszutreten. Also rief ich in meinem Herzen Osiris an, den Herrn der Toten, uns zu beschützen, und schon als ich diesen göttlichen Namen anrief, siehe, all die Tausende von Tausenden Gesichtern verneigten sich anbetend und blickten dann einander an, als ob jeder zu jedem spräche, und veränderten sich rasch.

›Meriamun‹, sagte ich, indem ich all meine Kraft zusammenraffte, ›fürchte dich nicht, doch sei auf der Hut!‹

›Nein, wovor sollte ich mich auch fürchten?‹ antwortete sie, ›weil der Schleier des Verstandes zerrissen ist und wir für eine Stunde jene sehen die immer auf unserem Wege sind und deren Augen selbst unsere geheimsten Gedanken ständig beobachten? Ich fürchte nichts!‹ Und sie trat mutig bis zum Rand des Kreises und rief: ›Seid gegrüßt, ihr Sahus, Geister der furchtbaren Toten, zu denen auch ich einst gehören werde.‹

Und als sie nähertrat, schraken die Gesichter vor ihr zurück und machten einen Raum vor ihr frei. Und aus diesem Raum wuchsen zwei Arme, riesig und schwarz, die sich ihr entgegenstreckten, bis weniger als der Abstand dreier Körner zwischen ihnen und Meriamuns Brust bestand.

Doch diese lachte nur und trat einen Schritt zurück.

›So nicht, du Feindin‹, sagte sie. ›Diesen Kreis kannst du nicht durchbrechen; er ist zu stark für dich. Doch an die Arbeit! Hataska, wieder rufe ich dich über die Verbindung zwischen Leben und Tod – und dieses Mal mußt du kommen, du, die du leichtfertig warst und jetzt ›größer als die Königin‹ bist.‹

Und während sie das sagte, erhob sich aus der Gstalt, die auf den Knien Osiris' lag, eine andere und trat vor uns, so wie eine Schlange aus ihrer abgestreiften Haut schlüpft. Und so wie die tote Hataska gewesen war, so war auch diese Gestalt, Gesichtszug um Gesichtszug, Glied um Glied. Doch ruhte der Leichnam noch immer auf den Knien Osiris', denn es war lediglich ihr *Ka*, das vor uns stand.

Und dieses sprach die Stimme Hataskas mit den Lippen des *Ka*:

›Was willst du von mir, die ich nicht mehr zu euch gehöre, o du, durch deren Hand mein Körper getötet wurde? Warum störst du mich?‹

Und Meriamun antwortete: ›Ich will dieses von dir: daß du mir die Zukunft offenbarst, selbst in Gegenwart dieser erhabenen Gesellschaft. Also sprich! Ich befehle es dir!‹

Und das *Ka* sagte: ›Nein, Meriamun, das kann ich nicht, da ich nur das *Ka* bin, die Bewohnerin des Grabes, die Wächterin Hataskas, welche du ermordet hast, und die ich während der Tage des Todes bewachen muß, bis sie wieder aufersteht. Von der Zukunft weiß ich nichts; frage du mich das, was ich weiß.‹

›Dann tritt zur Seite!‹ befahl die Königin, und die Bewohnerin des Grabes gehorchte ihr.

Nun rief sie abermals nach Hataska, und es erhob sich das Rauschen von Flügeln. Und siehe! Auf der Statue Osiris' hockte ein großer Vogel, dessen Federn wie Gold leuchteten. Doch hatte dieser Vogel den Kopf einer Frau, und dieses Gesicht war wie das Hataskas. Und so sprach das, welches das *Bai* war:

›Was willst du von mir Meriamun, die ich nicht mehr zu euch gehöre? Warum holst du mich aus der Unterwelt, du, durch deren Hand mein Körper getötet wurde?‹

Und Meriamun sagte: ›Ich will dieses von dir: Daß du mir die Zukunft offenbarst. Also sprich! Ich befehle es dir!‹

Und das *Bai* sagte: ›Nein, Meriamun, das kann ich nicht, da ich nur das *Bai* jener bin, die Hataska war, und vom Leben zum Tod und vom Tod zum Leben fliege, bis die Stunde des Erweckens anbricht. Von der Zukunft weiß ich nichts; suche du sie bei einem, der sie kennt.‹

›Dann bleib, wo du bist!‹ sagte die Königin, und es blieb dort, und es war gräßlich anzusehen.

Nun rief Meriamun abermals Hataska und befahl ihr, ihrem Rufe zu folgen, wo immer sie sich auch aufhalten mochte.

Und siehe! Die Augen jener, die auf den Knien Osiris' ruhte, erglühten, und es erglühten auch die Augen des Bewohners des Grabes, und auch die des geflügelten Boten, der über ihr hockte. Und dann war da das Geräusch eines Windes, und von oben, das Dunkel durchschneidend, fiel eine Flammenzunge herab, die sich auf der Stirn der toten Hataska niederließ. Und die Augen der Tausenden von Tausenden Geister wandten sich, um die Flammenzunge anzustarren. Und dann sprach die tote Hataska – obwohl ihre Lippen sich nicht bewegten, sprach sie.

Und sie sagte: ›Was willst du von mir, Meriamun, die ich nicht mehr zu euch gehöre? Wie kannst du es wagen, mich zu stören, du, durch deren Hand mein Körper gestorben ist, und mich von der Schwelle der Doppelhalle der Wahrheit in die Oberwelt zurückzuzerren?‹

Und Meriamun, die Königin sprach: ›Oh, du *Khou,* zu diesem Zwecke habe ich dich gerufen: Ich bin meiner Tage müde und will wissen, was die Zukunft mir bringt. Ja, die Zukunft will ich wissen, doch die gespaltene Zunge Jenes, das schläft, sagt mir kein Wort davon, und die Lippen Jenes, das kalt ist, bleiben stumm. Sage also du es mir! Das befehle ich dir mit dem Wort, das die Macht hat, die Lippen der Toten zu öffnen, du, das du in alle Dinge eingeweiht bist; was wird die Last meiner Tage sein?‹

Und das unheimliche Khou antwortete: ›Liebe soll die Last deiner Tage sein, und Tod die Last deiner Liebe. Siehe! Einer wird kommen aus dem Norden, den du schon einst geliebt hast, und den du von einem Leben zum anderen lieben sollst, bis alles vollendet sein wird. Denke an einen Traum, den du träumtest, als du im Bett des Pharao lagest, und löse das Rätsel, das dieser Traum dir aufgab. Meriamun, du bist groß, dein Name ist bekannt auf Erden, und auch in Amenti kennt man ihn. Groß ist dein Schicksal, und durch Blut und Leid sollst du es erfüllen. Ich habe gesprochen, entlasse mich jetzt von hier.‹

›Es ist gut‹, antwortete die Königin. ›Doch noch darfst du nicht gehen. Zuvor befehle ich dir, durch das Wort des

Grauens und durch die Verbindung zwischen dem Leben und dem Tod, mir zu erklären, ob ich in diesem Leben und auf dieser Erde jenen erringen werde, den ich liebe.‹

›Durch Sünde und List und Leid, Meriamun, wirst du ihn besitzen; durch Schande und eifersüchtigen Gram soll er dir genommen werden von einer, die stärker ist als du, wenngleich du sehr schön bist, und du sollst ihn durch deine Leidenschaft in sein Verderben stürzen, und die Verderbnis des Herzens soll dein Los sein. Doch dieses Mal wird sie dir entkommen, deren Schritte mit den deinen gehen, und mit denen essen, der dir und ihr gehören wird. Trotzdem wirst du es ihr eines Tages Maß um Maß zurückzahlen, und Böses um Böses. Ich habe gesprochen, laß mich nun gehen.‹

›Noch nicht, o *Khou* – noch nicht. Ich muß noch etwas wissen. Zeig mir das Gesicht derer, die meine Feindin ist, und das Gesicht dessen, der meine Liebe ist.‹

›Dreimal magst du mich fragen, o du das Höchste Wagende‹, antwortete das unheimlich *Khou,* ›und dreimal darf ich antworten, und dann lebe wohl, bis ich dich auf der Schwelle jener Halle wiedersehe, von der du mich gerufen hast. Sieh das Gesicht Hataskas an, die du tötetest!‹

Und wir sahen es an, und siehe! Das Gesicht der toten Hataska veränderte sich, wurde zu dem des Doubels, jenes *Ka,* das an ihrer Seite stand, und zu dem Gesicht des großen Vogels, des *Bai,* der seine Schwingen über dem Kopf Osiris' ausbreitete. Und es wurde wunderbar, ja, so ausnehmend wunderbar, daß man es nicht beschreiben kann, und die Schönheit war jene einer schlafenden Frau. Und siehe! Oberhalb von Hataska schwebte der Schatten eines, der sie in ihrem Schlaf betrachtete. Doch sein Gesicht sahen wir nicht, o Wanderer, da es von dem Visier eines goldenen Helmes verborgen war, und in jenem Helm stak – die *Bronzespitze eines abgebrochenen Speeres!* Und er war in die Rüstung eines Mannes des nördlichen Meeres gekleidet, der Aquaiuscha, und sein Haar fiel dunkel auf seine Schultern, wie die Blütenblätter einer Hyazinthe.

›Siehe deine Feindin und siehe deinen Geliebten! Und

nun lebe wohl!‹ sagte das unheimliche *Khou,* durch die Lippen der toten Hataska sprechend, und als die Worte erstarben, verging ihre Schönheit, und die Feuerzunge schoß hoch und erlosch, und wieder wandten sich die Tausende von Tausenden Augen einander zu, und die Lippen flüsterten miteinander.

Doch Meriamun stand für eine Weile schweigend, wie erstarrt. Dann erwachend, rief sie: ›Geh, du *Bai!* Geh, du *Ka!*‹

Und der große Vogel, dessen Gesicht das Hataskas war, breitete seine goldenen Schwingen aus und flog zu seinem Horst zurück, und das *Ka,* welches auf seine Art Hataska ähnelte, näherte sich den Knien der Toten und glitt in die Gestalt zurück, aus der es gekommen war. Und all die tausend mal tausend Gesichter zerschmolzen, obwohl ihre feurigen Augen uns noch immer anstarrten.

Nun verhüllte Meriamun ihren Kopf und murmelte noch einmal jenes entsetzliche Wort, und ich zog ebenfalls meine Robe vor das Gesicht. Wie es die Vorschrift gebietet, rief sie dieses Mal jenes Wort laut, doch obwohl sie es laut rief, erscholl es nur als kaum hörbares Flüstern von ihren Lippen. Dennoch aber wurde der Tempel davon wie von einem Sturm erschüttert.

Dann enthüllte Meriamun sich, und siehe! Das Feuer brannte wieder auf dem Altar, und auf den Knien Osiris' ruhte Hataska, noch immer kalt und tot, und um uns war Leere und Stille.

Meriamun jedoch umklammerte meinen Arm und sprach kaum verständlich: ›Nun, da alles getan ist, habe ich große Furcht vor dem, was gewesen ist, und jenem, das sein wird. Bring mich fort von hier, o Rei, Sohn des Pames, denn ich kann nicht mehr!‹

Und so führte ich sie schweren Herzens fort, die von allen Zauberinnen die größte war. Weißt du jetzt, o Wanderer, warum meine Königin sich vor der Ankunft des Mannes aus dem Norden fürchtete, der in eine Rüstung gekleidet ist und aus dessen Helm die Spitze eines abgebrochenen Speeres ragt?«

Zweites Buch

1

Die Propheten der Apura

»Diese Dinge geschehen nicht ohne die Götter«, sagte der Wanderer, der sich Eperitos nannte, als er die ganze Geschichte Reis, des Priesters, Sohn des Pames, Städtebauer und Kommandeur der Legion Amons gehört hatte. Dann saß er eine Weile schweigend, bis er schließlich aufblickte und den alten Mann ansah.

»Du hast mir eine seltsame Geschichte erzählt, Rei. Über viele Meere bin ich gezogen, und viele Länder habe ich gesehen. Ich kenne die Art vieler Völker, und habe die Stimmen der unsterblichen Götter vernommen. Träume sind zu mir gekommen, und Wunder haben mich umhüllt. Es war mir auferlegt, in den Hades hinabzusteigen, jenes Land, das du Amenti nennst, und ich habe auf die Scharen der Toten geblickt; noch nie jedoch habe ich etwas so Seltsames gehört. Denn, wisse, als ich deine schöne Königin zum ersten Male sah, hatte ich das Gefühl, daß sie mich auf eine sehr merkwürdige Weise anblickte, wie eine, die mein Gesicht kannte. Und jetzt, Rei, wenn du die Wahrheit sprichst, scheint es, als ob *sie* mich auf den Wegen von Nacht und Magie kennt. Sage mir also: wer war der Mann in der Vision der Königin, jener Mann mit dem dunklen, gelockten Haar, auf die Art der Achäer, die ihr die Aquaiuscha nennt, in einen goldenen Panzer gekleidet, der auf seinem Haupte einen goldenen Helm trug, in welchem eine abgebrochene Speerspitze steckt?«

»Dieser Mann sitzt jetzt vor mir«, sagte Rei, »oder aber es ist ein Gott, den meine Augen sehen.«

»Kein Gott bin ich«, antwortete der Wanderer lächelnd, »obwohl die Sidonier mich für nichts Geringeres hielten, als der schwarze Bogen surrte und die grauen Pfeile flogen. Lös mir das Rätsel, du, der du eingeweiht bist!«

Nun blickte der alte Priester zu Boden, wandte dann seine Augen himmelwärts und betete mit murmelnden Lippen zu Thoth, dem Gott der Weisheit. Und als er mit seinem Gebet zu Ende gekommen war, sprach er.

»*Du* bist jener Mann«, sagte er. »Aus dem Meer bist du gekommen, um das Verhängnis der Liebe über die Königin Meriamun zu bringen, und auf dich selbst das Verhängnis des Todes. Dieses weiß ich, doch von dem Rest weiß ich nichts. Und nun bitte ich dich, dich, der du in der Rüstung des Nordens kommst, dessen Gesicht in Schönheit gekleidet ist, und der du von allen Männern der stärkste bist und von allen Männern die wohlklingendste und verführerischste Stimme besitzt, geh zurück! Geh zurück auf das Meer, von dem du kamst, und zu den Ländern, aus denen du hierher kamst.«

»So leicht können Menschen ihrem Schicksal nicht entrinnen«, antwortete der Wanderer. »Mein Tod mag kommen, da er kommen muß; doch wisse dieses, Rei: Ich suche nicht die Liebe der Königin Meriamun.«

»Dann mag es sein, daß du sie trotzdem findest, denn jene, die Liebe suchen, verlieren sie, und solche, die nicht suchen, finden sie.«

»Ich bin gekommen, um eine andere Liebe zu suchen«, sagte der Wanderer, »und ich werde sie suchen, bis ich sterbe.«

»Dann bete ich zu den Göttern, daß du sie finden magst, und daß Khem so vor Leid bewahrt wird. Doch lebt hier in Khem keine Frau, die so schön ist wie Meriamun, und du müßtest sie an anderen Orten suchen, und das so rasch, als es dir möglich ist. Und nun, Eperitos, muß ich gehen, um dem heiligen Amon in seinem Tempel zu dienen, denn ich bin sein Hohepriester. Doch hat der Pharao mir befohlen, vorher dich zu dem Bankett in seinen Palast zu geleiten.«

Nun führte er den Wanderer hinaus und brachte ihn durch einen Seiteneingang in den großen Palast des Pharao zu Tanis, der nahe dem Tempel Ptahs stand. Zunächst führte er ihn in einen Raum des Palastes, der für ihn bereit gemacht worden war, einen herrlichen Raum, dessen Wände reich mit den Porträts tierköpfiger Gottheiten bemalt waren, mit Elfenbeinstühlen eingerichtet, und mit Liegen aus Ebenholz und Silber, und mit einem vergoldeten Bett.

Dann ging der Wanderer in die Bäder, wo dunkeläugige Frauen ihn badeten und mit duftendem Öl salbten und ihn mit Lotosblüten bekränzten. Als sie ihn gebadet hatten, geboten sie ihm, seine goldene Rüstung und seinen Bogen und den Köcher mit Pfeilen zurückzulassen, doch dieses weigerte der Wanderer sich zu tun, denn als er den schwarzen Bogen ablegte, ertönte dessen Sehne mit einem leisen Kriegsgesang. Also führte Rei ihn, bewaffnet wie er war, in einen Vorraum und versprach ihm, daß er hierher zurückkehren sollte, wenn das Bankett beendet war. Trompeten schmetterten, während der Wanderer wartete, und durch die weit geöffneten Vorhänge schritten die schöne Meriamun und der göttliche Pharao Meneptah herein, gefolgt von vielen Herren und Damen des Hofes, alle mit Rosen und Lotosblumen bekränzt.

Die Königin war in ihre Staatsrobe gekleidet, ein purpurfarbenes Gewand, und ihren Hals und ihre Arme umspannten Reifen von kunstvoll verarbeitetem Gold. Sie war prachtvoll und würdig anzuschauen, mit ihrer blassen Stirn und ihren wunderbaren, verächtlich blickenden Augen, wo Träume im Schatten ihrer Lider zu schlafen schienen. So schritt sie durch den großen Raum, in all ihrer Pracht und dem Stolz der Schönheit, und hinter ihr kam der Pharao. Er war ein hochgewachsener Mann, doch von schlechter Statur und mit niedriger Stirn, und dem Wanderer schien, daß auch sein Herz von niedrigen Gedanken erfüllt war und daß in seinem Denken immer der Schrecken kommenden Unheils lag.

Meriamun blickte auf.

»Sei gegüßt, Fremder«, sagte sie. »Du kommst in Kriegskleidung zu unserem Bankett?«

»Ich glaubte, o Königin, diesen, meinen Bogen von einem kommenden Kriege singen zu hören, als ich ihn ablegen wollte. Dieserhalb gehe ich bewaffnet, selbst zu deinem Bankett.«

»Besitzt dein Bogen eine solche Gabe der Voraussicht, Eperitos?« fragte die Königin. »Ich habe nur einmal von einer solchen Waffe gehört, und das war in dem Lied eines fahrenden Sängers. Er ist mit seiner Leier von der Nördlichen See gekommen, und er sang vom Bogen des Odysseus.«

»Sei dem, wie es wolle, du bist gut bewaffnet gekommen, Wanderer«, sagte der Pharao, »denn wie dein Bogen singt, so murmelt mein Herz mir viel von einem Kriege, der kommen wird.«

»Folge mir, Wanderer, wie immer es sein mag!« sagte die Königin.

Also folgte er ihr und dem Pharao, bis sie in eine wunderbare Halle gelangten, deren Wände mit reichgeschnitzten Darstellungen von Kämpfen und Festen geschmückt waren. Hier, auf den bemalten Wänden, trieb Ramses Miamun eigenhändig Tausende von Khita in die Flucht, hier jagten Männer in den Marschen Wildgeflügel, mit einer Großkatze als Jagdhund. Noch nie, seit er mit dem Seekönig der Feeninsel gespeist hatte, war dem Wanderer ein solcher Anblick vergönnt gewesen. Auf einem Podium, über die anderen erhoben, saß der Pharao, und bei ihm saß Meriamun, die Königin, und neben der Königin saß der Wanderer in der goldenen Rüstung des Paris, und der schwarze Bogen lehnte an seinem Sessel.

Das Bankett begann, und die Männer und Frauen aßen und tranken, Meriamun jedoch beobachtete den Wanderer aus den Schatten ihrer dichten Augenwimpern heraus.

Plötzlich, als das Bankett seinen Fortgang nahm und alle fröhlich waren, wurden die Türen des Raumes weit aufgerissen, die Wachen wichen in Angst zurück, und siehe! Im Eingang der Halle standen zwei Männer. Ihre Gesichter waren hager, trocken, vom Wandern durch die Wüste ausgezehrt; ihre Nasen waren gekrümmt wie die Schnäbel von Adlern, und ihre Augen gelb wie die von Löwen. Sie waren in rohe Tierfelle gekleidet und hatten Lederriemen um ihre Mitte geknotet, und sie hoben drohend ihre nackten Arme und schwangen ihre Stäbe aus Zedernholz. Beide Männer waren alt, einer von ihnen weißbärtig, der andere glattrasiert wie die Priester Ägyptens. Und als sie ihre Stäbe erhoben, wichen die Wachen zurück wie geprügelte Hunde, und alle Gäste verhüllten ihre Gesichter, mit Ausnahme von Meriamun und dem Wanderer. Selbst der Pharao wagte nicht, sie anzublicken, doch murmelte er drohend in seinen Bart.

»Im Namen Osiris«, sagte er, »hier sind wieder diese Zauberer der Apura. Der Tod wartet auf jene, die sie diese Türen passieren ließen.«

Nun rief einer der beiden Männer, jener, der ein kahles Kinn hatte, wie ein Priester: *»Pharao! Pharao! Pharao!* Höre auf das Wort Jehovas. Wirst du mein Volk gehen lassen?«

»Ich werde es nicht gehen lassen«, antwortete er.

»Pharao! Pharao! Pharao! Höre auf das Wort Jehovas. Wenn du mein Volk nicht gehen läßt, sollen alle Erstgeborenen Khems, von den Prinzen bis zu den Sklaven, von den Ochsen bis zu den Eseln, von Jehova erschlagen werden. Wirst du mein Volk gehen lassen?«

Nun horchte der Pharao auf, und jene, die bei dem Bankett bei ihm waren, erhoben sich und riefen mit lauter Stimme: »O Pharao, lasse dieses Volk gehen! Große Plagen sind wegen der Apura über das Land Khem gekommen. O Pharao, laß endlich dieses Volk gehen!«

Nun wurde das Herz des Pharao weich, und er wollte sie gehen lassen, doch Meriamun wandte sich an ihn und sagte: »Du darfst dieses Volk nicht gehen lassen. Es sind nicht diese Sklaven, noch ist es der Gott dieser Sklaven, welche die Plagen über Khem bringen, sondern es ist jene fremde Göttin, die Falsche Hathor, die hier in dieser Stadt Tanis lebt. Hab keine solche Angst – du bist in deinem Herzen immer ein Feigling gewesen. Vertreibe die Falsche Hathor von hier, wenn du so willst, doch halte diese Sklaven unter deinem Joch. Ich habe noch immer einige Städte zu erbauen und brauche diese Sklaven dazu.«

Nun rief der Pharao: »Fort mit euch! Ich befehle es! Und ab morgen sollen euch doppelte Lasten aufgebürdet werden, und eure Rücken sollen rot sein von Peitschenhieben. Ich werde dein Volk nicht gehen lassen!«

Nun begannen die beiden Männer laut zu klagen, deuteten mit ihren Stäben himmelwärts und verließen die Halle, und niemand wagte, Hand an sie zu legen, doch jene, die bei dem Bankett saßen, murmelten viel untereinander.

Nun fragte der Wanderer sich, warum der Pharao den Wachen nicht befohlen hatte, die ungebetenen Gäste, die das Bankett störten, niederzumachen.

Die Königin Meriamun sah die Frage in seinen Augen und wandte sich ihm zu.

»Wisse, Eperitos«, sagte sie, »daß in letzter Zeit große Plagen über dieses Land gekommen sind: Plagen von Läusen und Fröschen und Fliegen und der Finsternis, und die Verwandlung von reinem Wasser zu Blut. Und all diese Plagen glaubt unser Herr, der Pharao, durch den Fluch jener Zauberer auf uns herabbeschworen worden zu sein, den Hexern und Magiern gewisser Sklaven, die unter uns leben und am Bau unserer Städte arbeiten. Ich jedoch weiß sehr wohl, daß dieser Fluch uns von Hathor auferlegt wurde, der Göttin der Liebe, wegen jener Frau, die sich hier in Tanis niedergelassen hat und als Hathor angebetet wird.«

»Warum, o Königin«, antwortete der Wanderer, »wird dieser falschen Göttin erlaubt, in eurer prachtvollen Stadt zu wohnen? Denn wie ich sehr gut weiß, sind die unsterblichen Götter immer zornig auf solche, die sich von ihnen abwenden und vor fremden Altären knien.«

»Warum es ihr erlaubt wird? Diese Frage solltest du dem Pharao, meinem Gemahl, stellen. Ich glaube, daß man sie duldet, weil ihre Schönheit größer ist als die sterblicher Frauen, jedenfalls behaupten das die Menschen, welche sie gesehen haben, doch ich habe sie nicht erblickt, denn nur solche kennen sie, welche zu ihrem Schrein gehen, um sie anzubeten, und auch diese nur von ferne. Es ist nicht rechtens, daß die Königin aller Länder vor dem Altar einer fremden Frau beten sollte, welche – wie auch du, Eperitos – von irgendwoher gekommen sein mag – so sie wirklich eine Frau sein sollte, und nicht ein Dämon aus der Unterwelt. Wenn du jedoch mehr darüber erfahren möchtest, so frag den Pharao, denn er kennt den Schrein jener Falschen Hathor, und er weiß, wer ihn bewacht, und was es ist, das sein Tor verriegelt.«

Nun wandte der Wanderer sich an den Pharao und sagte: »O Pharao, darf ich die Wahrheit über dieses Geheimnis erfahren?«

Meneptah blickte auf, und Zweifel und Mißtrauen waren in seinen Augen.

»Ich will es dir gerne erklären, du Wanderer, denn vielleicht mag ein Mann wie du, der so weit und durch so viele Länder gereist ist, und so viele Gesichter so vieler Götter gesehen hat, die Geschichte verstehen und mir helfen. In den Tagen meines Vaters, des heiligen Ramses Miamun, erwachten die Wächter des Tempels der göttlichen Hathor und siehe! Im innersten Schrein des Tempels stand eine Frau in der Robe der Aquaiuscha, welche die Schönheit selbst war. Und als sie sie sahen, konnte niemand sagen, daß er je eine Schönere gesehen hatte, denn dem einen erschien sie dunkel und dem anderen blond, und jedem Manne zeigte sie das Ideal seiner Traumvorstellung von Schönheit. Sie lächelte ihnen zu und sang ein süßes Lied, und Liebe drang in ihre Herzen ein, so daß jeder Mann glaubte, sie sei die Frau, die sein Herz begehrte. Doch wenn immer ein Mann ihr zu nahe kam und sie zu umarmen versuchte, war jenes um sie, das ihn forttrieb, und wenn er es noch einmal versuchte, siehe, dann fiel er tot zu Boden. So unterdrückten sie schließlich ihr Sehnen und verlangten nicht mehr nach ihr, sondern verehrten sie als die zur Erde herabgestiegene Hathor, und opferten ihr Nahrung und Trank und brachten ihr Gebete dar. So vergingen drei Jahre, und gegen Ende des dritten Jahres entdeckten die Hüter des

Tempels, daß die Hathor verschwunden war. Nichts war von ihr geblieben, als eine Erinnerung. Doch gab es einige, welche sagten, daß diese Erinnerung ihnen teurer sei als alles, das die Welt ihnen geben könnte.

Zweiundzwanzig weitere Jahreszeiten vergingen, und ich saß auf dem Thron meines Vaters und war Herr der Doppelkrone. Und eines Tages kam ein Bote gelaufen und schrie: ›Hathor ist nach Khem zurückgekehrt, und wie zuvor darf niemand sich ihrer Schönheit nähern!‹ Nun ging ich, um selbst nachzusehen, und siehe! Vor dem Tempel der Hathor hatte sich eine große Menschenmenge versammelt, und auf der Spitze einer Pylone stand die Hathor selbst, so schön wie die Morgendämmerung. Und wie zuvor sang ihre Stimme süße Lieder, und für jeden Mann, der sie hörte, war ihre Stimme wie die seiner Geliebten, sei sie am Leben oder tot und ihm verloren. Nun aber besaß jeder Mann so ein Grab in seinem Herzen wie jenes, aus welchem Hathor in all ihrer Schönheit auferstanden zu sein schien. Monat um Monat singt sie so, einen Tag in jedem Monat, und so mancher Mann hat versucht, sie für sich zu gewinnen, doch in der Tür stehen jene, welche ihn zurückdrängen; und so er es weiter versuchen sollte, ertönt das Klirren von Schwertern, und er fällt tot zu Boden, doch wird keine Wunde an seinem Körper gefunden. Und, Wanderer, dies ist die Wahrheit, denn ich selbst bin von jenem zurückgepreßt worden, das sie bewacht. Doch habe ich allein von allen Männern sie erblickt und sie gehört, es aber nicht ein zweites Mal versucht und so mein Leben gerettet.«

»Weil du allein von allen Männern das Leben mehr liebst als das Sehnen der Welt«, sagte die Königin. »Du warst immer krank vor Liebe nach jener fremden Hexe, doch liebst du dein Leben mehr als ihre Schönheit und wagst es nicht, das Abenteuer ihrer Umarmung noch einmal auf dich zu nehmen. Wisse, Eperitos, daß diese Plagen über das Land gekommen sind, weil alle Männer jene Hexe lieben und nach der verrückt sind, die für jeden ein anderes Gesicht trägt und für jeden mit einer anderen Stimme singt. Wenn sie auf jener Pylone steht, wirst du den Wahnsinn erkennen, mit dem sie die Männer gefangen hat. Denn sie weinen und flehen und raufen sich die Haare. Dann laufen sie durch die Höfe des Tempels und zu seiner Tür, und werden von dem, das sie bewacht, zurückgeworfen. Doch versuchen es einige von ihnen in ihrem Wahnsinn immer wieder, und man hört das Klirren von Waffen, und sie fallen tot zu Boden. Verdammt ist dieses Land, sage ich dir, Wanderer, da es von jenem Phantom verdammt ist. Denn jene ist es, welche die Plagen über Khem bringt, von ihr, nicht von unseren Sklaven und ihren verrückten Zauberern kommen die Plagen, sage ich, und auch alle anderen Übel. Und bis ein Mann gefunden wird, welcher an ihrer Wache vorbeigelangt, um dieser Hexe Angesicht zu Angesicht gegenüberzustehen und sie zu töten, werden Plagen und Leiden und Übel unser täglich Brot sein. Vielleicht, Wanderer, bist du so ein Mann«, sagte sie und blickte ihn seltsam an. »Doch möchte ich dir den Rat geben, nicht zu ihr zu gehen, damit du nicht verhext wirst und uns ein großer Mann verlorengeht.«

Nun dachte der Wanderer in seinem Herzen nach und antwortete ihr.

»Vielleicht, o Königin, mögen meine Kraft und die Gnade der Götter mir bei dieser Aufgabe behilflich sein. Doch glaube ich, daß diese Frau Worten der Liebe und den Küssen von Männern eher zugänglich ist, als den Streichen einer scharfen Klinge, falls sie nicht wirklich zu den Unsterblichen zählt.«

Nun lief Meriamun rot an und runzelte die Stirn.

»Es ist nicht passend, vor mir so zu sprechen«, sagte sie. »Dieses jedoch sei sicher: Wenn man an diese Hexe herankommen kann, soll sie getötet und Osiris zur Braut gegeben werden.«

Nun erkannte der Wanderer, daß die Königin Meriamun auf die Schönheit und den Ruf jener, die in dem Tempel lebte, und welche die Fremde Hathor genannt wurde, eifersüchtig war und sagte nichts mehr, denn er wußte, wann es besser war, zu schweigen.

2

Die Nacht des Grauens

Das Bankett zog sich in die Länge, denn jetzt weilte auch die Furcht als Gast unter ihnen. Die Männer und Frauen waren still, und wenn sie tranken, war es, als ob ein wenig Öl auf eine sterbende Flamme gegossen würde. Für einen Moment flackerte Leben in ihnen auf, und ihr Lachen klang wie das Prasseln trockener Dornen im Feuer, doch dann waren sie wieder still. Der Wanderer trank aber nur wenig, da er darauf wartete, was weiter geschehen würde. Doch die Königin blickte ihn weiterhin an, ihn, den ihr Herz bereits begehrte, und sie allein von allen genoß dieses Bankett. Plötzlich öffnete sich eine Tür hinter ihnen, ein kühler Luftzug drang herein, und jeder der Gäste wandte furchtsam den Kopf, denn alle erwarteten schlimme Nachricht. Doch es traten nur jene herein, die bei Festen des Landes die Nachbildung eines Toten herumtragen, das aus Holz geschnitzte Abbild einer Mumie, und die dann rufen: »Trinke, o König, und freue dich deines Lebens, denn bald wirst du so sein wie dieser! Trinke, o König, und freue dich deines Lebens!« Die starre, in Binden gewickelte Gestalt mit ihrem vergoldeten Gesicht wurde vor den Pharao, Meneptah, gebracht, der die ganze Zeit vor sich hingebrütet hatte, und zusammenschrak, als er ihrer ansichtig wurde. Dann brach er in wütendes Lachen aus.

»Wir brauchen dich heute nicht«, rief er, als er sich vor dem Symbol Osiris' verneigt hatte. »Der Tod ist uns nahe genug, wir brauchen deine Predigten nicht. Der Tod, der Tod ist nahe!«

Er fiel auf seinen vergoldeten Sessel zurück, ließ den Weinkelch aus seiner Hand gleiten und kaute an seinem Bart.

»Bist du ein Mann?« fragte Meriamun mit leiser, klarer Stimme. »Bist du ein Mann und dennoch in Furcht vor dem, das uns allen bevorsteht? Ist es heute das erste Mal, daß wir den Namen des Todes hören? Erinnere dich an den großen Men-kau-ra, erinnere dich an den alten Pharao, der die Pyramiden von Hir erbaute. Er war gerecht und gütig, und er fürchtete die Götter, und als Lohn dafür zeigten sie ihm den Tod, der schon nach sechs kurzen Jahren zu ihm kommen würde. Hat er gejammert und gezittert, wie ihr alle heute abend, die sich vor den Drohungen von Sklaven fürchten? Nein, er überlistete die Götter, er machte die Nacht zum Tage und lebte so das Doppelte seiner Jahre, mit Gelagen und Lieben und Wein in den von Lampen erhellten Hainen. Kommt, meine Gäste, laßt uns fröhlich sein, und sei es auch nur eine Stunde lang! Trinkt und seid tapfer!«

»Ausnahmsweise hast du einmal gute Worte gesprochen«, sagte der König. »Trinkt und vergeßt; die Götter, welche den Tod geben, geben auch Wein.« Und der Blick seiner wütenden Augen fuhr durch die Halle, auf der Suche nach einem Opfer für Spott und Verachtung.

»Du Wanderer«, sagte er plötzlich. »Du trinkst nicht. Ich habe dich beobachtet, als die Kelche herumgingen. Du kommst aus dem Norden, Mann, und die Sonne deines fahlen Landes hat anscheinend nicht genug Wärme, um die Rebe zum Reifen zu bringen. Du scheinst kalt zu sein, und ein Trinker von Wasser; warum willst du vor deiner Stunde schon kalt sein? Komm, trink mit mir von dem roten Weine Khems! Bringt den Kelch Pashts herbei! Der König trinkt!«

Nun eilte der Mundschenk des Pharao zur Schatzkammer und brachte einen gewaltigen Kelch zurück, der in der Form eines Löwenkopfes gefertigt war und zwölf Maß Wein faßte. Es war ein sehr alter Kelch, der Göttin Pasht geweiht, und eine Gabe des Rutennu an Thutmosis, den größten dieses Namens.

»Füll ihn mit unverdünntem Wein!« rief der König. »Erbleichst du beim Anblick dieses Kelches, du Wanderer aus dem Norden? Ich trinke auf dich, trinke du auf mich!«

»Nein, o König«, antwortete der Wanderer, »ich habe schon früher den Wein Ismarus' gekostet, und ich habe ihn mit einem wilden Gastgeber getrunken, dem einäugigen Menschenfresser!« Denn sein Herz war von dem König verärgert worden, und er vergaß seine Weisheit, doch die Königin bemerkte dieses.

»Dann trink mir zu mit dem Kelch der Pasht!« rief der König.

»Ich bitte dich, mir das zu erlassen«, sagte der Wanderer, »denn der Wein macht weise Männer töricht und starke Männer schwach, und ich glaube, daß wir heute nacht unsere Kraft und unseren Verstand brauchen werden.«

»Feigling!« rief der König. »Gebt mir den Kelch! Ich trinke auf einen größeren Mut, Wanderer!« Und den riesigen Kelch an die Lippen hebend stand er auf und leerte ihn – dann fiel er taumelnd in seinen Sessel zurück, und der Kopf sank ihm auf die Brust.

»Ich darf die Herausforderung eines Königs nicht ausschlagen, obwohl es nicht gut ist, mit seinem Gastgeber zu konkurrieren«, sagte der Wanderer und wurde ein wenig bleich, denn er fühlte Wut in sich aufsteigen. »Gebt mir den Kelch!«

Er nahm den neu gefüllten Kelch und hielt ihn hoch empor; dann verschüttete er ein wenig von dem Wein für die Götter und sagte mit klarer Stimme, denn er war gegen seinen Willen in Wut geraten:

»Ich trinke auf die Fremde Hathor!«

So sprach er und leerte dann den gewaltigen Kelch und stellte ihn auf den Tisch zurück, und als er dieses tat und die Königin ihn mit Augen des Zornes anblickte, kam von seinem neben ihm lehnenden Bogen ein leises, helles Klingen, ein Singen des Bogens, das Geräusch schnellender Bogensehnen und des Schwirrens fliegender Pfeile.

Der Krieger hörte es, und seine Augen glänzten mit dem Leuchten der Schlacht, denn er wußte sehr gut, daß die raschen Schäfte schon sehr bald in die Herzen von Verdammten fliegen würden. Der Pharao erwachte und hörte den Laut, und auch die Königin Meriamun hörte ihn und blickte den Wanderer erstaunt an, und dann den singenden Bogen.

»Die Geschichte des fahrenden Sängers ist wahr gewesen!« sagte sie. »Dies ist kein anderer als der Bogen Odysseus', des Plünderers von Städten. Höre du, Eperitos, dein großer Bogen singt sehr laut. Wie kommt es, daß dein Bogen singt?«

»Aus diesem Grunde, o Königin«, sagte der Wanderer, »weil sich die Vögel auf der Brücke des Krieges sammeln. Bald werden die Pfeile fliegen und Geister zu ihrer Verdammnis hinabsteigen. Ruf die Wachen, bitte ich dich, denn Feinde sind nahe!«

Furcht breitete sich über das Gesicht des betrunkenen Pharao; er befahl den Wachen, die hinter seinem Stuhl standen, alle anderen herbeizurufen. Sie eilten hinaus, und wieder herrschte absolute Stille in der Bankethalle und unter denen, die in ihr saßen. Die Stille wurde bedrückend, wie die Luft vor einem Gewitter, und die Herzen der Männer sanken und wurden in ihrer Brust zu Wasser. Allein Odysseus dachte an den bevorstehenden Kampf, obwohl er nicht wußte, woher der Feind kommen mochte, und Meriamun saß steif aufgerichtet auf ihrem Elfenbeinstuhl und blickte durch die wunderbare Halle.

Tiefer und tiefer wurde die Stille, und dunkler und dunkler die Wolke der Furcht, die sich in den Herzen der Menschen zusammenzog. Dann, plötzlich, erhob sich ein lautes Rauschen, wie das Schwirren von Vogelschwingen. Die starken Fundamente des Palastes erbebten, und vor den Augen der Menschen schien das Dach auseinanderzubersten, und siehe! Über ihnen, vor dem klaren Himmel, schwebte die Gestalt der Furcht, und das Licht der Sterne schien durch ihr Gewand.

Dann schloß sich das Dach wieder, und für einen Augenblick herrschte wieder Stille, während die Menschen einander mit bleichen Gesichtern anblickten und selbst das mutige Herz des Wanderers stillstand.

Dann, plötzlich, stießen überall in der großen Halle Menschen laute Schreie aus und fielen tot um, dieser über die Tafel, jener auf den Boden. Der Wanderer packte seinen Bogen und zählte. Von jenen, die beim Festmahl gesessen hatten, waren zwanzig und einer tot umgesunken. Doch solche, die am Leben geblieben waren, saßen reglos und starrten blicklos vor sich hin, denn so sehr waren sie von der Furcht geschlagen, daß kaum einer von ihnen wußte, ob er selbst es war, der dort tot auf dem Boden lag, oder sein Bruder, der an seiner Seite gesessen hatte.

Meriamun jedoch sah mit kühlen Blicken die Halle hinab, denn sie fürchtete weder den Tod noch das Leben, weder Götter noch Menschen.

Und während sie die Halle hinabblickte, und während der Wanderer die Toten zählte, erhob sich in der vor den Palastmauern liegenden Stadt ein lautes Stimmengewirr, und es wuchs und wuchs, und man hörte das Geräusch von Abertausenden von Füßen, wie sie immer vor dem Tode eines Königs laufen. Dann barsten die Türen auf, und eine Frau im Nachtgewand stürzte herein, und in ihren Armen hielt sie den Leichnam eines nackten Knaben.

»Pharao!« schrie sie, »o Pharao, und auch du, o Königin, seht euren Sohn – euren erstgeborenen Sohn –, tot ist dein Sohn, o Pharao! Tot ist dein Sohn, o Königin! In meinen Armen ist er plötzlich gestorben, als ich ihn in den Schlaf wiegte.« Und sie legte den Leichnam des Kindes auf die Tafel, zwischen die goldenen Gefäße, zwischen die Girlanden von Lotosblüten und die Karaffen mit rosenrotem Wein.

Nun erhob sich der Pharao und zerriß sich die purpurnen Roben und weinte laut. Meriamun erhob sich ebenfalls, hob den Leichnam ihres Sohnes auf und drückte ihn an die Brust, und ihre Augen waren entsetzlich anzusehen, mit all der Wut und der Trauer, die in ihnen lag, doch weinten sie nicht.

»Seht nun mit eigenen Augen, welchen Fluch jene böse Frau, jene Falsche Hathor, über uns gebracht hat«, sagte sie.

Doch die Gäste sprangen auf und riefen: »Es ist nicht die Hathor, die wir anbeten, es ist nicht die Heilige Hathor, es sind die Götter jener finsteren Apura, welche du, o Königin, nicht gehen lassen willst. Auf dein Haupt und das des Pharao komme es!« Und noch während sie so sprachen, wurde aus dem Gemurmel vor den Mauern der Stadt ein lautes Geschrei und Wehklagen, ein Geschrei, das so wild und so entsetzlich war, daß die Wände des Palastes davon erschüttert wurden. Wieder erhob sich das Geschrei, und noch ein drittes Mal, so wie es in Ägypten noch nie gehört worden war. Und jetzt wurde das Gesicht des Wanderers zum ersten Mal in seinem Leben bleich vor Furcht, und aus der Furcht seines Herzens erflehte er die Rettung von seiner Göttin, Aphrodite, der Tochter Diones.

Wieder barsten die Türen hinter ihnen auf, und die Wachen stürzten herein – mächtige Männer aus vielen fremden Ländern; doch jetzt waren ihre Gesichter bleich, ihre geweiteten Augen starrten, und ihre Kiefer hingen herab. Beim Klirren ihrer Rüstungen kehrte die Kraft des Wanderers zurück, denn die Götter und ihre Rache fürchtete er, nicht aber die Schwerter der Menschen. Und wieder sang der Bogen laut. Er ergriff ihn, spannte ihn über seinem mächtigen Knie und rief:

»Erwache, Pharao, erwache! Die Feinde nähern sich. Sag, sind dies alle deine Männer?«

Da antwortete der Kommandeur: »Dieses sind alle Wachen, die im Palast am Leben geblieben sind. Die anderen sind tot, erschlagen vom Zorn der Götter.«

Während der Kommandeur dies sagte, kam ein Mann durch die Halle gestürmt, der weder die Lebenden, noch die Toten zu sehen schien. Es war jener alte Priester, der Kommandeur der Legion Amons, welcher der Führer des Wanderers gewesen war, und in seinem Gesicht stand eine namenlose Angst.

»Höre, Pharao!« rief er. »Dein Volk liegt zu Tausenden tot auf den Straßen – die Häuser sind voller Leichen. In den Tempeln Ptahs und Amons liegen selbst viele der Priester tot.«

»Hast du noch mehr zu berichten, alter Mann?« rief die Königin.

»Die Geschichte ist noch nicht zu Ende erzählt, o Königin.

Die Truppen sind toll vor Angst und vom Anblick des Todes und erschlagen ihre Kommandeure: Mit knapper Not bin ich jenen entkommen, die ich in der Legion Amons befehlige. Denn sie schwören, daß dieser Tod über das Land gebracht wurde, weil der Pharao die Apura nicht gehen lassen will. Und auch hierher kommen sie, um den Pharao zu töten, und auch dich, o Königin, und sie nehmen sich solche Waffen, die ihnen in die Hände fallen.«

Nun sank der Pharao stöhnend zurück, doch die Königin wandte sich an den Wanderer.

»Deine Kriegswaffe hat soeben gesungen, Eperitos. Krieg steht vor den Toren.«

»Wenig fürchte ich den Lärm der Schlacht und die Streiche, die von zornigen Männern ausgeteilt werden, o Königin«, antwortete er, »doch darf ein Mann die Götter fürchten, ohne sich dessen schämen zu müssen. He, Wachen! Aufschließen! Bildet eine Doppelreihe vor uns! Seht nicht so bleich aus, nun, da der Tod durch die Götter überstanden ist und wir nichts weiter zu fürchten haben als die Schwerter von Menschen!«

So stark war seine Stimme und so furchtlos der Ausdruck seines Gesichts, als er diese Worte sprach und dabei, einen nach dem anderen, seine langen Pfeile aus dem Köcher zog und sie vor sich auf die Tischplatte legte, daß die zitternden Wachen ein Herz faßten und alle – etwa fünfzig an der Zahl – sich am Rand des Podiums in Doppelreihe aufstellten. Dann machten sie auch ihre Bogen schußbereit und zogen Pfeile aus ihren Köchern.

Jetzt ertönte von draußen das Brüllen von Männern, und jene aus dem Hause des Pharao und die Gäste des Banketts und die Edlen Khems, soweit sie noch lebten, flohen hinter die Wachen, und die Türen wurden mit wuchtigen Schlägen aufgesprengt, und durch sie ergoß sich eine gewaltige Menschenmenge in die Halle. Da kamen die Soldaten, die von ihrer Truppe desertiert waren. Da kamen die Einbalsamierer der Toten; ihre Hände waren heute nacht übervoll mit Arbeit, doch ließen sie ihr Werk ungetan: Der Tod hatte selbst unter ihnen seine Opfer gesucht, und ihre Gefährten ließen sie selbst jetzt nicht im Stich. Es kam der Schmied, schwarz von seinem Feuer, und der Schreiber, gebeugt von endlosem Schreiben; und der Färber mit seinen purpurnen Händen, und der Fischer vom Fluß, und der zwergwüchsige Weber von seinem Webstuhl, und der Aussätzige von den Tempeltoren. Sie waren wahnsinnig vor Blutdurst, weil der König ihr Leben mißachtete, indem er die Apura nicht ziehen ließ. Sie waren wahnsinnig vor Todesangst; ihre Frauen folgten ihnen mit toten Kindern in ihren Armen. Sie zerschlugen die goldenen Möbel, sie rissen die seidenen Vorhänge herab, sie warfen die leeren Kelche in die Gesichter der zitternden Damen und schrien laut nach dem Blut des Königs.

»Wo ist der Pharao?« schrien sie. »Zeigt uns den Pharao und die Königin Meriamun, damit wir sie töten! Tot sind all unsere Erstgeborenen, sie liegen reglos wie die Fische, als der Sihor rot von Blut rann. Tot sind sie, wegen des Fluches, der durch die Propheten der Apura auf uns herabgebracht wurde, welche der Pharao und die Königin des Pharao noch immer in Khem festhalten.«

Während sie so schrien, sahen sie, wie der Pharao sich hinter der Doppellinie von Wachen verbarg, und sie sahen auch die Königin Meriamun, die sich nicht verbarg, sondern schweigend und hoch aufgerichtet in dem Lärmen stand. Dann erzwang sie sich ihren Weg durch die Wachen und noch immer den Leichnam ihres toten Kindes an die Brust pressend trat sie vor die Menge und blickte sie mit Augen, die heller strahlten, als die Uräus-Krone auf ihrem Haupte, an:

»Zurück!« rief sie. »Zurück! Es ist nicht der Pharao, es bin nicht ich, die diesen Tod über euch gebracht haben. Denn auch wir haben hier Tod!« Und sie hielt den Leichnam ihres Sohnes empor. »Es ist jene falsche Hathor, die ihr anbetet, jene Hexe von vielfacher Stimme und Gestalt, die eure Herzen vor Liebe schwach werden läßt. Um ihretwillen müßt ihr diese Leiden erdulden, auf ihr Haupt kommt all dieser Tod. Geht und verheert ihren Tempel, zerstört ihn, Stein um Stein, und zerreißt ihren schönen Körper, ein Glied ums andere, und nehmt eure Rache und befreit das Land von ihrem Fluch!«

Einen Augenblick lang standen die Leute reglos und lauschten ihr, untereinander murmelnd, so wie ein Löwe reglos steht, der losspringen will, während jene, die von draußen drängten, schrien: »Vorwärts! Vorwärts! Tötet sie! Tötet sie!«

Und dann schrien sie alle wie mit einer Stimme: »Die Hathor lieben wir, doch euch hassen wir, denn ihr habt dieses Leiden über uns gebracht, und ihr sollt sterben!«

Sie schrien, sie drängten, sie schlugen, sie warfen Stühle und Steine nach den Wachen, und dann zog ein großer Mann unter ihnen einen Bogen hervor. Genau auf die Brust der Königin richtete er seinen Pfeil, und schnell und genau flog er auf sie zu. Sie sah den Widerschein des Fackellichts auf seiner Bronzespitze schimmern, und dann tat sie etwas, das keine andere Frau außer Meriamun getan haben könnte, nein, nicht einmal, um sich vom Tode zu erretten: Sie hielt den nackten Körper ihres Sohnes vor sich, so wie ein Krieger seinen Schild halten mag; der Pfeil drang durch ihn hindurch, durchbohrte das weiche Fleisch, ja und ritzte sogar noch die zarte Brust, die hinter ihm war, so daß sie das tote Kind fallen ließ.

Der Wanderer sah dies und erstarrte über der Schrecklichkeit dieser Tat, denn so etwas hatte er während seines ganzen Lebens noch nicht erlebt. Dann stieß er den furchtbaren Kriegsruf der Achäer aus und sprang auf die Tafel, und als er sprang, veränderte sich die Farbe seiner goldenen Rüstung.

Während er umherblickte, legte er einen Pfeil auf seinen Bogen und spannte die Sehne des großen Bogens, den ein anderer nicht einmal zu biegen vermochte, bis zum Ohr. Dann, als er den Pfeil fliegen ließ, sang die Sehne wie eine Schwalbe, und der Pfeil raste heulend davon. Quer durch die prächtige Halle sauste er und fuhr in die Brust jenes, der seinen Bogen gegen die Königin erhoben hatte, und sein

Panzer vermochte ihn nicht aufzuhalten. Durch dessen Körper fuhr er hindurch und flog mit blutgetränkten Federn weiter in den Körper eines anderen, der hinter jenem stand, so daß auch dessen Knie gelöst wurden und sie gemeinsam zu Boden sanken.

Nun wurde aus der Verwunderung Wut; die Menschenmenge wälzte sich vorwärts, und von allen Seiten war die Luft schwarz von Pfeilen. Denn nach dem Schuß des Wanderers faßten die Wachen Mut und kämpften gut und mannhaft. Doch auch die Angreifer drängten mutig voran, und hinter ihnen waren Hunderte, die sie vorwärts drängten. Der Helm des Wanderers glänzte im Licht der Fackeln, ein Leuchtfeuer im Sturm. Schwarzer Rauch quoll aus der Halle, und Vorhänge gingen in Flammen auf und wehten in dem zur offenen Tür hereinfahrenden Wind. Die Fackeln wurden mit Steinen aus den Händen der goldenen Statuen geworfen. Pfeile staken dicht an dicht in den Tischen und im Gebälk, ein Speer fuhr durch den goldenen Kelch der Pasht. Doch durch die Dunkelheit und den Rauch und den Staub und die Schlachtrufe und durch das Rauschen heransausender Speere erklang die Schwalbenstimme des Bogens des Wanderers, und die langen Pfeile schrien, wenn sie auf jene zuschwirrten, denen der Tod bestimmt war. Vergeblich hagelten Pfeile auf die goldene Rüstung nieder. Sie waren nicht mehr als Hagelkörner auf einem Tempeldach, oder Schneeflocken auf dem Geweih eines Hirsches. Sie trafen, sie klirrten, und sie fielen herab wie Schneeflocken, oder sie prallten ab und lagen auf dem Tisch.

Die Schwalbensehne sang, der schwarze Bogen vibrierte, und die dunklen Pfeile rauschten auf ihrem todbringenden Fluge.

Jetzt waren die Pfeile des Wanderers verschossen, und er hielt seine Lage für verzweifelt. Denn durch die Tür der Halle, welche hinter ihnen war, und aus den Kammern der Frauen brachen jetzt ebenfalls bewaffnete Männer herein, die sie aus den Flanken und von rückwärts angriffen. Doch der Wanderer war kriegserfahren und im Kampf ohnegleichen. Der Kommandeur der Wachen wurde durch einen Speerstich getötet, und der Wanderer nahm seinen Platz ein, rief den Männern zu, jenen, die noch am Leben waren, einen Kreis um das Podium zu bilden, und in diesen Kreis brachte er jene von dem Hause des Pharao und der Frauen, die zu dem Bankett geladen worden waren. Dem Pharao jedoch warf er das Schwert eines gefallenen Mannes zu und befahl ihm, um sein Leben und seinen Thron zu kämpfen, wie er noch nie gekämpft hatte; doch wegen seines Sohnes Tod, und des Weines, der seinen Verstand vernebelte, und wegen der Schrecken, die er gesehen hatte, war das Herz des Pharao in seiner Brust gesunken. Nun riß Meriamun, die Königin, ihm das Schwert aus der zitternden Hand und verteidigte ihr Leben damit. Denn sie haßte es, auf dem Boden zu kauern, wie es die anderen Frauen taten, sondern stand hoch aufgerichtet hinter dem Wanderer und scherte sich nicht um die Speere und Pfeile, die für jeden den Tod brachten. Doch der Pharao stand reglos, das Gesicht in den Händen vergraben.

Nun drangen die Mörder weiter vor, kletterten schreiend auf das Podium. Der Wanderer drang jetzt mit gezogenem Schwert, den Schild hoch erhoben, auf sie ein, und so blitzschnell stach und schlug seine silberbeheftete Klinge zu, daß alle Männer, die nicht auf der Hut waren, erschlagen wurden, denn sie sahen drei Klingen auf sich niederfahren. Und auch die Wachen schlugen und stießen, denn es war ihr Leben, um das sie kämpften, und rückwärts rollte die Woge der Feinde, einen Wall von Toten zurücklassend. Doch ein zweites Mal griffen sie an, und eines zweites Mal wurden sie zurückgeworfen.

Aber von den Verteidigern waren nur noch wenige unverwundet, und ihre Kraft war fast verbraucht. Doch der Wanderer ermutigte sie mit anfeuernden Worten, obwohl sein Herz sich vor dem Ende zu fürchten begann; und Meriamun, die Königin, munterte sie ebenfalls auf, und beschwor sie, so es nötig werden sollte, wie Männer zu sterben. Dann rollte wieder die Woge des Krieges heran, und der Kampf war blutig und verzweifelt. Die eiserne Hecke der Speere wurde beinahe durchbrochen, und jetzt stand der Wanderer, der Taten vollbrachte, wie sie in Khem noch nie gesehen worden waren, allein zwischen Meriamun, der Königin, und den Schwertern, denen nach ihrem Blut und dem des Pharao dürstete. Plötzlich erscholl durch die Weite der Bankethalle ein lauter Ruf, der das Klirren der Schwerter und das Stöhnen verwundeter Männer und all den Kampfeslärm übertönte:

»Pharao! Pharao! Pharao!« rief die Stimme. »Wirst du jetzt mein Volk gehen lassen?«

Da ließ jeder, der zuschlagen wollte, sein Schwert sinken, und jeder, der einen Schlag abwehren wollte, seinen Schild. Die Schlacht erstarb, und alle wandten die Augen, um zu sehen. Dort, am Ende der Halle, standen zwei alte Männer der Apura, die Stäbe aus Zedernholz in ihren Händen hielten.

»Es sind die Zauberer – die Zauberer der Apura!« schrien die Männer angstvoll, wichen nach allen Richtungen zurück, und dachten nicht mehr an Krieg.

Die alten Männer traten näher. Sie nahmen keinerlei Notiz von den Sterbenden und von den Toten; vorwärts schritten sie, durch Blut und Wein, über umgestürzte Tische und verstreute Waffen hinweg, bis sie endlich vor dem Pharao standen.

»Pharao! Pharao! Pharao!« riefen sie wieder. »Tot sind die Erstgeborenen Khems von der Hand Jehovas. Wirst du mein Volk jetzt gehen lassen?«

Nun hob der Pharao das Gesicht und rief: »Geht! Geht! Mit allem, was euer ist! Geht nur schnell von dannen, und laßt Khem nie wieder eure Gesichter sehen!«

Die Menschen hörten es, und die Lebenden verließen die Halle, und Stille breitete sich über die Stadt, und über die Toten, die durch das Schwert gestorben waren, und über die Toten, die an der Pestilenz gestorben waren. Stille senkte sich über alle, und Schlaf, und die größte Gabe Gottes: das Vergessen.

3

Die Bäder aus Bronze

Selbst aus dieser Nacht des Grauens erhob sich ein Morgen, und mit ihm kam Rei, der eine Nachricht des Königs brachte. Doch fand er den Wanderer nicht in seiner Kammer. Die Palast-Eunuchen erklärten ihm, daß er früh aufgestanden sei und nach Kurri, dem Kapitän der Sidonier gefragt habe, der jetzt der Juwelier der Königin war. Dorthin begab sich Rei nun, denn Kurri war bei den anderen Dienern des königlichen Hauses untergebracht worden, und als der alte Mann sich seinem Quartier näherte, hörte er das Klingen eines Hammers auf Metall. Und dort, wo die Palastmauer ihren Schatten in den kleinen Hof warf, dort saß der Wanderer, nicht länger in seine goldene Rüstung gekleidet, sondern mit bloßen Armen, in einer losen Robe, wie sie die Arbeiter Khems mit Vorliebe tragen.

Der Wanderer saß über ein kleines Feuerbecken gebeugt, aus dem Flammen und leicht blauer Rauch emporschlugen, die sich im Licht des Morgens verloren. In seiner Hand hielt er einen kleinen Hammer, und vor ihm befand sich ein kleiner Amboß, auf welchem eine der goldenen Schulterplatten seiner Rüstung lag. Die anderen Teile der Rüstung lagen auf einem Haufen neben dem Kohlebecken. Kurri, der Sidonier, stand neben ihm, mit Gravierwerkzeugen in seinen Händen.

»Sei gegrüßt, Eperitos«, rief Rei ihn mit dem Namen an, bei dem er sich hier nannte. »Was treibst du hier bei einem Feuer und einem Amboß?«

»Ich poliere meine Rüstung ein wenig auf«, sagte der Wanderer lächelnd. »Sie hat bei dem Kampf in der Halle mehr als ein paar Dellen abbekommen.« Und er deutete auf den Schild, dessen Emblem des weißen Stiers, dem Wahrzeichen des toten Paris, Sohn des Priamos, tief zernarbt war. »Sidonier, schür das Feuer an!«

Kurri hockte sich nieder, und blies die Flammen mit Hilfe eines ledernen Blasebalges an, während der Wanderer seine Schulterplatte in die Lohe hielt und sie dann auf dem Amboß zurechthämmerte, damit die Gelenke weich und stark wurden, während er mit Rei sprach.

»Eine seltsame Arbeit für einen Fürst, welcher du in Alybas, woher du kommst, gewesen sein mußt«, sagte Rei und lehnte sich auf seinen langen Zedernstab, an dessen oberem Ende eine Kugel aus blauem Stein saß. »In unserem Lande arbeiten Fürsten nicht mit ihren Händen.«

»Andere Länder, andere Sitten«, antwortete Eperitos. »In meinem Lande heiraten Männer nicht ihre Schwestern, wie eure Könige es tun, obwohl mir einfällt, daß ich solche Frauen einst auf den Inseln des Königs der Winde traf.« Denn er erinnerte sich an die Äolische Insel, deren König Äolos ihm alle Winde in einem Beutel übergeben hatte. »Meine Hände können mir in jeder Lage dienlich sein«, fuhr er fort, »sei es, um das hohe Gras des Frühjahrs zu mähen, oder um Ochsen zu treiben, oder um mit dem Pflug gerade Furchen in schweren Boden zu ziehen, oder um Häuser und Schiffe zu bauen, oder um Schmiedearbeiten zu verrichten, mit Gold und grauem Eisen, das ist mir alles eins.«

»Und auch beim Handwerk des Krieges«, sagte Rei. »Denn darin habe ich dich arbeiten sehen. Höre nun, du Wanderer! Der König Meneptah und die Königin Meriamun haben mich zu dir gesandt, mit einer Schriftrolle, auf welcher ihr Wille steht.« Damit zog er eine Rolle aus Papyrus hervor, die von goldenen Fäden zusammengehalten wurde, drückte sie an die Stirn und verneigte sich, wie im Gebet.

»Was ist mit dieser Rolle?« fragte der Wanderer, der auf die bronzene Speerspitze hämmerte, die fest in seinem Helm steckte.

Rei löste die Goldfäden, entrollte den Papyrusbogen und reichte ihn dem Wanderer.

»Ihr Götter! Was haben wir denn hier?« rief der Wanderer. »Da sind ja Bilder, winzig, aber künstlerisch gezeichnet: rote Schlangen und kleine Abbilder von Menschen, die sitzen oder stehen, und Äxte und Würmer und Käfer! Was haben sie zu bedeuten, mein Vater?« Und er reichte Rei die Schriftrolle zurück.

»Der König ließ dieses von seinem Ersten Schreiber für dich aufsetzen und ernennt dich darin zum Kommandeur der Legion Pashts, der Garde des königlichen Hauses, denn gestern nacht wurde ihr Kommandeur im Kampf getötet. Er verleiht dir einen hohen Titel und verspricht dir Häuser und Land, und eine Stadt im Süden, die dich mit Wein versorgen soll, und eine im Norden, die dir dein Korn liefert, wenn du sein Diener wirst.«

»Noch nie habe ich irgendeinem Menschen gedient«, sagte der Wanderer und lief rot an, »obwohl ich nahe daran war, verkauft zu werden und die Sklaverei kennenzulernen. Der König tut mir zu viel Ehre an.«

»Du willst aus Khem fortgehen?« fragte der alte Mann begierig.

»Ich will jene finden, die zu suchen ich gekommen bin, wo immer sie auch sein mag«, antwortete der Wanderer, »sei es in diesem oder in einem anderen Land.«

»Welche Antwort also soll ich dem König bringen?«

»Die Zeit bringt Gedanken«, sagte der Wanderer. »Ich möchte jetzt die Stadt sehen, falls du mich führen willst. Viele Städte habe ich schon gesehen, doch noch keine, die so groß war wie diese. Während wir gehen, werde ich mir meine Antwort an deinen König überlegen.«

Er hatte an seinem Helm weitergearbeitet, während er sprach, denn die anderen Teile seiner Rüstung waren inzwischen fertig. Jetzt zog er die scharfe Speerspitze aus Bronze heraus, wog sie in der Hand und prüfte ihre Klinge.

»Eine gute Arbeit«, sagte er dann, »eine bessere ist nie geschmiedet worden. Und beinahe hätte sie ihr Werk getan, Sidonier.« Dabei wandte er sich an Kurri. »Zwei Dinge besaß ich von dir: dein Leben und deine Speerspitze. Dein Leben habe ich dir geschenkt, deine Speerspitze hattest du mir nur geliehen. Hier, nimm sie zurück!« Mit diesen Worten warf er dem Juwelier der Königin die Speerspitze zu.

»Ich danke dir, Herr«, antwortete der Sidonier und schob sie in seinen Gürtel: unhörbar jedoch murmelte er: »Die Gaben von Feinden sind Gaben des Bösen.«

Der Wanderer legte seine Rüstung an und setzte seinen Helm auf; dann sagte er zu Rei: »Komm jetzt, mein Freund, und zeig mir deine Stadt.«

Rei jedoch gewahrte das Lächeln, das sich auf dem Gesicht des Sidoniers zeigte, und er fand es grausam und hinterhältig und kriegerisch, wie das Lachen Sardanas vom Meer. Er verlor jedoch kein Wort darüber, sondern winkte ein paar Männer der Palastwache herbei, und von ihnen eskortiert machten sie sich auf den Weg zur Stadt.

Sie bot einen befremdlichen Anblick, und der alte Mann, der sein Land liebte, war traurig darüber, daß der Wanderer sie so sehen sollte.

Aus allen reichen Häusern und auch aus einigen der ärmeren, scholl das Jammern von Frauen, die die Totenklage für ihre Gestorbenen sangen.

In den Vierteln der Armen jedoch war so manche Hütte mit drei Blutstreifen markiert, die an beide Türpfosten und an den Sims geschmiert worden waren, und die Schreie, die aus diesen Behausungen hervordrangen, waren Schreie der Freude und des Jubels. Es schien jetzt zwei Völker zu geben, von denen das eine lachte und das andere wehklagte. Und bei den mit verschmiertem Blut markierten Häusern gingen Frauen ein und aus, heraus mit leeren Händen, hinein mit den Händen voller Juwelen, Gold, Silberreifen, Bechern und Purpurstoffen. Leerhändig kamen sie heraus, beladen gingen sie hinein, dunkelhäutige Frauen und auch Männer, mit stechenden schwarzen Augen und Gesichtern wie Raubvögel. Sie kamen und gingen, sie jubelten vor Freude inmitten der Trauer der Männer und Frauen Khems, und keiner wagte, Hand an sie zu legen, keiner wagte, sich ihrem Rauben zu widersetzen.

Einer von ihnen, ein hochgewachsener Bursche, griff nach Reis Stab.

»Leih mir deinen Stab, alter Mann«, sagte er dabei grinsend, »leih mir deinen juwelenbesetzten Stab für meine Reise. Ich will ihn mir nur ausborgen; wenn Jakob uns aus der Wüste führt, sollst du ihn zurückbekommen.«

Doch der Wanderer wandte sich um und sah ihn mit einem solch unheildrohenden Blick an, daß der Mann zurückwich.

»*Dich* habe ich schon einmal gesehen«, rief er, und er lachte über die Schulter hinweg, während er sich eilig zurückzog. »Ich sah dich gestern nacht bei dem Bankett und hörte deinen großen Bogen singen. Du bist nicht von dem Volke Khems. Das sind freundliche Menschen, und Jakob steht hoch in ihrer Gunst.«

»Was geschieht in diesem, deinem Lande, alter Mann?« fragte der Wanderer. »Denn von allem, was ich bisher gesehen habe, ist dieses das Seltsamste. Niemand rührt die Hand, um seine Güter vor den Dieben zu schützen.«

Rei, der Priester, stöhnte laut auf.

»Üble Zeiten sind über Khem hereingebrochen«, sagte er. »Die Apura rauben die Menschen Khems aus, bevor sie in die Wildnis fliehen.«

Und während er das sagte, schritt eine hochgestellte Dame weinend an ihnen vorbei, denn ihr Mann war tot, und ihr Sohn, und auch ihr Bruder, alle waren sie durch den Hauch der Pestilenz gestorben. Sie gehörte zum königlichen Hause und trug reichen Schmuck aus Gold und Juwelen, und die Sklaven, die große Fächer schwangen, um ihr Gesicht zu kühlen, während sie zum Tempel des Ptah ging, trugen Goldketten um den Hals. Zwei Frauen der Apura sahen sie und stürzten auf sie zu, wobei sie riefen: »Leih uns diesen goldenen Schmuck, den du trägst!«

Wortlos nahm die Frau ihre Armreifen und Fingerringe und Halsketten ab und ließ sie zu ihren Füßen auf den Boden fallen. Die Frauen der Apura rafften sie auf und riefen ihr höhnisch zu: »Wo ist jetzt dein Mann, wo ist dein Sohn, wo ist dein Bruder, du, die du aus königlichem Hause bist? Jetzt bezahlst du uns für unserer Hände Arbeit, und für die Ziegel, die wir ohne Stroh machen mußten. Jetzt bezahlst du uns für den Knüppel in der Hand des Aufsehers. Wo ist jetzt dein Mann, wo ist dein Sohn, wo ist dein Bruder?« Und mit weiteren Worten des Hohnes gingen sie fort, und ließen die weinende Frau zurück.

Von allen seltsamen Geschehnissen war dieses das seltsamste, und viele solche Szenen gab es zu sehen. Anfangs wollte der Wanderer den Räubern ihre Beute wieder abnehmen und sie jenen zurückgeben, deren Eigentum sie war, doch Rei, der Priester, beschwor ihn, sich dessen zu enthalten, damit der Fluch nicht auch sie träfe. Also gingen sie weiter durch das Gewühl der Stadt, sahen dabei ständig neue Szenen von Gier und Tod und Trauer. Hier weinte eine Mutter über der Leiche ihres Kindes, dort eine über der ihres Mannes. Hier rissen geiergesichtige Apura-Frauen, wie Möven kreischend, den Kindern der Ärmeren die silbernen Anhänger vom Hals, dort die goldenen Amulette von den Mumien solcher, die für das Begräbnis vorbereitet worden waren, und hier jammerte ein Wasserträger über dem Kadaver seines Esels, mit dem er seinen Lebensunterhalt verdient hatte.

Schließlich aber lagen die Straßen mit ihren lärmenden Menschenmassen hinter ihnen, und sie gelangten zu einem Tempel, der nahe dem des Gottes Ptah stand. Die Pylonen dieses Tempels waren den Häusern der Stadt zugewandt, doch seine inneren Höfe lagen an der Mauer, die Tanis umschloß, und waren zum Nilufer hin offen. Obwohl nicht einer der großen Tempel, war er doch solide erbaut und von architektonischer Schönheit. Seine Mauern bestanden aus dem schwarzen Stein von Syene, in dessen polierte Oberfläche zahlreiche Darstellungen der Heiligen Hathor eingegraben waren. Hier trug sie den Kopf einer Kuh, und dort hatte sie das Gesicht einer Frau, doch auf jeder hielt sie den lotosköpfigen Stab und das heilige Zeichen des Lebens in ihren Händen, und um ihren Hals lag die Kette der Götter.

»Hier wohnt jene Fremde Hathor, auf die du gestern nacht getrunken hast, Eperitos«, sagte Rei, der Priester. »Das war ein gewagtes Wort vor den Augen der Königin, die schwört, daß diese es ist, welche all jene Plagen über Khem bringt. Obwohl sie natürlich unschuldig ist an all dem Blut, das man auf ihr schönes Haupt kommen läßt. Die Apura und ihr Zauberer, den wir selbst einst lehrten, sie sind es, die diese Plagen über uns bringen.«

»Wird die Hathor sich heute zeigen?« fragte der Wanderer.

»Das mußt du ihren Priester fragen, Eperitos. Folge mir!«

Sie gingen den von Sphinxen gesäumten Weg entlang, durchschritten den Garten der Göttin und gelangten so zum Tor des äußeren Turmes. Ein Priester, der dort wachte, riß die Torflügel weit auf, als Rei, der Städtebauer, der Günstling des Pharao, ihm durch ein Zeichen den Befehl dazu gab, und sie gelangten in den äußeren Hof. Vor dem zweiten Tor blieben sie stehen, und Rei zeigte dem Wanderer die hohe Pylone, auf deren Spitze diese Hathor oft stand und sang, bis die Herzen aller, die ihr lauschten, wie Wachs schmolzen. Hier klopften sie an und wurden in die Versammlungshalle eingelassen, in welcher jetzt die Priester saßen und Asche auf ihr Haupt streuten, in Trauer um jene von ihnen, die mit den anderen Erstgeborenen gestorben waren. Als sie Rei erblickten, den Gelehrten, den Propheten Amons, und den in seine goldene Rüstung gekleideten Wanderer, der bei ihm war, unterbrachen sie jedoch ihr Trauern, und ein alter Priester trat vor, begrüßte Rei und fragte ihn, was sie wünschten. Nun nahm Rei den Wanderer bei der Hand, machte ihn mit dem Priester bekannt und berichtete von all den Taten, die er vollbracht hatte, und wie er das Leben des Pharao gerettet hatte, und auch das Leben jener aus dem königlichen Hause, die an der Bankettafel des Pharao gesessen hatten.

»Wann aber wird die Göttin Hathor auf der hohen Säule stehen und singen?« fragte er dann. »Dieser Fremde wünscht sie zu sehen und zu hören.«

Der Tempelpriester verneigte sich vor dem Wanderer und antwortete ernst: »Am dritten Morgen von heute an gerechnet, wird die Heilige Hathor sich dort zeigen«, sagte er,

»doch höre du, mächtiger Herr, der du aus dem Meer gekommen bist, meine Warnung: Wenn du nicht ein Gott bist, so wage nicht, ihre Schönheit anzusehen, denn wenn du sie anblickst, wird dein Schicksal wie das jener sein, die sie anblickten und Hathor lieben mußten und für sie gestorben sind.«

»Kein Gott bin ich«, sagte der Wanderer lachend, »doch vielleicht werde ich es wagen, sie anzublicken und jenem gegenüberzutreten, das sie bewacht, wenn mein Herz mir gebietet, sie von nahem zu sehen.«

»Dann ist es das Ende von dir und deinem Wandern«, sagte der Priester. »Folge mir jetzt, ich werde dir jene Männer zeigen, die zuletzt versucht haben, Hathor zu gewinnen.«

Er nahm ihn bei der Hand und führte ihn durch Passagen, die in die Tempelwände geschlagen waren, bis sie schließlich in eine tiefe, dunkle Zelle gelangten, in welcher die goldene Rüstung des Wanderers wie eine Lampe leuchtete. Die Zelle war an die Stadtmauer gebaut, und kaum ein Lichtstrahl drang durch den schmalen Spalt zwischen Dach und Wand herein. Überall in der großen Zelle standen Becken aus Bronze, in denen die Körper dunkelhäutiger Männer Ägyptens lagen. Dort lagen sie, und bei dem düsteren Licht wurden ihre Glieder von traurig wirkenden Dienern gebadet, so wie Männer in der Heimat des Wanderers von fröhlichen Mädchen gebadet wurden. Als er und Rei nähertraten, wichen die traurigen Badegehilfen hastig zurück, so wie Hunde von ihrem jämmerlichen Fraß zurückweichen, wenn jemand sich ihnen nähert.

Verwundert über den seltsamen Anblick der Bader und der Gebadeten, sah der Wanderer genauer hin, und sein starkes Herz sank ihm in der Brust. Denn alle diese, die in den Becken aus Bronze lagen, waren tot, und es war nicht Wasser, das über ihre Körper gegossen wurde, sondern übelriechende Natronlauge.

»Hier liegen jene«, sagte der Priester, »die zuletzt versuchten, in die Nähe der Heiligen Hathor zu gelangen und in ihren Schrein einzudringen, in dem sie Tag und Nacht sitzt und singt und mit ihrem goldenen Schiffchen webt. Hier liegen sie, zehn Männer. Einer nach dem anderen eilten sie durch den Tempel, um sie zu umarmen, und einer nach dem anderen wurden sie getötet. Hier liegen sie und werden für das Grab vorbereitet, denn wir geben ihnen allen ein reiches Begräbnis.«

»Wahrlich«, sagte der Wanderer, »ich habe die Welt des Lichts hinter mir zurückgelassen, als ich das blutrote Meer sah und durch die Finsternis vor Pharos segelte. Mehr Übles habe ich in diesem verdammten Land gesehen, als in allen anderen, durch die ich gezogen bin, und auf allen Meeren, auf denen ich fuhr.«

»Dann sei gewarnt«, sagte der Priester, »denn wenn du ihren Spuren folgst und dorthin gehst, wohin sie gegangen sind und das begehrst, das sie begehrten, wirst auch du bald in einem jener Becken liegen und in jenem Wasser gebadet werden. Denn was immer auch falsch sein mag, dieses ist wahr: Daß einer, der Liebe sucht, oft das Verhängnis findet. Doch hier findet er es am allerschnellsten.«

Der Wanderer blickte wieder auf die Toten und ihre Betreuer, und er erschauerte, daß seine Rüstung klirrte. Er fürchtete nicht das Antlitz des Todes im Kriege oder auf dem Meer, doch dieses war etwas anderes. Ihn grauste bei dem Anblick der Bronzebäder und jener, die in ihnen lagen. Das Licht der Sonne und der Atem des Meeres fehlten ihm, und er trat rasch aus der Kammer hinaus, während der Priester still vor sich hinlächelte. Doch als er in die freie Luft hinaustrat, kehrte sein Mut zurück und er begann wieder, Fragen über diese Hathor zu stellen: Wo sie lebte, und was es war, das ihre Liebhaber tötete.

»Ich will es dir zeigen«, antwortete der Priester und führte ihn durch die Versammlungshalle zu einem bestimmten engen Gang, der in einen Hof führte. Im Zentrum dieses Hofes stand der Schrein der Hathor. Es war ein großer Raum, mit Wänden aus Alabaster, dessen Beleuchtung allein durch das Dach kam, und der durch eine Bronzetür verschlossen wurde, die jetzt geöffnet war. Vom Dach dieses Schreins führte eine freischwebende Treppe zum Tempeldach und zu einer hoch aufragenden Pylone.

»Dort, Fremder, in jenem Alabasterschrein, wohnt die heilige Göttin«, sagte der Priester. »Über jene Treppe gelangt sie auf das Tempeldach, und von dort aus auf die Spitze der Pylone. Hier, vor diesen Vorhang, der sich hinter dieser Tür befindet, stellen wir Tag für Tag Essen, und es wird irgendwie, in den Schrein gezogen, auf welche Art, wissen wir nicht, denn noch keiner von uns hat jemals seinen Fuß über seine Schwelle gesetzt oder Hathor von Angesicht zu Angesicht gesehen. Wenn nun die Göttin auf der Pylone gestanden und für die unter ihr versammelte Menge gesungen hat, kehrt sie in ihren Schrein zurück. Dann öffnen wir das Bronzetor in der Mauer des äußeren Hofes weit, und die Verdammten stürzen los, auf die Tür des Schreines zu, auf den zugezogenen Vorhang. Doch sobald sie ihn berühren, werden sie zurückgeschleudert, kommen jedoch immer wieder und versuchen, ihn zu überwinden. Dann hört man das Klirren von Waffen, und die Männer fallen tot um, ohne einen Laut, während aus dem Schrein der Gesang der Hathor tönt.«

»Und wer sind ihre Schwertkämpfer?« fragte der Wanderer.

»Das wissen wir nicht, Fremder; kein Mann hat überlebt, um uns das zu sagen. Komm, nähere dich der Tür und lausche, vielleicht kannst du die Hathor singen hören. Hab keine Furcht; du brauchst dich dazu dem bewachten Raum nicht zu nähern.«

Der Wanderer trat zweifelnden Herzens auf die Tür des Schreins zu; Rei, der Priester, blieb in sicherer Entfernung stehen, doch die Tempelpriester begleiteten ihn. Vor den Vorhängen blieben sie stehen und lauschten. Nun klang aus dem Schrein ein Gesang, süß, und wild, und klar, und die Stimme berührte den Wanderer tief, da sie Erinnerungen an Ithaka in ihm wachrief, dessen Herr er einst gewesen war und das er nie wiedersehen sollte, an die glücklichen Tage seiner Jugend, an die von Göttern errichteten Mauern des windigen Ilios. Doch konnte er nicht sagen, warum er an diese Dinge dachte, noch, warum sein Herz auf eine so seltsame Art berührt wurde.

»Höre! Die Hathor singt, während sie an dem Verhängnis der Männer webt«, sagte der alte Priester, und während er sprach, hörte das Singen auf.

Nun ging der Wanderer mit sich zu Rate, ob er jetzt sofort hineinstürzen und das Risiko auf sich nehmen sollte, oder ob er es für eine Weile aufschieben sollte. Doch dann beschloß er, es so lange aufzuschieben, bis er mit eigenen Augen gesehen hatte, was mit jenen geschah, die versuchten, sich ihren Weg in den Schrein zu erzwingen.

Also schritt er zurück, in tiefe Gedanken versunken; nachdem er sich von dem alten Priester verabschiedet hatte, ging er mit Rei, dem Städtebauer, wieder durch die Stadt Tanis, wo die Apura noch immer die Menschen Khems ausplünderten, und sie erreichten den Palast, in dem er wohnte. Dort erwog er wieder die Frage, wie er die seltsame Frau des Tempels sehen, doch den Bädern aus Bronze entgehen konnte. Dort saß er und dachte darüber nach, bis schließlich die Nacht hereinbrach und jemand kam, um ihn zum Abendessen in die Halle des Pharao zu holen. Nun erhob er sich und ging und traf den Pharao und Meriamun, die Königin, im Vorraum, trat nach ihnen in die Halle und auf das Podium, das er vor dem Ansturm des Pöbels gehalten hatte. Inzwischen waren die Leichen fortgeschafft worden, und abgesehen von einigen Flecken auf dem Marmorfußboden, die nicht fortgewaschen werden konnten, und einigen Pfeilen, die noch im oberen Teil der Wände und in dem hohen Dach staken, gab es keinerlei Spuren des großen Kampfes, der hier vor nur einem Tag getobt hatte.

Finster war das Gesicht des Pharao, und auch die wenigen, die bei ihm saßen, zeigten ernste Gesichter ob des Todes von so vielen, die ihnen lieb gewesen waren, und ob der Schande, die über Khem gekommen war. Doch standen keine Tränen in den Augen jener, welche ihr Kind verloren hatte, in den Augen Meriamuns, der Königin. Wut, nicht Trauer zerriß ihr das Herz, weil der Pharao die Apura hatte gehen lassen. Und sogar als sie bei dem traurigen Mahl saßen, hörten sie das Trappeln von Füßen, das Muhen von Rindern, und ein Triumphlied, das von Zehntausenden von Stimmen gesungen wurde; und so sangen die Apura:

Eine Lampe für unsere Füße hat der Herr angezündet,
Zeichen hat Er uns in dem Lande Khem gezeigt.
Die Könige dieses Volkes hat unser Herr geschlagen,
Seinen Schuh hat Er über ihre Götter geworfen.
Er hat einen Hohn aus dem Pferde Isis' gemacht,
Er hat die Zügel des Wagens von Ra zerrissen,
Auf Jakob blickt Er, und auf Sein aufgestandenes Volk,
Und die Knie von Völkern hat Er in Ehrfurcht gelöst.

Er gibt uns ihre Güter als Beute,
Schalen von Silber und Kelche von Gold;
Denn Jehova ist unser Freund und unser Vater,
Und Er liebt Jakob, den seit langem Erwählten.
Die Götter der Völker hat unser Herr geschlagen,
Ihre Höfe hat Er mit Seinen kriechenden Tieren gefüllt;
Das leuchtende Gesicht der Sonne hat Er verborgen,
Und die Geißel in der Hand von Königen zerbrochen.

Er hat Sein Volk mit Plagen und Leiden bestraft,
Unsere Rücken unter schweren Lasten gebeugt,
Doch werden Seine Kinder aufstehen wie das brandende Meer,
Und die Felder der Völker überfluten, die Er haßt.
Die Könige der Nationen hat unser Herr geschlagen,
Seinen Schuh hat Er über ihre Götter geworfen,
Doch zu unseren Füßen hat der Herr eine Lampe angezündet,
Und Wunder in dem Lande Khem getan.

So sangen sie, und so wild war ihr Gesang, daß der Wanderer aufsprang, um sich vor das Palasttor zu stellen, damit die Apura sich nicht auf die Schatzkammer stürzten und sie plünderten.

Der König nickte nur, doch Meriamun erhob sich und begleitete den Wanderer, als dieser seinen mächtigen Bogen zur Hand nahm und zu dem großen Tor ging.

Dort standen sie im Schatten des Tores, und dieses war es, das sie sahen: Ein Lichtermeer von unzähligen Fackeln flammte auf der am Palasttor vorüberführenden Straße. In ihrem Licht zog eine Menge von Männern, die nur mit Spießen bewaffnet waren, vorbei, und das Licht der Fackeln schien auf die glänzende Bronze und auf die Goldhelme, die sie den Kriegern Khems weggenommen hatten. Nach ihnen kam eine Horde wild aussehender Frauen, die tanzten und Becken aneinanderschlugen und triumphierende Spottlieder sangen.

Ihnen folgten acht kräftige, schwarzbärtige Männer, die auf ihren Schultern einen großen vergoldeten Sarg trugen, dessen Seiten mit Zeichen beschnitzt und bemalt waren.

»Es ist die Leiche ihres Propheten, der sie aus ihrem Land des Hungers hierher gebracht hat«, flüsterte Meriamun. »Sklaven, ihr sollt in der Wildnis noch mehr hungern und nach den Fleischtöpfen Khems jammern!«

Dann rief sie mit lauter Stimme, von ihrer Leidenschaft übermannt, jenen Trägern des Sarges ihre Prophezeiung zu. »Nicht einer von euch, der lebt, soll das Land sehen, in das euer Zauberer euch führt! Ihr sollt dürsten, ihr sollt hungern, ihr sollt die Götter Khems anrufen, und sie sollen euch nicht hören; ihr sollt sterben, und eure Knochen sollen in der Wildnis bleichen. Geht! Und Set sei mit euch! Geht!«

So rief sie und deutete mit ihrem Finger auf die Apura, und so drohend war ihr Blick, daß die Männer erzitterten und die Frauen zu singen aufhörten.

Der Wanderer blickte die Königin an und verwunderte sich. Noch nie habe ich eine Frau mit einem so mutigen Herzen gekannt, dachte er, und es muß schlimm sein, ihr in den Weg zu kommen, sei es bei der Liebe oder im Kampf!

»Wenigstens werden sie nie wieder vor meinen Toren singen«, murmelte die Königin Meriamun lächelnd. »Komm, Wanderer, man erwartet uns!« und sie reichte ihm die Hand, damit er sie zurückführe.

Also gingen sie in die Bankethalle zurück.

Sie lauschten, als sie bis spät in die Nacht an der Tafel saßen, und noch immer zogen die Apura vorüber, so zahllos wie die Sandkörner der Wüste. Schließlich aber waren sie vorbei, und das Geräusch ihrer Schritte erstarb in der Ferne.

Nun wandte sich Meriamun, die Königin, an den Pharao und sagte bitter: »Du bist ein Feigling, Meneptah, ja, ein Feigling, und in deinem Herzen ein Sklave. In deiner Furcht vor dem Fluch, den die Falsche Hathor uns auferlegt hat, sie, welche du anbetest, hast du zu deiner Schande jene Sklaven gehen lassen. Wie anders wäre unser Vater, der große Ramses Miamun, der Hammer der Khita, mit ihnen fertig geworden. Jetzt sind sie gegangen, das Land verfluchend, das sie geboren hat, und jene beraubend, die sie genährt haben, solange sie noch ein kleines Volk waren, so wie eine Mutter ihr Kind nährt.«

»Was sollte ich tun?« fragte der Pharao.

»Es gibt nichts mehr zu tun, es ist alles getan«, antwortete Meriamun. »Was ist dein Rat, Wanderer?«

»Schlecht steht es einem Fremden an, Rat zu erteilen«, sagte der Wanderer.

»Nein, sprich!« rief die Königin.

»Ich kenne die Götter dieses Landes nicht«, antwortete er. »Falls diese Menschen in ihrer Gunst stehen, würde ich raten, nichts zu tun. Doch wenn nicht«, sagte dann der in Kriegsdingen weise Wanderer, »sollte der Pharao seine Streitmacht sammeln und diesem Volke nachsetzen, es unerwartet überfallen und es bis auf den letzten Mann vernichten. Das ist nicht schwer zu schaffen. Sie sind ein gemischter Haufen und schleppen viel Gepäck mit sich.«

Dies nun waren Worte, wie sie die Königin zu hören liebte. Sie klatschte in die Hände und rief: »Höre, Pharao! Hör auf einen guten Rat!«

Nun, wo die Apura gegangen waren, war auch seine Furcht vor ihnen gewichen, und während er Wein trank, wurde sein Herz mutig, bis er schließlich aufsprang und bei Amon, bei Osiris, bei Ptah und bei seinem Vater – dem großen Ramses – schwor, daß er die Apura verfolgen und schlagen würde. Und sofort schickte er Boten aus, um die Heerführer und Kommandeure seiner Truppen in die Versammlungshalle zu beordern.

Dort erschienen sie auch sofort, und der Plan des Feldzuges wurde entworfen, und Boten ritten zu den Regierenden anderer großer Städte mit dem Befehl, Truppen zu entsenden, die sich mit der Heerschar des Pharao auf seinem Marsch vereinigen sollten.

Nun wandte der Pharao sich an den Wanderer und sagte: »Du hast mir noch nicht auf die Nachricht geantwortet, welche Rei dir an diesem Morgen brachte. Willst du in meine Dienste treten und in diesem Kriege ein Kommandeur meiner Truppen sein?«

Dem Wanderer gefiel der Ausdruck ›Dienste‹ ganz und gar nicht, doch sein kriegslüsternes Herz regte sich in ihm, denn er liebte die Schlacht. Aber bevor er ja oder nein sagen konnte, sagte Meriamun, die Königin, die verhindern wollte, daß er sie verließe: »Dieses ist mein Rat, Meneptah, daß der hohe Herr Eperitos in Tanis bleiben und Kommandeur meiner Garde sein soll, während du hinausziehst, um die Apura zu schlagen. Denn ich mag zu solchen unruhigen Zeiten hier nicht unbeschützt bleiben, und wenn ich weiß, daß er über mich wacht, er, der ein so mächtiger Mann ist, werde ich mich sicher fühlen und ruhig schlafen.«

Nun stellte der Wanderer seinen Wunsch, die Hathor zu sehen, zurück, denn neue Dinge zu sehen und neue Abenteuer zu erleben, hatte ihm schon immer Freude gemacht. Also antwortete er, daß er, wenn der Pharao und die Königin es so wünschten, gerne bleiben und das Kommando über die Garde übernehmen würde. Und der Pharao sagte, daß es so sein solle.

4

Die Gemächer der Königin

Gegen Mittag des folgenden Tages zogen der Pharao und sein Heer mit allem Pomp aus den Toren Tanis' und die Straße entlang, die durch das Wüstenland zum Schilfmeer führt, die auch die Apura genommen hatten. Der Wanderer begleitete dieses Heer für eine Stunde oder mehr, in einem Streitwagen, der von Rei, dem Priester gelenkt wurde, da Rei nicht mit dem Heer marschierte. Die Anzahl der Männer, die der Pharao bei sich hatte, setzte den Achäer in Verwunderung, der an die kleinen Truppen felsiger Inseln und verstreuter Stämme gewöhnt war. Doch erwähnte er sein Erstaunen weder gegenüber Rei, noch gegenüber einem anderen Manne, damit man nicht glaubte, daß er von einem kleinen Volke komme. Er tat sogar so, als ob er diesen Heerbann für gering hielte und fragte den Priester, ob dieses alle Heerscharen des Pharao seien. Darauf erklärte Rei ihm, daß dieses nur ein Vierteltei davon sei, und keine Söldner, und keine Truppen aus dem Oberen Land an der Verfolgung der Apura teilnähmen.

Nun erkannte der Wanderer, daß er unter ein Volk geraten war, das weit größer war als jedes andere, dem er je begegnet war, sei es auf dem Lande oder auf dem Meer. Er zog mit ihnen bis zu einer Stelle, wo die Straße sich gabelte: Dort lenkte er seinen Streitwagen neben den des Pharao und entbat ihm sein Lebewohl.

Der Pharao lud ihn ein, auf seinen Wagen zu steigen und sagte zu ihm: »Schwöre mir, du Wanderer, der du dich Eperitos nennst, obwohl nicht bekannt ist, von welchem Lande du kommst und welches das Haus deines Vaters ist, schwöre mir, daß du die Königin Meriamun treu bewachen und kein Leid über mich oder mein Haus bringen wirst, während ich in der Ferne weile. Du bist wunderbar anzusehen, und deine Kraft ist größer als die anderer Männer, dennoch hegt mein Herz Mißtrauen gegen dich. Denn ich glaube, daß du ein listiger Mann bist, und daß durch dich Übel über mich kommen mag.«

»Wenn dieses in deinem Herzen ist, o Pharao«, sagte der Wanderer, »so laß mich nicht die Königin bewachen. Doch glaube ich, daß ich dir vor zwei Nächten kein schlechter Freund gewesen bin, als der Pöbel dich und alle deines Hauses wegen des Sterbens seiner Erstgeborenen zu Tode bringen wollte.«

Der Pharao blickte ihn lange und zweifelnd an, streckte ihm dann seine Hand entgegen. Der Wanderer ergriff sie und schwor bei seinen Göttern, bei Zeus, bei Aphrodite, bei Athene und bei Apollo, daß er das Vertrauen des Pharao nicht enttäuschen werde.

»Ich glaube dir, Wanderer«, sagte der Pharao. »Wisse dieses: Wenn du deinen Schwur hältst, sollst du eine große Belohnung erhalten und der Oberste von allen im Lande Khem sein, wenn du ihn jedoch brichst, sollst du einen schlimmen Tod erleiden.«

»Ich frage nicht nach Lohn«, antwortete der Wanderer, »und ich fürchte keinen Tod, denn nur auf eine Art werde ich sterben, und die ist mir bekannt. Dennoch werde ich meinen Schwur halten.« Und er verneigte sich vor dem Pharao, sprang von dessen Wagen und stieg wieder auf den Wagen Reis.

Als er nun zurückfuhr, rief einer der Männer aus der Kolonne ihm zu: »Verlaß uns nicht Wanderer!« Denn er sah in seiner goldenen Rüstung so prachtvoll aus, daß es ihnen war, als ob ein Gott sie verließe.

Sein Herz war bei ihnen, denn er liebte den Krieg, und die Apura liebte er nicht. Doch er fuhr weiter, wie es seine Bestimmung war, und erreichte gegen Sonnenuntergang den Palast.

An jenem Abend saß er beim Bankett neben Meriamun, der Königin. Und als das Bankett vorüber war, befahl sie ihm, ihr in ihre Gemächer zu folgen, in die sie sich zurückzog, wenn sie allein sein wollte.

Es war ein duftender Raum, von wohlriechenden Lampen matt erhellt, mit Liegen aus Elfenbein und Gold möbliert, und ihre bemalten Wände erzählten Geschichten von Göttern und Königen, von ihren Lieben und von ihren Kriegen. Die Königin sank auf die bestickten Kissen einer Couch zurück und befahl dem weisen Odysseus, sich neben sie zu setzen, so nahe, daß ihre Robe seine goldene Armschiene berührte. Dieses tat er, doch gegen seinen Willen, obwohl er kein Verächter schöner Frauen war. Doch in seinem Herzen mißtraute er dieser schwarzäugigen Königin, und er blickte sie aus den Augenwinkeln heraus an, denn sie war von ausnehmender Schönheit, die schönste aller sterblichen Frauen, der er jemals begegnet war, mit Ausnahme der Goldenen Helena.

»Wanderer, wir schulden dir großen Dank, und ich würde gerne wissen, bei wem wir für den Preis unseres Lebens in Schuld stehen«, sagte sie. »Erzähl mir von deiner Geburt, von dem Hause deines Vaters, von den Ländern, die du gesehen hast und von den Kriegen, in denen du gefochten hast. Erzähl mir auch von der Plünderung Ilios', und wie du zu deiner goldenen Rüstung gekommen bist. Der unglückliche Paris hat einen solchen Panzer getragen, wenn jener fahrende Sänger aus dem Norden die Wahrheit gesagt hat.«

Nun würde der Wanderer jenen fahrenden Sänger aus dem Norden und seine Lieder gerne verflucht haben.

»Fahrende Sänger lügen immer, Königin«, sagte er, »und sie lesen alte Erzählungen auf, wo immer sie sie finden mögen. Vielleicht hat Paris meine Rüstung einst getragen, vielleicht auch ein anderer Mann. Ich habe sie bei einem Trödler in Kreta gekauft und keinerlei Fragen nach ihrem früheren Besitzer gestellt. Was Ilios betrifft, so habe ich dort in meiner Jugend gekämpft, im Dienste des Kreters Idomeneos, konnte jedoch nur geringe Beute heimbringen. Für den König sind die Reichtümer und die Frauen, für uns die Schwerthiebe. Das ist das Antlitz des Krieges.«

Meriamun hörte schweigend dieser Erzählung zu, die auf eine rohe, ungeschliffene Art vorgetragen wurde, wie von einem ungebildeten, verbitterten Kriegsmann, und während sie ihm zuhörte, blickte sie ihn aus ihren dunklen Augen forschend an und lächelte dann.

»Eine seltsame Geschichte, Eperitos, wahrlich eine seltsame Geschichte. Doch nun sage mir dieses: Wie bist du zu jenem mächtigen Bogen gekommen, dem Bogen mit der Schwalbensehne? Wenn mein Sänger die Wahrheit gesagt hat, so war er einst der Bogen des Eurytos von Öchalien.«

Nun blickte der Wanderer umher wie ein Mann, der in einen Hinterhalt geraten ist, der in jeder Hand seiner Feinde das Schwert im Sonnenlicht blinken sieht.

»Der Bogen, Königin?« antwortete er jedoch ohne zu zögern. »Den habe ich auf eine sehr seltsame Art erworben. Ich segelte mit einer Eisenladung entlang der westlichen Küste und landete auf einer Insel, die der Steuermann Ithaka nannte, wenn ich mich nicht irre. Dort fand ich nichts als Tod; eine Pestilenz war über das Land gekommen. Doch in den Ruinen der königlichen Halle lag dieser Bogen, und ich nahm ihn mir als Beute. Es ist ein sehr guter Bogen.«

»Eine seltsame Geschichte, wahrlich eine seltsame Geschichte«, sagte Meriamun, die Königin. »Vielleicht magst du die Rüstung des Paris gekauft haben, und vielleicht hast du den Bogen des Eurytos gefunden, jenen Bogen, glaube ich, welchen der göttergleiche Odysseus gebrauchte, um in seiner Halle jene Männer zu töten, die seine Frau bedrängten. Weißt du, Eperitos, daß ich, als du auf jener Tafel in der Bankethalle standest, als der mächtige Bogen sang und die langen Pfeile durch die Halle fuhren und die Knie nicht weniger lösten, an das Lied von der Tötung jener Männer durch die Hand des Odysseus erinnert wurde? Der Ruhm Odysseus' hat sich weit verbreitet – ja, selbst bis nach Khem.« Und sie blickte ihm in die Augen.

Der Wanderer senkte den Kopf und ließ diese Angelegenheit auf sich beruhen. Er habe von dieser Geschichte gehört, murmelte er, hielte sie jedoch für die Lüge eines fahrenden Sängers. Kein Mann sei imstande, gegen hundert Männer zu kämpfen, wie es in der Erzählung behauptet wurde.

Die Königin erhob sich halb von der Couch, auf der sie zusammengerollt wie eine glitzernde Schlange lag. Und wie eine Schlange erhob sie sich und blickte ihn mit melancholischen Augen an.

»Seltsam, in der Tat – äußerst seltsam ist es, daß Odysseus, Sohn des Laertes, Odysseus von Ithaka, die Geschichte nicht kennen sollte, nach der er hundert Männer, die um seine Frau buhlten, selbst erschossen hat. Wirklich sehr seltsam, Eperitos, der du Odysseus bist.«

Jetzt steckte der Hals des Wanderers in der Schlinge, und das wußte er sehr gut, doch beherrschte er sich und blickte sie desinteressiert an.

»Die Menschen sagen, daß dieser Odysseus vor vielen Jahren in den Norden gegangen sei und dieses Mal nicht wieder zurückkehren werde. Ich habe ihn in den Kriegen gesehen, und er war größer als ich«, sagte der Wanderer.

»Ich habe gehört«, sagte die Königin, »daß Odysseus doppelzüngig und listig wie ein Fuchs sei. Sieh mir in die Augen, o Wanderer, sieh mir in die Augen, und ich werde dir sagen, ob du Odysseus bist oder nicht!« Und sie beugte sich vor, so daß ihr Haar beinahe seine Stirn streifte, und blickte ihm tief in die Augen.

Nun mochte der Wanderer es nicht, den Blick zu senken, wenn eine Frau ihm in die Augen sah, und es war ihm unmöglich, aufzustehen und fortzugehen, also mußte er ihren Blick erdulden, und als er das tat, trat ein seltsames, leichtes Gefühl in seinen Kopf, und das Blut erzitterte in seinen Adern und schien dann stehenzubleiben.

»Nun wende dich um, o Wanderer«, sagte die Stimme der Königin, und ihm klang sie, als ob sie weit entfernt wäre, als ob eine Mauer zwischen ihnen stünde. »Wende dich um und sage mir, was du siehst!«

Also wandte er sich um und blickte zum dunklen Ende der Kammer. Doch plötzlich erschien ein schwaches Licht in dem Dunkel, wie das erste Dämmern des Morgens, und in ihm sah er eine riesige Gestalt, die wie die Gestalt eines Pferdes aus Holz war, und hinter dem Pferd waren schwarze Türme aus gewaltigen Quadern, und Tore, und Mauern, und Häuser. Nun sah er, wie eine Tür in der Flanke des Pferdes geöffnet wurde und der behelmte Kopf eines Mannes sich vorsichtig herausstreckte. Und er sah einen großen, hellen Stern vom Himmel herabgleiten und das Licht dieses Sterns fiel auf das Gesicht dieses Mannes – und das Gesicht war das seine! Dann erinnerte er sich daran, wie er aus dem Bauch jenes Holzpferdes hinausgespäht hatte, als es innerhalb der Mauern von Ilios stand, und wie der Stern auf diese vom Schicksal verdammte Stadt hinabzufallen schien, ein Omen für das Ende Trojas.

»Blick noch einmal hin!« sagte die Stimme Meriamuns aus großer Ferne.

Also blickte er noch einmal in das Dunkel, und jetzt sah er dort den Eingang einer riesigen Höhle, und vor ihr, unter zwei Palmen, saßen ein Mann und eine Frau. Ein gelber Mond stieg auf, und sein Licht fiel auf das schlafende Meer, auf große Bäume, auf den Eingang der Höhle, und auf die zwei, die vor ihr saßen. Die Frau war schön, in eine glänzende Robe gekleidet, ihr Haar war zu Zöpfen geflochten, und ihre Augen waren voller Tränen, die sie niemals weinte: denn sie war Kalypso, die Göttin, die Tochter des Atlas. Dann sah der Mann in seiner Vision auf, und sein Gesicht war müde, und erschöpft, und voller Heimweh, doch war es – *sein* Gesicht!

Nun erinnerte er sich, daß er einst so neben Kalypso, der mit den geflochtenen Zöpfen, gesessen hatte, an seinem letzten Abend auf ihrer wellenumspülten Insel, dem Mittelpunkt der Meere.

»Blick noch einmal hin!« sagte die Stimme Meriamuns, der Königin.

Wieder blickte er in das Dunkel. Vor ihm entstand die

Ruine seiner eigenen Halle auf der Insel Ithaka, und in dem Hof vor der Halle war ein großer Aschenhaufen, mit den halbverkohlten Knochen von Menschen. Vor diesem Haufen lag einer, der in Trauer verloren war, denn seine Glieder zuckten auf dem Boden. Auch dieser Mann hob das Gesicht, und der Wanderer sah, daß es *sein eigenes Gesicht* war.

Dann, plötzlich, entwich die Dunkelheit aus der Kammer, und das Blut strömte wieder durch seine Adern, und dort, neben ihm, saß die Königin Meriamun, die düster lächelte.

»Seltsame Bilder hast du gesehen, nicht wahr, Wanderer?« sagte sie.

»Ja, Königin, sehr seltsame Bilder. Sag mir, wie du sie vor meinen Augen hervorzaubern konntest.«

»Durch die Magie, die mir gegeben ist, Eperitos, mir, von allen Zauberern, die in Khem wohnen, die Magie, mit der ich die ganze Vergangenheit jener lesen kann, die – ich liebe.« Und wieder sah sie ihn an. »Ja, ich kann sie hervorholen aus dem Lagerhaus toter Zeit, und sie wieder zum Leben erwecken. Sag mir, wessen Gesicht hast du gesehen? War es nicht das Gesicht des Odysseus von Ithaka, des Laertes' Sohn, und war dieses Gesicht nicht das deine?«

Nun erkannte der Wanderer, daß es kein Entrinnen mehr gab. Deshalb sprach er die Wahrheit, nicht, weil er Freude daran hatte, sondern weil er es mußte.

»Das Gesicht des Odysseus von Ithaka war es, das ich vor mir sah, Königin, und jenes Gesicht ist das meine. Ich gestehe ein, daß ich Odysseus bin, des Laertes' Sohn, und kein anderer.«

Die Königin lachte laut auf. »Groß muß die Kraft meiner Magie sein«, sagte sie, »denn sie kann den listigsten aller Männer zur Wahrheit zwingen. Von nun an, Odysseus, weißt du, daß die Augen Meriamuns, der Königin, weit blikken können. Nun sage mir auch, und sprich wahr! Um was zu suchen, bist du hergekommen?«

Der Wanderer ging rasch mit sich zu Rate. Er erinnerte sich an den Traum Meriamuns, von dem Rei, der Priester, ihm berichtet hatte, und von dem sie nicht wußte, daß er ihn von ihm erfahren hatte, jenen Traum, der ihr die Vision eines Mannes gezeigt hatte, den sie lieben mußte, und als er sich der Worte der toten Hataska erinnerte, ergriff ihn die Furcht. Denn durch das Zeichen der Speerspitze war ihm völlig klar, daß er jener Mann ihres Traumes war, und daß sie es wußte. Doch konnte er ihre Liebe nicht annehmen, sowohl wegen seines dem Pharao geleisteten Eides, als auch wegen jener, die Aphrodite ihm auf Ithaka gezeigt hatte, und die allein er suchen mußte, die Frau, die sein Herz ersehnte, die Goldene Helena.

Es war eine schwere Wahl zwischen dem Zurückweisen einer liebenden Frau und dem Brechen eines Eides. Doch fürchtete er mehr seinen Eid, und den Zorn Zeus', den Gott von Gastgebern und Gästen.

»Königin«, sagte er, »ich will dir die ganze Wahrheit sagen! Ich bin aus dem fernen Norden nach Ithaka zurückgekommen, wohin ein Fluch mich getrieben hatte. Ich kehrte zurück und fand mein Haus verlassen, meine Leute tot, und auch die Asche meiner Frau. Doch in einem Traum jener Nacht sah ich die Göttin, zu der ich nur wenig gebetet habe, Aphrodite von Idalia, die ihr in diesem Lande Hathor nennt, und sie gebot mir, hinauszugehen und ihren Willen zu tun. Und zur Belohnung dafür versprach sie mir, daß ich jene finden würde, die auf mich wartete, um meine unsterbliche Liebe zu sein.«

Bis hierher hörte Meriamun ihn an, doch nicht weiter, denn sie stellte klar, daß *sie* jene Frau sei, die Aphrodite dem Wanderer versprochen habe. Bevor er noch ein weiteres Wort sprechen konnte, glitt sie zu ihm wie eine Schlange, und wie eine Schlange wand sie sich um ihn herum.

Dann sagte sie so leise, daß er mehr ihre Gedanken hörte als ihre Worte: »War es in der Tat so, Odysseus? Hat die Göttin dich wirklich hinausgeschickt, um mich zu suchen? Wisse dann, daß sie nicht nur zu dir gesprochen hat. Auch ich habe nach dir Ausschau gehalten. Auch ich habe auf das Kommen eines gewartet, den ich lieben soll. Oh, schwer waren die Tage, und leer mein Herz, und sehnsüchtig habe ich durch all diese Jahre dessen geharrt, der mir geschickt werden sollte. Doch nun, endlich, ist es vorbei, nun, endlich, sehe ich ihn vor mir, den ich in meinem Traume sah.« Und sie hob ihre Lippen denen des Wanderers entgegen, und ihr Herz und ihre Augen, und ihre Lippen sagten: »Liebe mich!«

Doch nicht umsonst besaß er ein starkes und geduldiges Herz, und einen Verstand, der nicht von Gefahr oder von Liebe vernebelt werden konnte. Noch nie war er in einer solchen Lage wie dieser gewesen; mit Banden gefesselt, die kein Schwert zu zerschneiden vermochte, und in ein Netz verstrickt, das kein Geschick entknoten konnte. Auf der einen Seite waren Liebe und Glück, auf der anderen ein gebrochener Eid und auf immer der Verlust der Sehnsucht seines Herzens. Denn eine andere Frau zu lieben, war er gewarnt worden, bedeutete den Verlust Helenas. Andererseits jedoch, wenn er die Königin zurückwies – nein, trotz all seines Mutes wagte er nicht, ihr zu sagen, daß nicht sie die Frau aus seiner Vision war, die Frau, die zu finden er in dieses Land gekommen war.

»Königin«, sagte er, »wir beide haben geträumt. Doch falls du geträumt haben solltest, daß du meine Liebe seiest, hast du beim Erwachen festgestellt, daß du die Frau des Pharao bist. Und der Pharao ist mein Gastgeber und hat meinen Eid.«

»Ich erwachte und stellte fest, daß ich die Frau des Pharao war«, wiederholte sie, und ihre Arme lösten sich von seinem Hals, und sie sank auf die Kissen der Couch zurück. »Ich bin die Frau des Pharao in Worten, doch nicht in Taten. Der Pharao bedeutet mir nichts, o Wanderer – lediglich sein Name.«

»Doch bedeutet mein Eid sehr viel, Königin Meriamun – mein Eid und dieser gastfreundliche Herd«, antwortete der Wanderer. »Ich habe Meneptah geschworen, dich vor jedem Übel zu beschützen, und das umfaßt alles.«

»Und wenn der Pharao nicht wieder zurückkehrt? Was ist dann, Odysseus?«

»Dann werden wir erneut sprechen, Königin. Und jetzt erfordert es deine Sicherheit, daß ich deine Wachen kontrolliere.« Und ohne ein weiteres Wort stand er auf und ging.

Die Königin blickte ihm nach.

»Ein seltsamer Mann«, murmelte sie, »der mit seinem Eid eine Barriere errichtet zwischen sich und der, die er liebt, und die zu erringen er so weit gereist ist! Doch glaube ich, daß ich ihn darum noch mehr achte. Pharao Meneptah, mein Gemahl, esse, trinke und sei fröhlich, denn dieses verspreche ich dir: deiner Tage werden nur noch wenige sein.«

5

Das gefährliche Heiligtum

»So schnell wie ein Vogel oder ein Gedanke«, hatte der alte Sänger der nördlichen See gesagt. Die Gedanken, die der Wanderer in dieser Nacht dachte, waren so schnell wie Nachtvögel und flogen hin und her zwischen den Dingen, die er gesehen, und dem, was er in den Gemächern der Königin gehört hatte. Wieder sah er sich zwischen dieser Frau und seinem Eid stehen, welcher von allen Eiden der schlimmste war, den man brechen konnte. Und es gab auch nur wenig Versuchung, ihn zu brechen, denn wenn auch Meriamun eine sehr schöne und kluge Frau war, fürchtete er doch ihre Liebe und ihre Magie nicht weniger als ihre Rache, wenn er sie zurückweisen würde. Das Hinhalten schien ihm der einzig gangbare Weg zu sein. Er wollte warten, bis der Pharao zurückkehrte, doch würde das schwer sein, wenn er nicht einen Grund fand, die Stadt Tanis zu verlassen und durch neue Abenteuer nach dem Sehnen der Welt zu suchen. Der geheimnisvolle Fluß lag dort drüben. Er würde diesen Fluß hinauffahren, über den so viele Geschichten erzählt wurden. Er entsprang in dem Lande der

Äthiopier, jener gerechtesten aller Menschen, an deren Tafeln oft die Götter zu Gast saßen. Dort vielleicht, weit den Strom hinauf, in einem Lande, aus dem niemals Übel kam, mochte er, wenn das Schicksal es ihm gestattete, die Goldene Helena finden.

Wenn das Schicksal es ihm gestattete – doch alle Abenteuer, die ihm Meriamun in einem Traum gezeigt hatte, kamen vom Schicksal.

Er drehte diesen Gedanken lange im Kopfe herum und sah ein wenig Licht. Es schien, daß er so, wie er durch die Finsternis über ein blutrotes Meer zu den Gestaden Khems gefahren war, auch durch Blut zu jenem Ufer waten sollte, das die Götter ihm bestimmt hatten.

Doch nach einer Weile schüttelte er diese Gedanken ab, stand auf, badete und salbte sich, kämmte seine dichten, schwarzen Locken und legte seine goldene Rüstung an. Denn jetzt fiel ihm wieder ein, daß dies der Tag war, an dem die Fremde Hathor auf der Pylone erscheinen und all ihr Volk zu sich rufen würde, und er wollte sie sehen und, so es nötig werden sollte, mit dem kämpfen, das sie bewachte.

Also flehte er Aphrodite an, ihm zu helfen, und er verschüttete Wein für sie und wartete. Er wartete, doch kam keine Antwort auf sein Gebet. Aber als er sich abwandte, fiel sein Blick zufällig auf den goldenen Kelch, aus dem er den Wein geschüttet hatte, und es kam ihm vor, als ob er strahlender geworden wäre und den Stempel der Jahre verloren hätte, und daß sein Gesicht, das sich darin spiegelte, so glatt und so jung war wie das Gesicht jenes Odysseus, der vor vielen Jahren in den schwarzen Schiffen gesegelt war und auf die rauchenden Ruinen des windumtosten Troja zurückgeblickt hatte. Darin sah er die Hand der Göttin, und er wußte, daß sie, auch wenn sie sich in diesem Lande fremder Götter nicht manifestierte, doch bei ihm war. Als er dieses erkannte, wurde sein Herz leicht wie das eines Jungen, dem alle Sorgen noch weit entfernt liegen, und der noch nie vom Tode geträumt hat.

Dann aß und trank er, und als sein Verlangen nach Nahrung gestillt war, erhob er sich und gürtete sein Schwert um, die Gabe des Euryalos, doch den schwarzen Bogen ließ er in seinem Kasten. Nun war er bereit und wollte gerade aufbrechen, als Rei, der Priester, hereintrat.

»Wohin gehst du, Eperitos?« fragte Rei, der gelehrte Priester, »und was ist es, das dein Gesicht so verändert hat, als ob viele Jahre von deinem Rücken genommen wären?«

»Nichts anderes als süßer Schlummer, Rei«, antwortete der Wanderer. »Tief habe ich in der vergangenen Nacht geschlafen, und die Müdigkeit meines Wanderns ist von mir abgefallen, und so bin ich jetzt, wie ich es gewesen bin, bevor ich damals über das blutige Meer in die Finsternis segelte.«

»Verkaufe du das Geheimnis deines Schlafes den Frauen von Khem«, antwortete der alte Priester lächelnd, »dann wird es dir für den Rest deiner Tage nie an Reichtum mangeln.«

So sprach er, als ob er dem Wanderer glaubte, doch in seinem Herzen wußte er, daß die Dinge von den Göttern bestimmt waren.

Der Wanderer antwortete: »Ich will zum Tempel der Hathor gehen, denn erinnerst du dich nicht, Rei, daß heute der Tag ist, an welchem sie auf der Pylone steht und das Volk zu sich ruft? Kommst du mit, Rei?«

»Nein, nein, ich komme nicht, Eperitos. Ich mag zwar alt sein, doch fließt noch immer das Blut in meinen geschrumpften Adern, und vielleicht würde auch mich, wenn ich sie sähe, der Wahnsinn anfallen, so daß ich zu meinem Tode eilen würde. Es gibt jedoch einen Weg, daß ein Mann der Stimme Hathors lauschen kann, und der ist, daß er sich die Augen verbinden läßt, wie es viele getan haben. Doch selbst dann wird er die Binden von seinen Augen reißen und sie ansehen, und wie alle anderen sterben. Oh, geh nicht, Eperitos – ich bitte dich darum, weil ich dich liebe –, ich weiß nicht, warum – weil ich dich nicht tot sehen will. Obwohl es für einige, denen ich diene, gut wäre, wenn du tot wärest, du Wanderer mit den Augen des Schicksals.«

»Hab keine Furcht, Rei«, sagte der Wanderer, »denn so, wie das Schicksal es bestimmt, daß ich sterben soll, wird es sein, und nicht anders. Nie soll jemand sagen können, daß er, der seine Waffen gegen Scylla, den Schrecken des Felsens, erhob, vor irgendeiner Form der Furcht oder von irgendeiner Gestalt der Liebe zurückwich.«

Nun rang Rei die Hände und schien beinahe in Tränen ausbrechen zu wollen, weil es ihm jammervoll vorkam, daß ein so guter Mann und ein so großer Held auf solche Art zu Tode kommen sollte. Doch der Wanderer schritt durch die Stadt, und Rei begleitete ihn für eine Weile. Schließlich erreichten sie den Weg, der zu beiden Seiten von Sphinxen eingesäumt war, und der von der äußeren Mauer zum Garten des Tempels der Hathor führte, und diesen Weg entlang eilte eine große Menge von Männern aller Rassen und jeden Alters. Hier wurde ein Prinz in seiner Sänfte getragen, da fuhr ein junger Edelmann in seinem Streitwagen, dort kamen die Sklaven, verschmutzt von dem Schlamm der Felder, hier humpelte ein Krüppel auf seinen Krücken, und dort war der Blinde, der von seinem Hund geführt wurde. Und bei jedem Mann sah man eine Frau, oft auch mehrere: die Frau dieses Mannes, oder seine Mutter, oder seine Schwestern, oder jene, der er sich anverlobt hatte. Weinend schritten sie dahin und versuchten, durch sanfte Worte und umklammernde Arme ihn zurückzuhalten, den sie liebten.

»Oh, mein Sohn, mein Sohn!« rief eine Frau. »Hör auf die Stimme deiner Mutter! Geh nicht hinein, um die Göttin zu sehen, denn wenn du dies tust, wirst du sterben, du, der allein mir verblieben ist. Zwei Söhne habe ich geboren, die deine Brüder waren, und beide sind sie tot. Willst nun auch du sterben und mich allein zurücklassen, die ich alt und verlassen und verzweifelt bin? Sei nicht verrückt, mein Sohn; du warst mir immer der liebste, stets habe ich dich geliebt und umsorgt. Komm zurück, ich bitte dich! Komm zurück!«

Doch ihr Sohn hörte nicht auf ihre Worte, sondern drängte weiter zu den Pforten der Sehnsucht der Herzen.

»Oh, mein Gemahl, mein Gemahl!« rief eine andere, die jung und schön und von edler Herkunft war, und die ein Kind auf ihrem linken Arm trug, während sie ihre rechte Hand in die bestickte Robe ihres Mannes geklammert hatte. »Oh, mein Gemahl, habe ich dich nicht geliebt, und bin ich nicht immer freundlich zu dir gewesen? Und dennoch willst du hineingehen und die tödliche Schönheit der Hathor sehen! Man sagt, daß ihre Schönheit die Schönheit der Toten sei. Liebst du mich denn nicht mehr als jene, die vor fünf Jahren starb, Merisa, die Tochter des Rois, wenngleich du sie als erste geliebt hast? Sieh, hier ist dein Kind, dein Kind, das ich dir vor noch nicht einer Woche gebar. Von meinem Schmerzenslager bin ich aufgestanden und dir auf diesem Wege gefolgt, und vielleicht werde ich dadurch mein Leben verlieren. Hier ist dein Kind, das dich anfleht. Laß mich sterben, wenn es so sein soll, doch geh nicht du in deinen Tod. Es ist keine Göttin, die du sehen willst, sondern ein böser Geist, der von der Unterwelt geschickt worden ist, und er wird dein Verhängnis sein. Oh, wenn ich dir nicht genüge, nimm dir eine zweite Frau, und ich werde sie willkommen heißen. Doch geh nicht hinein! Geh nicht in deinen Tod!«

Doch der Mann hielt seinen Blick auf die Spitze der Pylone gerichtet und hörte nicht auf sie, und schließlich sank sie entkräftet zusammen, und sie und ihr Kind wären von den heranjagenden Streitwagen überrollt worden, wenn der Wanderer sie nicht aufgehoben und zum Wegrand getragen hätte.

Von allen Szenen waren dieses die schrecklichsten, denn von jeder Seite hörte man das Flehen und Jammern von Frauen, und dennoch drängte die Menge der Männer eilig weiter.

»Nun siehst du die Macht der Liebe, und wie eine Frau allein durch ihre Schönheit alle Männer in ihr Verderben ziehen kann«, sagte Rei, der Priester.

»Ja«, antwortete der Wanderer, »es ist wahrlich ein seltsames Bild. Viel Blut klebt an den Händen deiner Hathor.«

»Und trotzdem willst du ihr auch das deine geben, Wanderer.«

»Das liegt nicht in meiner Absicht«, antwortete er, »doch bin ich entschlossen, ihr Gesicht zu sehen, also sprich nicht mehr davon!«

Nun hatten sie den Raum vor dem Bronzetor des äußeren Hofes erreicht, vor dem sich eine Menge von vielen hundert Männern drängte. Ein Priester trat zum Tor, derselbe Priester, welcher dem Wanderer die Toten in den Bädern aus Bronze gezeigt hatte. Er blickte zwischen den Gitterstäben hindurch und rief mit lauter Stimme: »Solche, die den inneren Hof betreten und die Heilige Hathor anblicken wollen, mögen näher kommen. Wisset dieses, ihr Männer: Die Hathor soll dem gehören, dem es gelingt, sie zu gewinnen. Wem das jedoch nicht gelingt, der soll sterben und innerhalb des Tempels begraben werden, und nie wieder wird er die Sonne sehen. Vor diesem seid gewarnt. Seit die Hathor wieder nach Khem zurückgekehrt ist, haben siebenhundertunddrei Männer versucht, sie zu gewinnen, und von ihnen liegen siebenhundertundzwei in den Grabkammern, denn von all diesen Männern ist allein der Pharao Meneptah lebend zurückgekehrt. Doch gibt es noch Platz für weitere! Tretet ein, ihr, die ihr die Hathor erblicken wollt!«

Nun erhob sich wieder ein lautes Jammern der Frauen. Sie umklammerten jene, die ihnen teuer waren, und einige taten das nicht ohne Erfolg. Denn unmittelbar vor dem Ziel verließ viele von ihnen der Mut. Doch einige von jenen, die die Hathor schon aus der Ferne erblickt hatten, etwa zwanzig mochten es sein, rissen sich von den umklammernden Armen ihrer Frauen los und liefen zum Tor.

»Du willst doch sicher nicht hineingehen?« sagte Rei und umspannte den Arm des Wanderers. »Oh, wende dem Tod deinen Rücken zu. Ich flehe dich an, kehre um!«

»Nein«, sagte der Wanderer, »ich werde hineingehen.«

Nun streute Rei, der Priester, Sand auf sein Haupt, weinte laut und entfloh, und er lief ohne Pause, bis er den Palast erreichte, in dem die Königin Meriamun weilte.

Der Priester hinter dem Bronzetor öffnete nun eine kleine Seitentür, und einer nach dem anderen traten jene Männer, die vom Wahnsinn befallen waren, hinein. Denn alle hatten sie die Hathor mehrere Male von draußen außerhalb der Tempelmauern, erblickt und konnten ihre Sehnsucht nach ihr nicht länger unterdrücken. Als sie hineintraten, wurden sie von zwei weiteren Priestern in Empfang genommen, die ihnen die Augen mit Stoffstreifen verbanden, so daß sie, wenn sie es nicht wollten, die Schönheit der Hathor nicht sahen, sondern nur die Süße ihrer Stimme hörten. Doch waren unter ihnen zwei, die sich nicht die Augen zubinden lassen wollten, und einer von ihnen war der Mann, dessen Frau auf dem Weg erschöpft zusammengebrochen war, der andere einer, der von Jugend auf blind war. Denn obwohl er nicht die Schönheit der Göttin zu sehen vermochte, war dieser Mann allein durch die Süße ihrer Stimme dem Wahnsinn erlegen. Jetzt, als alle hineingetreten waren, bis auf den Wanderer, entstand heftige Bewegung in der Menschenmenge, und ein Mann drängte sich heran. Er war staubbedeckt von der Reise, er hatte einen schwarzen Bart, schwarze Augen, und eine Nase, die gekrümmt war wie ein Geierschnabel.

»Halt!« schrie er. »Halt! Schließt nicht das Tor! Tag und Nacht bin ich von den Heerscharen der Apura durch die Wildnis gelaufen. Tag und Nacht bin ich geflohen, habe meine Frau, meine Herden und meine Kinder, und auch das Versprechen des Gelobten Landes zurückgelassen, damit ich wieder die Schönheit der Hathor erblicken möge. Schließt nicht das Tor!«

»Trete ein«, sagte der Priester, »trete ein, damit wir einen jener los werden, welche Khem säugte, um dann von ihnen ausgeplündert zu werden!«

Er ging hinein, und dann, als der Priester gerade die kleine Seitentür schließen wollte, trat der Wanderer vor, und seine goldene Rüstung klirrte unter dem Portal.

»Willst du wirklich in dein Verderben gehen, du mächtiger Herr?« fragte der Priester, der ihn sofort wiedererkannte.

»Ja, ich will hineingehen, doch vielleicht nicht in mein Verderben«, antwortete der Wanderer. Dann trat er hinein, und das Tor schloß sich hinter ihm.

Jetzt traten die beiden anderen Priester auf ihn zu, um ihm die Augen zuzubinden, doch dies wollte er nicht zulassen.

»Nein«, rief er. »Ich bin gekommen, um zu sehen, was gesehen werden kann.«

»Dann geh, du Wahnsinniger, geh! Und sterbe deinen Tod«, antworteten sie ihm und führten dann alle Männer in die Mitte des Hofes, von wo aus sie die Spitze der Pylone sehen konnten. Dann verbanden sich auch die Priester ihre Augen und warfen sich der Länge nach zu Boden, und so blieben sie liegen, und es herrschte Stille in dem Hof und vor seiner Mauer, denn alle warteten auf das Erscheinen der Hathor. Der Wanderer blickte zurück und sah durch die Gitterstäbe des Bronzetors die Menschenmenge, die sich dort drängte. Schweigend standen die Menschen, den Blick aufwärts gewandt, und selbst die Frauen hatten mit ihrem Jammern aufgehört und blickten empor. Er sah die Männer an, die neben ihm standen. Auch ihre Gesichter mit den verbundenen Augen waren nach oben gerichtet, als ob ihre Sehkraft den Stoff durchdringen könnte. Selbst der Blinde starrte empor, und seine blassen Lippen bewegten sich, doch kam kein Laut zwischen ihnen hervor. Um den Fuß der Pylone lag ein schmaler Halbkreis ihres Schattens. Schmaler und schmaler wurde er, während die Augenblicke bis zur vollen Mittagszeit vergingen. Jetzt war er nur noch ein dünner Strich, und dann war er völlig verschwunden, denn die rote Scheibe der Sonne stand jetzt direkt über der Pylone am blauen Himmel. Und plötzlich ertönte der süße Laut einer Frauenstimme, und beim ersten Ton dieses Gesanges erhob sich ein lautes Seufzen aus der Menge der Menschen, die sich jenseits der Mauer drängten, und jene, die in der Nähe des Wanderers standen, seufzten ebenfalls, und ihre Lippen und ihre Finger zuckten, und auch er seufzte, obwohl er nicht wußte, warum er es tat.

Näher und näher kam das Tönen des süßen Gesangs, und immer lauter wurde es, bis schließlich jene, die außerhalb des Tempelgrundes auf etwas höher gelegenem Boden standen, sie erblickten, die so sang, und ein heiseres Schreien drang aus allen Kehlen, und der Wahnsinn ergriff sie. Sie drängten heran, warfen sich gegen das Bronzetor und gegen die hohen Mauern zu seinen beiden Seiten, schlugen mit ihren Fäusten und mit ihren Köpfen dagegen, stiegen einander auf die Schultern, bissen mit ihren Zähnen auf die Bronzestäbe des Torgitters und schrien, daß man sie hineinließe. Doch die Frauen umklammerten sie mit ihren Armen und schrien Flüche auf die, deren Schönheit all diese Männer zum Wahnsinn trieb.

So ging es für eine ganze Weile, bis der Wanderer endlich aufblickte, und siehe! Auf der Spitze der Pylone stand die Frau, und als sie sich zeigte, waren alle Menschen wieder still. Sie war hochgewachsen und schlank, in eine eng anliegende, weiße Robe gekleidet, und auf ihrer Brust glühte ein blutroter Rubin, der in Form eines Sterns geschnitten war, von dem rote Tropfen fielen, die für einen Moment Flecke auf ihrer Robe hinterließen, die jedoch im nächsten Augenblick wieder verschwunden waren, so daß die Robe erneut in purem Weiß erstrahlte. Ihr goldenes Haar wurde von der Brise nach hier und nach dort geweht und glänzte im Sonnenlicht, ihre Arme und ihr Hals waren entblößt, und sie hielt eine Hand vor ihre Augen, wie um das Strahlen ihrer Schönheit zu verbergen. Denn in der Tat konnte sie nicht allein schön genannt werden, sondern sie war die Schönheit selbst.

Und solche, die noch nicht geliebt hatten, sahen in ihr jene erste Liebe, die noch kein Mann errungen hat, und solche, die schon geliebt hatten, sahen in ihr jene erste Liebe, die jeder Mann verlor. Und alles um sie herum erstrahlte in unbeschreiblicher Schönheit – in einer Schönheit wie der des sterbenden Tages. Mit süßer Stimme sang sie ein Lied des Versprechens, und ihre Stimme klang so, wie ein jeder Mann sie sich ersehnte, und das Herz des Wanderers vibrierte in Antwort auf ihren Klang, so wie eine Harfe vibriert, wenn sie von der Hand eines Künstlers angeschlagen wird. Und so sang sie:

Nach wem hast du dich am meisten gesehnt,
Du meine wahre Liebe?
Wen hast du geliebt und verloren?
Siehe! Sie ist dein!

Sie, die ein anderer heiratete,
Bricht sich von ihrem Eide frei,
Sie, welche lange tot war,
Erwacht nun für dich.

Träume suchen das glücklose Bett heim,
Geister schweben durch die Nacht,
Das Leben bedrängt ihren Verstand,
Die Liebe und das Glück.

Nein, nicht ein Traum oder ein Geist,
Nein, sondern göttlich
Ist sie, die geliebt und verloren wurde,
Und die wartet, um die deine zu sein!

Sie verstummte, und ein Stöhnen des Begehrens drang aus den Kehlen aller, die ihr gelauscht hatten.

Dann sah der Wanderer, wie jene, die bei ihm waren, ihre Binden von den Augen rissen und sie von sich schleuderten. Lediglich die Priester, die ausgestreckt am Boden lagen, rührten sich nicht, obwohl auch sie stöhnten.

Und wieder sang sie, noch immer eine Hand vor ihre Augen haltend:

Doch ihr, die ihr mich sucht, ihr, die ihr mir nachstellt,
Ihr, die ihr unter meinem Turm euch drängt,
Wenn ihr mich gewönnet, mich erobertet,
Müßte ich in einer Stunde sterben.

Hört mein Wort und hört die Warnung,
Daß Schönheit nur in euren Blicken ist.
Denn Schönheit vergeht vor dem Spott der Männer
In den Stunden der Nacht.
Schönheit verblaßt vor dem Morgen,
Und Liebe stirbt in ihrem Glück.

Sie verstummte, und wieder herrschte Totenstille. Plötzlich beugte sie sich auf der Spitze der Pylone so weit vor, daß es schien, als ob sie herabstürzen müßte, und streckte die Arme aus, wie um jene, die unten standen, zu umfangen, und zeigte dabei ihre unirdische Schönheit.

Der Wanderer blickte sie an und senkte dann rasch den Blick, wie einer, der in die Helligkeit der mittäglichen Sonne geblickt hat. Im Dunkel seines Gehirns verlor sich die Welt, und er konnte an nichts anderes denken, als an das Schreien der Menschen, das nun schmerzhaft in seine Ohren drang.

»Seht! Seht!« rief einer. »Seht doch ihr Haar, es ist so schwarz wie die Schwingen eines Raben, und ihre Augen sind dunkel wie die Nacht! Oh, meine Geliebte, meine Geliebte!«

»Seht! Seht!« rief ein anderer, »war der Himmel jemals so blau wie ihre Augen? War jemals Meeresschaum so weiß wie ihre Arme?«

»Sie sieht aus wie eine, die ich vor vielen Sommern heiratete«, murmelte ein dritter, »wie in dem Moment, als ich den Schleier von ihrem Gesicht hob. Genauso ein liebliches Lächeln hatte sie, genauso lockiges Haar, genauso eine kindhafte Grazie.«

»Besaß jemals eine Frau eine so königliche Gestalt?« sagte ein vierter. »Seht doch diese stolze Stirn, seht doch diese tiefen, dunklen Augen voller Sturm, diese herrlich geschwungenen Lippen, die hoheitliche Haltung. Ah, dies ist wahrlich eine Göttin, die es wert ist, angebetet zu werden.«

»Nicht so sehe ich sie«, rief ein fünfter, jener Mann, der von den Heerscharen der Apura gekommen war. »Blaß ist sie und hochgewachsen, ja, doch von feinen Gliedmaßen, braun ist ihr Haar, und braun sind ihre großen Augen, die wie die Augen eines Hirsches sind, und – ah! – traurig blikken sie mich an, voller Sehnsucht nach meiner Liebe.«

»Meine Augen sind geöffnet worden!« schrie der blinde Mann, der neben dem Wanderer stand. »Meine Augen sind geöffnet worden, und ich sehe die Pylone und die herrliche Sonne. Die Liebe hat meine Augen berührt und sie geöffnet. Doch seht! Nicht *eine* Gestalt hat sie, sondern deren viele. Oh, sie ist die Schönheit selbst, und keine Zunge kann ihre Schönheit beschreiben. Laßt mich sterben! Laßt mich sterben, da meine Augen geöffnet sind! Ich habe die Schönheit selbst erblickt! Ich weiß, was alle Welt hier sucht, und warum wir sterben, und was wir im Tode finden werden!«

6

Die Hüter des Tores

Das Schreien schwoll an und ab, und die Männer riefen und schrien die Namen vieler Frauen, die meisten davon tot oder verloren. Andere waren stumm, still in der Gegenwart des Sehnens der Welt, so still wie die Nacht, wenn wir in einem Traum die Gesichter verlorener Lieben vor uns sehen. Der Wanderer hatte einmal zu der Hathor emporgeblickt und dann sofort seinen Blick gesenkt, und jetzt stand er, das Gesicht in den Händen geborgen. Er allein versuchte zu denken, wo alle anderen sich von der Verwirrung ihrer Leidenschaften und ihrer Verzückung fortreißen ließen.

Was war es, das er gesehen hatte? Das, was er sein ganzes Leben lang gesucht hatte, zu Lande und zu Wasser, ohne zu wissen, was es war, das er suchte. Dafür war er mit hungrigem Herzen durch viele Länder gewandert; sollte der Hunger seines Herzens jetzt gestillt werden? Zwischen ihm und ihr befand sich die Barriere des unsichtbaren Todes. Sollte es ihm gelingen, die unmarkierte Grenze zu überschreiten, jenes bewachte Tor aufzusprengen und zu siegen, wo andere unterlegen waren? Hatte Magie seine Augen getäuscht? Hatte er nur ein Bild gesehen, eine Vision, die irgendeine Kunst von dem unheimlichen Ort der Erinnerungen zurückrufen konnte?

Er seufzte und blickte wieder empor. Siehe! Sein verzauberter Blick glaubte jetzt eine blonde Frau auf der Spitze der Pylone stehen zu sehen, die auf ihrem Kopf eine Urne aus schimmernder Bronze trug.

Und dann erkannte er sie. Genauso hatte er sie am Hofe von König Tyndareos gesehen, als er mit seinem Streitwagen die Furt von Eurotas durchquert hatte, und so hatte er sie auch in dem Traum auf der Stillen Insel erblickt.

Wieder seufzte er, und wieder blickte er empor. Jetzt sah sein verzauberter Blick eine Frau sitzen, deren Gesicht das Gesicht jenes Mädchens war, noch viel schöner geworden, jedoch von Trauer gezeichnet und von Scham berührt.

Er sah sie und erkannte sie sofort. So hatte er sie hinter den Mauern von Troja gefunden, als er sich in Bettlerkleidung aus dem Lager der Achäer geschlichen hatte. So hatte er sie gesehen, als sie ihm in Ilios das Leben gerettet hatte.

Wieder seufzte er, und wieder blickte er empor. Und jetzt sah er die Goldene Helena.

Sie stand auf der Spitze der Pylone. Sie stand mit ausgestreckten Armen, mit aufwärts gewandtem Blick, und auf ihrem Gesicht stand ein Lächeln wie das unendliche Lächeln der Morgendämmerung. Oh, jetzt erkannte er wirklich jene Gestalt, die die Schönheit selbst war – der unschuldige Geist der Liebe, von den unsterblichen Göttern zur Erde entsandt, um das Verhängnis und das Glück von Männern zu sein, um sie durch Kampf einem unbekannten Schicksal zuzuführen.

Eine Weile stand die Goldene Helena so, blickte zum Himmel hinauf und zu den jenseits vor ihm liegenden Welten hinaus, zu dem Frieden ohne Krieg, zu dem Ziel jenseits des Grabes. So stand sie, während die Männer kaum zu atmen wagten, forderte sie alle auf, zu kommen und sich das zu nehmen, was auf Erden so unerbittlich bewacht wird.

Dann sang sie noch einmal, und während des Singens zog sie sich langsam zurück, bis sie schließlich den Blicken entschwunden war und nichts mehr von ihr zurückblieb, als die Süße ihres Schwanengesanges.

Wer seine Liebe erringt, soll sie verlieren,
Und wer sie verliert, soll sie gewinnen,
Denn noch immer betet der Geist sie an,
Diese Seele ohne einen Makel;
Und immer noch verfolgt die Erinnerung sie
Mit Sehnen, das nicht vergeblich ist!

Er wird sie verlieren, der sie erringt,
Der Tag um Tag den Staub
Der Zeit betrachtet, der sie bedeckt,
Das Leiden, das sie ergrauen läßt,
Das Fleisch, das sie gefangenhält,
Und dessen Schönheit vergangen ist!

Oh! Glücklicher ist jener, der nicht gewinnt
Die Liebe, die manche zu erringen scheinen;
Das Glück, das Gewohnheit nicht trüben kann
Soll dennoch bei ihm bleiben;
Die Schönheit, die nie verblaßt,
Die Liebe, die nicht welken kann.

In Träumen altert sie nicht,
In den Ländern des Traumes;
Obwohl alle Welt älter wird,
Obwohl alle Lieder gesungen sind,
Sieht er sie dennoch im Traum
Noch immer schön und liebend und jung.

Nun verklang die Simme, und wieder kam Wahnsinn über jene, die sie gesehen und gehört hatten. Die Männer außerhalb der Mauern warfen sich erneut gegen das Tor, während die Frauen sie umklammerten und die Schönheit der Hathor verfluchten, denn das Lied besaß keinerlei Bedeutung für Frauen, und ihre Arme hielten jene fest, die sie liebten, und die ihnen ihr Brot gaben. Doch die meisten der Männer, die sich im inneren Hof befanden, drängten zu der Bronzetür des Alabasterschreins der Hathor. Einige von ihnen warfen sich zu Boden und umklammerten die Gitterstäbe des Tores, wie manche sich im Traum niederwerfen, um sich vor dem Sturz in eine Grube zu retten, die bodenlos ist. Doch wie in so einem bösen Traum der Träumende von einer unsichtbaren Hand Stück um Stück zum Rand der Grube gezogen wird, so wurden diese unglücklichen Männer von ihrem Begehren über den Boden geschleift. Vergebens stemmten sie ihre Füße gegen die Steine, um sich festzuhalten, denn sie zogen sich nur noch wilder mit ihren Händen voran, und gelangten so der Tür des Schreins immer näher, sich am Boden windend, zurückwollend und dennoch vorankriechend wie eine verwundete Schlange, die mit einer Schnur vorwärtsgezogen wird. Denn von jenen, die so in den Schrein gelangten und die Hathor anblickten, mochten nur wenige lebend zurückkommen.

Nun zogen die Priester die Binden von ihren Augen, standen auf und rissen die Flügel der Tür weit auf, und dort, nur ein kurzes Stück hinter ihr, wehte der Vorhang des Schreins wie im Wind, und durch den wehenden Vorhang kam der Klang derselben, süßen Stimme.

»Komm näher! Komm näher!« rief der alte Priester. »Laßt jenen, der die Hathor erringen will, näherkommen!«

Im ersten Moment fühlte der Wanderer sich dazu gedrängt, sofort vorzustürzen. Doch weder hatte die Begierde völlig von ihm Besitz ergriffen, noch hatte seine Weisheit ihn verlassen. Er ging mit sich zu Rate und wartete, daß andere gehen würden, um zu sehen, was mit ihnen geschah.

Die anderen Männer liefen nun zurück und stürzten vor, von Furcht und Begierde hin und her gerissen, bis der Blinde sich der Tür näherte, von der Hand eines Priesters geführt, denn sein Hund durfte den inneren Hof des Tempels nicht betreten.

»Fürchtet ihr euch?« rief er. »Feiglinge! Ich fürchte mich nicht. Es ist besser, die Schönheit der Hathor zu sehen und dann zu sterben, als zu leben und sie nie wieder zu erblikken. Dreht mich in die rechte Richtung, ihr Priester, dreht mich in die rechte Richtung, im schlimmsten Fall kann ich nur sterben.«

Also führten sie ihn so nahe, wie sie es wagten, an den Vorhang heran und drehten ihn so, daß er ihm zugewandt stand. Mit einem lauten Schrei stürzte er vorwärts. Doch er wurde gepackt und umhergewirbelt wie ein Blatt im Sturm, so daß er zu Boden fiel. Er erhob sich und stürzte wieder auf den Vorhang zu, um erneut zurückgeschleudert zu werden. Er erhob sich wieder und stürzte ein drittes Mal los, wobei er jetzt mit seinem Blindenstock zuschlug. Der Schlag fiel, doch der Stock wurde in der Luft aufgefangen, und man hörte ein Geräusch wie vom Dröhnen eines Schildes, und der Stock, der zugeschlagen hatte, zerbrach in zwei Stücke. Dann kam ein Geräusch wie das Klirren von Schwertern, und im gleichen Augenblick sank der Mann tot zu Boden, obwohl der Wanderer keine Wunde an ihm entdecken konnte.

»Komm näher! Komm näher!« rief der Priester wieder. »Dieser ist gefallen. Laßt jenen, der die Hathor erringen will, näherkommen!«

Jetzt stürmte der Mann, der von den Heerscharen der Apura desertiert war, voran und brüllte dabei wie ein Löwe. Er wurde zurückgeschleudert, und noch ein zweites Mal, doch beim dritten Mal hörte man wieder das Klirren aufeinanderschlagender Schwerter, und auch er fiel tot zu Boden.

»Komm näher! Komm näher!« rief der Priester. »Ein zweiter ist gefallen. Laßt jenen, der die Hathor erringen will, näherkommen!«

Nun stürmte ein Mann nach dem anderen los, um zuerst zurückgeschleudert und dann von den klirrenden Schwertern getötet zu werden. Am Ende waren sie alle tot, bis auf den Wanderer.

Nun sagte der Priester: »Willst du wirklich in dein Verderben rennen, du prächtiger Mann? Du hast das Schicksal der anderen gesehen. Laß dich warnen und geh zurück!«

»Noch nie bin ich vor einem Mann oder einem Geist zurückgewichen«, sagte der Wanderer, zog sein kurzes Schwert und hielt seinen breiten Schild über den Kopf, als er auf den Vorhang zuschritt, während die Priester zurückwichen, um ihn sterben zu sehen. Nun hatte der Wanderer beobachtet, daß niemand berührt worden war, bevor er auf die Schwelle der Tür trat. Also schickte er ein Gebet zu Aphrodite empor und trat langsam näher, bis seine Füße nur noch eine Bogenlänge von der Schwelle entfernt waren. Dort blieb er stehen und lauschte. Jetzt konnte er jedes Wort des Liedes verstehen, das die Hathor sang, während sie an ihrem Webstuhl saß und webte. So betörend und süß klang es, daß er einen Moment lang nicht mehr an die Hüter des Tores dachte, noch daran, auf welche Weise er sich Eingang verschaffen sollte; an nichts anderes konnte er denken, als an das Lied. Denn sie sang klar und rein in seiner geliebten Sprache, der Sprache der Achäer:

Male mit Fäden aus Gold und Scharlach, male die
Schlachten, die für mich geschlagen wurden,
All die Kriege für Helena, und Plünderungen an Land
und auf dem Meer,
All die Geschichten von der Liebe und dem Leid,
die waren und die sein werden.

•

Male ihre Lippen, die die Lippen aller Helden berührten,
Male ihr goldenes Haar, ohne Weiß, während viele
Winter vergehen,
Male die Schönheit, die die Herrin der weiten Welt ist,
und ihre Sklavin.

Wehe mir, die einst von allen Männern geliebt wurde,
ich, die niemals wußte,
Wie ich die Herzen lieben sollte, die mich liebten.
Weh mir, die ich das Stöhnen
Der Geister all meiner Geliebten höre,
die in den gestürmten Städten fielen.

Gibt es nicht, von allen Göttern oder von allen Menschen,
oh, ihr Götter, gibt es nicht
Einen, dessen Herz sich mit dem meinen vereinen wird,
einen, zu lieben, bevor alles vorbei ist?

Das Singen verstummte, und wieder dachte der Wanderer an die Hüter des Tores, und an den Kampf, den er bestehen mußte. Doch als er seine Muskeln anspannte, um gegen den ungesehenen Feind anzustürmen, erklang das Singen erneut, und sein Zauber war so süß, daß er, ob er es wollte oder nicht, warten mußte, bis es verklungen war. Kräftiger und glücklicher sang jetzt die klare Stimme, wie die Stimme einer, die durch die unendliche Winternacht gestöhnt hat, und die jetzt den Wagen der Morgendämmerung den östlichen Himmel emporfahren sieht. Und so sang die Hathor:

Ah, in meinem Herzen regt sich endlich ein Hunger
nach der ungespürten, unbekannten Liebe
Und erwacht und murmelt wie ein Kind,
das beim Erwachen stöhnt,
Wenn es zum Schlafen in dem schweigenden fremden Haus
allein gelassen wurde.

So erwacht jetzt mein Herz und stöhnt vor Hunger
und vor Kälte,
Schreit vor Schmerz in vagem Erinnern an das Glück,
das einst sein war;
Nach der Liebe, die war, und die sein wird,
halb vergessen, und halb prophezeit.

Habe ich geträumt oder mich erinnert? In einer
anderen Welt war ich,
Lebte und liebte zu fremden Jahreszeiten, unter einem
goldenen Himmel,
In einem goldenen Land, in dem es keine Kriege
der Männer gab, die sterben müssen.

Doch die Götter selbst wurden eifersüchtig,
da unser Glück übergroß war,
Und sie brachten uns die Trennung, und den Schrecken
ihres Hasses,
Und sie setzten die Schlange zwischen uns, und die
federnden Windungen des Schicksals.

Und sie sagten: ›Gehet hin und suchet einander
und findet nur
Schatten jenes Gesichts, nach dem ihr euch sehnt, Träume
von Tagen, die ihr weit hinter euch zurückließet,
Liebt diese Schatten und werdet geliebt von Lieben,
die verfliegen wie der Wind.

Wieder erstarb der süße Gesang, doch als der Wanderer sein Schwert fester packte und die Riemen seines Schildes weiter emporschob, fiel ihm der Traum Meriamuns, der Königin, wieder ein, der ihm von Rei, dem Priester, erzählt worden war. Denn in jenem Traum wurden die beiden, die gesündigt hatten, zu dreien gemacht und mußten durch viele Leben und Tode einander suchen. Und nun schien es, als ob die Bürde des Liedes auch die Bürde jenes Traumes wäre.

Dann dachte er nicht mehr an Träume oder an Lieder, oder an Omen, sondern allein an den tödlichen Feind, der im Dunkeln vor ihm stand, und an Helena, in deren Armen er nun doch liegen würde, denn das hatte ihm die Göttin im seeumspülten Ithaka geschworen. Er sprach kein Wort, er rief keinen Gott an, sondern sprang plötzlich los, so wie ein Löwe aus dem Röhricht springt, und siehe! Sein Schild krachte gegen andere Schilde, die seinen Weg blockierten, und unsichtbare Arme packten ihn, um ihn zurückzuschleudern. Doch war der Wanderer kein Schwächling, der sich von Magie zur Seite stoßen ließe, sondern der kräftigste Mann, der noch auf der Welt lebte, nun, da Ajax, Telamons Sohn, tot war. Die Priester blickten verwundert, als sie sahen, daß er nicht einen Schritt zurückwich, trotz aller Kraft der Hüter des Tores, sondern sein kurzes Schwert emporschwang und es mit einem so mächtigen Hieb niederfahren ließ, daß Funken an der Stelle aufstoben, wo das kurze Schwert ein Unsichtbares getroffen hatte, das gute, kurze Schwert von Euryalos, dem Phönizier. Dann ertönte das Klirren von Schwertern, und von der goldenen Rüstung, die einst der göttergleiche Paris trug, ja, von Schild, und Helm, und Armschienen und Brustplatte stoben Funken auf, wie vom Amboß eines Schmiedes, wenn er mit wuchtigen Schlägen ein im Feuer weißglühend gemachtes Schwert hämmert.

Dichter als Hagel fielen die Schläge der unsichtbaren Klingen auf die goldene Rüstung, doch er, der sie trug, wurde nicht verletzt, und das Gold wurde von den Schwerthieben nicht einmal geritzt. Während die Priester staunend auf dieses Wunder starrten, hieben die unsichtbaren Hüter des Tores auf den Wanderer ein, und der Wanderer auf sie. Und plötzlich wußte er, daß jene, die ihm den Weg versperrt hatten, fort waren, denn es fielen jetzt keine Schwerthiebe mehr auf ihn nieder, und seine Klinge zerschnitt nur die Luft.

Nun lief er weiter, riß den Vorhang zur Seite und stand im Schrein.

Und als der Vorhang hinter ihm wieder zufiel, setzte wieder das Singen ein, und er konnte sich nicht rühren, sondern stand wie gebannt, und seine Augen starrten zur Mitte des Raumes, auf die innere Kammer, in der ein Webstuhl stand. Denn die Stimme drang hinter dem großen Gewebe hervor, das auf ihm glänzte, und sie sang das Lied, das Helena angestimmt hatte, als sie das Klirren der Schwerter hörte, und das Dröhnen der Rüstungen jener, deren Knie im Tode gelöst wurden. Und so sang sie:

Klang von Eisen auf Eisen, und Kreischen von Bronze auf Bronze,
Höre, wie sie wieder töten!
Die Lebenden sind mit den Toten im Krieg, und die Sterblichen sind erschüttert und taumeln,
Die Lebenden werden von den Erschlagenen getötet!

Klang von Eisen auf Eisen, wie Musik, die mit einem Liede klingt,
Und meine Schritte müssen sich im Tanz der Erynnien wiegen, einer Orgie des Bösen.
Bis zum Tage des Vergehens der Zeit!

Geister der Toten, die mich einst liebten, eure Liebe ist vom Tode besiegt worden,
Doch unbesiegt vom Tode ist euer Haß;
Sagt, ist denn unter allen, die atmen, keiner, der verehren und gewinnen,
Nicht einer, der vom Schicksal beneidet werden will?

Nun erstarb der Gesang, und der Wanderer blickte auf, und vor ihm standen drei Schatten gewaltiger Männer, in Rüstungen gekleidet. Er blickte sie an, und er sah die Zeichen, die auf ihre Schilde gemalt waren, und er erkannte sie als Helden, die seit langem tot waren: Pirithous, Theseus und Ajax.

Sie blickten ihn an und riefen dann mit einer Stimme: »Heil dir, Odysseus von Ithaka, Sohn des Laertes'!«

»Heil dir!« rief der Wanderer, »Theseus, Sohn des Ägeos! Einst bist du in das Haus des Hades gegangen, und lebend von dorther zurückgekehrt. Hast du wieder den großen Strom Okeanos überquert, und lebst du wieder im Licht der Sonne? Denn einst suchte ich dich im Hause des Hades und fand dich nicht.«

Der Schatten Theseus' antwortete: »Im Hause des Hades weile ich auch an diesem Tage. Was du siehst, ist nur ein Schatten, ausgesandt von der Königin Persephone, um Wächter der Schönheit Helenas zu sein.«

»Heil dir, Pirithous, Ixions Sohn!« rief der Wanderer. »Hast du schon die Liebe der gefürchteten Persephone erringen können? Und warum gibt Hades seinen Rivalen frei, um sich im Sonnenlicht zu ergehen, denn einst suchte ich dich im Hause des Hades und fand dich nicht.«

Die Erscheinung des Pirithous antwortete: »Im Hause des Hades weile ich auch an diesem Tage. Was du siehst, ist nur ein Schatten, der mit dem Schatten des Helden Theseus geht. Denn dort, wo er ist, bin auch ich, und wohin er geht, dorthin gehe auch ich, und unsere Schatten mögen niemals voneinander getrennt werden; und wir bewachen die Schönheit Helenas.«

»Heil dir, Ajax, Sohn des Telamon!« rief der Wanderer. »Hast du nicht deinen Zorn auf mich vergessen können, wegen jener Waffen, die ich von dir gewann, die Waffen Achills, Sohn des Peleos? Denn einst sprach ich zu dir im Hause des Hades, doch du hast mir mit keinem einzigen Wort geantwortet, so groß war dein Zorn.«

Nun antwortete die Erscheinung Ajax: »Mit Eisen auf Eisen, und den Schlägen von Bronze auf Bronze würde ich dir antworten, wenn ich ein lebender Mann wäre und das Licht der Sonne sähe. Doch ich stoße mit einem Schattenspeer und ich töte keine anderen, als Männer, denen das Schicksal es so bestimmt hat, denn ich bin nur der Schatten Ajax', der im Hades weilt. Und die Königin Persephone hat mich ausgesandt, um der Wächter der Schönheit Helenas zu sein.«

Nun sagte der Wanderer: »Sagt mir, ihr Schatten der Söhne von Helden, ist mein Weg versperrt und verbieten die Götter es, oder mag ich, der ich noch ein lebender Mann bin, weitergehen und das sehen, was ihr bewacht: die Schönheit Helenas?«

Nun nickte jeder der drei mit dem Kopf, schlug einmal auf

sein Schild und sagte: »Passiere, doch blicke nicht zu uns zurück, bevor du deine Sehnsucht gesehen hast!«

Nun trat der Wanderer an ihnen vorbei zur innersten Kammer des Alabasterschreins.

Als die drei Schatten so gesprochen hatten, verblaßten sie und waren verschwunden, und der Wanderer tat, was sie ihm geboten hatten, und trat langsam auf die innere Kammer zu, bis er vor dem auf den Webstuhl gespannten Gewebe stand. Es war ein gewaltiges Gewebe, sehr hoch und sehr breit, welches ihm den Blick in das Innere der Kammer verwehrte. Hier blieb er stehen, da er nicht wußte, auf welche Art er zu der Hathor vordringen konnte.

Während er so stand und darüber nachdachte, glitt ihm der Schild von seinem entspannten Arm, und als er auf den Marmorboden klirrte, nahm die Stimme der Hathor den unterbrochenen Gesang wieder auf, und so sang sie, noch süßer als zuvor:

Geister der Toten, die mich liebten,
eure Liebe ist vom Tod besiegt worden,
Doch unbesiegt vom Tode ist euer Haß;

Sagt, ist denn unter allen, die atmen, keiner,
der mich verehren und gewinnen,
Nicht einer, der vom Schicksal beneidet werden will?

Keiner, der unverwundet an euch vorbeigelangen könnte,
unberührt von unsichtbaren Speeren –
Bei der Pracht des Zeus, da ist einer,
Und er kommt zu mir, und mein Geist wird angerührt,
so wie Demeter von Tränen angerührt wird,
Von den Tränen der Quelle und vom Kuß der Sonne.

Denn er kommt, und mein Herz, das so kalt war
wie der See zur Jahreszeit des Schnees,
Schmilzt und glüht mit Feuer.

Und die Liebe, die ich einst kannte, ist wiedergeboren,
und er lacht in meinem Herzen, und ich weiß
Den Namen und die Flamme des Sehnens.

Wie eine Flamme werde ich angefacht, eine Flamme,
die von einem Wind aus dem Norden blasen wird,
Von einem Wind, der vor Kälte tödlich ist,
Und die Hoffnung, die in mir erwachte, verblaßt, denn die
Liebe, die geboren wurde, wird wieder von mir gehen
Und sterben, wie damals!

Das Lied erstarb in einem Schluchzen, doch im Herzen des Wanderers bebte seine Süße nach, wie eine Leier seufzt und vibriert, wenn die Hand ihres Spielers sich von ihren Saiten hebt.

Eine ganze Weile stand er so, verborgen von dem Gewebe auf dem Webstuhl, während seine Glieder zitterten wie die Blätter der hohen Pappel, und sein Gesicht bleich wurde. Dann überkam ihn das Verlangen, ein Verlangen, das er nicht beherrschen konnte, das Gesicht jener zu sehen, die gesungen hatte, und er packte das auf dem Webstuhl aufgespannte Gewebe und riß es in der Mitte durch, so daß seine beiden Teile links und rechts von ihm zu Boden fielen, und die goldenen Bahnen zu seinen Füßen bauschten.

7

Die Schatten im Sonnenlicht

Das zerrissene Gewebe fiel, der letzte Schleier der Fremden Hathor, und alle seine gelösten Fäden von glitzerndem Gold und blutrotem Scharlach wanden sich um die Beine des Wanderers und um die unteren Teile des Webstuhles.

Das Gewebe war zerrissen, die Arbeit vernichtet, die Bilder mit Darstellungen von Lieben und Kriegen ausgelöscht. Doch dort, weiß in der silberigen Dämmerung des Alabasterschreins, war jetzt Helena zu sehen, die Braut und die Tochter der Mysterien, des Sehnens der Welt!

Dort strahlte die oft besungene Schönheit, für die keine Geschichte zu unglaubhaft war, bei der alle Wunder Wahrheit zu sein schienen. Dort, ihre Hände im Schoß gefaltet, den Kopf gesenkt, dort saß sie, deren Stimme das Echo aller süßen Stimmen war, sie, deren Gestalt der Spiegel aller schönen Gestalten war, sie, deren veränderliche Schönheit, wie man sagte, das Kind des veränderlichen Mondes war.

Helena saß auf einem elfenbeinernen Stuhl, und sie war in sanfte, weiße Falten gekleidet; auf ihrer Brust glühte der Sternstein, der rote Stein aus den Tiefen der See, der im Sonnenlicht schmilzt, jedoch an der Brust Helenas nicht schmolz. In jedem Augenblick fiel ein Tropfen von dem Rubinherzen des Steins auf ihr schneeiges Gewand, fiel darauf und verschwand – fiel und verschwand – und hinterließ keinen Fleck.

Der Wanderer blickte in ihr Gesicht, doch die Schönheit und die Angst, die er darin sah, als sie es hob, waren mehr, als er ertragen konnte, und er stand da wie jene anderen, die die Schönheit und die Angst auf diesem Gesicht gesehen hatten, das Männer zu Stein verwandeln kann.

Denn die wunderbaren Augen Helenas waren geweitet, und ihre Lippen, die noch mit den letzten Tönen ihres Liedes vibrierten, wie zum Schrei geöffnet. Sie wirkte in ihrer Angst wie eine, die allein geht und plötzlich im hellen Licht des Mittags die Toten vor sich sieht, die dem Geist eines Feindes begegnet, der zur Erde zurückgekehrt ist, um sie in die Unterwelt zu holen.

Für einen Moment machte der Anblick ihrer Angst sogar dem Wanderer Furcht. Was war der Schrecken, den sie in diesem Schrein sah, in dem sich außer ihnen beiden sonst niemand befand? Was war mit ihnen in dem Schrein?

Dann sah er, daß ihre Augen auf seine goldene Rüstung starrten, die einst Paris getragen hatte, auf den goldenen

Schild mit dem Zeichen des Weißen Bullen, auf den Helm, dessen Visier heruntergeklappt war, so daß er seine Augen und einen Teil seines Gesichts verdeckte, und dann, endlich fand sie ihre Stimme wieder.

»*Paris! Paris! Paris!* Hat der Tod seinen Halt an dir verloren? Bist du gekommen, um mich zu dir zurückzuzerren, und in die Schande? Paris, toter Paris! Wer gab dir den Mut, die Schatten von Männern zu überwinden, denen du dich im Kriege nie zu stellen gewagt hättest?«

Dann rang sie ihre Hände und lachte laut mit dem leeren Lachen der Angst.

Ein Gedanke trat in das listige Gehirn des Wanderers, und er antwortete ihr nicht mit seiner eigenen Stimme, sondern mit der glatten, sanften, spöttischen Stimme des Verräters Paris, den er vor Ilios sich von seinem Eid lossagen gehört hatte.

»Also hast du Paris noch immer nicht vergeben? Du webst ein altes Gewebe, du singst ein altes Lied – bist du auch noch so unfreundlich wie in alter Zeit?«

»Warum bist du zurückgekommen, um mich zu plagen?« sagte sie, und sie sprach jetzt so, als ob alte, vertraute Angst und Schrecken wieder von ihr Besitz ergriffen hätten, von denen sie lange befreit gewesen war. »Hat es dir nicht gereicht, mich in der Verkleidung meines Ehegemahls zu hintergehen? Warum treibst du deinen Spott mit mir?«

»In der Liebe ist alles erlaubt«, antwortete er mit der Stimme Paris'. »Viele haben dich geliebt, Helena, und sie alle sind um deinetwillen gestorben, und keine Liebe als die meine war stärker als der Tod. Es ist sinnlos, einander jetzt Vorwürfe zu machen. Troja ist gefallen, die Helden sind zu weißem Staub geworden, nur die Liebe hat überlebt. Möchtest du nicht erfahren, Helena, wie ein Schatten liebt?«

Sie hatte mit gesenktem Kopf zugehört, doch jetzt sprang sie wütend auf, mit blitzenden Augen und gerötetem Gesicht.

»Geh!« sagte sie. »Die Helden sind um meinetwillen gestorben, und zu meiner Schande, doch die Schande lebt noch immer. Geh! Niemals, weder im Leben noch im Tode, werden meine Lippen jene falschen Lippen berühren, die meine Ehre fortgelogen haben, und das falsche Gesicht, das die Züge meines Gemahls vortäuschte.«

Denn es geschah durch Aussehensveränderung und Zauberkünste, wie die Dichter erzählen, daß Paris die Schöne Helena verführen konnte.

Nun sprach der Wanderer wieder mit der glatten, sanften Stimme Paris', Sohn des Priamos.

»Als ich mich dem Schreine näherte, in dem deine Schönheit weilt, Helena, hörte ich dich singen. Und du sangest von der Erweckung deines Herzens, von dem Auferstehen der Liebe in deiner Seele, und von dem Kommen eines, auf den du wartest, den du vor langer Zeit geliebt hast, und den du für immer lieben wirst. Und als du so sangest, kam ich, Paris, der deine Liebe war, und allein von den Menschen und Geistern wieder deine Liebe sein wird. Befiehlst du mir noch immer, zu gehen?«

»Ich sang«, antwortete sie, »ja, wie die Götter es mir in mein Herz eingaben, so sang ich – denn mir schien in der Tat, daß einer käme, welcher einst meine Liebe war, und den allein ich lieben soll, ihn allein und für immer. Doch warst nicht du in meinem Herzen, falscher Paris! Nein, ich will dir sagen, wer es war und dich mit seinem Namen in die Hölle zurückschrecken. Er war in meinem Herzen, den ich einst, als junges Mädchen, mit seinem Streitwagen die Furt von Eurotas durchqueren sah, als ich Wasser vom Brunnen holte. Er war in meinem Herzen, den ich auch in Troja sah, wo er als Bettler verkleidet sich in die belagerte Stadt schlich. Ja, Paris, ich will ihn dir bei seinem Namen nennen, denn obwohl er seit langem tot ist, habe ich ihn doch vom ersten Augenblick an geliebt, und ihn allein will ich lieben, bis meine Todeslosigkeit vorüber ist: Odysseus, Sohn des Laertes, Odysseus von Ithaka; er besaß einen Namen unter den Männern, und Odysseus war in meinem Herzen, als ich sang, und er wird für immer in meinem Herzen sein, wenn auch die Götter in ihrem Zorn mich anderen gegeben haben, zu meiner Schande, und gegen meinen Willen.«

Als der Wanderer sie so sprechen hörte und seinen Namen von ihren Lippen vernahm und wußte, daß die Goldene Helena ihn allein liebte, war es ihm, als ob sein Herz die Rüstung sprengen wolle. Er fand keine Worte, die er jetzt sagen konnte, doch er schob das Helmvisier empor.

Sie sah ihn an – sie sah ihn an und erkannte ihn als Odysseus – ja, als Odysseus von Ithaka. Dann verbarg sie ihre Augen mit den Händen und sagte: »Oh, Paris! Von jeher bist du ein Betrüger gewesen, doch, seist du ein Geist oder ein Mensch, ist von all deinen Schandtaten diese die schändlichste. Du hast dir das Aussehen eines toten Helden genommen, und du hast mich über ihn solche Worte sprechen hören, wie sie Helena zuvor gesprochen hat. Sei verflucht, Paris! Sei verflucht! Du, der du mich in die Schande locken willst, wie du es schon einmal in der Gestalt Menelaos' getan hast, der mein Gemahl war. Ich werde jetzt Zeus anrufen, damit er dich mit seinen Blitzen zerschmettere. Nein, nicht Zeus werde ich anrufen, sondern Odysseus' Geist. *Odysseus! Odysseus! Odysseus!* Komm aus dem Reich der Schatten herauf und töte diesen Mann, diesen Betrüger Paris, der selbst im Tode noch Wege findet, deiner zu spotten.«

Sie schwieg, und dann murmelte sie, den Blick emporgerichtet und die Arme ausgestreckt: »Odysseus! Odysseus! Odysseus! Komm!«

Langsam näherte der Wanderer sich der Schönheit der Goldenen Helena: langsam, langsam kam er, bis seine dunklen Augen in ihre blauen Augen blickten.

Dann endlich fand er seine Stimme wieder. »Helena! Helena!« sagte er. »Ich bin kein Schatten, der von der Hölle heraufgekommen ist, um dich zu quälen, und von dem trojanischen Paris weiß ich nichts. Denn ich bin Odysseus, Odysseus von Ithaka, ein lebender Mensch unter dem Licht der Sonne. Ich bin hierher gekommen, um dich zu suchen; ich bin hierher gekommen, um dich mit meinem Herzen zu gewinnen. Denn in Ithaka wurde ich in einem Traum von Aphrodite besucht, und sie befahl mir, auf das Meer hinauszusegeln, bis ich dich finden würde, Helena, und den Roten Stern auf deiner Brust strahlen sähe. Und ich bin auf das Meer hinausgesegelt, und ich habe gewagt, und ich habe dein Singen gehört, und ich habe das Gewebe des Schicksals zerrissen, und ich habe den Stern erblickt, und siehe! Endlich, endlich, habe ich dich gefunden. Und da ich wußte, daß du die Arme Paris' kanntest, habe ich mit der Stimme Paris' zu dir gesprochen, so wie du uns einst mit den Stimmen unserer Frauen täuschtest, als wir in dem hölzernen Pferd saßen, das innerhalb der Mauern Trojas stand. So habe ich die Süße deiner Liebe aus der geheimen Kammer deiner Seele gelockt, wie die Sonne den süßen Duft aus den Blumen lockt. Jetzt jedoch erkläre ich mich als Odysseus, in die Rüstung des Paris gekleidet – Odysseus, der seine letzte Reise unternommen hat, um dein Geliebter und dein Gemahl zu sein.«

Sie zitterte und blickte ihn zweifelnd an, doch schließlich sagte sie: »Gut erinnere ich mich, daß ich, als ich Odysseus Glieder in den Hallen Ilios' badete, eine lange, weiße Narbe unter seinem Knie bemerkte. Wenn du wirklich Odysseus bist, und nicht ein von den Göttern gesandtes Phantom, so zeig mir diese Narbe!«

Nun lächelte der Wanderer, und, nachdem er seinen Schild gegen einen Fuß des Webstuhles gelehnt hatte, nahm er seine goldene Beinschiene ab, und dort war die Narbe, welche der Hauer eines Ebers hinterlassen hatte, als Odysseus in seiner frühesten Jugend auf dem Berg des Parnassos gejagt hatte.

»Siehe«, sagte er. »Ist dies die Narbe, die deine Augen einst in Troja sahen?«

»Ja«, sagte sie, »es ist dieselbe Narbe, und nun weiß ich, daß du kein Geist bist, oder eine lügende Gestalt, sondern wahrhaftig Odysseus, gekommen, um mein Geliebter und mein Gemahl zu sein.« Und sie sah ihm mit einem zärtlichen Ausdruck in die Augen.

Nun zögerte der Wanderer nicht länger, sondern streckte die Arme aus und zog sie an sein Herz. Der Rote Stern drückte sich an seine Brust, und die Tropfen von dem Stern fielen auf seine Rüstung, und das Gesicht jener, die das Sehnen der Welt war, wurde sanft im Schatten seines Helms, während ihre Augen unter seinem Kuß zu Tränen zerschmolzen. Die Götter mögen allen Liebenden auch so ein Glück senden!

Sie seufzte leise, entzog sich sanft seinen Armen und sie öffnete die Lippen, um zu sprechen, als ihr Gesichtsausdruck sich plötzlich erneut veränderte. In ihren sanften Augen stand wieder Angst, und sie blickte auf eine Stelle, wo das Sonnenlicht durch ein Fenster auf den Alabasterboden des Schreins fiel. Was war es, das dort im Sonnenlicht glitzerte? Oder war es nur der Tanz von Staub in dem goldenen Strahl? In das Sonnenlicht wurde kein Schatten geworfen; warum also starrte sie so dorthin, als ob sie einen anderen sähe, der das Treffen zweier Liebender beobachtete? Doch was immer der Grund für ihre Angst gewesen sein mochte, es gelang ihr, sie zu überwinden; es war sogar ein Lächeln auf ihren Lippen und ein neckisches Strahlen in ihren Augen, als sie den Kopf wandte und ihn ansah.

»Odysseus, du bist wahrhaftig der listigste aller Männer. Mit deiner List hast du mir mein Geheimnis gestohlen; wer außer dir würde daran denken, zu einer solchen Stunde seine Listigkeit zu gebrauchen? Denn als ich glaubte, daß du Paris seiest, und dein Gesicht von dem Helm verborgen wurde, rief ich in meiner Angst Odysseus an, so wie ein Kind seine Mutter zu Hilfe ruft. Ich glaube, daß ich ihn schon immer sehr gern hatte, fand ihn immer bereit, zu helfen, wenn Hilfe gebraucht wurde, obwohl die Götter es so wollten, daß meine Liebe nicht bekannt werden sollte, nein, nicht einmal meinem eigenen Herzen: also rief ich nach Odysseus, und diese Worte wurden aus mir herausgezwungen, um den falschen Paris zu dem Ort zurückzuschicken, dem er entkommen war. Doch die Worte, die Paris vertreiben sollten, haben Odysseus an meine Brust gezogen. Und nun ist es geschehen, und ich werde meine Worte nicht zurücknehmen, denn wir haben uns den Verlobungskuß gegeben, vor den unsterblichen Göttern haben wir uns geküßt, und jene Geister, welche den Weg Helenas bewachen, und an denen vorbeizukommen dir allein gelang, so wie es vom Schicksal bestimmt war, sind Zeugen unseres Schwures. Und nun verschwinden diese Geister, da sie nicht mehr nötig sind, um die Schönheit Helenas zu bewachen. Sie ist dir gegeben, sie zu nehmen und zu behalten, und nun ist Helena wieder eine wirkliche Frau, denn durch deinen Kuß wurde der Fluch von ihr genommen. Ah, Freund! Seit mein Gemahl im schönen Lakedämonien starb, habe ich nach dem Willen der Götter viel Leid erfahren müssen! Zwei Dinge jedoch will ich dir sagen, Odysseus, und du kannst sie verstehen, wie du willst. Obwohl deine Lippen noch nie die meinen berührt hatten, wußte ich doch, daß dies nicht das erste Mal war, daß wir uns küßten. Und auch dieses weiß ich, denn die Götter haben es in mein Herz geschrieben: Daß unsere Liebe zwar kurz sein soll und wir aneinander nicht viel Glück finden werden, doch soll der Tod nicht ihr Ende sein. Denn, Odysseus, ich bin eine Tochter der Götter, und obwohl ich schlafe und vergesse, was in meinem Schlaf gewesen ist, und obwohl meine Gestalt sich verändern mag, wie es erst eben in den Augen jener geschah, die zum Sterben reif sind, so sterbe ich doch nicht. Und für dich, obwohl du sterblich bist, soll der Tod nicht mehr als eine kurze Sommernacht sein, welche einen Tag vom anderen trennt. Denn du wirst wieder leben, Odysseus, so wie du schon einmal gelebt hast, und Leben um Leben werden wir uns treffen und lieben, bis das Ende gekommen ist.«

Während der Wanderer zuhörte, dachte er wieder an den Traum der Königin Meriamun, den der Priester Rei ihm erzählt hatte. Doch sagte er nichts davon zu Helena; denn er hielt es für weiser, von der Königin und den Worten, die sie zu ihm gesprochen hatte, nichts zu erwähnen.

»Es wird sicher gut sein, zu leben, Helena, wenn ich in

einem Leben um das andere dich als meine Liebe finden soll.«

»Leben um Leben wirst du mich finden, Odysseus, in dieser Gestalt oder in jener wirst du mich finden – denn die Schönheit hat vielerlei Gestalt, und die Liebe vielerlei Namen – doch sollst du mich immer nur finden, um mich wieder zu verlieren. Ich sage dir, daß erst eben, als du dir deinen Weg durch jene, die mich bewachten, erkämpftest, die Wolke sich von meinem Geist hob, und ich mich erinnerte, und ich voraussah, und ich wußte, warum ich, die Liebe so vieler, diese Liebe niemals zurückgeben kann. Ich erkannte in jenem Moment, Odysseus, daß ich nichts anderes war als ein Werkzeug der Götter, die mich für ihre Zwecke gebrauchen. Und ich erkannte, daß ich dich liebte, und dich allein, mit einer Liebe, die schon vor meiner Geburt begonnen hat, und die von der Flamme des Scheiterhaufens nicht verzehrt werden soll.«

»So sei es, Helena«, sagte der Wanderer, »denn dieses weiß ich: Daß ich noch nie eine Frau oder eine Göttin so geliebt habe wie dich, die von nun an wie das Herz in meiner Brust sein soll, ohne das ich nicht leben kann.«

»Sprich weiter«, sagte sie, »denn solche Worte sind wie Musik in meinen Ohren.«

»Ja, ich werde weitersprechen. Kurz soll unsere Liebe sein, sagtest du, und auch mein eigenes Herz sagt mir, daß ihrer Tage wenige sein werden. Ich weiß, daß ich zu meiner letzten Reise aufgebrochen bin, und daß der Tod aus dem Wasser zu mir kommen wird, ein sehr schneller Tod. Dies dann würde ich zu wagen fragen: Wann werden wir beide eins sein? Denn wenn die Stunden des Lebens so kurz sind, laß uns lieben, solange wir das können.«

Nun fiel Helenas goldenes Haar vor ihr Gesicht wie ein Brautschleier, und für eine Weile saß sie schweigend.

Dann sagte sie: »Nicht jetzt, nicht, solange ich an dieser heiligen Stätte wohne, können wir uns miteinander vermählen, Odysseus, denn dann würden wir den Haß der Götter und der Menschen auf uns herabrufen. Sag mir, wo in der Stadt du wohnst, und ich werde zu dir kommen. Nein, nicht sofort. Höre Odysseus! Morgen, eine Stunde vor Mitternacht, warte auf mich vor dem Tor dieses meines Tempels; dann werde ich zu dir hinauskommen, wenn es möglich ist, und du wirst mich an meinem Juwel erkennen, dem Sternstein an meiner Brust, der im Dunkeln leuchtet, und an ihm allein, und mich fortführen, wohin du willst. Denn dann sollst du mein Gemahl sein, und ich deine Frau. Und danach werden wir dem Weg folgen, den die Götter uns weisen. Denn wisse, daß ich vorhabe, diesem Lande Khem den Rücken zu kehren, wo die Götter Monat um Monat Menschen um meinetwillen sterben lassen. Bis morgen, also: Leb wohl, Odysseus, meine nach so langer Zeit wiedergefundene Liebe.«

»Es ist gut, Helena«, antwortete der Wanderer. »Morgen nacht werde ich vor dem Tempeltor auf dich warten. Denn auch ich habe vor, dieses Land der Zauberei und des Schreckens zu verlassen, doch darf ich das nicht, bevor der Pharao zurückkehrt. Denn er ist in den Krieg gezogen und hat mich zurückgelassen, um seinen Palast zu bewachen.«

»Darüber werden wir später sprechen. Geh nun! Geh rasch, denn hier dürfen wir nicht über irdische Liebe reden«, sagte die Goldene Helena.

Nun nahm er ihre Hand und küßte sie und stand vor ihrer Schönheit, als ob er von ihr völlig überwältigt wäre.

Und in seiner törichten Weisheit sprach er zu ihr nicht ein Wort über Meriamun, die Königin.

8

Die Freisetzung des Geistes von Rei

Rei, der Priester, war, so rasch er nur konnte, von der Pforte des Todes geflohen, von jener Pforte, welche die Schönheit Helenas bewachte, und nur den Männern geöffnet wurde, denen zu sterben bestimmt war. Dem alten Mann war das Herz schwer, denn er mochte den Wanderer. Unter den dunkelhäutigen Kindern Khems hatte er niemanden gesehen, der wie dieser Achäer war, keinen, der so gut aussah, keinen, der so kräftig war, und so geübt in allen Künsten des Krieges. Er dachte daran, wie dieser Mann das Leben jener gerettet hatte, die er vor allen Frauen liebte: Meriamun, das Mondkind, die schönste Königin, die je auf dem Thron Ägyptens gesessen hatte, die schönste und klügste, mit der einzigen Ausnahme Taias. Er dachte an die wilde Schönheit des Wanderers, als dieser auf der Platte der Tafel stand, während die Pfeile durch die Halle schwirrten. Dann dachte er an die Vision Meriamuns, die sie ihm vor vielen Jahren erzählt hatte, und an den Schatten in einem goldenen Helm, der die veränderte Hataska beobachtet hatte. Und je mehr er darüber nachdachte, desto verwirrter und verwunderter wurde er. Was war die Absicht der Götter? Eines war er sicher: Die Götter, die *alle* Träume sandten, hatten Meriamun verhöhnt. Der Mann aus ihrer Vision würde niemals ihr Geliebter sein; er war zum Tor des Schreins gegangen, um dort seinen Tod zu finden.

Rei hastete weiter, stolperte oft, weil er sich so hetzte, bis er schließlich den Palast erreichte und durch die Hallen zu seinen Gemächern ging. Vor dem Eingang ihrer Gemächer traf er die Königin Meriamun. Sie stand in der offenen Tür, wie ein Bild in einem Rahmen, und kein Bild konnte schöner sein, wie sie dort stand, in ihre königliche Robe gekleidet, und mit den beiden goldenen Schlangen gekrönt. Ihr schwarzes Haar fiel in weichen, üppigen Locken auf ihre Schultern, und ihre Augen zeigten einen seltsamen Ausdruck.

Er verneigte sich vor ihr und wollte weitereilen, doch sie hielt ihn fest.

»Wohin gehst du, Rei?« fragte sie, »und warum ist dein Gesicht so traurig?«

»Ich gehe meinen Geschäften nach«, antwortete er, »und ich bin traurig, weil keine Nachricht von dem Pharao kommt, und auch kein Bericht darüber, was er mit den Heerscharen der Apura getan hat.«

»Vielleicht sagst du die Wahrheit, doch nicht die ganze Wahrheit«, antwortete sie. »Trete ein, ich möchte mit dir reden!«

Also trat er ein und setzte sich, auf ihren Wink hin, auf denselben Stuhl, auf dem der Wanderer gesessen hatte. Als er dort saß, fiel die Königin Meriamun plötzlich vor ihm auf die Knie, und Tränen rannen aus ihren Augen, und ihre Brust wurde von Schluchzen erschüttert. Und während er sich nach dem Grund dafür fragte und glaubte, daß sie jetzt endlich um ihren Sohn weine, der mit den anderen Erstgeborenen getötet worden war, barg sie ihr Gesicht in ihre Hände und legte den Kopf auf seine Knie, und er spürte, daß sie zitterte.

»Was fehlt dir, Königin, meine Tochter?« fragte er. Doch sie nahm nur seine Hände, legte die ihren darein, und die Augen des alten Priesters trübten sich mit Tränen. So saß sie für eine Weile, dann blickte sie auf, fand jedoch noch immer keine Worte. Und er streichelte ihren herrlichen Kopf, der sich noch vor keinem Menschen gebeugt hatte. »Was ist es, meine Tochter?« fragte er.

Und endlich antwortete sie: »Höre, mein alter Freund, der du mein einziger Freund bist, denn wenn ich nicht spreche, wird mein Herz zerbersten, oder, wenn es nicht zerbirst, wird mein Gehirn verbrennen, und ich werde nicht mehr eine Königin sein, sondern eine lebende Finsternis, in der Nebel kriechen und wandernde Lichter auf den Trümmern meines Verstandes zucken. Erinnerst du dich an die Stunde – es war an dem Abend nach jener hassenswerten Nacht, in der ich die Frau des Pharao wurde –, als ich mich zu dir stahl und dir von der Vision erzählte, die meiner Seele zuteil geworden war, um mich zu verhöhnen, die ich an der Seite des Pharao saß?«

»Ich erinnere mich sehr gut daran«, sagte Rei. »Es war eine seltsame Vision, und auch meine Weisheit konnte sie nicht interpretieren.«

»Und erinnerst du dich, was ich dir von dem Manne in meiner Vision sagte, von jenem herrlichen Mann, den ich lieben muß, ihn, der in eine goldene Rüstung gekleidet ist und einen goldenen Helm trägt, in dem die Bronzespitze eines Speeres feststak?«

»Ja, ich erinnere mich«, sagte Rei.

»Und wie wird jener Mann genannt?« fragte sie flüsternd und starrte ihn mit weit geöffneten Augen an. »Wird er nicht Eperitos genannt, der Wanderer? Und ist er nicht hergekommen, mit der Speerspitze in seinem Helm? Und liegt nicht die Hand des Schicksals auf mir, Meriamun? Höre, Rei, höre! Ich liebe ihn, wie mir das Schicksal geboten hat, ihn zu lieben. Als ich ihn zum ersten Male sah, wie er in all seiner Pracht in die Audienzhalle trat, erkannte ich ihn. Ich erkannte ihn auch als einen Mann, der unter einem Fluch steht, welcher in einem anderen Leben auf ihn gelegt wurde, und auf die andere Frau, und auf mich, als, an einem unbekannten Ort, aus zweien drei gemacht und sie dazu verdammt wurden, ein Leben nach dem anderen zu erleiden, in ständigem Bemühen, einander Unglück auf Erden zu bringen. Ich erkannte ihn, Rei, obwohl er mich nicht erkannte, und ich sage dir, daß meine Seele von dem Echo seiner Schritte erschüttert wurde, und mein Herz erblühte, so wie die schwarze Erde erblüht, wenn nach der Flut der Fluß Sihor* sich wieder in sein Bett zurückzieht. Ein Gefühl von Glück überkam mich, Rei, und ich blickte durch alle die

* Nil

Nebel der Zeit zurück und erkannte ihn als meine Liebe. Dann blickte ich auf die Gegenwart und sah dort nichts anderes als Dunkel, hörte dort nichts anderes als das Stöhnen von sterbenden Männern und den hohen Ton einer singenden Frauenstimme.«

»Eine böse Geschichte, Königin«, sagte Rei.

»Ja, eine böse Geschichte, Rei, die jedoch erst zur Hälfte erzählt ist. Höre weiter! Ich will dir alles sagen. Der Wahnsinn ist in mich eingedrungen, von der Hathor von Atarhechis, der Königin des Begehrens. Ich bin verrückt vor Liebe, ich, die ich noch nie zuvor geliebt habe. O Rei, Rei! Ich muß diesen Mann haben! Nein, sieh mich nicht so strafend an, es ist das Schicksal, das mich dazu treibt. Gestern abend habe ich mit ihm gesprochen und ihm seinen richtigen Namen genannt, den er vor uns verbirgt: Odysseus, Sohn des Laertes, Odysseus von Ithaka. Ja, du starrst mich an, doch so ist es. Ich habe das durch meine Magie herausgebracht und selbst dem listigsten aller Männer die Wahrheit abgerungen. Doch schien es mir, daß er sich mir entzog, obwohl ich wenigstens noch dieses aus ihm herausbrachte: Daß er so weit gereist sei, um mich zu suchen, die Frau, welche die Götter ihm versprochen hätten.«

Der Priester sprang erregt auf. »Königin!« rief er. »Königin! – der ich diene und die ich von Kindheit an geliebt habe, dein Gehirn ist es, das krank ist, und nicht dein Herz. Du darfst ihn nicht lieben. Hast du vergessen, daß du die Königin von Khem bist, und die Frau des Pharao? Willst du deine Ehre in den Schmutz werfen, damit ein wandernder Fremder auf ihr herumtrete?«

»Ja«, sagte sie, »ich bin die Königin von Khem und die Gemahlin des Pharao, doch niemals die Frau des Pharao. Ehre! Warum sprichst du mir von Ehre? Wie der Nil bei der Flut hat meine Liebe den Damm der Ehre gesprengt, und ich kann nicht mehr erkennen, wo die Gewohnheit beginnt. Denn überall um mich herum rauschen und schäumen die Wasser, und auf ihnen treibt, wie eine abgebrochene Lilie, das Wrack meiner verlorenen Ehre. Sprich mir also nicht von

Ehre, Rei, lehre mich lieber, wie ich meinen Helden für meine Arme gewinnen kann.«

»Du bist tatsächlich wahnsinnig«, stöhnte er. »Trotzdem – ich hatte es vergessen – wird dies in Schmerzen und Tränen enden. Meriamun, ich muß dir etwas sagen: er, den du begehrst, ist dir für immer verloren – dir und der ganzen Welt.«

Sie hörte es, dann sprang sie auf und stand über ihm wie eine Löwin über einem gerissenen Hirsch, ihr schönes Gesicht flammend vor Zorn und Angst.

»Ist er tot?« zischte sie ihm ins Ohr. »Tot! Und ich habe es nicht erfahren? Dann hast du ihn ermordet, und so räche ich seinen Mord!«

Mit diesen Worten riß sie ihren Dolch vom Gürtel – denselben Dolch, mit dem sie einmal nach Meneptah, ihrem Bruder, gestochen hatte, als er sie küssen wollte – und hoch zuckte die Klinge über Rei, den Priester, empor.

»Nein«, sagte sie dann und ließ den Dolch fallen; »auf eine andere Art sollst du sterben – langsamer, Rei, ja, sehr langsam. Du kennst die Folter des Palmenbaums? Durch sie sollst du sterben!« Sie schwieg, stand mit zitternden Gliedern über ihn gebeugt, mit wogender Brust, und ihre Augen, die ihn anstarrten, waren wie funkelnde Sterne.

»Halte ein! Halte ein!« rief er. »Nicht ich war es, der diesen Wanderer getötet hat, falls er wirklich tot sein sollte, sondern seine eigene Narrheit. Denn er ist gegangen, um die Fremde Hathor zu sehen, und jene, welche die Hathor sehen wollen, kämpfen gegen die Unsichtbaren Schwerter, und solche, die gegen die Unsichtbaren Schwerter kämpfen, müssen in den Bädern aus Bronze liegen und in die Unterwelt hinabgehen.«

Das Gesicht Meriamuns wurde weiß bei diesen Worten, so weiß wie die Alabasterwände des Raumes, und sie stieß einen lauten Schrei aus. Dann sank sie auf die Couch, preßte ihre Hände vor das Gesicht und stöhnte laut.

»Wie kann ich ihn retten? Wie kann ich ihn vor dieser verfluchten Hexe erretten? Ach, es ist zu spät – doch zumindest will ich mir über sein Ende Gewißheit verschaffen, ja, und von der Schönheit jener erfahren, die ihn getötet hat. – Rei«, flüsterte sie dann, nicht in der Sprache Khems, sondern in der toten Sprache eines toten Volkes, »habe keinen Zorn auf mich. Oh, habe Mitleid mit meiner Schwäche. Du beherrschst die Kunst der Aussendung-des-Geistes, nicht wahr?«

»Ich bin darin eingeweiht«, antwortete er in derselben Sprache; »ich war es schließlich, der dich diese Kunst lehrte, ich und das uralte Böse, das dir gehört.«

»Ja, du warst es, Rei. Du hast mich immer geliebt, wie du schwörst, und so manche dunkle Tat haben wir gemeinsam vollbracht. Leih mir deinen Geist, Rei, auf daß ich ihn zum Tempel der Falschen Hathor sende und erfahre, was in jenem Tempel geschieht, und von dem Los dessen – den ich lieben muß.«

»Eine böse Tat, Meriamun, und eine furchterregende«, antwortete er, »denn dort wird mein Geist jene treffen, die das Tor bewachen, und wer weiß, was geschehen kann, wenn der Körperlose, der noch irdisches Leben hat, solchen Körperlosen begegnet, die nicht mehr auf Erden sind?«

»Dennoch wirst du es wagen, Rei, um deiner Liebe zu mir willen, weil du, als Eingeweihter, allein es tun kannst«, bat sie.

»Noch nie habe ich dir etwas abgeschlagen, Meriamun, noch zu dir jemals nein gesagt. Nur dieses erbitte ich von dir: daß du mich, wenn mein Geist nicht zurückkehren sollte, in jener Gruft begraben sollst, die ich bei Theben für mich vorbereitet habe, und mich, wenn es so sein soll, durch die Kraft deiner Magie der Macht jener seltsamen Wächter entreißt. Ich bin bereit – du kennst die magischen Worte – sprich sie!«

Er streckte sich auf der geschnitzten Couch aus und blickte zur Decke hinauf. Darauf trat Meriamun nahe an ihn heran, blickte ihm in die Augen und flüsterte ein paar Worte in jener toten Sprache in sein Ohr, die sie und er kannten. Und während sie sie flüsterte, wurde das Gesicht Reis wie das Gesicht eines Toten.

Sie trat zurück und sagte: »Bist du freigesetzt, du Geist Reis?«

Die Lippen Reis antworteten: »Ich bin freigesetzt, Meriamun. Wohin soll ich gehen?«

»In den Hof des Tempels der Hathor, in welchem der Schrein steht.«

»Es ist getan, Meriamun.«

»Was siehst du?«

»Ich sehe einen Mann, in eine goldene Rüstung gekleidet. Er steht mit erhobenem Schild vor der Tür des Schreins, und vor ihm sind die Geister toter Helden, die er jedoch mit seinen fleischlichen Augen nicht sehen kann. Aus dem Schrein ertönt Gesang, und er lauscht dem Gesang.«

»Was hört er?«

Nun berichtete der freigesetzte Geist Reis, des Priesters, der Königin Meriamun alle Worte des Liedes, das die Hathor sang. Und als sie hörte, daß es Helena war, die im Tempel der Hathor saß, sank ihr das Herz in der Brust und ihre Knie zitterten. Doch noch stärker zitterte sie, als sie Worte hörte, die wie jene klangen, welche sie vor langer Zeit in ihrer Vision gehört hatte – die von vergangenem Glück berichteten, von dem Haß der Götter, und von der nie endenden Suche.

Dann endete der Gesang, und der Wanderer drang gegen die Geister vor, und der Geist Reis, der mit den fleischlichen Lippen Reis sprach, berichtete alles, was geschah, und Meriamun lauschte aufmerksam auf jedes seiner Worte, ja, und jubelte laut vor Freude, als der Wanderer sich den Weg an diesen unsichtbaren Schwertern vorbei freikämpfte.

Dann sang die süße Stimme noch einmal, und der freigesetzte Geist Reis, der mit den Lippen Reis sprach, sagte ihr die Worte ihres Gesangs, die Meriamun schicksalhaft erschienen. Sodann berichtete er ihr von dem Gespräch zwischen dem Wanderer und den Geistern.

Nachdem die Geister nun fortgegangen waren, befahl sie dem Geiste Reis, dem Wanderer in den Schrein zu folgen, und von dem freigesetzten Geist erfuhr sie, wie er das Gewebe zerriß, und von allen Worten, die zwischen Helena und dem listigen Wanderer gesprochen wurden, der vorgab, Paris zu sein. Nachdem das Gewebe zerrissen war, erblickten die Augen des Geistes von Rei die Schönheit jener, die hinter ihm verborgen gewesen war.

»Beschreibe mir das Gesicht der Falschen Hathor!« forderte die Königin.

Und der Geist Reis antwortete: »Ihr Gesicht besitzt jene Schönheit, wie sie sich einer Maske gleich auf das Gesicht der toten Hataska legte, und auf das Gesicht des *Bai,* und auf das Gesicht des *Ka,* als du mit dem Geist jener sprachst, die du getötet hattest.«

Nun stöhnte Meriamun laut auf, denn sie wußte, daß die Verdammnis vor ihr stand. Als letztes hörte sie die Worte von der Liebe zwischen Odysseus und Helena, ihrer unsterblichen Rivalin, von ihrem Kuß, von ihrem Verlobungsschwur, und von der Vermählung, die in der kommenden Nacht stattfinden sollte. Meriamun, die Königin, sprach kein Wort, doch als alles vorbei war und der Wanderer den Schrein wieder verlassen hatte, flüsterte sie in das Ohr Reis, des Priesters, einige Worte und holte so seinen Geist zurück, so daß er erwachte, wie ein Mensch aus einem tiefen Schlaf erwacht.

Er erwachte und sah die Königin neben sich sitzen, ihr Gesicht so bleich wie das einer Toten, und unter ihren Augen waren tiefe, schwarze Ringe.

»Hast du gehört, Meriamun?« fragte er.

»Ich habe gehört«, antwortete sie.

»Was für entsetzliche Dinge hast du gehört?« fragte er wieder, denn er wußte nichts von dem, das sein Geist gesehen und seine Lippen berichtet hatten.

»Ich habe Dinge gehört, die nicht gesagt werden dürfen«, sagte sie, »doch dieses sollst du wissen: Er, von dem wir sprechen, ist an den Geistern vorbeigelangt, er hat sich mit der Falschen Hathor getroffen – jener verfluchten Frau – und er kehrt unverletzt zurück. Geh jetzt, Rei!«

9

Das Erwecken des Schläfers

Rei ging hinaus, tief in Gedanken versunken und mit schwerem Herzen, und Meriamun, die Königin, trat in ihre Schlafkammer und befahl den Eunuchen, niemanden eintreten zu lassen, verriegelte die Türen, warf sich auf das Bett und verbarg ihr Gesicht in den gewebten Kissen. So lag sie viele Stunden wie eine Tote – bis die Dunkelheit des Abends in die Kammer eindrang. Doch obwohl sie sich nicht bewegte, loderte in ihrem Herzen ein Feuer, jetzt weiß vor Hitze, wenn der Atem der Leidenschaft es anblies, dann zu einem matten Rot ersterbend, wenn Tränen aus ihren Augen rannen. Denn nun wußte sie alles: Daß die lange Vorahnung, manchmal gefürchtet, manchmal ersehnt, und manchmal halb vergessen wie ein Traum, nun ihre Erfüllung fand. Sie wußte von der verzehrenden Liebe, die ihr Leben zerstören würde, wußte, daß sie selbst im Grabe vor ihr keine Ruhe finden sollte, und ihre Feindin war nun nicht mehr nur ein Gesicht, das sich hinter einer Vision verbarg, sondern eine lebende Frau, die schönste und am meisten begehrte, Helena von Troja, die Falsche Hathor, die Flamme, die große Städte in Brand gesteckt hatte, das Zentrum allen Sehnens, deren Leben der tägliche Tod von Männern war.

Meriamun war schön, doch verblaßte ihre Schönheit vor dem Gesicht Helenas wie das Leuchten eines Feuers vor dem Licht der Sonne. Magie besaß auch sie, mehr als jede andere Frau, die auf Erden wandelte, doch was war sie gegen die Zauberkraft jener wechselnden Augen? Und Helena war es, die der Wanderer zu suchen kam, *ihretwegen* war er durch viele Länder gewandert, war er auf vielen Meeren gesegelt. Doch als er ihr von einer gesprochen hatte, die er begehrte, von einer, die er suchte, hatte sie geglaubt, daß sie diese Frau sei, ja, und sie hatte ihm alles gesagt.

Bei diesem Gedanken lachte sie laut auf, vor Wut und vor

Scham. Denn er hatte nur gelächelt und von dem Pharao, ihrem Gemahl, gesprochen – und während er zu ihr sprach, hatte er an nichts anderes gedacht als an die Goldene Helena. Nun schwor sie sich, daß zumindest dieses sein würde: Wenn er schon nicht ihr gehören sollte, so sollte er doch niemals Helenas sein. Eher wollte sie ihn tot liegen sehen, ja, und auch sich selbst, und, wenn es möglich war, auch Helena.

Wen sollte sie um Rat fragen? Morgen nacht würden diese beiden sich treffen, morgen nacht, würden sie gemeinsam aus diesem Lande entfliehen. Dann mußte also morgen der Wanderer getötet werden. Doch wie konnte sie ihn töten, ohne die Spuren von Mord zu hinterlassen? Durch Gift mochte er sterben, und Kurri, der Sidonier, sollte beschuldigt werden, ihm den Becher gereicht zu haben. Dann würde sie Kurri töten lassen und sagen, daß er es gewesen war, der den Becher des Wanderers vergiftet hatte, weil er ihn haßte, da jener ihm seine Freiheit und seinen Reichtum genommen hatte. Aber wie konnte sie den Mann töten, den sie liebte? Wenn sie ihn tötete, mußte auch sie sterben und ihr Glück in dem Reiche suchen, über das Osiris herrscht, und dort nur wenig davon finden.

Was also sollte sie tun? Keine Antwort regte sich in ihrem Herzen. Es mußte jedoch einen geben, der ihr in ihrer Seele antworten würde.

Sie erhob sich von ihrem Bett, stand eine Weile reglos und starrte ins Dunkel. Dann tastete sie sich vor zu einer Stelle, an der eine reichgeschnitzte Truhe aus Olivenholz und Elfenbein stand. Sie löste einen Schlüssel von ihrem Gürtel und öffnete die Truhe. In ihr befanden sich Spiegel, Juwelen und Duftwässer in Alabasterphiolen – ja, und hochwirksame Gifte. Doch berührte sie nichts davon. Sie fuhr mit der Hand auf den Grund der Truhe und zog einen Kasten aus dunklem Metall hervor, welches die Menschen für unheilig hielten, einen Kasten, der aus ›Typhons Knochen‹ angefertigt war, denn so nannten sie das graue Eisen. Sie drückte auf eine geheime Feder. Der Kasten sprang auf, und als sie mit ihrer Hand darin herumtastete, fand sie einen noch kleineren Kasten. Sie hob ihn heraus, drückte ihn an die Lippen und murmelte über ihm Worte einer nicht lebenden Sprache, und in dem tiefen und aromatisierten Dunkel flakkerte eine Flamme an ihren Lippen auf, als sie diese Worte in der Sprache eines längst gestorbenen Volkes murmelte. Dann öffnete sich langsam der Deckel des kleinen Kastens, und ein matter Lichtschein fiel aus ihm in das Halbdunkel der Kammer.

Nun blickte Meriamun auf, und sie erschauerte, als sie aufblickte. Trotzdem streckte sie eine Hand in den kleinen Kasten und zog, mit den gemurmelten Worten: »Komm heraus, komm heraus, du Urübel«, etwas hervor und bettete es auf ihre Handfläche. Und siehe! – es glühte in dem Dunkel der Kammer wie die Glut unter der Asche eines Herdes. Rot glühte es, und grün, und weiß, und in einem grellen Blau, und seine Form, mit der es auf ihrer Handfläche lag, war die einer zusammengerollten Schlange aus Opal und Smaragd.

Eine Weile starrte sie darauf, zitternd wie eine, die von Zweifeln geplagt wird.

»Ich hätte große Lust, dich schlafen zu lassen, du Grauen«, murmelte sie. »Zweimal habe ich dich angeblickt und geschworen, es nie wieder zu tun. Doch nein, ich will es wagen, du Gabe uralter Weisheit, du gefrorenes Feuer, du schlafende Sünde, du lebender Tod des Todes der uralten Stadt, denn du allein besitzt Weisheit.«

Daraufhin öffnete sie die obere Spange ihrer Robe und legte das glühende Spielzeug, das wie eine Schlange aus Edelsteinen aussah, auf ihren elfenbeinfarbenen Busen, obgleich sie bei der Berührung erschauerte, denn es war kälter als der Tod. Mit beiden Händen umspannte sie jetzt einen Pfeiler des Raums und stand so, und sie wurde von Krämpfen geschüttelt, die wie Geburtswehen waren. Sie erduldete sie, bis das, was kalt gewesen war, warm wurde, und beobachtete sein Glühen, das durch den seidigen Stoff schien, wie die Flamme einer Lampe durch die Wand einer Alabastervase scheint. So stand sie eine Stunde lang, dann streifte sie rasch all ihre Kleidung ab, und all ihren goldenen Schmuck, und löste die Flut ihrer langen, schwarzen Haare, so daß sie ihren Körper umhüllten wie ein Schleier. Dann beugte sie den Kopf zur Brust herab und atmete auf das, was auf ihrem Busen lag, denn das Urübel kann nur im Atem eines Menschen leben. Dreimal atmete sie darauf, und dreimal flüsterte sie: *»Erwache! Erwache! Erwache!«*

Als sie es das erste Mal anatmete, regte sich das Ding und flimmerte. Beim zweiten Anatmen rollte es seine schimmernden Windungen auseinander und reckte den Kopf zu dem ihren herauf. Als sie es zum dritten Mal anatmete, glitt es von ihrem Busen auf den Boden, rollte sich dann vor ihren Füßen zusammen und wurde langsam größer und größer wie der Zauberbaum eines Magiers.

Größer wurde es, und noch größer, und während es wuchs, leuchtete es wie eine Fackel in einer dunklen Höhle, und schlang sich um den Körper Meriamuns, bis seine feurigen Windungen ihre Taille erreichten. Dann reckte es sich auf, und aus seinen Augen strahlte ein Licht wie das Licht einer Flamme, und siehe – sein Gesicht war das einer schönen Frau –, es war das Gesicht Meriamuns!

Nun blickte ein Gesicht das andere an, und Augen starrten in andere Augen. Noch immer stand Meriamun, die Königin, so reglos wie eine weiße Götterstatue, und um ihren Körper herum und durch ihr langes, schwarzes Haar hatten sich die Windungen der flammenden Schlange geschlungen.

Schließlich sprach das Böse – es sprach mit einer menschlichen Stimme, mit der Stimme Meriamuns, doch in der toten Sprache eines toten Volkes.

»Sag mir deinen Namen!« sagte es.

»Mein Name ist Sünde«, antwortete Meriamun, die Königin.

»Sag mir, woher ich komme!« befahl es nun.

»Von dem Bösen, das in mir ist«, antwortete Meriamun.

»Sag mir, wohin ich gehe!«

»Wohin ich gehe, dorthin wirst auch du gehen, denn ich habe dich an meinem Busen gewärmt, und du bist um mein Herz geschlungen.«

Nun hob die Schlange ihren Menschenkopf und stieß ein furchtbares Lachen aus.

»Gut bist du in diesen Dingen bewandert«, sagte sie. »Also liebe ich dich, so wie du mich liebst.« Und die Schlange senkte den Kopf und küßte Meriamun auf die Lippen. »Ich bin das Urübel, jenes Leben, das den ersten Tod überdauerte; ich bin jener Tod, der in allem Lebenden ist. Ich bin das, welches über dich jenes Leid gebracht hat, das von der Teilung der Sehnsucht des Herzens herrührt, und dessen Name *Hölle* ist. Von einem Leben zum anderen hast du mich zu deiner Hand gefunden, jetzt in dieser Gestalt, dann in einer anderen. Ich habe dich die Magie gelehrt, die du kennst; ich habe dir gezeigt, wie du den Thron gewinnen kannst! Was willst du jetzt von mir, Meriamun, meine Mutter, meine Schwester, und mein Kind? Von einem Leben zum anderen bin ich bei dir gewesen, obwohl du mich jederzeit hättest von dir schieben können, doch fliehst du immer wieder zurück zu der Weisheit, die ich besitze, und ich ziehe aus dir immer wieder meine Kraft, denn zwar könntest du ohne mich leben, ich jedoch müßte ohne dich sterben. Sag mir nun, was es ist? – Sag es mir, und ich werde dir meinen Preis nennen. Ich werde nicht mehr verlangen, als ich verlangen muß, denn – ah! – ich bin froh, wieder wach und am Leben zu sein, froh, deine Seele mit meinen schimmernden Windungen umschließen zu können, mit deiner Schönheit schön zu sein! – und schmutzig mit deiner Sünde!«

»Leg deine Lippen an mein Ohr, und dein Ohr an meine Lippen«, sagte Meriamun, die Königin, »und ich werde dir sagen, was es ist, das ich von dir will, du Urübel.«

Also legte die menschenköpfige Schlange ihr Ohr an die Lippen Meriamuns, und Meriamun legte ihr Ohr an die Lippen der Schlange, und sie flüsterten miteinander. Dort im Dunkel flüsterten sie, während das Hexenlicht von den glitzernden Windungen der Schlange strahlte, aus ihren Augen leuchtete, und durch das Haar der Königin auf ihre schneeige Brust fiel.

Schließlich war die Geschichte erzählt, und die Schlange hob ihren Frauenkopf empor und lachte wieder ihr schreckliches Lachen.

»Er sucht das Gute«, sagte die Schlange, »und er wird das Böse finden. Er sucht das Licht, und im Dunkel wird er wandern! Der Liebe wendet er sich zu, und in der Lust wird er sich verlieren! Er will die Goldene Helena gewinnen, nach der er in vielen Kriegen gesucht hat, der er über viele Meere gefolgt ist, doch statt dessen wird er dich finden, Meriamun, und durch dich den Tod! Denn er soll bei der Schlange schwören, der bei dem Stern schwören sollte. Weit ist er gewandert – und noch weiter soll er wandern, denn deine Sünde wird seine Sünde sein! Die Dunkelheit soll das Gesicht des Lichtes tragen – das Böse soll leuchten wie das Gute. Ich will ihn dir geben, Meriamun, doch höre meinen Preis! Nie wieder will ich in kalter Dunkelheit liegen müssen, während du im Licht der Sonne gehst – nein, ich muß um deinen Körper geschlungen sein. Fürchte dich nicht, fürchte dich nicht, ich werde in den Augen der Menschen wie ein Kleinod wirken, wie ein Gürtel, der kunstvoll für den Körper einer Königin gefertigt wurde. Doch ich muß immer und überall bei dir sein, und wenn du stirbst, muß ich mit dir sterben und mit dir dorthin gehen, wohin du gehst – um mit dir zu schlafen, mit dir wieder zu erwachen, und so weiter und weiter, bis am Ende ich siegen werde oder du siegen wirst, oder jene siegen wird, die unsere Feindin ist!«

»Ich werde dir deinen Preis zahlen«, sagte Meriamun, die Königin.

»So wie du ihn mir schon einmal gezahlt hast«, antwortete das Böse, »ja, weit, weit entfernt, unter einem goldenen Himmel und in einem anderen Land. Glücklich warst du damals mit jenem, den du begehrtest, doch ich schlang mich um dein Herz, und aus zweien wurden drei und all die Leiden, die seither gewesen sind. So, Frau, hast du gewirkt, und so, Frau, ist es dir bestimmt. Denn du bist die, in der alles Leid zusammengefaßt wurde, in der alle Liebe sich erfüllt. Und ich habe dir deine Schönheit gegeben, Frau, und ich habe das Gute von dir gelöst und sie auf Erden freigesetzt, und sie wird Schönheit genannt. Doch Schönheit besitzt auch *sie,* welche die Goldene Helena ist, und um ihrer Schönheit willen, die alle Männer zu gewinnen suchen, gibt es Kriege und Leiden, gibt es Hoffnungen und Gebete, und Sehnen ohne Ende. Doch Böses bringst du hervor, die du von der Unschuld getrennt bist, und Böses sollst du auf immer dem bringen, den du begehrst. Ein Rätsel! Ein Rätsel! Löse es, wer wolle, löse du es, wenn du es kannst, du, die du Meriamun, die Königin, genannt wirst, die du jedoch weit weniger als eine Königin bist – und weit mehr! Wer bist du? Wer ist sie, die man Helena nennt? Wer ist jener Wanderer, der von weit her gekommen ist, um sie zu suchen? Und wer bin *ich?* Ein Rätsel! Ein Rätsel, das du niemals lösen kannst. Und doch ist seine Lösung auf die Erde und an den Himmel und auf das Meer geschrieben, und in die Herzen der Menschen.

Höre nun! Morgen nacht wirst du mich nehmen und mich um deinen Körper schlingen und alles tun, was ich dir befehle, und siehe! Für eine Weile wird dein Körper die Gestalt der Goldenen Helena tragen, und dein Gesicht wird sein wie ihr Gesicht, und deine Augen wie ihre Augen, und deine Stimme wie ihre Stimme. Alles andere überlasse ich dann dir, denn als Helena sollst du den Wanderer verführen und einmal, wenn auch nur ein einziges Mal, die Frau dessen sein, den du begehrst. Nichts kann ich dir von der Zukunft sagen, der ich lediglich ein Berater bin, doch könnte es sein, daß hiernach Leid kommen wird, Leid und Krieg und Tod. Doch was kommt es darauf an, wenn dein Begehren seine Erfüllung gefunden hat, wenn er gesündigt und bei der Schlange geschworen hat, der bei dem Stern hätte schwören sollen, und wenn er dadurch mit Banden an dich gefesselt ist, die nie wieder gelöst werden können? Wähle,

Meriamun, wähle! Weise meinen Rat zurück, und morgen wird der Mann, den du liebst, dir verloren sein, verloren an die Arme Helenas, und du wirst viele Jahre lang allein die Bürde deiner einsamen Liebe tragen. Nimm meinen Rat an, und er wird zumindest einmal dir gehören, komme was da wolle. Denk nach und triff deine Wahl!«

So sprach das Urübel, versuchte jene, die Meriamun war, und die hörte auf die Versuchung.

»Ich habe gewählt«, sagte sie. »Ich will die Gestalt Helenas tragen und die Frau dessen sein, den ich liebe, und mag danach alles in Trümmer gehen. Schlafe, du Urübel! Schlafe, denn ich kann dein Gesicht nicht länger ertragen, aus Angst, daß es mein Gesicht sein könnte, und das Licht aus deinen flammenden Augen treibt mich zum Wahnsinn.«

Wieder hob das Ding seinen menschlichen Kopf und lachte triumphierend. Dann löste es langsam seine glühenden Schlingen, glitt zur Erde hinab und schrumpfte zusammen wie eine brennende Schriftrolle, bis es schließlich wieder nichts anderes zu sein schien als ein schimmerndes Juwel aus Opal und Smaragd.

Als der Wanderer den Schrein verließ, sah er keine Wachen mehr, noch hörte er das Klirren von unsichtbaren Schwertern, denn die Götter hatten die Schönheit Helenas Odysseus von Ithaka gegeben, wie es vorbestimmt war.

Vor der Tür des Tempels standen die verwunderten Priester, die nicht begreifen konnten, wie es möglich gewesen war, daß dieser Held, der Eperitos genannt wurde, hinter dem Vorhang verschwunden und dennoch nicht von den unsichtbaren Schwertern niedergemacht worden war. Und als sie ihn nun strahlend und unverletzt herauskommen sahen, schrien sie auf vor Angst.

Doch er lachte nur und sagte: »Fürchtet euch nicht! Der Sieg ist mit dem, dem die Götter ihn schenken. Ich habe gegen die Wächter des Schreins gekämpft und bin an ihnen vorbeigekommen, und ich glaube, daß sie fortgegangen sind. Ich habe auch die Hathor gesehen, und mehr als das braucht ihr nicht zu wissen. Nun gebt mir zu essen, denn ich habe Hunger!«

Sie verneigten sich vor ihm, führten ihn in ihren Speisesaal, tischten ihm vom Besten auf und blieben bei ihm, während er aß und trank.

Dann erhob er sich und verließ den Tempel, und wieder verneigten sich die Priester vor ihm. Sie gaben ihm freien Zutritt zum Tempel, und die Schlüssel, mit denen alle Tore geöffnet werden konnten, obwohl er, wie sie glaubten, kaum Schlüssel dazu brauchte.

Nun ging der Wanderer leichten Herzens und beschwingten Schrittes zum Palast zurück. Vor der Tür seiner Gemächer stand Rei, der Priester, der, als er seiner ansichtig wurde, auf ihn zulief und ihn umarmte, so glücklich war er darüber, daß der Wanderer lebend entkommen war.

»Wenig Hoffnung hatte ich, dich wiederzusehen, Eperitos«, sagte er. »Wenn es nicht um dessentwillen gewesen wäre, daß die Königin ...« Er hielt es plötzlich für besser, nicht weiterzusprechen.

»Auf jeden Fall bin ich wieder da, unverletzt von Geistern oder Menschen«, antwortete der Wanderer lachend, als er in seine Gemächer trat. »Doch was ist mit der Königin?«

»Nichts, Eperitos, nichts – außer daß sie trauerte, als sie erfuhr, du seist zum Tempel der Hathor gegangen, da du dort, wie sie glaubte, sterben würdest. Höre, o Eperitos, ich weiß nicht, ob du ein Gott bist oder ein Mensch, doch sind Eide immer bindend, ob sie Menschen oder Göttern geschworen wurden, und du hast dem Pharao einen Eid geschworen? Ist dem nicht so?«

»Ja, Rei. Ich habe geschworen, daß ich die Königin beschützen würde, bis der Pharao zurückkehrt.«

»Bist du gewillt, diesen Eid zu halten, Eperitos?« fragte Rei und blickte ihn seltsam an. »Bist du gewillt, den guten Ruf der Königin des Pharao zu behüten, der kostbarer ist als ihr Leben? Ich denke, daß du die Bedeutung meiner Worte wohl verstehst, Eperitos.«

»Vielleicht verstehe ich sie«, antwortete der Wanderer. »Wisse, Rei, daß ich dessen gewillt bin.«

Nun sagte Rei düster: »Ich fürchte, daß irgendeine Krankheit Meriamun, die Königin, niedergeworfen hat, sie verlangt nach dir als Arzt. Die Dinge geschehen jetzt so, wie sie in jener Vision vorgezeichnet waren, von der ich dir erzählte. Doch wenn du deinen Eid gegenüber dem brichst, dessen Salz du issest, dann, Eperitos, Gott oder Mensch, bist du ein Schurke.«

»Habe ich nicht gesagt, daß ich nicht daran denke, meinen Eid zu brechen?« antwortete er; dann ließ er seinen Kopf auf die Brust sinken und beriet sich mit seinem listigen Herzen, während Rei ihn forschend anblickte.

Schließlich hob er den Kopf wieder und sagte: »Rei, ich habe mich entschlossen, dir eine seltsame und doch wahre Geschichte zu erzählen, da ich sehe, daß dein Wille und der meine denselben Weg gehen, und du mir helfen kannst, und, indem du mir hilfst, auch dir und dem Pharao, dem ich einen Eid geschworen habe, und auch ihr, deren Ehre dir so kostbar ist. Doch davor sei gewarnt, Rei: Solltest du mein Vertrauen mißbrauchen, werden dich weder dein Alter, noch dein Amt, noch die Freundschaft, die du mir geschworen hast, retten.«

»Sprich, Odysseus, Laertes' Sohn, Odysseus von Ithaka«, sagte Rei, »mein Leben soll verspielt sein, wenn ich dein Vertrauen mißbrauche, so das, was du mir berichtest, nicht jenen schadet, denen ich diene.«

Der Wanderer war aufgesprungen und rief nun: »Woher kennst du meinen Namen?«

»Ich kenne ihn«, sagte Rei, »und ich sage dir, daß ich ihn kenne, du listigster aller Männer, um dir zu zeigen, daß deine List bei mir nichts fruchtet.« Denn er wollte ihm nicht sagen, daß er ihn von den Lippen der Königin wußte.

»Du hast einen Namen gehört, der in vieler Munde ist«, sagte der Wanderer. »Vielleicht ist er der meine, vielleicht ist er der eines anderen. Darauf kommt es nicht an. Nur wisse dieses: Ich fürchte deine Königin. Ich bin hergekommen, um eine Frau zu suchen, aber die Königin kam ich nicht zu suchen. Doch war mein Kommen nicht umsonst, denn dort, Rei, dort, im Tempel der Hathor, fand ich jene, die zu suchen ich gekommen bin, und die dort wohl bewacht auf mich wartete, bis ich kommen und sie holen würde. Morgen nacht werde ich zum Tempel gehen, und dort, vor dem Pylonentor des Tempels, werde ich die finden, die alle Männer begehren, die jedoch mich allein von allen liebt, da es so von den Göttern bestimmt wurde. Von dort werde ich sie hierher bringen, daß wir vermählt werden können. Und um dieses möchte ich dich bitten: Daß du mir ein Schiff und eine Mannschaft gibst, damit wir bei Anbruch der Dämmerung aus diesem deinem Lande fliehen können, und daß du mein Verschwinden geheim hältst, bis ich das Meer erreicht habe. Es ist wahr, daß ich geschworen habe, die Königin zu bewachen, bis der Pharao zurückkommt, doch wie du weißt, stehen die Dinge jetzt so, daß ich sie durch meine Flucht am besten schützen kann, und wenn der Pharao deshalb schlecht von mir denken sollte – so ist es nicht zu ändern. Außerdem bitte ich dich, mich morgen eine Stunde vor Mitternacht, bei dem Pylonentor des Tempels der Hathor zu treffen. Dort wollen wir mit ihr sprechen, welche die Hathor genannt wird, und unsere Flucht vorbereiten, und von dort aus sollst du mit uns zu dem Schiff gehen, das du für uns bereitgemacht hast.«

Nun dachte Rei eine Weile nach, und dann antwortete er: »Irgendwie fürchte ich, diese Göttin anzublicken, doch will ich es wagen. Sage mir also: woran kann ich sie erkennen, wenn sie beim Tor des Tempels steht?«

»Du kannst sie an dem roten Stern erkennen, Rei, der an ihrer Brust flammt. Doch fürchte nichts, denn ich werde bei dir sein. Sage, wirst du ein Schiff für uns bereithalten?«

»Das Schiff wird bereitliegen, Eperitos, und wenngleich ich dich sehr gern habe, sage ich dir doch dieses: Ich wünschte, es wäre bereits auf den Wellen vor den Küsten Khems, und du wärest auf ihm, und mit dir die, welche die Hathor genannt wird, jene Göttin, die du begehrst.«

10

Der Eid des Wanderers

An jenem Abend sah der Wanderer Meriamun nicht, doch am nächsten Morgen sandte sie einen Boten zu ihm und bat ihn, zu dem Abendbankett zu kommen. Er spürte wenig Lust dazu, doch die Bitte einer Königin ist ein Befehl, und so ging er bei Sonnenuntergang zum Bankettsaal. Rei war ebenfalls geladen, und als er den Wanderer im Vorzimmer traf, flüsterte er ihm zu, daß alles vorbereitet sei, daß ein gutes Schiff im Hafen seiner warte, dasselbe Schiff, das er von den Sidoniern erbeutet hatte, und daß er, Rei, eine Stunde vor Mitternacht am Pylonentor des Tempels sein würde.

Während er das dem Wanderer zuflüsterte, wurden die Türflügel aufgerissen, und Meriamun, die Königin, trat herein, gefolgt von Eunuchen und Hofdamen. Sie war königlich gekleidet, ihr Gesicht war blaß und kühl, doch ihre Augen glühten in ihm. Der Wanderer verneigte sich tief vor ihr. Sie neigte dankend ihren Kopf, reichte ihm dann ihre Hand, und er führte sie zum Bankett. Sie saßen Seite an Seite, doch die Königin sprach nur wenig, und das Wenige von dem Pharao und den Heerscharen der Apura, über die keine Nachrichten kamen.

Als das Bankett schließlich vorüber war, befahl Meriamun den Wanderer in ihre Gemächer, und dorthin begleitete er sie, wenn auch sehr gegen seinen Willen. Rei kam nicht mit ihnen, und so war er mit der Königin allein, da diese ihre Hofdamen sofort entließ.

Als sie allein waren, herrschte für eine Weile Schweigen, doch der Wanderer fühlte den Blick Meriamuns auf sich, als ob sie sein Herz lesen wollte.

»Ich langweile mich«, sagte sie schließlich. »Erzähle mir von deinen Reisen, Odysseus von Ithaka – nein, erzähle mir von der Belagerung Trojas und der sündigen Helena, von der all jenes Leid kam. Ja, und erzähle mir, wie du dich aus dem Lager der Achäer in die Stadt geschlichen hast, und, in die Lumpen eines Bettlers gehüllt, versuchtest, mit dieser bösen Helena zu sprechen, die von den zornigen Göttern zurecht getötet wurde.«

»Zurecht getötet wurde sie wahrlich«, antwortete der listige Wanderer. »Eine böse Geschichte war es, daß die Leben so vieler Helden wegen der Schönheit einer treulosen Frau ausgelöscht wurden. Ich hatte selbst vor, sie zu töten, als ich in der Stadt Troja mit ihr sprach, doch hielten die Götter meine Hand zurück.«

»War es wirklich so?« sagte die Königin und lächelte düster. »Dann würdest du zweifellos, wenn sie noch leben sollte und du sie sähest, sie auch jetzt töten wollen. Ist es nicht so, Odysseus?«

»Sie lebt nicht mehr, o Königin«, antwortete er.

»Nein, sie lebt nicht mehr, Odysseus. Doch sage mir: Gestern bist du zum Tempel der Hathor gegangen; erzähl mir, was du in jenem Tempel sahst!«

»Ich sah eine schöne Frau, oder vielleicht auch eine unsterbliche Göttin, auf der Spitze der Pylone stehen, und als sie dort stand und sang, wurde jenen, die sie erblickten, der Verstand genommen. Und danach versuchten einige, an den Geistern vorbeizugelangen, welche diese Frau bewachten, und wurden von unsichtbaren Schwertern erschlagen. Es war ein seltsamer Anblick.«

»Ein höchst seltsamer Anblick, fürwahr. Doch hast du nicht deine List gebraucht, um an diesen Geistern vorbeizugelangen?«

»Nein, Meriamun. In meiner Jugend habe ich die Schönheit Helenas gesehen, und sie war größer als die jener, die auf der Pylone stand. Niemand, der Helena sah, würde versuchen, die Hathor zu gewinnen.«

»Doch vielleicht mögen solche, die die Hathor sahen, versuchen, Helena zu gewinnen«, antwortete sie langsam, und er wußte nicht, was er darauf sagen sollte, denn er spürte die Kraft ihrer Magie auf sich.

So sprachen sie für eine Weile, und Meriamun, die alles

wußte, war erstaunt über die Listigkeit des Wanderers, ließ sich dies jedoch nicht anmerken. Schließlich erhob er sich, verneigte sich vor ihr und erklärte, daß er die Wachen kontrollieren müsse, welche die Tore des Palastes bewachten. Sie blickte ihn seltsam an und sagte dann, daß er gehen könne. Dann ging er und war sehr froh, ihr entronnen zu sein.

Doch als die Tür sich hinter ihm geschlossen hatte, sprang Meriamun, die Königin, auf, und ein unheimliches Licht der Entschlossenheit brannte in ihren Augen. Sie klatschte in die Hände und befahl jenen, die hereinkamen, um nach ihren Wünschen zu fragen, sich zur Ruhe zu begeben, wie auch sie es tun würde, da sie müde sei und sie deshalb niemanden mehr brauche, der sie bediene. Also gingen die Frauen hinaus und ließen sie allein, und sie trat in ihre Schlafkammer.

»Nun muß die Braut sich für die Hochzeitsnacht bereit machen«, sagte sie und holte sofort das Urübel aus seinem Versteck, wärmte es an ihrem Busen und atmete den Lebenshauch in es hinein. Wie zuvor begann es sofort zu wachsen und wand sich um sie und flüsterte ihr ins Ohr, befahl ihr, sich in das Weiß einer Braut zu kleiden und das Böse um ihre Taille zu legen; dann sollte sie an die Schönheit denken, die sie im Tempel Osiris' auf dem Gesicht der toten Hataska erblickt hatte, und auf dem Gesicht des *Bai*, und auf dem Gesicht des *Ka*. Sie tat, was ihr befohlen wurde, ohne Furcht, denn ihr Herz brannte vor Liebe und wurde von dem Haß der Eifersucht zerrissen, und so dachte sie nicht an das Leid, das ihre Sünde hervorrufen würde. Also badete sie sich in Duftwässern, kämmte ihr wallendes Haar und kleidete sich in weiße Roben. Dann blickte sie ihre Schönheit in einem Silberspiegel an und rief dem Bösen zu, das neben ihr lag wie eine schlafende Schlange: »Ah! Bin ich nicht schön genug, um ihn zu gewinnen, den ich liebe? Sage mir, du Böses, muß ich wirklich die Schönheit einer anderen stehlen, um ihn, den ich liebe, zu gewinnen?«

»Das mußt du tun«, sagte das Böse, »wenn du ihn nicht

an die Arme Helenas verlieren willst. Denn du bist zwar schön, doch ist sie die Schönheit selbst, und es ist ihre Zärtlichkeit, die er liebt, nicht deinen Stolz. Wähle, und wähle rasch, denn eben will der Wanderer aus dem Palast gehen, um die Goldene Helena zu gewinnen.«

Nun zweifelte sie nicht mehr, sondern hob das schimmernde Böse auf und drückte es an sich. Mit einem schrecklichen Lachen wand es sich um ihren Körper, und siehe! – es schrumpfte zu der Gestalt einer doppelköpfigen goldenen Schlange zusammen, deren Augen aus rubinfarbenen Flammen bestanden. Und während es zusammenschrumpfte, dachte die Königin an die Schönheit, die sie auf dem Gesicht der toten Hataska erblickt hatte, auf dem Gesicht des *Bai,* und auf dem Gesicht des *Ka,* und dabei blickte sie ständig in den Silberspiegel. Und als sie sich ansah, wurde ihr Gesicht wie das Gesicht des Todes – bleich und eingefallen – und nahm dann wieder seine natürliche Färbung an. Doch all ihre Schönheit war jetzt verändert. Ihre schwarzen Locken waren zu goldenen geworden, ihre dunklen Augen waren zu blauen Augen geworden, das Strahlen ihres Stolzes zu der Süße von Helenas Lächeln. Die schönste aller Frauen war sie vorher gewesen, jetzt jedoch war sie noch schöner, jetzt – jetzt war sie die Schönheit selbst und blickte ungläubig den Traum ihrer unglaublichen Schönheit an.

»So, ah, so muß die Hathor erscheinen«, sagte sie und siehe! – ihre Stimme klang fremd in ihren Ohren. Denn auch die Stimme hatte sich verändert, sie klang sanfter als das Wispern des Windes im Rohr, sie war süßer als das Summen von Bienen zur Mittagszeit.

Nun mußte sie dahingehen; in Furcht vor ihrer eigenen Schönheit, und schwer von ihrer Sünde, jedoch von einem seltsamen Glücksgefühl erfüllt, verließ sie ihre Kammer und glitt wie der Schein eines Sterns durch die stillen Hallen des Palastes. Das bleiche Licht des Mondes strömte in sie herein und fiel auf die Gesichter der furchtbaren Götterstatuen, auf das schreckliche Lächeln der Sphinxe, auf die Bilder ihrer Vorfahren, Könige und Königinnen, die längst verstorben waren. Und während sie an ihnen vorbeieilte, glaubte sie sie miteinander flüstern zu hören, über die furchtbare Sünde, die sie begangen hatte, und über das Leid, das aus ihr erwachsen sollte. Doch sie kümmerte sich nicht darum und ging weiter, ohne auch nur einen Augenblick zu zögern. Denn ihr Herz loderte, wie von einer Flamme, und sie war entschlossen, den Wanderer für sich zu gewinnen – den Wanderer, den sie in so vielen Leben gesucht und nach so vielen Toden endlich gefunden hatte.

Der Wanderer saß in seiner Kammer und wartete auf die Stunde, in der er aufbrechen mußte, um die Goldene Helena zu treffen. Sein Herz war leicht, und seltsame Träume der Vergangenheit zogen an seinen Augen vorüber, und seltsame Visionen von einer Liebe, die sein würde. Sein Herz brannte wie eine Lampe im Dunkel, und bei ihrem Licht sah er all die Tage seines Lebens, die verstrichen waren, und all die Kriege, die er gewonnen hatte, und all die Meere, auf denen er gesegelt war. Und jetzt wußte er, daß all diese Dinge nur Träume waren, Illusionen der Sinne, denn es gibt nur ein Wahres im Leben der Menschen, und das ist die Liebe; es gibt nur eines, das vollkommen ist, und das ist das Kleid der Liebe; es gibt nur eines, das alle Menschen suchen und das schließlich zu finden sie geboren wurden: und das ist das Herz der Goldenen Helena, das Sehnen der Welt, welches Frieden und Glück und Stille ist.

Er legte seine Rüstung an, da Feinde im Dunkel lauern mochten, nahm den Bogen des Eurytos und die grauen Todespfeile auf, da der Kampf vielleicht noch nicht vorbei war und er sich den Weg zum Glück erkämpfen müßte. Dann kämmte er sein lockiges Haar und setzte den goldenen Helm darauf, und mit einem Gebet zu den Göttern, die nicht hören, verließ er seine Kammer.

Die Tür der Kammer führte in eine große Säulenhalle, und der Wanderer blickte wachsam durch den nur von einfallendem Mondlicht erhellten Raum, wie es seine Gewohnheit war, wenn er nachts allein ging, konnte jedoch wegen der tiefen Schatten kaum etwas erkennen. Doch in der Mitte der Halle lag eine helle Schneise des Mondlichts, das durch die Dachöffnung hereinfiel, und der Boden glänzte dort so weiß wie Wasser zwischen schwarzen Schilfufern. Wieder blickte der Wanderer mit klaren, wachsamen Augen umher, denn in seinem Herzen war das Gefühl, daß er nicht mehr alleine in der Halle war, doch ob der andere ein Mensch war oder ein Geist, oder vielleicht einer der unsterblichen Götter, die auf ihn herabblickten, vermochte er nicht zu sagen. Jetzt kam es ihm vor, als ob eine weißgekleidete Gestalt sich am anderen Ende der Halle durch die tiefen Schatten bewegte. Er packte den schwarzen Bogen fester und griff nach seinem Köcher, so daß die darin steckenden Pfeile rasselten.

Es schien, als ob die Gestalt in den Schatten das Geräusch gehört hatte, oder vielleicht ein Schimmern des Mondlichts auf der goldenen Rüstung des Wanderers gesehen haben mochte, jedenfalls näherte sie sich vorsichtig, bis sie den Rand der breiten Lichtschneise in der Mitte der Halle erreicht hatte. Dort blieb sie stehen, wie ein Badender zögernd stehenbleibt, bevor er in das Becken tritt. Der Wanderer blieb ebenfalls stehen und fragte sich, wer diese Gestalt wohl sein mochte. Er fühlte sich versucht, das mit Hilfe eines Pfeiles von seinem Bogen festzustellen, unterließ es jedoch und beobachtete weiter.

Während er beobachtete, trat die weiße Gestalt ins helle Mondlicht, und nun sah er, daß es eine Frau in weißen Roben war, die einen schimmernden Gürtel um ihre Taille geschlungen hatte, und daß dieser Gürtel mit Juwelen geschmückt war, die wie die Augen einer Schlange funkelten. Hochgewachsen war die Gestalt, und so schön wie eine Statue der Aphrodite, doch was oder wer sie war, konnte er nicht erkennen, da sie ihren Kopf gesenkt hatte, so daß ihr Gesicht im Schatten war.

Eine Weile blieb die Gestalt so stehen, und während sie so stand, ging der Wanderer langsam auf sie zu, tief in Verwunderung, bis auch er in der Lichtschneise stand und der

Schein des Mondes sich in seiner goldenen Rüstung spiegelte. Dann hob die Gestalt plötzlich ihr Gesicht, so daß es voll im Licht lag, und streckte die Arme nach ihm aus, und siehe! – das Gesicht war das Helenas, jener, die zu finden er hinausgehen wollte. Er blickte die unsagbare Schönheit dieses Gesichtes an, er blickte in die blauen Augen, auf das golden schimmernde Haar, die weißen Arme; dann trat der Wanderer langsam, sehr langsam, und schweigend – da er keine Worte finden konnte – auf sie zu.

Sie regte sich nicht, und sie sprach nicht. So reglos stand sie, daß sie kaum zu atmen schien. Nur die glühenden Augen ihres Schlangengürtels glitzerten, als ob sie lebten. Wieder blieb er zögernd stehen, da er glaubte, daß dies ein Geist sein mußte, der gekommen war, um ihn zu verspotten: doch noch immer blieb die Gestalt reglos und sprach kein Wort.

Schließlich fand er seine Sprache wieder. »Bist es wirklich du«, flüsterte er, »die Goldene Helena, die ich hier vor mir sehe, oder ist es vielleicht ein Geist, der von Königin Persephone aus dem Hause des Hades heraufgeschickt wurde, um meiner zu spotten?«

Nun antwortete ihm die Stimme Helenas sanft und leise: »Habe ich dir nicht gesagt, Odysseus von Ithaka, habe ich dir nicht gestern in der Halle Hathors, nachdem du die Geister besiegt hattest, gesagt, daß wir uns heute vermählen würden? Warum also hältst du mich für eine der Körperlosen?«

Der Wanderer lauschte. Die Stimme war die Stimme Helenas, die Augen waren die Augen Helenas – und doch fürchtete sein Herz eine Täuschung.

»Dieses hat mir Helena so gesagt, doch sagte sie auch, daß ich sie beim Pylonentor des Tempels finden sollte, um sie hierher zu führen und zu meiner Frau zu machen. Auf dem Wege dorthin war ich, um sie zu finden. Wenn du also Helena bist, wie kommst du in diese Halle des Palastes? Und wo ist der rote Stern, der auf deiner Brust glühen sollte, jener Stern, der Menschenblut weint?«

»Nicht länger fällt der rote Tau von dem Stern, der an meiner Brust war, Odysseus, denn jetzt, wo du mich errungen hast, sterben die Männer nicht mehr um meiner Schönheit willen. Fort ist der Stern des Krieges, und siehe, Weisheit umschließt mich, das Symbol der Unsterblichen Schlange, das ewige Liebe bedeutet. Du fragst mich, wie ich hierher gekommen bin, ich, die ich unsterblich bin und eine Tochter der Götter? Suche nicht die Antwort darauf, Odysseus, denn dort, wo das Schicksal mir bestimmt, daß ich sein soll, dorthin tragen mich die Götter. Möchtest du also, daß ich dich verlasse, Odysseus?«

»Am wenigsten von allen Dingen möchte ich das«, antwortete er, denn jetzt hatte seine Weisheit ihn verlassen, jetzt hatte er die Worte der Aphrodite vergessen, die ihn gewarnt hatte, daß er Helena an einem Zeichen allein erkennen sollte: an jenem roten Stern an ihrer Brust, von dem das Blut von Männern tropft; und so hegte er keinerlei Zweifel mehr, daß dieses die Goldene Helena war.

Nun streckte die, welche die Gestalt Helenas trug, ihm die Arme entgegen und lächelte so süß, daß der Wanderer keinen anderen Wunsch mehr hatte, als sie an seine Brust zu ziehen.

Langsam glitt sie von ihm fort, immer lächelnd, und wohin sie ging, dorthin folgte er ihr, so wie ein Mann der Schönheit in seinem Schlafe folgt. Sie führte ihn so durch mehrere Hallen und Korridore, an den Skulpturen der Götter vorbei, und an menschenköpfigen Sphinxen und Bildern längst verstorbener Könige.

Und während sie an ihnen vorbeiging, schien es ihr wieder, als ob sie sie miteinander über die Schwere ihrer Sünde flüstern hörte, und über die Leiden, die diese Sünde nach sich ziehen würde. Doch sie kümmerte sich nicht darum, sie, die ihn mit sich zog, und jener, der ihr folgte, hörten nichts davon, bis er schließlich, obwohl er sich dessen nicht bewußt war, mit ihr in der Schlafkammer der Königin stand, neben dem goldenen Bett des Pharao.

Dann sprach sie wieder.

»Odysseus von Ithaka, den ich von Anbeginn an geliebt habe, und den ich lieben werde, bis alle Tode vorüber sind, vor dir steht die Schönheit, welche die Götter deinen Armen bestimmt haben. Nimm du jetzt deine Braut, doch vorher leg deine Hand auf diese goldene Schlange, die meinen Körper umspannt, die Brautgabe der Götter, und schwöre deinen Hochzeitseid, der niemals gebrochen werden darf. Schwöre so, Odysseus: ›Ich liebe dich, Frau oder Unsterbliche, und dich allein, in welcher Gestalt du auch erscheinen magst, und bei welchem Namen du auch von den Menschen genannt werden magst, dir will ich anhängen, und nur dir allein, bis zu dem Tage des Endes aller Zeiten. Ich werde dir deine Sünden vergeben, und ich werde dein Leid lindern, ich werde nicht dulden, daß eine andere zwischen dich und mich tritt. Dieses schwöre ich dir, für jetzt und für immer, für hier und anderen Ortes, in jedweder Gestalt, die du auf Erden annehmen magst, und bei jedwedem Namen, bei dem du den Menschen bekannt sein magst!

Schwöre mir so, Odysseus von Ithaka, Sohn Laertes', oder verlasse mich und geh deiner Wege!«

»Groß ist dieser Schwur«, sagte der Wanderer, denn obwohl er jetzt keine Täuschung mehr befürchtete, gefiel der seinem listigen Herzen nicht.

»Wähle, und wähle rasch!« antwortete sie. »Schwöre diesen Eid oder verlasse mich und sieh mich dann nie wieder!«

»Verlassen werde ich dich nicht, ich könnte es nicht, selbst wenn ich es wollte«, sagte er. »Ich schwöre es, Helena!« Und er legte seine Hand auf die Schlange, die sich um ihre Taille wand und schwor jenen schrecklichen Eid. Ja, er vergaß die Worte der Göttin, und die Worte Helenas, und er schwor bei der Schlange, der er bei dem Stern geschworen haben sollte. Bei den unsterblichen Göttern schwor er so, und bei dem Symbol der Schlange, und bei der Schönheit seiner Braut. Und als er seinen Eid schwor, glühten die Augen der Schlange auf, und die Augen jener, welche die Schönheit Helenas trug, glänzten, und der schwarze Bogen des Eurytos vibrierte, verkündete bevorstehenden Tod und Krieg.

Doch der Wanderer dachte nicht an Verrat oder Krieg oder Tod, denn der Kuß jener, die er für die Goldene Helena hielt, war auf seinen Lippen, und er legte sich in das goldene Bett Meriamuns.

11

Das Erwecken des Wanderers

Rei, der Priester, ging wie verabredet zum Pylonentor des Tempels der Hathor. Eine Weile stand er dort und hielt Ausschau nach dem Wanderer, doch obwohl die Stunde gekommen war, erschien der Wanderer nicht. Nun trat der Priester in den Schatten des Tores. Als er dort stand, öffnete sich eine Seitentür, und eine verschleierte Frau trat heraus, an deren Brust ein blutrotes Juwel glänzte, das wie ein Stern durch die Nacht leuchtete. Die Frau wartete eine Weile, blickte die mondhelle Straße entlang, die zu beiden Seiten von Sphinxen gesäumt wurde, doch die Straße lag weiß und leer. Sie wandte sich um, verbarg sich im tiefen Schatten des Tores, wo Rei nichts mehr von ihr sehen konnte, außer dem roten Stern, der auf ihrer Brust leuchtete.

Nun kam große Furcht über den alten Mann, denn er wußte, daß er die fremde und tödliche Hathor vor Augen hatte. Vielleicht würde auch er sterben, so wie alle anderen, die sie erblickten, den Tod gefunden hatten. Er dachte an Flucht, wagte es jedoch nicht, zu fliehen. Dann starrte auch er die Straße entlang und hielt nach dem Wanderer Ausschau, doch kein Schatten zeigte sich im Mondlicht. So blieb es für eine Weile, und noch immer stand die Hathor reglos im Schatten, und noch immer leuchtete der blutrote Stern an ihrer Brust. Und so kam es, daß das Sehnen der Welt auf ihren Geliebten warten mußte wie ein stehengelassenes Dorfmädchen.

Während Rei, der Priester, so im Schatten des Tores stand und betete, daß jener käme, der nicht kam, sprach ihn plötzlich eine Stimme an, die süßer als eine Laute klang.

»Wer bist du, der sich dort im Schatten verbirgt?« fragte die Stimme.

Er wußte, daß es die Hathor war, die ihn ansprach, und so voller Furcht war er, daß er nicht zu antworten vermochte.

»Oh, du listigster aller Männer«, sagte die Stimme nun, »warum gefällt es dir, dich in der Gestalt eines alten Priesters mit mir zu treffen? Einst, Odysseus, sah ich dich in den Lumpen eines Bettlers und erkannte dich inmitten deiner Feinde. Sollte ich dich jetzt nicht unter diesem runzeligen Gesicht und deiner weißen Robe erkennen?«

Rei hörte und wußte, daß er sich nicht länger verbergen konnte. Zitternd trat er vor, sank vor ihr auf die Knie und sagte: »Oh, mächtige Königin, ich bin nicht der Mann, dessen Namen du genannt hast, noch habe ich mich verkleidet. Nein, ich schwöre dir, daß ich Rei bin, der Städtebauer des Pharao, der Kommandeur der Legion Amons, und ein Mann von Ruf in diesem Lande Khem. Wenn du in der Tat die Göttin dieses Tempels bist, was ich beim Anblick jenes roten Sterns, der auf deiner Brust glüht, vermute, so flehe ich dich an, deinem Diener Gnade widerfahren zu lassen und mich nicht mit deinem Zorn zu zerschmettern, denn nicht aus freiem Willen bin ich hier, sondern auf Befehl jenes Helden, dessen Namen du nanntest, und auf dessen Kommen ich hier warte. Übe darum Gnade und halte deine Hand zurück.«

»Fürchte dich nicht, Rei«, sagte die süße Stimme. »Nichts liegt mir ferner, als dich töten zu wollen, oder auch irgendeinen anderen Mann, obwohl viele Männer meinetwegen den Pfad des Dunkels hinabgeschritten sind, da ich den Männern ein Verhängnis bin; doch nicht mein Wille ist es gewesen, sondern der Wille der unsterblichen Götter, die mich als ihr Werkzeug benutzen. Erhebe dich, Rei, und sage mir, warum du hergekommen bist und wo jener ist, dessen Namen ich genannt habe.«

Rei erhob sich, und als er aufblickte, sah er das Leuchten der Augen Helenas, das durch ihren Schleier auf ihn fiel. Doch kein Zorn stand in jenen Augen, sie leuchteten mild wie Sterne an einem Abendhimmel, und sein Herz war beruhigt.

»Ich weiß nicht, wo der Wanderer ist, o Unsterbliche«, sagte er. »Nur dieses weiß ich: Daß er mir befahl, ihn eine Stunde vor Mitternacht hier zu erwarten, und deshalb bin ich gekommen.«

»Vielleicht wird er noch kommen«, sagte die süße Stimme, »doch warum hat er, den du den Wanderer nennst, dir befohlen, ihn hier zu treffen?«

»Aus diesem Grunde, o Hathor: Er sagte mir, daß er sich heute nacht mit dir vermählen wolle, um dann, gemeinsam mit dir, aus Khem zu entfliehen. Deshalb befahl er mir, hierherzukommen, da ich ein Freund von ihm bin und mit ihm und mit dir besprechen wollte, wie diese Flucht vonstatten gehen soll, und doch kommt er nicht.«

Während Rei so sprach, hob er das Gesicht, und die Goldene Helena blickte es an.

»Höre, Rei!« sagte sie. »Gestern, nachdem ich auf der Pylone gestanden war, wie es die Götter befahlen, und für jene gesungen habe, die reif zum Sterben waren, ging ich in meinen Schrein und wob mein Gewebe, während die zum Sterben Verdammten unter den Schwertstreichen jener fielen, die beauftragt waren, meine Schönheit zu bewachen, und die jetzt fort sind. Und während ich so wob, gelangte einer an jenen Geistern vorbei und zerriß mein Gewebe und stand vor mir. Es war der, den ich heute nacht hier erwarte, und nach einer Weile erkannte ich ihn als Odysseus, Laertes' Sohn. Doch während ich ihn anblickte und mit ihm sprach, sah ich, daß ein Geist in dem Raum war und uns beobachtete, den er jedoch nicht sehen konnte, ein Geist, dessen Gesicht ich nicht kannte, denn keinen solchen Mann hatte ich an den Tagen meines Lebens gekannt. Wisse, Rei, daß das Gesicht jenes Geistes *dein* Gesicht war, und seine Robe *deine* Robe.«

Erneut zitterte Rei vor Furcht.

»Jetzt, Rei, befehle ich dir, mir darüber zu berichten, und sag die Wahrheit, damit dir nichts Böses widerfahre; nicht durch mich, die ich niemandem etwas tun würde, doch durch die Hände jener Unsterblichen, welche mir verwandt sind. Warst du der Geist, der sich in meinem geheiligten Schrein befand? Wie konntest du es wagen, dort einzudringen und meine Schönheit anzublicken und meinen Worten zu lauschen?«

»Oh, große Königin«, sagte Rei, »ich will dir die Wahrheit sagen, und ich flehe dich an, nicht den Zorn der Götter auf mich zu lenken. Nicht mein Wille war es, der meinen Geist in dein Heiligtum schickte, noch weiß ich, was er darin sah oder hörte, da keine Erinnerung davon in mir zurückgeblieben ist. Nein, ich wurde von jener ausgeschickt, der ich diene, die die Herrin aller Magie ist, und ihr machte mein Geist seinen Bericht, doch was er ihr sagte, weiß ich nicht.«

»Und wem dienst du, Rei? Und warum hat sie deinen Geist ausgeschickt, um bei mir zu spionieren?«

»Ich diene Meriamun, der Königin, und sie hat meinen Geist ausgeschickt, um zu erfahren, was dem Wanderer geschah, als er hineinging, um gegen die Geister zu kämpfen, die dich bewachten.«

»Und doch hat er mir nichts von dieser Meriamun gesagt. Sag mir, Rei, ist sie schön?«

»Von allen Frauen, die auf der Erde leben, ist sie die schönste.«

»Von *allen,* sagst du, Rei? Sieh mich an und sage mir, ob jene, der du dienst, schöner ist als Helena, die du die Hathor nennst.« Sie lüftete ihren Schleier, und er sah das Gesicht, das unter ihm verborgen gewesen war.

Als er nun jenen Namen hörte und auf das Gesicht der Schönheit selbst blickte, taumelte Rei zurück, so daß er beinahe zu Boden gestürzt wäre.

»Nein«, sagte er und bedeckte seine Augen mit der Hand; »nein, du bist schöner als sie.«

»Dann sage mir«, befahl sie und ließ ihren Schleier wieder fallen, »und um deiner selbst willen sprich die Wahrheit! Warum wollte Meriamun, die Königin, der du dienst, das Schicksal dessen wissen, der gegen die Geister kämpfte?«

»Willst du das erfahren, Tochter Amons?« antwortete Rei, »dann will ich es dir sagen, denn durch dich allein kann sie, der ich diene, und die ich liebe, vor Schande bewahrt werden. Meriamun liebt auch den Mann, mit dem du dich vermählen willst.«

Als nun die Goldene Helena diese Worte hörte, preßte sie eine Hand auf die Brust.

»Das hatte ich befürchtet«, sagte sie. »Ich verstehe: Sie liebt ihn, und er kommt nicht. Ah, wenn dem so sein sollte! – Rei, ich bin versucht, deiner Königin mit gleicher Münze zurückzuzahlen und deinen Geist zu ihr zu schicken, um sie zu belauschen. Aber nein, das werde ich nicht tun, denn niemals wird Helena zu den schändlichen Mitteln der Magie greifen. Nein, doch wir werden zu ihr gehen, in den Palast, in dem meine Rivalin wohnt, um dort die Wahrheit zu erfahren. Fürchte nichts, ich werde keinen Schaden über dich bringen, und auch nicht über jene, der du dienst. Führe mich zum Palast, Rei. Führe mich rasch!

Der Wanderer schlief in den Armen Meriamuns, die das Aussehen Helenas trug. Seine goldene Rüstung lag neben dem goldenen Bett, und an dem Bett lehnte der schwarze Bogen des Eurytos. Die Nacht näherte sich dem Morgengrauen, als plötzlich der Bogen erwachte und sang; und so sang er:

Erwache! Erwache! wenn auch die Arme deiner Liebe
dich umfangen; weitaus teurer
Als ihr Kuß ist der Kampfeslärm;
Und süßer als ihre Stimme ist der Schall der Trompete,
und weitaus besser
Als ihre Arme ist das Glück der Schlacht.

Siehe! Die Schlange, welche um die Gestalt jener gewunden war, die das Aussehen Helenas trug, hörte das magische Lied. Sie erwachte, sie erhob sich. Sie wand sich um den Körper des Wanderers und jener, die das Aussehen Helenas trug, fesselte sie aneinander mit einem Band der Sünde. Sie wuchs und wuchs, hob ihren Frauenkopf und sang eine Antwort. Und so sang sie von dem Verhängnis:

Schlafe! Ruhe eine Stunde lang, so wie die Menschen
glauben, im Tode zu ruhen,
Doch sie erwachen! Und auch du sollst erwachen!
Im Dunkel des Grabes bewegen sie sich, doch um sie,
auf Armen und Brust,
Sind die Windungen der Schlange.
Bei dem Baum, unter dem die ersten Liebenden lagen,
habe ich es gesehen, wie ich es heute sehe:
Liebe auf die Brust der Lust gelegt!

Und der große Bogen antwortete der Schlange, und er sang:

Aus dem Baume, unter dem die ersten Liebenden sündigten,
wurde ich geschaffen; ich befehle dir, dich zu erheben,
Du Mörderin, die bald Staub sein wird.

Und die Schlange sang zur Antwort:

Sei du still, meine Tochter des Todes, sei du still
und wecke ihn nicht aus dem Schlaf,
Mit deinem Gesang und dem Geräusch deines Atems.

Der Bogen hörte den Gesang der Schlange. Der Tod hörte den Gesang der Sünde, und wieder erfüllte sein dünner Klang die Luft. Denn so sang er:

Sei du still, meine Mutter der Sünde, denn diese Wache
wurde mir gegeben,
Über den Schlaf des Todesbringers zu wachen!

Dann sang die Schlange:

Still, still, du bist noch jung, du wurdest geboren,
als die Schöpfung der Welt
Getan war: ich bin älter darin!

Und der Bogen antwortete:

Doch ohne mich wäre deine Kraft nur Schwäche,
wäre die Beute deiner Kraft ungewonnen.
Ich bin der *Tod,* und deine Tochter, o Sünde!

Der Gesang der Schlange und der Gesang des Bogens sanken nun durch die Tiefe des Schlafes, bis sie die Ohren des Wanderers erreichten. Er seufzte, streckte seine mächtigen Arme aus, er öffnete die Augen, und siehe, sie blickten in Augen, die sich über ihn beugten, flammende Augen, die das Gesicht einer Frau erleuchteten – das Gesicht Meriamuns, das auf dem Hals einer Schlange über ihm hin und her pendelte und plötzlich verschwunden war. Er schrie laut auf vor Entsetzen und sprang aus dem Bett. Das matte Licht des Morgengrauens fiel durch die Fenster auf das goldene Bett des Pharao, schimmerte auf der goldenen Rüstung, die neben dem Bett lag und auf der polierten Oberfläche des großen, schwarzen Bogens. Und es fiel auf das Gesicht jener, die in dem Bett lag.

Dann erinnerte er sich. Er hatte mit Helena geschlafen, die jetzt seine Frau war, und er hatte eben nur einen bösen Traum geträumt, einen Traum von einer Schlange, die das Gesicht der Königin trug. Ja, dort lag die Goldene Helena, die er endlich gefunden hatte – die Goldene Helena, die er zu seiner Frau gemacht hatte. Jetzt belustigte er sich über seine Furcht und beugte sich über sie, um sie mit einem Kuß zu wecken. Das matte Licht des anbrechenden Tages fiel auf ihr Gesicht. Ah! – wie schön sie im Schlafe war. Aber nein, was war das? Wessen Gesicht war das unter dem seinen? Nicht so hatte Helena im Schrein ihres Tempels ausgesehen, als er das Gewebe zerriß. Nicht so war ihm Helena erschienen, als sie in der Säulenhalle in das Licht des Mondes getreten war. Nicht so war sie ihm erschienen, als er ihr den großen Eid schwor, sie ewig zu lieben, und nur sie allein. Wessen Schönheit also war es, die er jetzt sah? Bei den unsterblichen Göttern, es war die Schönheit Meriamuns, der Königin des Pharao!

Er starrte auf das schlafende Gesicht, und ein Grauen schüttelte seine Seele. Wie konnte dies sein? Was hatte er getan?

Dann dämmerte ein Licht in seinem Kopfe. Er blickte sich in der Kammer um – dort an den Wänden standen Statuen der Götter Khems, dort über dem Bett standen die Namen Meneptah und Meriamun nebeneinander in der heiligen Zeichenschrift Khems. Nicht mit der Goldenen Helena hatte er geschlafen, sondern mit der Frau des Pharao! Ihr hatte er seinen Eid geschworen, und sie hatte die Gestalt Helenas getragen – und jetzt war der Bann gebrochen.

Er stand wie betäubt, und während er so stand, begann der große Bogen wieder zu vibrieren und kündigte ihm den kommenden Tod an. Nun kehrte seine Kraft zu ihm zurück, und er ergriff seine goldene Rüstung und legte sie, einen Teil um das andere, an, bis er schließlich den goldenen Helm aufhob. Er glitt ihm aus der Hand und fiel auf den Marmorboden. Klirrend schlug er dort auf, und sie, die im Bett lag und schlief, erwachte mit einem Schrei und sprang aus dem Bett; ihr schwarzes Haar fiel über ihre Schultern, ihr Nachtgewand wurde von jener goldenen Schlange mit glühenden Augen zusammengehalten, die sie ständig trug. Doch er packte sein Schwert und riß es aus seiner Elfenbeinscheide.

Drittes Buch

1

Die Rache des Kurri

Der Wanderer und die Königin des Pharao standen im Dämmerlicht der Kammer einander gegenüber. Sie standen schweigend, während bittere Wut und brennende Scham in sein Herz flossen und aus seinen Augen leuchteten. Das Gesicht Meriamuns jedoch war so unbewegt wie das einer Toten, und auf ihm stand ein Lächeln, wie es die aus Stein gehauenen Sphinxen zeigen. Nur ihre Brust wogte erregt, wie im Triumph, und ihre Glieder zitterten wie windgeschüttelte Schilfhalme.

»Warum siehst du mich so seltsam an, mein Gemahl und mein Geliebter?« sagte sie schließlich, »und warum hast du deine Rüstung angelegt? Kaum ist doch der herrliche Ra aus der Brust Nuts gestiegen, und du willst schon dein Hochzeitsbett verlassen, Odysseus?«

Immer noch sprach er kein Wort, sondern sah sie nur mit brennenden Augen an. Nun streckte sie die Arme aus und trat wie eine Liebende auf ihn zu. Und da fand er seine Sprache wieder.

»Geh fort von mir!« sagte er mit einer Stimme, die leise und schrecklich klang. »Geh fort von mir! Wage es nicht, mich zu berühren, du, die du eine Metze und eine Hexe bist, damit ich nicht mein Mannestum vergesse und dich mit meinem Schwert niederhaue.«

»Das kannst du nicht tun, Odysseus«, antwortete sie sanft, »denn was immer sonst ich auch sein mag, ich bin deine Frau, und du bist für immer an mich gebunden. Wie war doch der Eid, den du erst vor fünf kurzen Stunden geschworen hast?«

»Einen Eid habe ich in der Tat geschworen, doch nicht dir,

Meriamun. Der Goldenen Helena, die ich liebe, habe ich einen Eid geschworen, und ich erwachte mit dir an meiner Seite, mit dir, die ich hasse.«

»Nein«, sagte sie, »mir hast du diesen Eid geschworen, Odysseus, denn du, der listigste aller Männer, bist endlich durch List besiegt worden. Mir, ›Frau oder Unsterbliche‹, hast du geschworen, ›für jetzt und für immer, für hier und anderen Ortes, *in welcher Gestalt du auch erscheinen magst und bei welchem Namen du auch von den Menschen genannt werden magst.*‹ Oh, sei nicht zornig, mein Gemahl, doch hör mir zu! Was kommt es auf die Gestalt an, in der du mich siehst? Bin ich nicht schön? Und was ist Schönheit, wenn nicht nur ein Gefäß, in dem das darin ruhende Juwel verborgen ist? Meine Liebe ist es, die du errungen hast, meine Liebe, die unsterblich ist, und nicht das vergängliche Fleisch. Denn ich habe dich geliebt, ja, und du hast mich geliebt, in lange zurückliegender Zeit, in anderen Leben, und ich sage dir, daß wir uns wieder lieben werden und immer wieder, wenn du nicht mehr Odysseus von Ithaka bist, und ich nicht mehr Meriamun bin, die Königin von Khem, sondern wenn wir in anderer Gestalt auf Erden wandeln und bei anderen Namen genannt werden. Ich bin dein Verhängnis, du Wanderer, und wo immer du durch die Felder des Lebens und des Todes ziehst, werde ich an deiner Seite sein. Denn ich bin das *Sie* dessen, das du bist, und du bist das *Er* dessen, das ich bin, und obwohl die Götter uns voneinander getrennt haben, müssen wir doch zusammen den Fluß unseres Lebens hinabtreiben, bis wir die See erreichen, welche dem Geist bekannt ist. Deshalb stoße mich nicht von dir und schüre nicht meinen Zorn auf dich, denn wenn ich auch Magie gebraucht habe, um dich in meine Arme zu bringen, so sind sie jetzt doch deine Heimat.« Und wieder trat sie auf ihn zu.

Jetzt zog der Wanderer einen Pfeil aus seinem Köcher, richtete die Spitze auf die Brust Meriamuns und setzte das andere Ende auf seinen Harnisch.

»Komm nur her!« sagte er. »So werde ich dich in meine Arme schließen. Höre, Meriamun, die Hexe – Meriamun, die Metze, die Frau des Pharao, die Königin von Khem. Dir habe ich tatsächlich einen Eid geschworen, vielleicht, weil ich zuließ, daß deine Listigkeit meine Weisheit besiegte; und weil ich bei jenem schwor, das deinen Leib umschließt, und nicht bei dem Roten Stern, welcher auf der Brust Helenas schimmert, mag es sein, daß ich sie verlieren werde, die ich liebe. So hat es mir auch die Himmelskönigin gesagt, drüben im meerumspülten Ithaka, obwohl ich zu meinem Kummer ihrer Worte nicht achtete. Doch ob ich sie verliere oder gewinne, wisse dieses: Daß ich sie liebe, und sie allein, und daß ich dich hasse wie die Pforten der Hölle. Denn du hast mich mit deiner Magie getäuscht, du hast die Gestalt der Schönheit selbst gestohlen und gewagt, sie zu tragen, du hast mir einen furchtbaren Eid abgepreßt, und ich habe dich zur Frau genommen. Und weiter: Du bist die Königin von Khem, du bist die Frau des Pharao, die zu bewachen ich geschworen habe; und du hast die größte Schande über mich gebracht, denn nun bin ich ein unehrenhafter Mann und habe gegen den Herd meines Gastgebers gesündigt, und gegen den Gott der Gäste und der Heerscharen. Und deshalb werde ich dieses tun: Ich werde jetzt die Wachen rufen, deren Kommandeur ich bin, und ihnen deine Schande offenbaren, ja, und meine ganze Scham. Ich werde es auf den Straßen ausrufen, es von den Tempeldächern verkünden, und wenn der Pharao zurückkommt, werde ich es ihm ins Ohr schreien, bis er und alle, die in Khem leben, dich als das erkennen, was du bist, und dich in deiner nackten Schande sehen.«

Sie hörte seine Worte, und ihr Gesicht nahm einen schrecklichen Ausdruck an. Einen Augenblick stand sie wie in Gedanken versunken, eine Hand an die Stirn gepreßt, die andere auf ihr Herz.

»Ist das dein letztes Wort, Wanderer?« fragte sie dann.

»Es ist mein letztes Wort, Königin«, antwortete er und wandte sich zum Gehen.

Nun zerriß sie mit der Hand, die an ihrer Brust lag, ihr Nachtgewand und zerwühlte ihr parfümiertes Haar. An ihm vorbei stürzte sie zur Tür und stieß dabei Schrei um Schrei aus, die von den bemalten Wänden zurückgeworfen wurden.

Die Vorhänge wurden zur Seite geschleudert, die Türen aufgestoßen, und durch sie stürzten Eunuchen, Wachen und Hofdamen herein.

»Hilfe!« schrie sie und deutete auf den Wanderer. »Hilfe! Hilfe! Oh, rettet meine Ehre vor diesem arglistigen Mann, diesem ausländischen Dieb, welchen der Pharao zu meinem Bewacher ernannt hat, und der mich auf diese Weise bewacht! Dieser Feigling hat es gewagt, heimlich hier einzudringen, bei mir, der Königin von Khem, als ich im Bett des Pharao schlief!« Und sie warf sich auf den Boden und zerwühlte ihr Haar, und lag stöhnend und weinend dort, wie in der letzten Agonie der Beschämung.

Nun erkannten die Wachen, wie die Dinge standen, und ein Schrei der Empörung und der Wut brandete auf, während sie sich auf den Wanderer stürzten wie Wölfe auf einen gestellten Hirsch. Doch der sprang zurück neben das Bett, und noch während des Sprunges legte er den Pfeil, den er in der Hand hielt, auf die Sehne des großen, schwarzen Bogens. Dann zog er sie bis zu seinem Ohr zurück. Die Bogensehne sang, der Pfeil schwirrte los, und jener, der vor ihm stand, sank tot zu Boden. Wieder sang die Bogensehne, wieder schwirrte ein Pfeil, und siehe, ein weiterer Mann war nicht mehr. Ein drittes Mal spannte er den Bogen, und die Seele eines dritten Mannes war auf dem Wege zur Hölle. Jetzt rollten sie vor ihm zurück wie ablaufendes Wasser von einem Felsen, denn niemand wollte den Pfeilen des Todes gegenüberstehen. Aus der Deckung der Säulen schleuderten sie Speere und schossen sie Pfeile nach ihm, doch nicht einer von ihnen konnte ihn verletzen, denn die einen prallten an seiner Rüstung ab, und die anderen fing er mit seinem Schild auf.

Nun befand sich unter denen, die auf die Schreie Meriamuns herbeigeeilt waren, auch jener Kurri, der jämmerliche Kapitän der Sidonier, dessen Leben der Wanderer verschont hatte, und den er der Königin als Juwelier gegeben hatte. Als nun Kurri den Wanderer in dieser Lage sah, dachte sein gieriges Herz an all die Schätze, die er an ihn verloren hatte, und daß er, der einst Kapitän und ein reicher Kaufmann Sidons war, nun sein Leben als Sklave fristen mußte.

Deshalb erwuchs in ihm der Wunsch, dem Wanderer Schaden zu bereiten, so ihm das möglich sein sollte. Nun lagen entlang allen Wänden der Kammer tiefe Schatten, da das Licht noch sehr schwach war, und Kurri kroch durch diese Schatten, einen langen Speer in seiner Hand, und der Speer trug jene Bogenspitze, die einst im Helm des Wanderers gesteckt hatte. Der Wanderer blickte kaum in seine Richtung, da er auf die Speere und Pfeile achten mußte, die ihm entgegenflogen, so daß es dem Sidonier gelang, an den Wänden entlangkriechend, unbemerkt das goldene Bett des Pharao zu erreichen und hineinzuklettern. Der Wanderer stand nur eine Speerlänge von diesem Bett entfernt und mit dem Rücken zu ihm. Kurris erster Gedanke war, ihm den Speer in den Rücken zu stoßen, doch tat er dieses nicht, einmal, weil er fürchtete, daß es ihm nicht gelingen könnte, den goldenen Panzer zu durchbohren, so daß der Wanderer herumfahren und ihn töten würde, und außerdem, weil er hoffte, daß man den Wanderer zu Tode foltern würde, und er begierig darauf war, dabei mitzuhelfen, denn, wie es die Art der Sidonier war, besaß er großes Geschick im Quälen von Menschen. Deshalb wartete er, bis der Wanderer schließlich seinen Schild fallen ließ und seinen Bogen wieder spannte. Doch bevor er die Sehne an sein Ohr gezogen hatte, stieß Kurri seinen Speer zwischen den Vorhängen des Bettes hervor und zerschnitt die Sehne mit der scharfen Bronzeklinge, so daß sie riß und der graue Pfeil auf den Marmorboden fiel. Dann, als der Wanderer mit einem Wutschrei herumfuhr, um sich auf den Mann zu stürzen, der seine Bogensehne zerschnitten hatte, riß Kurri die purpurfarbene Bettdecke empor und warf sie über den Kopf des Helden. Nun faßten die Wachen und Eunuchen wieder

Mut, und stürzten sich auf ihn, bevor er sich aus der Decke befreien und sein Schwert ziehen konnte. Doch selbst jetzt war es nicht leicht, ihn zu überwältigen; schließlich jedoch gelang es ihnen, ihn zu Boden zu werfen und festzuhalten, so daß er nicht einmal einen Finger rühren konnte.

Dann rief einer laut der Königin Meriamun zu: »Der Löwe sitzt in der Falle, o Königin! Sollen wir ihn töten?«

Doch Meriamun, welche den Kampf im Schutz der vor die Augen gehaltenen Hände verfolgt hatte, erschauerte und antwortete: »Nein, aber knebelt seine Zunge, nehmt ihm die Rüstung ab, fesselt ihn mit Bronzeschellen, und kettet ihn mit schweren Bronzeketten an die Wand des Verlieses. Dort soll er bleiben, bis der Pharao zurückkehrt; denn gegen die Ehre des Pharao hat er gesündigt und schandbar den Eid gebrochen, den er ihm geschworen hat. Deshalb soll der Pharao ihn auf eine solche Weise zu Tode bringen, die ihm richtig erscheint.«

Als nun Kurri diese Worte hörte und den Wanderer in seiner wehrlosen Lage sah, beugte er sich über ihn und sagte: »Ich war es, Kurri, der Sidonier, der die Sehne deines großen Bogens zerschnitt, Eperitos; mit der Speerspitze, die du mir zurückgabst, habe ich sie zerschnitten, ich, dessen Männer du getötet und den du zum Sklaven gemacht hast. Und ich will diese Gunst vom Pharao erbitten: Daß meine Hand es sein darf, die dich Tag und Nacht foltert, bis du endlich stirbst und den Tag verfluchst, an dem du geboren wurdest.«

Der Wanderer sah ihn an und sagte: »Da lügst du, du sidonischer Hund, denn es steht in deinem Gesicht geschrieben, daß du selbst innerhalb einer Stunde sterben wirst, und das auf eine seltsame Art.«

Kurri wich zurück und runzelte die Stirn. Doch kein Wort mehr konnte Odysseus sprechen, denn jetzt zwangen sie seine Kiefer auseinander und schoben ihm einen Eisenknebel in den Mund; und danach nahmen sie die Rüstung von seinem Körper und fesselten ihn mit Bronzeschellen, wie die Königin es befohlen hatte.

Während sie das mit dem Wanderer taten, ging Meriamun in einen anderen Raum und warf rasch eine andere Robe über; dann legte sie wieder den goldenen Gürtel um ihre Taille, den sie nun immer tragen mußte. Ihr langes Haar ließ sie jedoch offen, und sie wusch auch nicht die Tränenspuren von ihrem Gesicht, da sie vorhatte, in den Augen aller beschämt und gedemütigt zu erscheinen, bis der Pharao wieder zurückkehrte.

Rei und die Goldene Helena gingen durch die Straßen der Stadt und gelangten schließlich zum Tor des Palastes. Dort mußten sie bis zum Anbruch der Morgendämmerung warten, denn Rei, der angenommen hatte, gemeinsam mit dem Wanderer hierherzukommen, hatte sich nicht die Parole geben lassen.

»Leicht würde es mir sein, meinen Weg durch dieses mächtige Tor zu erzwingen«, sagte Helena zu Rei, »doch halte ich es für besser, wenn wir warten. Vielleicht wird der, den wir suchen, heraustreten.«

Also gingen sie in den Hof des Osiris-Tempels, welcher dem Palasttor gegenüber lag, und warteten dort, bis sich das erste Dämmern am östlichen Horizont zeigte. Helena sprach kein Wort, doch Rei, der sie beobachtete, spürte, daß ihr das Herz schwer war, obwohl er ihr Gesicht nicht sehen konnte, da es unter ihrem Schleier verborgen war, denn von Zeit zu Zeit seufzte sie, und der Rote Stern hob und senkte sich auf ihrer Brust.

Schließlich fiel das erste Licht der Dämmerung in den Hof des Tempels, und sie sagte: »Jetzt laß uns hineingehen. Mein Herz sagt Schlimmes voraus, doch habe ich viel Schlimmes gekannt, und wohin die Götter mich schicken, dorthin muß ich gehen.«

Sie traten zum Tor, und der Mann, der es bewachte, öffnete es dem Priester Rei und der verschleierten Frau, die bei ihm war.

»Wo sind die anderen Wachen?« fragte Rei den Mann.

»Das weiß ich nicht«, antwortete er, »doch gab es vorhin

einen großen Tumult im Palast, und der Oberste Torwächter lief hinein und ließ mich allein hier zurück.«

»Hast du Eperitos gesehen?« fragte Rei weiter.

»Nein, ich habe ihn seit der Stunde des Abendessens nicht mehr gesehen, und er hat auch nicht die Wachen kontrolliert, wie es seine Gewohnheit ist.«

Rei ging an ihm vorbei, gefolgt von Helena, und er war sehr nachdenklich. Als sie den Palast betraten, sahen sie Menschen zur Banketthalle laufen, die nahe den Gemächern der Königin lag. Einige von ihnen trugen Waffen in ihren Händen, andere nicht, doch alle eilten sie, so schnell sie konnten, auf die Banketthalle zu, aus der Schreien und Rufen schallte. Sie näherten sich dieser Halle, und an ihrem anderen Ende, wo sich die Tür befand, die zu den Gemächern der Königin führte, hatte sich eine große Menschenmenge versammelt.

»Verberge dich, verberge dich!« sagte Rei drängend zu der, die mit ihm ging, »denn ich glaube, daß der Tod hier einhergeht. Sieh, hier ist ein Vorhang; trete hinter ihn und warte, während ich festzustellen versuche, was dieser Tumult zu bedeuten hat.«

Sie trat hinter den Vorhang, der zwischen zwei Säulen hing, wie Rei es ihr gesagt hatte, denn jetzt war Helenas sanfte Brust mit Ängsten angefüllt, und sie war wie benommen. Und noch während sie hinter den Vorhang trat, kam ein Mann die Halle entlanggestürmt, welcher ein Diener Reis, des Priesters, war.

»Bleib stehen!« herrschte Rei ihn an. »Bleib stehen und berichte mir, was dort geschieht!«

»Böse Taten, Herr«, sagte der Diener. »Eperitos, der Wanderer, den der Pharao zum Kommandeur seiner Garde machte, während er fort ist, um die rebellierenden Apura zu schlagen – dieser Eperitos hat Hand an die Königin gelegt, die zu bewachen sein Amt war. Doch sie entfloh ihm, und ihre Schreie weckten die Wachen, und sie fielen in der Kammer des Pharao über ihn her. Doch er tötete viele mit den Pfeilen von seinem großen, schwarzen Bogen, bis Kurri, der Sidonier, die Bogensehne zerschnitt und der Wanderer von vielen Männern überwältigt wurde. Jetzt haben sie ihn gebunden und schleifen ihn ins Verlies hinab, wo er bleiben soll, bis der Pharao sein Urteil über ihn spricht. Siehe, dort bringen sie ihn! Ich muß weiter, um dem Wächter des Verlieses Bescheid zu geben.«

Die Goldene Helena hörte den schmachvollen Bericht, und ihr Herz wurde von einer solchen Trauer ergriffen, daß sie, wäre sie sterblich gewesen, sicherlich gestorben wäre. Denn dies war der Mann, den sie erwählt hatte, zu lieben, dies war er, mit dem sie sich in der vergangenen Nacht vermählen wollte. Wieder einmal hatten die Götter ihren Spott mit ihr getrieben. So war es von jeher gewesen, und so würde es immer sein. Ohne Liebe hatte sie all ihre Tage gelebt, und jetzt, wo sie gelernt hatte, einmal und für immer zu lieben, erntete sie dieses! Sie klammerte sich an den Vorhang, um nicht zu Boden zu sinken, und als sie ein Geräusch hörte, spähte sie vorsichtig hinaus. Eine Menschenmenge wälzte sich durch die Halle. Vor ihr gingen zehn Soldaten, die eine Bahre auf ihren Schultern trugen. Auf dieser Bahre lag ein geknebelter und mit Bronzeschellen gefesselter Mann, und sie trugen ihn so, wie Männer einen Hirsch von der Jagd heimtragen, oder einen Bullen zur Opferung. Es war der Wanderer, der Wanderer, den sie endlich überwältigt hatten, und er schien so gewaltig, selbst in seinen Fesseln, und in seinen Augen glänzte ein so schreckliches Licht, daß die Menge vor ihm zurückwich, in Furcht. So sah Helena ihren Geliebtn wieder, als er entehrt ins Verlies gebracht wurde. Sie sah ihn und ein Stöhnen und ein Schrei entrangen sich ihrem Mund. Ein Stöhnen wegen ihres eigenen Kummers, und ein Schrei wegen der Schande und der Treulosigkeit dessen, den sie lieben mußte.

»Oh, wie tief bist du gefallen, Odysseus, der du der erste unter den Männern warst«, schrie sie.

Er hörte es und erkannte die Stimme derer, die dieses rief und wandte den Kopf. Die starken Venen in seinem Hals und an seiner Stirn schwollen an, und er stieß so heftig um sich, daß er von der Bahre auf den Boden fiel. Doch konnte er sich nicht erheben, wegen der Fesseln, und er konnte nicht sprechen wegen des Knebels, also hoben sie ihn wieder auf und trugen ihn fort.

Und ihm folgte die ganze Menschenmenge, mit Ausnahme von Rei, denn Rei war in Scham und Trauer versunken über die Geschichte, die er gehört hatte, und über die dunkle Tat, die der Mann, den er liebte, getan hatte. Denn noch konnte er sich nicht an alle Dinge erinnern, und er hatte nicht gelernt, zu zweifeln. Also stand er an der Säule, das Gesicht mit den Händen bedeckt.

Helena trat hinter dem Vorhang hervor, berührte ihn an der Schulter und sagte: »Bring mich von hier fort, alter Mann. Führ mich zu meinem Tempel zurück. Meine Liebe ist für immer verloren, doch dort, wo ich sie gefunden habe, werde ich bleiben, bis die Götter mir ihren Willen klar gemacht haben.«

Er verneigte sich, ohne ein Wort zu sagen, und folgte Helena durch die Halle. In ihrer Mitte blieb er stehen, denn ihm entgegen kam die Königin, mit offenem Haar, die Kleidung unordentlich, das Gesicht von Tränen gezeichnet. Sie war in Begleitung von Kurri, dem Sidonier, der ihr folgte, während sie fahrig und ziellos durch die Halle ging, wie eine, die so durcheinander ist, daß sie nicht mehr weiß, wohin sie geht und warum.

Helena sah sie ebenfalls. »Wer ist die königliche Frau, die sich uns nähert?« fragte sie Rei.

»Es ist Meriamun, die Königin, sie, die der Wanderer in Schande gebracht hat.«

»Dann bleib stehen. Ich möchte mit ihr sprechen.«

»Nein, nein!« rief Rei. »Sie liebt dich nicht und wird dich töten!«

»Das kann sie nicht«, antwortete Helena.

2

Die Rückkehr des Pharao

Meriamun sah Rei, den Priester, und die verschleierte Frau an seiner Seite, und sie sah auf der Brust der Frau ein rotes Juwel, das flammte und glühte wie ein Herz aus Feuer. Da flammte auch das Herz Meriamuns wie Feuer auf, denn sie wußte, daß es die Goldene Helena war, der sie gegenüberstand. Helena besaß jene Gestalt, die sie wie ein Dieb und auch mit der Gewissenlosigkeit eines Diebes gestohlen hatte.

»Sage«, rief sie Rei zu, der sich vor ihr verneigte, »wer ist diese Frau?«

»Dies ist die Göttin, die im Tempel der Hathor weilt«, sagte er. »Laß sie in Frieden gehen, o Königin.«

»In Frieden soll sie in der Tat gehen«, antwortete Meriamun. »Was sagtest du, du zitternder Greis? Die Göttin? Nein, keine Göttin haben wir hier, sondern eine üble Hexe, die unermeßliches Leid über Khem gebracht hat. Ihretwegen sterben Monat um Monat Männer, bis die Gewölbe des Hathor-Tempels mit Toten gefüllt sind. Ihretwegen war es, daß eine Plage nach der anderen dieses Land heimgesucht hat: die Plagen des in Blut verwandelten Wassers, des Hagels und der entsetzlichen Finsternis, ja, und der Fluch des Sterbens aller Erstgeborenen, durch den auch mein eigener Sohn gestorben ist. Und du wagst es, Rei, diese Hexe in meinen Palast zu bringen? Bei Amon, wenn ich dich nicht mein ganzes Leben lang geliebt hätte, solltest du mir dafür büßen. Und du ...« – sie deutete mit ausgestrecktem Finger auf Helena – »du hast es gewagt, hierherzukommen? Doch das ist gut. Nie wieder sollst du Übel über Khem bringen. Höre, Sklave!« wandte sie sich an Kurri, den Sidonier. »Zieh dein Messer und stoße es bis zum Heft in die Brust dieser Frau! Du sollst dafür deine Freiheit wiedergewinnen und alle deine Güter sollen dir zurückgegeben werden.«

Nun sprach Helena zum ersten Mal.

»Ich ersuche dich, Königin«, sagte sie mit sanfter, leiser Stimme, »deinem Diener diese Tat nicht zu befehlen, denn wenngleich es nicht mein Wille ist, Menschen Schaden zuzufügen, darf man mich doch nicht leichtfertig beleidigen.«

Nun wich Kurri zweifelnd zurück und spielte unruhig mit dem Griff seines Dolches.

»Zieh, Bursche, zieh!« schrie Meriamun, »und tu, was ich dir befohlen habe, oder du sollst durch dieselbe Klinge sterben!«

Als der Sidonier diese Worte hörte, schrie er vor Furcht laut auf, denn er wußte nur zu gut, daß, wenn die Königin es so sagte, ihm auch so geschehen würde. Also riß er den langen Dolch heraus und stürzte auf die verschleierte Frau zu. Doch als er heranstürmte, hob Helena ihren Schleier, so daß der Blick ihrer Augen seine Augen traf, und ihre Schönheit ihm enthüllt wurde; und als er ihre Schönheit erblickte, blieb er plötzlich stehen, wie einer, der von einem Speer getroffen wird. Dann wurde er vom Wahnsinn gepackt; mit einem lauten Schrei riß er den Dolch empor und stieß zu, jedoch nicht ins Herz Helenas, sondern in das seine, und fiel tot zu Boden.

Dieses also war das jämmerliche Ende von Kurri, dem Sidonier, der vom Anblick vollkommener Schönheit getötet wurde.

»Du siehst«, sagte Helena und wandte sich von dem toten Sidonier ab, »daß kein Mann mich töten kann.«

Mehrere Augenblicke lang stand die Königin wie versteinert vor Staunen, während Rei, der Priester, Gebete an die schützenden Götter murmelte.

Dann rief sie: »Hinfort mit dir, du lebender Fluch, hinfort mit dir! Warum bist du hergekommen, um noch mehr Leid über dieses Haus des Leides und des Todes zu bringen?«

»Fürchte dich nicht«, antwortete Helena, »denn ich werde gleich gehen und dich nie wieder behelligen. Du fragtest, warum ich hergekommen bin. Ich kam, um jenen zu suchen, der meine Liebe war, und mit dem ich mich in der vergangenen Nacht vermählen wollte, welchen die Götter jedoch in unsagbare Schande gestürzt haben, Odysseus von Ithaka, Sohn des Laertes. Aus diesem Grunde bin ich gekommen, und ich bin geblieben, um das Gesicht jener zu sehen, deren Schönheit die Macht besaß, den Gedanken an mich aus dem Herzen Odysseus' zu vertreiben und ihn, der von allen Helden der größte war, zu einer so schmachvollen Tat zu bringen und seinen edlen machtvollen Namen zu einem Wort der Schande und der Verachtung zu machen. Weißt du, Meriamun, daß ich dieses seltsam finde, denn wenn auch sonst alles falsch sein mag, so ist es doch wahr, daß von allen Frauen die schönsten auch die stärksten sind. Du bist in der Tat sehr schön, Meriamun, doch sage selbst, ob du schöner bist als Helena.« Damit zog sie den Schleier von ihrem Gesicht, so daß der Glanz ihrer goldenen Schönheit auf die dunkle Schönheit der Königin fiel. So standen sie eine Weile, einander musternd, und Rei schien es, als ob die Geister von Tod und Leben einander anblickten, als ob Dunkelheit und Sonnenlicht in weiblicher Gestalt vor ihm stünden.

»Du bist wahrlich schön«, sagte die Königin, »aber dennoch, Hexe, hat deine Schönheit es nicht geschafft, den zu halten, dem du dich durch schamlose Sünde anvermählen wolltest. Nur wenig, denke ich, kann dieser Mann dich geliebt haben, der sich bei mir einschlich wie ein Dieb, um mir meine Ehre zu rauben.«

Nun erinnerte Helena sich an die Worte Reis, als er ihr gesagt hatte, daß Meriamun den Wanderer liebe.

»Mir fällt gerade ein, Ägypterin, daß Wahrheit und Falschheit in dieser, deiner Geschichte vermischt sind. Schwer fällt es mir zu glauben, daß Odysseus von Ithaka zu einer so feigen Tat fähig sein sollte oder dich ungebeten an seine Brust ziehen würde. Außerdem lese ich in deinen Augen, daß du selbst den Mann liebst, den du einen Feigling genannt hast. Nein, sage nichts, und sieh mich nicht so wütend an, die du mich nicht töten kannst, sondern höre! Ob deine Erzählung wahr ist oder falsch, vermag ich nicht zu sagen, da ich keine Magie benutze und nur die Dinge erfahre, welche mir durch die Götter offenbart werden. Doch dieses zumindest ist wahr: daß Odysseus, mit dem ich mich vermählen sollte, dich mit Augen der Liebe angeblickt hat, sogar zu jener Stunde, als ich auf ihn wartete, um von ihm zu seiner Frau gemacht zu werden. Deshalb ist die Liebe, die vor zwei Tagen in meinem Herzen erblühte, verdorrt und gestorben, und so sie nicht ganz gestorben sein sollte, stoße ich sie von mir und zertrete ihre Blüte unter meinen Füßen. Denn diesen Fluch haben die Götter über mich verhängt, die ich von allen Frauen die unglücklichste bin: von allen geliebt und doch liebelos durch meine vielen Jahre zu leben, und zuletzt geliebt und betrogen zu werden. Und jetzt werde ich zu meinem Tempel-Schrein zurückgehen; doch fürchte nichts, Meriamun, nicht mehr lange werde ich dich und Khem behelligen, und es sollen keine Männer mehr um meiner Schönheit willen sterben, denn ich werde bald dorthin gehen, wohin die Götter mich schicken. Doch dieses sage ich dir: Sei gnädig zu dem Mann, der mein Vertrauen enttäuscht hat, denn was immer er getan haben mag, ist aus Liebe zu dir geschehen. Es ist kein Geringes, das Herz Odysseus' von Ithaka der Hand Helenas entrungen zu haben. Lebe du wohl, Meriamun, die mich töten wollte. Mögen die Götter dir bessere Tage gewähren, und mehr Glück, als Helena gegeben wurde, die dein Gesicht nie wiedersehen will.«

So sprach sie, ließ ihren Schleier wieder herabfallen und wandte sich zum Gehen. Für eine Weile stand die Königin reglos, beschämt von diesen freundlichen Worten, die wie Tau auf ihre Flammen des Hasses gefallen waren. Doch noch bevor Helena eine Speerlänge von ihr entfernt war, loderte ihre Wut wieder auf. Was, sollte sie diese Frau einfach gehen lassen? Diese Frau, die allein von allem, das atmete, schöner war als sie, und mit Hilfe deren gestohlener Schönheit allein es ihr gelungen war, ihre Liebe zu gewinnen, und um derentwillen sie so viele bittere Worte der Verachtung ertragen mußte? Nein! Solange Helena lebte, würde sie weder

Glück, noch Schlaf finden können. Wenn jedoch Helena tot war, dann mochte es ihr vielleicht gut gehen, und der Wanderer mochte doch noch ihr gehören, denn wenn das Beste verloren ist, wenden Männer sich dem Zweitbesten zu.

»Schließt die Tore und verriegelt sie!« rief sie den Männern zu, die jetzt in die Halle zurückströmten, und sie liefen, um ihren Befehl auszuführen, so daß die Palasttore aus Bronze geschlossen wurden und wie Schilde dröhnten, bevor Helena sie erreicht hatte.

Nun näherte Helena sich diesen Toren.

»Ergreift die Hexe!« rief die Königin den Männern zu, welche das Tor bewachten, und verwundert hoben sie ihre Speere, um Helena den Weg zu versperren. Doch diese hob nur ihren Schleier und sah sie an. Da fielen ihnen die Waffen aus den Händen, und sie erstarrten bei diesem Anblick von Schönheit.

»Öffnet, ich bitte euch!« sagte Helena sanft, und sofort wollten sie die Torflügel aufreißen, und sie trat darauf zu, gefolgt von jenen, welche das Tor bewachten, von der Königin, und von Rei. Doch war da ein Mann, der nicht ihre Schönheit sah, und er versuchte vergeblich, die Torflügel zurückzureißen und Helena festzuhalten, als sie an ihm vorbeiging.

Jetzt war sie beim Tor.

»Erschlagt diese Hexe!« rief Meriamun, die Königin, »wenn sie das Tor passiert, so schwöre ich euch bei meinem königlichen Wort, daß ihr sterben sollt, jeder einzelne von euch! Erschießt sie mit euren Pfeilen!«

Nun spannten drei der Männer ihre Bogen. Die Sehne des einen barst, und der Bogen zerbrach, der Pfeil des zweiten glitt ihm aus der Hand, als er ihn zurückzog und durchbohrte seinen Fuß; und der Pfeil des dritten wich ab von seiner Bahn, bevor er die Brust Helenas traf und fuhr in die Brust eines Mannes, der neben der Königin stand, so daß dieser tot zu Boden sank. Es war dies jener Mann, der versucht hatte, das Tor zu schließen und Helena zu ergreifen.

Nun wandte Helena sich um und sprach.

»Befehle deinen Wachen, nicht mehr zu schießen, Meriamun, damit ihre Pfeile nicht *dein* Herz treffen, denn wisse dieses: Kein Mensch kann mir Schaden zufügen«, und wieder an jene am Tor gewandt sagte sie: »Öffnet, ich bitte euch, und laßt die Hathor passieren!«

Nun fielen ihnen die Waffen aus den Händen, und sie blickten auf ihre Schönheit, und sie beeilten sich, die Torflügel aufzureißen. Die Bronzeflügel knirschten in ihren Scharnieren und schwangen auf. Sie trat durch sie hindurch, und alle anderen folgten ihr. Und während sie ihr noch nachblickten, war sie in der Menschenmenge, die vor dem Tor hin und her wogte, untergetaucht und verschwunden.

Nun wurde Meriamun bleich vor Wut, weil Helena, die sie haßte, ihr entkommen war. Sie fuhr herum und blickte die Männer an, die ihr die Torflügel geöffnet hatten, und die einander noch immer benommen anstarrten, und befahl, sie zu töten.

Doch Rei warf sich vor ihr auf die Knie und bat um ihr Leben.

»Böses wird daraus erwachsen, o Königin!« sagte er, »so wie Böses jenem Sidonier widerfuhr, und jenem Wächter, der zu deinen Füßen liegt, denn niemand vermag dieser Göttin etwas anzuhaben, oder jenen, welche die Freunde der Göttin sind. Töte sie nicht, o Königin, auf daß keine bösen Folgen aus dieser Tat entspringen.«

Die Königin fuhr wütend zu ihm herum.

»Höre du, Rei!« sagte sie. »Sprich noch einmal solche Worte, und ich schwöre dir, obwohl ich dich liebe und du der oberste Diener des Pharao bist, daß du als erster sterben sollst. Schon jetzt steht eine lange Rechnung zwischen uns offen, denn du warst es, der diese verfluchte Hexe in meinen Palast brachte. Du hast gehört, und dessen sei sicher: So wie ich es gesagt habe, werde ich es tun! Enthebe dich von hier! Geh mir aus den Augen, damit ich dich nicht auf der Stelle töte! Ich entkleide dich aller Ehren. Ich enthebe dich all deiner Ämter. Ich ziehe deine Reichtümer zugunsten meiner Schatzkammer ein. Geh hinaus als Bettler und laß mich dein Gesicht nie wieder sehen!«

Nun floh Rei davon, denn es war besser, einer ihrer Jungen beraubten Löwin gegenüberzustehen, als Meriamun in ihrem Zorn. Der Oberste der Torwache wurde vor die Königin geschleift, und ohne um Gnade zu bitten und ohne, daß es ihm etwas auszumachen schien, da seine Seele noch immer von der Schönheit Helenas erfüllt war wie ein Kelch mit Wein, erlitt er den Tod, denn sein Kopf wurde ihm von den Schultern geschlagen.

Rei, der dies noch von ferne sah, während das Tor geschlossen wurde, stöhnte laut auf und lief eilig weiter, doch die Königin befahl den Wachen, weiter zu töten. Aber noch während sie dies rief, ertönte ein Schrei außerhalb des Palasttores. Die Männer blickten einander an. Wieder ertönte ein Schrei, und eine Stimme rief: »Der Pharao ist zurückgekommen! Der Pharao ist zurückgekommen!« Und Fäuste hämmerten an das Tor.

Nun dachte Meriamun nicht mehr daran, noch mehr Männer köpfen zu lassen, sondern gab den Befehl, das Tor zu öffnen. Die Flügel wurden aufgezogen, und ein Mann stürzte herein, dessen Kleidung die Spuren einer beschwerlichen Reise trug. Seine Augen stierten wild, sein Haar war zerzaust, und kaum jemand hätte sein Gesicht als das Gesicht des Pharao erkannt, so verzerrt war es von Gram und Furcht.

Der Pharao blickte die Königin an, er sah auf die beiden Enthaupteten, die zu ihren Füßen lagen, und lachte laut auf.

»Was!« rief er, »noch mehr Tote? Gibt es denn kein Ende des Sterbens und der Zahl derer, die er tötet? Nein, auch wenn er hier nur matt zuschlägt. Vielleicht ist sein Arm müde geworden. Komm, wo sind *deine* Toten, Königin? Zeig mir deine Toten!«

»Was ist geschehen, Meneptah, daß du so wirr sprichst?« fragte die Königin. »Sie, die sie die Hathor nennen, ist hier vorübergegangen, und diese, und ein anderer, der in der Halle liegt, sind nur die Spuren ihrer Schritte. Sprich!«

»Ja, ich werde sprechen. Ich habe jedoch keine fröhliche Geschichte zu erzählen, Königin. Du sagtest, daß die Hathor hier vorübergegangen sei, und dieses die Spuren ihrer Schritte seien. Nun, ich kann dir von einer größeren Spur erzählen. Er, den die Apura Jehova nennen, ist am Roten Schilfmeer vorübergegangen, und dort liegen viele, viele, die die Spuren seiner Schritte sind.«

»Deine Heerscharen! Wo sind deine Heerscharen?« rief die Königin. »Es müssen doch zumindest einige von ihnen geblieben sein!«

»Ja, Königin, *alle* sind sie geblieben – alle – alle – alle außer mir. Sie treiben im Schilfmeer hin und her – sie liegen zu Zehntausenden an seinen Ufern; die Möwen picken ihnen die Augen heraus, die Wüstenlöwen zerfetzen ihr Fleisch; sie liegen unbegraben, ihr Atem seufzt im Winde des Meeres, ihr Blut versickert im salzigen Sand, und Osiris ruft sie in den Hallen der Hölle zusammen. Höre! Ich holte die Stämme der Apura am Ufer des Schilfmeeres ein. Ich erreichte sie gegen Abend, konnte sie jedoch nicht angreifen, weil ein Schleier von Dunkelheit sich zwischen meinem Heer und den Heerscharen der Apura erhob. Während der ganzen Nacht, durch den Schleier des Dunkels und durch einen heulenden Sturm, hörte ich ein Geräusch wie den Marsch eines großen Volkes – das Klirren von Waffen, die Kommandos von Führern, das Stampfen von Vieh, und das Knarren von Wagenrädern. Der Morgen kam und siehe! Vor mir waren die Wasser des Schilfmeeres aufgerichtet wie zwei Wände, zur Linken und zur Rechten und zwischen diesen Wänden von Wasser war trockenes Land, und die Apura zogen zwischen diesen Wasserwänden zum anderen Ufer. Nun rief ich meinen Heerführern zu, aufzubrechen und ihnen sofort zu folgen, und sie taten, was ich ihnen befahl. Doch die Räder der Streitwagen mahlten schwer in dem tiefen Sand, und bevor meine Heerscharen den trockenen Grund zwischen den Wasserwänden erreichten, waren die Apura bereits am anderen Ufer des Meeres angelangt. Da, plötzlich, als ich als letzter in das Bett des Meeres fuhr, hörte der Sturm auf, und siehe! die Wasserwälle zu beiden Seiten des trockenen Pfades stürzten mit Donnergetöse in sich zusammen. Ich riß meinen Streitwagen herum und floh zurück, doch meine Heerscharen, meine Streitwagen und meine Pferde wurden von den Wassern verschlungen; einmal noch sah ich sie auf den Kämmen der schwarzen Wogen, wie einen Schein von Licht auf einer Wolke, einmal noch stieg ein großer Schrei gen Himmel, dann war alles vorbei und alles still, und von meinen Heerscharen war ich allein am Leben geblieben.« So sprach der Pharao, und ein großes Stöhnen erhob sich von denen, die ihn hörten. Nur Meriamun sprach:

»So wird es uns immer ergehen, solange die Falsche Hathor in Khem lebt.«

Während sie das sagte, wurde wieder an das Tor gehämmert und eine Stimme schrie: »Öffnet! Ein Bote! Ein Bote!«

Die Torflügel wurden aufgestoßen, und ein Mann stürzte herein. Seine Augen starrten wild umher vor Furcht, und seine Kehle war so ausgetrocknet von der Anstrengung und von dem Sand der Wüste, daß er keinen Ton herausbrachte und stumm vor den anderen stand.

»Gebt ihm Wein!« rief Meriamun, und Wein wurde gebracht. Er trank durstig und fiel dann vor Meriamun auf die Knie, denn er erkannte den Pharao nicht.

»Deine Botschaft!« rief sie ungeduldig. »Gib mir deine Botschaft, schnell!«

»Die Königin möge mir vergeben«, sagte er, »möge sie nicht zornig auf mich werden. Dies ist meine Botschaft. Eine mächtige Heerschar marschiert auf die Stadt On zu, eine Heerschar, die aus allen Ländern und Völkern des Nordens zusammengestellt wurde, aus den Völkern der Tulischa, der Schakalischu, der Liku, und der Schairdana. Sie marschieren rasch und beutehungrig, sie verwüsten das Land, nichts bleibt hinter ihnen zurück als der Rauch brennender Städte, die Geier und die Leichen von Menschen.«

»Bist du fertig?« fragte Meriamun.

»Nein, o Königin! Eine große Flotte segelt mit ihnen den

östlichen Arm des Sihor herauf, und auf den Schiffen sind zwölftausend ausgewählte Krieger der Aquaiuscha, die Söhne jener Männer, die Troja erstürmten.«

Nun stieg von den Lippen aller, die es hörten, ein lautes Stöhnen zum Himmel empor. Doch Meriamun sagte: »Obwohl die Apura fortgezogen sind, um derentwillen, wie ihr sagt, alle die Plagen auf uns gekommen sind. Sie sind geflohen, doch der Fluch ist geblieben, und so wird es immer sein, solange jene Falsche Hathor in Khem lebt!«

3

Das Bett der Folter

Es war Sonnenuntergang, und der Pharao saß beim Essen, und Meriamun saß bei ihm. Das Herz des Pharao war schwer. Er dachte an das große Heer, dessen Männer jetzt tot im Wasser des Schilfmeeres trieben, und von denen er als einziger entronnen war, um die Geschichte ihres Untergangs zu berichten. Er dachte auch an die Heerscharen der Apura, die ihn in der Wüste verspottet hatten. Am meisten jedoch brütete er über die Nachricht, die der Bote gebracht hatte, die Nachricht über den Anmarsch der Barbaren und der Flotte der Aquaiuscha, die den Ostarm des Sihor heraufsegelte. Den ganzen Tag über hatte er in seinem Beratungszimmer gesessen, hatte Boten nach Osten und nach Norden und nach Süden entsandt, mit dem Befehl, die Söldner aller Städte und Dörfer zu sammeln, alle Männer, die Krieg gegen den Feind führen sollten, denn hier, in der von weißen Mauern umschlossenen Stadt Tanis, waren nur fünftausend Männer übriggeblieben. Jetzt, erschöpft von der Arbeit und den Gedanken an Krieg, saß er beim Mahl, und ihm fiel der Mann ein, den er zurückgelassen hatte, um die Königin zu bewachen.

»Wo ist eigentlich der große Wanderer, jener, der eine goldene Rüstung trägt?« fragte er.

»Über den habe ich dir eine Geschichte zu erzählen«, antwortete Meriamun sanft, »eine Geschichte, die ich dir bisher verschwiegen hatte, wegen all der schlechten Nachrichten, die in deine Ohren geweht werden wie Sandkörner von einem Wüstenwind.«

»Sprich weiter!« sagte der Pharao.

Nun beugte sie sich zu ihm und flüsterte ihm ins Ohr.

Während sie flüsterte, wurde das Gesicht des Pharao schwarz wie die Nacht, und noch bevor sie zu Ende gesprochen hatte, sprang er auf die Füße.

»Bei Amon und bei Ptah!« rief er, »hier zumindest haben wir einen Feind, den wir besiegen können. Du und ich, Meriamun, meine Schwester und meine Königin, sind zwar so weit voneinander entfernt wie der Himmel von dem Tempeldach, und es ist wenig Liebe zwischen uns, doch bin ich entschlossen, diesen Schandfleck von deiner Ehre fortzuwaschen, der auch ein Schandfleck auf der meinen ist. Schlaflos soll dieser Wanderer heute liegen, und morgen soll er seine Geburt verfluchen, doch morgen nacht soll er wahrlich tief schlafen.«

Worauf er in die Hände klatschte und die Wachen herbeirief, denen er befahl, in das Verlies hinabzugehen, in dem der Wanderer lag, und ihn von dort in die Kammer der Folter zu bringen. Er befahl ihnen außerdem, den Folterern auszurichten, daß sie ihre Geräte vorbereiten und ihn am Ort der Folter erwarten sollten.

Dann saß er eine Weile schweigend, mit umwölkter Stirn und trank Wein, bis ein Bote kam, der ihm sagte, daß alles bereit sei.

»Kommst du mit mir?« fragte er.

»Nein«, sagte Meriamun, »ich will diesen Mann nie wiedersehen, und dieses sage ich dir: Geh heute nicht zu ihm hinab! Laß ihn auf das Bett der Folter fesseln, und laß ihm von den Folterern Essen und Wein geben, denn so gestärkt wird er schwerer sterben. Dann laß sie Feuer bei seinem

Kopf und bei seinen Füßen entzünden, und sie sollen ihn bis zum Morgen in der Kammer der Folter allein lassen. So wird er hundert Tode sterben, bevor sein Sterben beginnt.«

»Wie du willst«, antwortete der Pharao. »Bestimme du selbst die Strafe! Morgen, wenn ich geschlafen habe, will ich bei seiner Folterung zusehen.« Und er gab seinen Dienern Anweisung, das zu tun, was sie verlangt hatte.

Der Wanderer lag auf dem Folterbett am Ort der Folter. Sie hatten ihm den Eisenknebel aus dem Mund genommen und ihm Essen und Wein gegeben, wie der Pharao es ihnen befohlen hatte. Er aß und trank, und seine Kräfte kehrten zurück. Dann fesselten sie ihn auf das Bett, entzündeten die Feuerbecken bei seinem Kopf und bei seinen Füßen und ließen ihn allein.

Der Wanderer lag auf dem Bett aus Stein und stöhnte in der Bitterkeit seines Herzens. Dies also war das Ende seines Wanderns, und dieses war der Busen der Goldenen Helena, in deren Armen er, wie es Aphrodite ihm geschworen hatte, liegen sollte. Oh, wenn er doch frei wäre und seinen Feinden Angesicht zu Angesicht gegenüberstehen könnte, mit der Rüstung auf seinem Körper! Aber nein, das sollte nicht sein, keine sterbliche Kraft vermochte diese Bronzefesseln zu sprengen, nicht einmal die Kraft des Odysseus, Laertes' Sohn. Wo waren jetzt die Götter, denen er gedient hatte? Sollte er nie wieder die wie Hörnerklang tönende Stimme der Pallas hören? Warum nur hatte er Pallas den Rücken gewandt und am Schrein der falschen idalianischen Königin gebetet? So also hielt diese ihre Schwüre, so vergalt sie ihren Verehrern ihre Gebete.

Dieses dachte er in der Verbitterung seines Herzens, als er mit geschlossenen Augen auf dem Bett der Folter lag, von dem es kein Entkommen gab, und er stöhnte: »Ich wünschte, Aphrodite, daß ich dir nie gedient hätte, selbst nicht für eine kurze Stunde, denn dann wäre mein Los ein anderes gewesen.«

Nun öffnete er die Augen, und siehe! Eine gewaltige, in

hellem Licht strahlende Wolke schwebte im Raum der Folter umher, und als er sie verwundert anblickte, sprach aus ihr eine Stimme, die Stimme der Aphrodite.

»Mach mir keine Vorwürfe«, so sagte die himmlische Stimme, »laste es nicht mir an, daß dir dieses geschieht. Nur du selbst, Sohn des Laertes, trägst die Schuld daran. Was habe ich dir gesagt? War es nicht, daß du die Goldene Helena an dem roten Stern an ihrer Brust erkennen solltest, an dem Juwel, aus dem rote Tropfen fallen, und an diesem allein? Und hat nicht auch sie dir gesagt, daß du sie an dem roten Stern erkennen solltest? Doch als eine zu dir kam, welche nicht den Stern trug, sondern die mit einer Schlange gegürtet war, waren meine Worte vergessen, und dein Begehren führte dich dorthin, wohin du nicht gehen solltest. Du warst von deinem Begehren verblendet und konntest nicht das Rechte von dem Falschen unterscheiden. Die Schönheit hat vielerlei Gestalt, jetzt ist es die Helenas, dann die Meriamuns, jeder sieht sie so, wie er sie sehen will. Doch der Stern ist immer der Stern, und die Schlange ist immer die Schlange, und jener, der von seiner Lust verblendet bei der Schlange schwört, wenn er bei dem Stern schwören sollte, dessen Lohn soll die Schlange sein.«

Sie schwieg, und nun sprach der Wanderer, bitter stöhnend.

»Ich habe gesündigt, o Königin«, sagte er. »Aber gibt es denn keine Vergebung für meine Sünde?«

»Ja, es gibt Vergebung, Odysseus, doch vor ihr liegt die Strafe. Dieses ist dein Schicksal: Jetzt wirst du niemals in diesem Leben der Gemahl der Goldenen Helena sein. Du hast bei der Schlange geschworen, deshalb darfst du nicht mehr nach dem Stern greifen. Doch wird er weiterstrahlen. Durch die Nebel des Todes soll er dir strahlen, und wenn du wieder erwachst, sollen deine Augen ihn erblicken.

Und nun dieses zu deiner Ermutigung: Hier wirst du nicht sterben, auch nicht durch die Folter, denn dein Tod soll dir vom Wasser kommen, wie der tote Seher es vorausgesagt hat; doch bevor du stirbst, sollst du noch einmal die

Goldene Helena erblicken, und ihre Worte der Liebe hören, und ihren Kuß spüren, doch dein soll sie nicht sein. Und erfahre jetzt, daß eine große Heerschar auf das Land Khem marschiert, und mit ihm Schiffe deines eigenen Volkes, der Achäer, segeln. Ziehe ihnen entgegen und nimm die Dinge, wie sie kommen, dort, wo die Schwerter blitzen, die Troja geschlagen haben. Und dieses Schicksal ist dir auferlegt: Daß du gegen die Menschen deiner Zunge kämpfen sollst, ja, selbst gegen die Söhne jener, an deren Seite du im Schatten der Mauern Trojas gefochten hast, und in dieser Schlacht sollst du den Tod finden, und in deinem Tod, du Wanderer, sollst du das finden, das alle Menschen sich ersehnen: die Brust der unsterblichen Helena. Denn obwohl sie ewig auf dieser Erde zu leben scheint, ist es doch nur ein Schatten ihrer Schönheit, den die Männer sehen – und jeder sieht ihn so, wie er sich Helena wünscht. In den Hallen des Todes wohnt sie, und im Garten der Königin Persephone, und dort soll sie von dir errungen werden, denn dort wird die Schönheit nicht mehr von jenen bewacht, die sich zwischen die Menschen und ihr Glück stellen, und dort kann die Schlange nicht gleich dem Stern scheinen, und Sünde die Macht haben, jene voneinander zu trennen, die eines sind. Mach nun dein Herz stark, Odysseus, und tu das, was deine Weisheit dir gebietet. Lebe wohl!«

So sprach die Göttin aus ihrer leuchtenden Wolke, und siehe ! – sie war fort. Doch das Herz des Wanderers war von Glück erfüllt, da er nun wußte, daß Helena ihm nicht für immer verloren war und er nicht mehr den Tod in Schande zu fürchten brauchte.

Es war Mitternacht, und der Pharao schlief. Meriamun, die Königin, schlief jedoch nicht. Sie erhob sich von ihrem Lager, hüllte sich in einen dunklen Umhang, der auch ihr Gesicht verbarg, nahm eine brennende Lampe in die Hand und glitt durch die leeren Hallen des Palastes, bis sie eine geheime Treppe erreichte, die nach unten führte. Sie schritt die Stufen hinab. Am Fuß der Treppe befand sich eine Gittertür, und vor ihr schlief eine Wache. Sie trat den Mann mit ihrem Fuß.

Dieser erwachte und wollte sich auf sie stürzen, doch sie hielt ein Siegel vor seine Augen, den uralten Ring der großen Königin Taia, auf welchem Hathor in Anbetung der Sonne dargestellt war. Da verneigte er sich vor ihr und öffnete das Gitter. Sie durchquerte mehrere Gänge, die tief in den Eingeweiden der Erde lagen, bis sie die Tür eines kleinen Raumes erreichte, durch deren Ritzen Licht schimmerte. Männer redeten in jener Kammer, und sie hörte ihnen eine Weile zu. Sie sprachen viel und lachten hin und wieder amüsiert. Dann öffnete sie die Tür und blickte hinein. Es waren ihrer sechs, verschlagen wirkende Äthiopier, und sie saßen in einem Kreis. Im Mittelpunkt dieses Kreises lag die lebensgroße Wachsnachbildung eines Mannes, und sie schnitten sie mit Messern und stachen sie mit Nadeln und zwickten sie mit glühend gemachten Zangen, und gebrauchten viele andere Geräte, die schrecklich anzusehen waren. Denn dieses waren die Folterer, und sie sprachen von den Schmerzen, die sie morgen dem Wanderer bereiten wollten, und übten sich darin.

Meriamun, die ihn liebte, erschauerte, als sie das sah, und murmelte unhörbar: »Dieses verspreche ich euch, ihr schwarzen Todesbringer, daß ihr auf eben diese Art sterben sollt, bevor eine weitere Nacht vergangen ist.«

Dann trat sie in den Raum, das Siegel hoch erhoben, und die Folterer warfen sich vor ihr auf den Boden. Sie schritt zwischen ihnen hindurch, und dabei stampfte sie mit ihrem in einer Sandale steckenden Fuß hart auf die Menschen-Nachbildung und zerbrach sie. Auf der anderen Seite des Raumes befand sich ein weiterer Gang, und diesen schritt sie entlang, bis sie zu einer Steintür gelangte, die halb offen stand. Hier blieb sie stehen, denn aus der hinter der Tür liegenden Kammer ertönte Singen, und die Stimme, die sang, war die des Wanderers. Und so sang die Stimme:

Halte aus, mein Herz! Nicht lange sollst du die Schande
und den Schmerz ertragen müssen;
Das Gute und das Böse sind getan; das Ende ist sicher;
Halte aus, mein Herz!
Zwei Gefäße stehen neben dem goldenen Thron des
Zeus, hoch oben,
Aus diesen verstreut er das Lachen und das Stöhnen
auf die Sterblichen.
Und von vielen Freuden hattest du deinen Anteil,
deinen gerechten Anteil,
Kampf und Liebe, und gute Dinge und böse;
Halte aus, mein Herz!
Kämpfe eine letzte Schlacht unter dem Schild,
und führe diesen Krieg gut,
Dann suche deine Gefährten auf den schattigen
Narzissenfeldern auf,
Dort ist der große Hektor, dort sind die Männer,
Die für Troja stritten;
Wollen wir nicht unsere Schlacht noch einmal auskämpfen?
Wäre das kein Glück?
Wenngleich keine Sonne scheint jenseits des dunklen
Westens,
So wirst du doch dort deine ewige Ruhe finden.
Deshalb halte aus, mein Herz!

Meriamun hörte und bewunderte den Mut dieses Mannes, und die Größe seines Herzens, wenn er selbst auf dem Bett der Folter so singen konnte. Nun drückte sie lautlos die Tür ganz auf und glitt hinein. Der Raum, in dem sie stand, war entsetzlich. Er hatte die Form eines hohen Gewölbes, und an den Wänden waren Darstellungen der Folterungen solcher, die Set zu sich hinabgeholt hatte, nachdem sie auf Erden sündig gelebt hatten. In diese Wände waren schwere Ringe aus Bronze eingelassen, an ihnen Ketten und Schellen aus Bronze, in denen noch die Gerippe von Männern hingen. In der Mitte des Gewölbes befand sich ein großes Bett aus Stein, auf das der Wanderer mit schweren Bronzeschellen gefesselt lag. Er war nackt, bis auf ein Lendentuch, und bei seinem Kopf und seinen Füßen loderten Flammen aus polierten Bronzebecken, welche das Gewölbe erleuchteten und die Folterwerkzeuge erkennen ließen. Hinter dem Feuer bei seinen Füßen grinste das Skelett Sekhets, das wie eine Frau geformt war, und von der Decke hingen die Ketten, an denen die Opfer für die letzte Feuerfolter aufgehängt wurden.

Meriamun trat lautlos hinter den Kopf des Wanderers, der sich wegen der festen Fesseln nicht nach ihr umwenden konnte. Dennoch schien es ihr, daß er etwas hörte, denn er hörte mit seinem Singen auf und hob lauschend den Kopf. Sie stand eine Weile schweigend und sah den Mann an, den sie liebte, und der von allen lebenden Männern der bestaussehendste war.

Schließlich fragte er listig: »Wer bist du? Falls du einer der Folterer sein solltest, so wisse, daß ich dich nicht fürchte, und daß selbst deine schlimmsten Folterungen nicht einen Laut über meine Lippen zwingen werden. Doch sage ich dir dieses: Ehe ich drei Tage tot bin, werden die Götter mich furchtbar rächen, sowohl an dir, als auch an jenen, die dich gesandt haben. Mit Feuer und Schwert werden sie mich rächen, denn eine große Heerschar hat sich versammelt und nähert sich, eine Heerschar, die viele Völker aus ihren Ländern zusammengerufen hat, ja, und auch eine Flotte von Schiffen, mit den Söhnen meines eigenen Volkes bemannt, und die Achäer sind schrecklich in der Schlacht. Sie stürmen heran wie hungrige Wölfe, und vor ihnen ist das Land grün, doch hinter ihren Füßen bleibt das Land rot zurück. Bald werden sie auch diese Stadt den Flammen überantworten, und ihr Rauch wird zum Himmel emporsteigen, und die Feuer sollen ausschließlich mit dem Blut ihrer Kinder gelöscht werden – ja, auch mit deinem Blut, der du mich nicht anblickst.«

Als Meriamun nun diese Worte hörte, beugte sie sich vor, um in das Gesicht des Sprechers zu blicken und zu sehen, was dort geschrieben stand; und als sie sich bewegte, glitt ihr Umhang auf und enthüllte den Kopf der Schlange, die sie sich wie einen Gürtel umgelegt hatte. Feurig strahlten die Schlangenaugen, und ihr Feuer spiegelte sich auf der polierten Oberfläche des Kohlebeckens, das zu Füßen des Wanderers stand, und nun wußte er, wer hinter ihm stand.

»Sage, Meriamun, Königin, Pharaos entehrte Gemahlin, sage mir, bist du hergekommen, um dir dein Werk anzusehen? Nein, steh nicht hinter mir, tritt vor mich hin, damit ich dich sehen kann. Du brauchst nichts zu fürchten, ich bin sehr fest gebunden und könnte nicht einmal einen Finger gegen dich erheben.«

Nun trat Meriamun, noch immer ohne ein Wort zu sprechen, doch verwundert darüber, daß er sie erkannt hatte, bevor er sie sah, um das Bett der Folter herum, warf ihren Umhang ab und stand in ihrer dunklen, königlichen Schönheit vor ihm.

Er blickte sie lange an, dann sprach er weiter.

»Sage mir, warum du hergekommen ist, Meriamun. Ich habe dich doch mit eigenen Ohren sagen hören, daß ich dich beleidigt hätte. Willst du nun den ansehen, der dich beleidigt hat, oder bist du vielleicht gekommen, um mich leiden zu sehen, wenn deine Sklaven mir die Glieder ausreißen und deine Feuer mit meinem Blute löschen? Oh, du böses Weib, du hast wahrlich schlimm an mir gehandelt und kannst mir vielleicht noch mehr Schlimmes tun, nun, da ich hilflos hier liege. Doch dieses sage ich dir: daß deine Qualen um so viel zahlreicher sein werden als die meinen, wie die Zahl der Sterne gegenüber der Erde ist. Denn jetzt und später sollst du einen solchen Durst nach Liebe erleiden, daß er niemals gestillt werden kann, und in vielen anderen Ländern, und zu vielen anderen Zeiten sollst du diese Qual wieder und immer wieder erleiden. Wieder und immer wieder sollst du siegen und besitzen, und wieder und immer wieder soll dir das Gewonnene aus den Händen gleiten, und im Augenblick deines Triumphs sollst du alles verlieren. Beim Kopf der Schlange habe ich dir meinen Eid geschworen, ich, der ich bei dem Stern hätte schwören sollen;

und dieses sage ich dir, Meriamun: So wie der Stern leuchten und durch alle Zeitalter mein Richtweiser sein wird, so soll durch alle Zeitalter die Schlange dich umfangen und dein Verhängnis sein.«

»Sei still!« rief Meriamun. »Gieße nicht noch mehr bittere Worte über mich, die ich vor Liebe verzweifelt bin und durch deine Zurückweisung in den Wahnsinn getrieben wurde. Willst du wissen, warum ich hergekommen bin? Allein aus einem Grunde: Um dich vor dem Tode zu erretten. Höre, denn die Zeit ist kurz! Es ist wahr – obwohl ich nicht weiß, woher du dies wissen kannst –, daß die Barbaren auf Khem marschieren und eine Flotte von Schiffen, bemannt von Kriegern deines Volkes, mit ihnen segelt. Und auch dies ist die Wahrheit: daß der Pharao allein zurückgekehrt ist und alle seine Heerscharen vom Schilfmeer verschlungen wurden. Und ich, töricht wie ich nun einmal bin, will dich erretten, Odysseus, und zwar auf diese Weise: ich werde dem Herzen des Pharao eingeben, dein großes Verbrechen zu vergeben und dich gegen den Feind zu schicken; ja, ich kann das tun. Doch dieses mußt du mir schwören: Daß du dem Pharao treu sein und gegen die barbarischen Heerscharen kämpfen wirst.«

»Das will ich gerne schwören«, sagte der Wanderer, »ja, und diesen Eid auch halten, selbst wenn es hart sein wird, gegen Menschen meines eigenen Volkes zu kämpfen. Ist das alles, was du mir sagen willst, Meriamun?«

»Nicht alles, Odysseus. Noch eines mußt du beschwören, denn wenn du es nicht beschwörst, wirst du hier sterben. Wisse, daß jene, die in Khem die Hathor genannt wird, jedoch vielleicht auch andere Namen führt, sich von dir losgesagt hat, weil du dich gestern nacht mit mir vermählt hast.«

»Dem mag so sein«, sagte der Wanderer.

»Sie hat dich von sich gestoßen, und du ... du bist an mich gebunden durch das, welches nicht gelöst werden kann, und durch einen Eid, der nicht gebrochen werden darf: In jedweder Gestalt, in der ich wandele, und bei jedwedem Namen, bei dem ich den Menschen bekannt bin, bist du immer an mich gebunden, so wie ich an dich gebunden bin. Dieses also sollst du mir auch schwören: daß du nichts von dem, was in der vergangenen Nacht geschah, dem Pharao sagen wirst.«

»Das schwöre ich«, sagte der Wanderer.

»Und außerdem, daß, sollte der Pharao zu Osiris gerufen werden, und auch jene, welche die Hathor genannt wird, in die Unterwelt hinabgehen, du, Odysseus, mich, Meriamun, heiraten und mir für den Rest deiner Tage treu sein wirst.«

Nun beriet der listige Odysseus sich mit seinem Herzen und dachte an die Worte der Göttin. Er erkannte, daß Meriamun den Plan geschmiedet hatte, den Pharao und Helena zu töten. Doch kümmerte ihn das Schicksal des Pharao nicht, und er wußte sehr gut, daß Helena kein Leid zugefügt werden konnte, und daß sie, obwohl sie sich immer wieder veränderte, einmal diese Gestalt trug und einmal jene, erst sterben würde, wenn die Rasse der Menschen starb – um dann zu den Göttern heimgeholt zu werden. Deshalb antwortete er ihr bereitwillig.

»Diesen Eid schwöre ich ebenfalls, Meriamun, und möge ich in Schande sterben, wenn ich ihn breche.«

»Es ist gut, Odysseus; vielleicht werde ich dich bald auffordern, diesen Eid einzulösen. Oh, denke nicht so schlecht von mir; wenn ich gesündigt habe, so allein aus Liebe zu dir. Vor vielen, vielen Jahren, Odysseus, fiel ein Schatten auf mein Herz und umfaßte seine Leere. Jetzt bist zu gekommen, und ich, die ich von Schlaf zu Schlaf und von Traum zu Traum einen Schatten verfolgte, sah plötzlich einen lebenden Mann vor mir und habe dich bis zur Selbstvernichtung geliebt. Dann habe ich meinen Stolz bezwungen und bin gekommen, um dein Herz zu gewinnen, und die Götter verliehen mir eine andere Gestalt – wie du sagtest –, und in der Gestalt jener, die du suchtest, wurde ich zu deiner Frau. Vielleicht sind sie und ich eine, Odysseus. *Ich* jedenfalls würde dich nicht so rasch verlassen haben. Oh, als du dort in all deiner Kraft standest und diese Hunde zurückwiesest, bis dieser sidonische Schurke die Sehne deines Bogens zerschnitt ...«

»Was ist mit ihm? Sage mir, was ist mit diesem Kurri? Dieses möchte ich mir von dir erbitten, Königin: daß er dorthin gelegt wird, wo ich liege, und den Tod stirbt, zu dem ich verdammt bin.«

»Gerne würde ich dir diese Gunst gewähren«, antwortete sie, »doch erbittest du sie dir zu spät. Die Falsche Hathor blickte ihn an, und er tötete sich selbst. Doch jetzt will ich gehen – die Nacht neigt sich dem Ende zu, und der Pharao muß einen Traum träumen, bevor die Morgendämmerung anbricht. Leb wohl, Odysseus! Dein Bett ist hart heute nacht, doch weich ist das Bett des Königs, das deiner wartet.« Und sie ging hinaus.

»Ja, Meriamun«, sagte der Wanderer, ihr nachblickend. »Hart ist mein Bett heute nacht, und weich ist das Bett des Königs der Menschen, das im Reich der Königin Persephone meiner wartet. Doch nicht du bist es, die es mit mir teilen wird. Hart ist mein Bett heute nacht, doch härter soll das deine sein, durch alle die Nächte des Todes, die da kommen werden, wenn die Erynnien ihre Arbeit tun.«

4

Der Traum des Pharao

Der Pharao schlief tief in dieser Nacht, denn er war müde von Arbeit und Sorgen. Ungehört glitt Meriamun zurück ins Schlafgemach, trat ans Fußende des goldenen Bettes, hob beide Hände und rief durch ihre Magie Visionen auf den Pharao herab, falsche Träume, die durch das Tor aus Elfenbein kamen. Also träumte der Pharao, und dieses war seine Vision:

Er träumte, daß er in seinem Bette schliefe, und daß die

Statue Ptahs, des Schöpfers, von ihrem Piedestal beim Tempeltor stiege und auf ihn zuträte, ihn wie ein Riese überragend. Dann träumte ihm, daß er erwachte, sich vor dem Gott zu Boden warf und ihn fragte, was sein Kommen zu bedeuten habe.

Worauf der Gott ihm sagte: »Meneptah, mein Sohn, den ich liebe, höre auf meine Worte: Die Neun-Bogen-Barbaren überrennen das alte Land Khem; neun Völker sind in Khem eingefallen und verwüsten es. Hör auf meine Worte, mein Sohn, und ich werde dir den Sieg verleihen. Erwache! Erwache aus deiner Trägheit, und ich werde dir den Sieg verleihen. Du sollst die Neun-Bogen-Barbaren schlagen, wie ein Bauer eine faulende Palme umschlägt; sie sollen fallen, und du sollst reiche Beute erlangen. Doch höre auf meine Worte, mein Sohn! Nicht du selbst sollst gegen sie ziehen. In deinem tiefsten Verlies liegt ein mächtiger Fürst, ein Meister der Kriegskunst der Barbaren, ein Wanderer, der weit gewandert ist. Du mußt ihn von seinen Fesseln lösen und ihn über deine Heerscharen setzen, und an die Sünde, die er begangen hat, sollst du nicht denken. Erwache, erwache, Meneptah! Mit diesem Bogen, den ich in deine Hand gebe, sollst du die Neun-Bogen-Barbaren schlagen.«

Meriamun legte nun den Bogen des Wanderers, den schwarzen Bogen des Eurytos, neben den Pharao auf das Bett und glitt dann in ihre eigene Kammer, und der falsche Traum verging.

Früh am Morgen trat eine Hofdame in die Kammer der Königin und richtete ihr aus, daß der Pharao sie zu sprechen wünsche. Sie ging in den Vorraum und fand ihn dort wartend, und in seiner Hand war der schwarze Bogen des Eurytos.

»Kennst du diese Waffe?« fragte er.

»Ja, ich kenne sie«, antwortete sie, »und du solltest sie ebenfalls kennen, da sie uns in der Nacht des Todes der Erstgeborenen vor der Wut der Menschen gerettet hat. Es ist der Bogen des Wanderers, der am Ort der Folter liegt und auf seinen Tod wartet, wegen der Gewalt, die er mir antun wollte.«

»Wenn er auch dir Gewalt antun wollte, so ist es doch er, der Khem vor den Barbaren erretten soll«, sagte der Pharao. »Höre jetzt den Traum, den ich träumte.« Und er berichtete ihr von seiner Vision.

»Es ist in der Tat schändlich, daß jener, der versuchte, mir Gewalt anzutun, mit einer solchen Ehre dafür belohnt werden soll: der Oberste der Heerscharen des Pharao zu sein«, sagte Meriamun.

»Doch wie der Gott es befohlen hat, so muß es sein. Schicke nun jemanden, daß man den Mann von dem Bett der Folter losbinde, ihm seine Rüstung anlege und ihn vor mich bringe.«

Damit ging der Pharao hinaus, und der Wanderer wurde von seinem Steinbett losgebunden und wieder in seine goldene Rüstung gekleidet, und so trat er vor den Pharao. Doch wurden ihm keine Waffen gegeben. Nun erzählte der Pharao ihm alles von seinem Traum, und nannte ihm den Grund dafür, daß er ihn aus den Klauen der Folter befreit hatte. Der Wanderer hörte ihm schweigend zu, und sprach kein Wort.

»Jetzt wähle, Wanderer«, sagte der Pharao, »wähle, ob du auf das Bett der Folter zurückgebracht werden willst, um unter den Händen der Folterer zu sterben, oder ob du als Herr meiner Heerscharen Krieg gegen die Neun-Bogen-Barbaren führen willst, die das Land Khem verwüsten. Es hat den Anschein, als ob man sich auf deine Schwüre wenig verlassen kann, deshalb will ich dir keinen abverlangen. Ich jedoch schwöre dir: Wenn du mein Vertrauen enttäuschst, werde ich dich in jenen Raum zurückbringen, in dem du eben gelegen hast.«

Nun sprach der Wanderer: »Von der Anklage, die gegen mich erhoben wurde, will ich nichts sagen, obwohl ich, wenn ich wegen der Sünde, deren ich beschuldigt werde, vor Gericht stünde, vielleicht Worte finden würde, um ihr zu begegnen. Du verlangst keinen Eid von mir, und ich werde dir auch keinen Eid schwören, doch will ich dir dieses sagen: Wenn du mir zehntausend Krieger gibst, und hundert Streitwagen, werde ich deine Gegner so schlagen, daß sie nie wieder nach Khem zurückkehren werden, ja, obwohl auch Männer meines Volkes unter ihnen sind, werde ich sie schlagen, und wenn ich darin versage, mögen jene, die mit mir ziehen, mich töten und in den Hades hinabschikken.«

So sprach er, und während er sprach, suchten seine Blicke die Halle ab, denn es verlangte ihn, Rei, den Priester, zu sehen, und ihn damit zu beauftragen, Helena eine Nachricht zu übermitteln.

Nun befahl der Pharao seinen Kommandeuren, den Wanderer hinauszuführen, ihn in einen Streitwagen zu setzen und ihn zur Stadt On zu bringen, wo die Heerscharen des Pharao sich sammelten. Ihr Auftrag war, ihn Tag und Nacht mit erhobenem Schwert zu bewachen und ihn sofort zu töten, sollte er auch nur die geringsten Anstalten machen, sich vom Feinde abzuwenden und zur Stadt Tanis zurückzukehren. Doch wenn die Heerscharen des Pharao die Stadt On verließen, um gegen den Feind zu kämpfen, sollten sie dem Wanderer sein Schwert und seinen großen, schwarzen Bogen zurückgeben und ihm in allen Dingen gehorchen. Doch wenn er dem Feind den Rücken zukehrte, sollten sie ihn auf der Stelle töten, und wenn die Heerscharen des Pharao vom Feind zurückgeschlagen würden, sollten sie ihn auch töten.

Der Wanderer hörte dies und lächelte, wie ein Wolf lächeln mag, sprach jedoch nicht ein Wort. Darauf nahmen die Kommandeure des Pharao ihn in ihre Mitte und führten ihn hinaus. Sie setzten ihn in einen Streitwagen, und mit dem Streitwagen zogen tausend Reiter; und bald sah Meriamun, die ihnen von der Mauer Tanis' nachblickte, die lange Fahne von Wüstenstaub, die den Abschied des Wanderers aus der Stadt markierte, die er nie wiedersehen sollte.

Der Wanderer blickte ebenfalls nach Tanis zurück, und

mit schwerem Herzen. Dort, in weiter Ferne, konnte er den Schrein der Hathor sehen, der wie ein Kristall über dem braunen Wasser des Flusses schimmerte. Und er mußte jetzt in seinen Tod gehen, ohne ihr ein Wort hinterlassen zu können, die ihn für treulos und falsch hielt. Schwer war das Schicksal, das die Götter ihm auferlegt hatten, und bitter war sein Lohn.

Seine Gedanken waren finster, während der Streitwagen auf die Stadt On zurollte, wo die Heerscharen des Pharao sich sammelten, und das Donnern der Pferdehufe dröhnte in seinen Ohren, als er, so in Gedanken versunken, zufällig aufblickte. Dort, auf einer Sanddüne vor ihm, nur eine Bogenschußweite entfernt, stand ein Kamel, und auf dem Kamel saß ein Mann, als ob er das Kommen der Heerscharen erwartete. Ohne großes Interesse fragte der Wanderer sich, wer der Mann wohl sein mochte, und während er sich dies fragte, lenkte dieser sein Kamel auf den Streitwagen zu, verstellte ihm den Weg und rief mit lauter Stimme: »Halt!«

»Wer bist du?« rief der Kommandeur des Wagens, »der es wagt, den Heerscharen des Pharao Halt zu gebieten?«

»Ich bin einer, der Nachrichten über die Barbaren bringt«, sagte der Mann auf dem Kamel.

Der Wanderer blickte ihn an; er war auffallend klein, verdorrt und alt; außerdem war seine Haut so dunkel, als ob sie von der Sonne geröstet worden wäre, und seine Kleidung waren die Lumpen eines Bettlers, obwohl das Sattelzeug seines Kamels aus purpurnem Leder bestand und mit Silber beschlagen war. Wieder blickte der Wanderer ihn an. Er kannte ihn nicht, und doch war da etwas in seinem Gesicht, das ihm vertraut schien.

Nun ließ der Kommandeur des Streitwagens seine Pferde zügeln und rief: »Komme näher und sag mir deine Botschaft!«

»Keinem anderen werde ich sie sagen als jenem, der die Heerscharen des Pharao führen soll. Laß ihn absteigen und mit mir reden!«

»Das geht nicht«, sagte der Kommandeur, denn er hatte

den Befehl, dafür zu sorgen, daß der Wanderer mit niemandem sprach.

»Wie du willst«, sagte der alte Mann auf dem Kamel. »Geht dann in euren Untergang! Ihr seid nicht die ersten, welche einen Boten der Götter abgewiesen haben!«

»Ich habe gute Lust, dich von meinen Kriegern mit Pfeilen durchbohren zu lassen«, rief der Kommandeur wütend.

»Dann wird mein Wissen mit meinem Blut im Sande versickern und mit meinem Atem verwehen. Schieß doch, du Narr!«

Nun war der Kommandeur verwirrt, denn aus der Haltung des Mannes entnahm er, daß er in der Tat von den Göttern gesandt worden war. Er blickte den Wanderer an, der sich jedoch kaum um den Wortwechsel kümmerte; jedenfalls schien es so. Doch wußte dieser auf seine listige Art, daß dies die beste Möglichkeit war, mit dem Mann auf dem Kamel sprechen zu können. Nun beriet sich der Kommandeur des Streitwagens mit dem Kommandeur der Reiterei, und schließlich sagte er zu dem Wanderer: »Steig ab und sprich mit diesem Mann! Doch wenn du auch nur einen Schritt weiter gehen solltest, werden wir dich und den Mann mit Pfeilen durchbohren.« Und dies rief er so laut, daß auch der Mann auf dem Kamel es hörte.

Nun stieg dieser Mann von seinem Kamel ab und trat zwölf Schritte näher, doch mit der Art eines, den es nur wenig kümmert, was er tut. Dann standen die beiden sich Angesicht zu Angesicht gegenüber, doch außer Hörweite der Männer des Pharao, die sie beobachteten, die Pfeile auf die Sehnen gesetzt.

»Sei gegrüßt, Odysseus von Ithaka, Laertes' Sohn«, sagte jener, der in die Lumpen eines Bettlers gekleidet war.

Der Wanderer sah ihn genauer an und erkannte ihn durch seine Verkleidung.

»Sei gegrüßt, Rei, der Priester, Kommandeur der Legion Amons, Städtebauer Khems.«

»Rei, der Priester, bin ich wahrlich«, antwortete er, »alles andere jedoch nicht mehr, denn Meriamun, die Königin, hat mir meine Ämter und meine Güter genommen, und zwar deinetwegen, Wanderer, und wegen jener Unsterblichen, deren Liebe du gewonnen hast, und der du so viel Leid angetan hast. Höre! Ich habe durch die Künste, mit denen ich vertraut bin, von dem Traum des Pharao erfahren, und daß er dich ausgeschickt hat, um gegen die Barbaren zu kämpfen. Darauf habe ich mich so verkleidet, wie du es hier siehst, und mir das schnellste Kamel genommen, das es in Tanis gab, um auf einem anderen Wege hierherzukommen und dich zu treffen. Jetzt möchte ich eine Frage an dich stellen: Wie kommt es, daß du gestern nacht die Unsterbliche hintergangen hast? Weißt du, daß sie beim Pylonentor auf dich gewartet hat? Ja, dort habe ich sie gefunden und sie zum Palast geführt, und dafür bin ich von Meriamun meines Ranges und meiner Güter enthoben worden, und die Königin der Schönheit ist zu ihrem Schrein zurückgekehrt und trauert bitterlich ob deiner Untreue.«

»Ich glaubte, ihre Stimme zu hören, als jene Sklaven mich ins Verlies schleppten«, sagte der Wanderer. »Und sie hält mich für treulos! Sage, Rei, kennst du die magischen Kräfte Meriamuns? Weißt du, daß sie mich in der Gestalt Helenas für sich gewann?«

Und dann berichtete er Rei in so kurzen Worten, wie es geschehen war, wie er durch die Magie Meriamuns verleitet worden war und er, der beim Stern hätte schwören sollen, bei der Schlange geschworen hatte.

Als Rei hörte, daß der Wanderer bei der Schlange geschworen hatte, erschauerte er. »Jetzt weiß ich alles«, sagte er. »Fürchte nichts, o Wanderer, nicht auf dich soll das Übel fallen, noch auf alle jene Unsterbliche, die du liebst; die Schlange, welche dich verleitet hat, soll dich auch rächen.«

»Rei«, sagte der Wanderer, »mit einem beauftrage ich dich. Ich weiß, daß ich in den Tod gehe. Deshalb bitte ich dich, jene aufzusuchen, die du die Hathor nennst, und ihr zu berichten, auf welche Weise ich getäuscht worden bin. Dann werde ich glücklich sterben. Sage ihr auch, daß ich ihre Vergebung erflehe, und daß ich sie liebe, und nur sie allein.«

»Dieses werde ich tun, wenn ich es kann«, antwortete Rei. »Aber deine Männer werden unruhig, und ich muß gehen. Doch zuvor höre: Die Heerscharen der Neun-Bogen-Barbaren ziehen entlang des Ostarms vom Sihor herauf. Einen Tagesmarsch von On entfernt, reichen die Berge bis zum Flußufer hinab, und jene Berge werden von einem engen Paß durchbrochen, den der Feind sicher benutzen wird. Leg dort einen Hinterhalt, Wanderer, dort bei Prosopis – dann kannst du sie schlagen. Lebe wohl! Ich werde die Hathor aufsuchen, wenn es mir auf irgendeine Art gelingen sollte, sie zu erreichen, und ihr alles berichten. Doch vor diesem will ich dich warnen: Die Stunde ist schwer von Schicksal, und sie wird bald ein Monster gebären. Seltsame Visionen der Verdammnis und des Todes sind vor meinen Augen vorübergezogen, als ich gestern nacht schlief. Lebe wohl, Wanderer!«

Dann ging er zurück zu seinem Kamel und stieg auf, und verschwand rasch in einer dichten Staubwolke.

Der Wanderer ging ebenfalls zurück und stieg auf seinen Streitwagen. Doch weigerte er sich, etwas von dem zu berichten, das jener Mann ihm gesagt hatte, außer, daß er tatsächlich ein Bote der Unterwelt sei, der heraufgeschickt worden war, um ihm Ratschläge für die Kriegsführung zu geben.

Dann setzten der Streitwagen und die Reiter ihren Marsch fort, bis sie die Stadt On erreichten, wo sich die Heerscharen des Pharao auf dem großen, von Mauern umschlossenen Platz sammelten, der vor dem Tempel des Ra liegt. Und dort, dicht neben den hohen Obelisken, die neben den inneren Toren stehen, die im Auftrag von Rei, dem Städtebauer, geschaffen und von dem göttlichen Ramses Miamun zur Ehre Ras auf ewig errichtet worden waren, schlugen sie ihr Lager auf.

6

Die Stimme der Toten

Nachdem Meriamun, die Königin, dem Streitwagen des Wanderers nachgeblickt hatte, bis er im Staub der Wüste verschwunden war, trat sie vom Dach des Palastes und ging in die Einsamkeit ihrer Kammer.

Dort saß sie, bis die Dunkelheit herabfiel, wie die bösen Gedanken in ihr Herz, das vor Liebe zu dem zerrissen wurde, den sie nur gewonnen hatte, um ihn wieder zu verlieren. Die Dinge waren für sie schlecht gegangen, mit wenig Gewinn hatte sie auf eine Art gesündigt, die nicht vergeben werden mochte. Und doch bestand noch Hoffnung. Er hatte geschworen, daß er sie heiraten würde, wenn der Pharao tot sei, und wenn Helena dem Pharao ins Reich der Schatten gefolgt sein würde. Sollte sie also vor einer Bluttat zurückschrecken? Nein, von einer Sünde zur anderen würde sie schreiten. Sie legte ihre Hand auf die zweiköpfige Schlange, die um ihre Taille geschlungen war, und sprach in das Dunkel:

»Osiris wartet deiner, Meneptah – Osiris wartet deiner! Die Schatten jener, die aus Liebe zu dir gestorben sind, Helena, versammeln sich bei den Toren. Es soll getan werden. Du, Pharao, wirst heute nacht sterben. Und morgen nacht, Göttin Helena, soll dein Ende kommen. *Männer* mögen dir in der Tat nichts anhaben können, doch wird das Feuer sich weigern, deine Schönheit zu küssen? Gibt es keine *Frauenhände,* um deinen Scheiterhaufen zu entzünden?«

Sie erhob sich und rief nach ihren Hofdamen, wurde von ihnen in ihre kostbarste Robe gekleidet und ließ sich die Uräus-Krone auf ihr Haupt setzen; sie trug den Schlangenring der Macht auf ihrem Haupte, und den Schlangengürtel der Weisheit um ihren Leib. Dann verbarg sie etwas in ihrem Busen und trat in das Vorzimmer, wo sich die Fürsten zum abendlichen Bankett versammelt hatten.

Der Pharao blickte auf und sah ihre Schönheit. So unvergleichlich erschien sie ihm, daß sein Herz seine Sorgen vergaß und er sie wieder so liebte wie an jenem längst vergangenen Tage, als sie ihn beim Kriegsspiel geschlagen und mit dem Messer nach ihm gestochen hatte, als er sie in seine Arme schließen wollte.

Sie sah den Ausdruck von Liebe in seinem groben Gesicht wachsen, und all ihr Haß sammelte sich in ihrer Brust, wenngleich ihre Lippen freundlich lächelten und sie liebevoll zu ihm sprach.

Sie saßen beim Bankett, und der Pharao trank. Und je mehr er trank, desto liebevoller wurde der Blick ihrer schwarzen Augen, und desto zärtlicher sprach sie mit ihm, bis er schließlich nichts mehr wünschte, als daß sie wieder eins werden sollten.

Das Bankett war zu Ende. Sie saßen im Vorzimmer; alle waren gegangen, außer Meneptah und Meriamun. Jetzt trat er zu ihr, nahm ihre Hand und blickte ihr in die Augen, und sie verwehrte es ihm nicht.

Auf einem goldenen Tisch lag eine Leier, und auf ihm stand auch, wie es der Zufall wollte, ein Brett für das Kriegsspiel, und die Figuren darauf waren aus Gold.

Der Pharao nahm den goldenen König vom Brett und drehte ihn in der Hand. »Meriamun«, sagte er, »fünf Jahre lang sind wir getrennt gewesen, du und ich. Deine Liebe habe ich verloren, so wie man ein Spiel durch einen einzigen falschen Zug verliert; unser Kind ist tot, und unsere Heerscharen sind verstreut, und die Barbaren fallen über uns her wie Fliegen, wenn der Sihor still innerhalb seiner Ufer liegt. Nur die Liebe ist uns noch verblieben, Meriamun.«

Sie blickte ihn lächelnd an, als ob das Leid und die Trauer auch ihr Herz sanfter gemacht hätten, doch sagte sie nichts.

»Kann gestorbene Liebe wiedererweckt werden, Meriamun, und kann enttäuschte Liebe vergeben?«

Sie nahm die Leier zur Hand, und ihre Finger fuhren träge über ihre Saiten.

»Das weiß ich nicht«, sagte sie. »Vielleicht. – Wie sang Pentauros doch über die Erneuerung der Liebe, Pentauros, der große Sänger unseres Vaters, Ramses Miamun?«

Er legte den goldenen König auf das Brett zurück und begann müßig mit anderen Figuren zu spielen.

»Wie lautet jenes Lied, Meriamun? Es ist viele Jahre her, seit ich dich singen hörte.«

Sie schlug die Leier an, leise und sanft, und dann sang sie. Ihre Gedanken waren bei dem Wanderer, doch glaubte der König, daß sie dabei an ihn dächte.

O Glück der Erneuerung der Liebe!
Kann die Liebe wiedergeboren werden?
Meiner Reue nachgeben,
Und meine Schmerzen bemitleiden?
O Glück des Erwachens der Liebe!
Kann die Liebe aus ihrem Schlafe neu erstehen?
Uns vergeben, daß wir ihre Früchte
nicht ernteten?

»Kann sie nicht wieder erwachen?« fragte der Pharao. »Wenn zwei gemeinsam beten, wird die Liebe ihr Gebet ungehört lassen?«

»Es könnte so sein«, sagte sie, »denn wenn zwei gemeinsam beten, mag sie das Gebet bereits erhört haben.«

»Meriamun«, sagte der Pharao eifrig, da er glaubte, daß ihr Herz von Mitgefühl und Trauer bewegt sei, »einst hast du beim Kriegsspiel meine Krone gewonnen, willst du jetzt um meine Liebe spielen?«

Sie dachte einen Augenblick lang nach, dann sagte sie: »Ja, ich will darum spielen, mein Gemahl, doch hat meine Hand ihr Geschick verloren, und es mag sehr wohl sein, daß Meriamun wieder verliert, sie, die schon alles verloren hat. Laß mich die Figuren aufsetzen und meinem Gemahl Wein bringen.«

Sie setzte die Figuren auf, ging dann zur anderen Seite des Raums und holte einen großen Kelch Wein, den sie dem

Pharao in die Hand drückte. Doch er war so auf das Spiel konzentriert, daß er nicht trank.

Sie machte den ersten Zug, er zog dagegen, sie zog wieder, und so nahm das Spiel seinen Fortgang, in der dunklen, duftenden Kammer, in der die Lampe brannte und die Augen der Königin im Dunkeln leuchteten. Hin und her wogte das Glück des Spieles, bis sie verlor, und er die Figuren umstieß.

In seinem Triumph leerte er jetzt den Kelch mit dem vergifteten Wein und schrie: »Der Pharao ist tot!«

»Ja, der Pharao ist tot«, antwortete Meriamun und blickte ihm in die Augen.

»Was bedeutet dieser Ausdruck in deinen Augen, Meriamun? Was bedeutet dieser Ausdruck in deinen Augen?«

Und der König wurde so bleich wie ein Toter, denn er hatte diesen Ausdruck schon einmal gesehen – als Meriamun Hataska tötete.

»Der Pharao ist tot!« kreischte sie in dem Tonfall, den Frauen bei Klageliedern verwenden. »Der Pharao, der große Pharao ist tot! Bevor du bis hundert zählen kannst, ist deine Zeit vorbei. Seltsam! Doch morgen, Meneptah, sollst du dort sitzen, wo einst Hataska saß: tot auf den Knien von Osiris, ein Osirianer im Schoße von Osiris. Stirb, Pharao, stirb! Doch während du stirbst, höre mir zu! Es gibt einen, den ich liebe, den Wanderer, welcher deine Heerscharen führt. Seine Liebe habe ich mir durch Künste erschlichen, die mir vertraut sind, und weil ich sie erschlich, hat er mich zurückgewiesen, und ich habe ihn fälschlich beschuldigt. Doch wird er zurückkehren, und so sicher, wie du auf den Knien Osiris' sitzen wirst, so sicher wird er dann auf deinem Thron sitzen, Pharao. Denn der Pharao ist tot!«

Er hörte ihre Worte. Er nahm seine letzte Kraft zusammen. Er erhob sich und taumelte auf sie zu, krallte seine Finger in die Luft, wie um sich daran festzuhalten. Langsam wich sie vor ihm zurück und er folgte ihr, und sein Gesicht war ein schrecklicher Anblick. Doch schließlich blieb er stehen, warf seine Arme empor und fiel tot zu Boden.

Meriamun trat auf ihn zu und blickte ihn mit seltsamem Ausdruck an.

»Seht das Ende des Pharao«, sagte sie. »Dieses war einmal ein König, an dessen Atem das Leben von Menschen hing. Nun, soll er gehen! Die Erde kann ihn entbehren, und der Tod ist um einen müden Narren reicher. Es ist getan, und es ist gut getan! Ich wünschte, daß die morgige Tat auch schon getan wäre, und daß Helena so läge, wie der Pharao hier liegt. Also: den Kelch ausspülen, und dann schlafen – wenn der Schlaf kommt. Ah, wohin ist mir in letzter Zeit der Schlaf entwichen? Morgen werden sie ihn tot finden. Doch was ist schon dabei. Oft sterben Könige auf diese Art. Gut, ich werde jetzt gehen; noch nie waren seine Augen so groß und so häßlich.

Das Licht des Morgens fiel wieder auf die Tempeldächer, und die Menschen erwachten aus dem Schlaf, um wieder an ihre Arbeit zu gehen. Meriamun sah das Licht heller werden, während sie schlaflos in ihrem goldenen Bett lag und auf den Schrei wartete, der gleich von den Wänden des Palastes widerhallen würde. Was war das? Das Geräusch aufschwingender Türen, das Trappeln rennender Füße. Und jetzt kam er: der lange, gellende Schrei.

»Der Pharao ist tot! Wachet auf! Wachet auf, ihr Schläfer! Wachet auf! Wachet auf und seht, was geschehen ist! Der Pharao ist tot! Der Pharao ist tot!«

Nun erhob sich Meriamun und eilte rasch aus ihrer Kammer.

»Wer hat hier einen so schlechten Traum?« rief sie. »Wer träumt und schreit so laut in seinem geplagten Schlaf?«

»O Königin, es ist kein Traum«, sagte einer. »Trete ins Vorzimmer und sehe selbst. Dort liegt der Pharao tot, und ohne eine Wunde an ihm, an der man die Art seines Endes feststellen könnte.«

Nun stieß Meriamun einen gellenden Schrei aus, und zerraufte sich das Haar, während Tränen aus ihren dunklen Augen strömten. Sie lief ins Vorzimmer, und dort sah sie den Pharao auf dem Boden liegen, steif und kalt, in seine königliche Robe gekleidet. Die Königin starrte ihn eine Weile an, wie eine, die vor Trauer stumm geworden war, dann rief sie mit lauter Stimme: »Noch immer liegt der Fluch schwer auf Khem und dem Volke von Khem. Der Pharao liegt tot, ja, tot liegt er, und keine Wunde ist an seinem Körper; und dieses sage ich: daß er von der Zauberei jener getötet wurde, welche von den Männern die Hathor genannt wird. Oh, mein Gemahl, mein Gemahl!« Und sie warf sich neben ihn auf die Knie und legte ihre Hand auf seine Brust. »Bei deinem toten Herzen schwöre ich dir, daß ich den Mord an der rächen werde, die ihn verübt hat. Hebt ihn auf! Hebt den armen Leichnam dessen auf, der der König der Könige war. Kleidet ihn in das Totengewand und setzt ihn auf die Knie Osiris'. Dann geht durch die Stadt und verkündet den Befehl der Königin. Ruft ihn in allen Straßen aus. Und dieses ist der Befehl der Königin: Daß alle Frauen von Tanis, die durch die Hexenkunst der Falschen Hathor oder durch die Plagen, die Khem heimgesucht haben, oder durch den Krieg gegen die Apura, welche sie aus dem Lande Khem vertrieb, einen Sohn, oder Mann, oder Bruder, oder Geliebten verloren haben, sich mit mir bei Sonnenuntergang im Tempel des Osiris treffen, vor dem Antlitz des Gottes, und vor der Majestät des toten Pharao.«

Also hoben sie Meneptah, den Osirianer, auf, kleideten ihn in das Totengewand und trugen ihn auf die Knie Osiris', auf denen er einen Tag und eine Nacht ruhen sollte. Und die Boten Meriamuns liefen hinaus, um die Frauen bei Sonnenuntergang zum Tempel des Osiris zusammenzurufen. Außerdem schickte Meriamun Sklaven in Gruppen von zehn und zwanzig, insgesamt zweitausend, hinaus und befahl ihnen, alles Feuerholz, das sich in Tanis finden ließe, einzusammeln, und auch alles Öl, und alles Bitumen und Bündel trockenen Schilfes, wie sie zum Decken von Häusern verwendet werden, zu Hunderten und Tausenden, und alles in einem bestimmten Hof nahe dem Tempel der Hathor zusammenzutragen und aufzustapeln. Dieses taten sie, und der Tag verlief, und die Frauen wehklagten auf den Straßen über den Tod des Pharao.

Nun geschah es, daß das Kamel Reis, des Priesters, vor Erschöpfung zusammenbrach, als er, so rasch er konnte, nach Tanis zurückritt. Doch Rei ging zu Fuß weiter, und erreichte, total erschöpft, die Tore der Stadt gegen Abend jenes Tages. Als er das Wehklagen der Frauen hörte, fragte er einen Mann auf der Straße, welches neue Übel über Khem gekommen sei und erfuhr so vom Tode des Pharao. Rei wußte sofort, durch wessen Hand der Pharao gestorben war, und Trauer zog in sein Herz ein, denn sie, der er gedient hatte, und die er liebte – Meriamun, das Mondkind –, war eine Mörderin. Im ersten Augenblick war er entschlossen, vor die Königin hinzutreten, ihr ihre Schandtat vorzuhalten und seinen Tod durch ihre Hand entgegenzunehmen; doch als er hörte, daß Meriamun alle Frauen aufgerufen hatte, sie im Tempel des Osiris zu treffen, überlegte er es sich anders. Er eilte zu dem Ort, an dem er sich in der Stadt verborgen hielt, und stärkte sich durch Essen und Trinken. Dann legte er seine Bettlerlumpen an, kleidete sich an und zog darüber das Kleid einer alten Greisin, da er erfahren hatte, daß kein Mann Zutritt zu dem Tempel erhalten würde. Der Tag neigte sich nun seinem Ende zu, und der westliche Himmel färbte sich bereits rot, als er hinauseilte und sich unter die Menge der Frauen mischte, die auf das Tempeltor zuströmten.

»Wer hat den Pharao getötet?« fragte eine von ihnen, »und warum hat die Königin uns zusammengerufen?«

»Der Pharao wurde durch die Hexenkunst der Falschen Hathor getötet«, antwortete eine andere, »und die Königin hat uns zusammengerufen, damit wir beraten, wie wir diese Hathor loswerden können.«

»Sag mir nichts von der verfluchten Hathor«, sagte eine dritte. »Mein Mann und mein Bruder sind tot durch ihre Hand, und mein Sohn starb beim Tode der Erstgeborenen, den sie auf Khem herabbeschwor. Ah, wenn ich nur mit ansehen könnte, wie man ihr die Glieder einzeln ausreißt, würde ich frohen Herzens zu Osiris gehen.«

»Einige gibt es«, sagte eine vierte, »welche sagen, daß nicht die Hathor, sondern die Götter jener Apura alle diese Leiden über Khem brachten, und einige sagen sogar, daß der Pharao von der Hand der Königin getötet wurde, wegen ihrer Liebe zu dem großen Wanderer, der vor einiger Zeit hierher kam.«

»Du Närrin«, antwortete die erste. »Wie kann die Königin einen Mann lieben, der ihr Gewalt antun wollte?«

»Solche Dinge kommen eben vor«, sagte die vierte Frau. »Vielleicht wollte er ihr gar keine Gewalt antun, vielleicht hat sie ihn verführt, wie es die Art der Frauen ist. Ja, ja, solche Dinge sind schon oft geschehen. Ich bin alt und habe viele solche Dinge erlebt.«

»Ja, du bist alt«, sagte die erste. »Du hast kein Kind, du hast keinen Mann, du hast keinen Vater, du hast keinen Geliebten, und du hast keinen Bruder. Du hast durch die Magie der Hathor keinen verloren, der dir teuer war. Sprich noch einmal eine solche Verleumdung über die Königin, und wir werden über dich herfallen und dir deine lügende Zunge herausreißen.«

»Still«, sagte die zweite Frau. »Hier ist das Tor des Tempels. Bei Isis, hat man schon jemals eine solche Menge von Frauen gesehen, und nicht ein Mann ist da, um sie aufzumuntern; wahrlich ein trauriges Bild! Kommt, weiter, weiter, oder wir werden keinen Platz mehr bekommen! Ja, du Wächter, wir sind Frauen, alles Frauen, also habe keine Furcht. Es ist nicht nötig, daß wir unsere Brüste entblößen, sieh nur unsere Augen an, die blind sind vom Weinen über unsere Toten. Weiter, weiter!«

So drängten sie sich an der Wache am Tor des Tempels vorbei, und mit ihnen Rei, den niemand beachtete. Der Tempel war bereits von Frauen angefüllt. Obwohl die Sonne noch nicht ganz untergegangen war, brannten bereits Fackeln, um die Dunkelheit zu erhellen, und in ihrem Licht sah Rei, daß die Vorhänge des Schreins zugezogen waren. Kurz darauf war der Tempel so gefüllt, daß niemand mehr Platz darin fand, und die Türen wurden geschlossen und verriegelt, und eine Stimme rief, unter einem Schleier hervor: »*Ruhe!*«

Der Menge der Frauen wurde still, und das Licht der Fakkeln flackerte auf ihren emporgereckten Gesichtern, so wie Feuerschein über weißem Meeresschaum flackert.

Nun wurde der Vorhang, der den Schrein Osiris' verdeckte, langsam zur Seite gezogen, und das Feuer, das auf seinem Altar brannte, strahlte hervor. Sein Schein fiel auf die vorderen Reihen der Frauen, es fiel auf die polierte Statue des Gottes. Auf den Knien Osiris' saß der tote Pharao Meneptah, den Kopf an die Brust des Gottes gelehnt. Der Pharao war in Binden gewickelt, wie die Marmorstatue des Gottes, und an seine kalten Hände waren der Krummstab, das Zepter und die Geißel gebunden, wie auch die Hände des Gottes einen Krummstab, ein Zepter und eine Geißel hielten. So wie die Statue des Gottes war, war auch der Körper des toten Pharao, der auf seinen Knien saß, und kalt und schrecklich war das Gesicht Osiris', und kalt und schrecklich war das Gesicht Meneptahs, des Osirianers.

Seitlich von der Statue, und etwas weiter davor, befand sich ein Thron aus schwärzestem Marmor, und auf diesem Thron saß Meriamun, die Königin. Sie war wunderbar anzusehen. Sie trug die königliche Robe Khems, und die Doppelkrone Khems, aus Gold geschmiedet und von den Uräus-Schlangen eingefaßt, saß auf ihrem Haupte. In ihrer Hand hielt sie das Kristallkreuz des Lebens, und zwischen den purpurnen Falten ihres Umhangs glühten die Augen ihres Schlangengürtels hervor. Sie saß eine Weile reglos, ohne ein Wort zu sagen, und alle Frauen im Tempel bewunderten ihre Schönheit und die Erhabenheit des toten Pharao. Und dann sprach sie, mit sehr leiser Stimme, doch so klar, daß jedes ihrer Worte selbst in den äußersten Winkeln der Tempelhalle verstanden wurde.

»Frauen von Tanis, hört mich, die Königin. Laßt jede von euch das Antlitz jeder anderen betrachten, und falls ihr einen Mann unter euch entdecken solltet, so schleift ihn hinaus und reißt ihm jedes Glied einzeln aus, denn dies ist eine Angelegenheit, bei der kein Mann zuhören darf, damit er nicht, seinem Wahnsinn folgend, unseren Beschluß verrät.«

Nun blickte jede Frau ihre Nachbarin an, und jene, die neben Rei stand, starrte so mißtrauisch in sein Gesicht, daß er um sein Leben zitterte. Doch er hockte im tiefen Schatten und starrte sie seinerseits so zweifelnd an, als ob er bezweifelte, daß sie tatsächlich eine Frau war, und sie sagte kein Wort. Als alle ihre Nachbarinnen angeblickt hatten, und keine von ihnen einen Mann entdecken konnte, fuhr Meriamun fort.

»Hört, ihr Frauen von Tanis, hört auf eure Schwester und Königin! Plage um Plage ist auf das Haupt Khems gefallen. Plage um Plage hat unser altes Land heimgesucht. Unsere Erstgeborenen sind tot, unsere Sklaven haben uns ausgeplündert und sind entflohen, unsere Heerscharen sind vom Schilfmeer verschlungen worden, und Barbaren schwärmen um unsere Küsten wie Heuschrecken. Ist es nicht so, ihr Frauen von Tanis?«

»Es ist so, o Königin«, riefen sie wie mit einer Stimme.

»Ein seltsames Übel ist auf das Haupt Khems gefallen. Eine falsche Göttin ist gekommen, um in unserem Lande zu leben. Ihre Zaubereien sind groß in Khem. Monat um Monat gehen Männer zu ihr hinauf, um ihre tödliche Schönheit anzublicken, und Monat um Monat werden sie durch ihre Zauberei getötet. Sie reißt den Mann aus seinem Ehebett, sie reißt den Geliebten von ihr, die seine Ehefrau sein möchte; die Sklaven entlaufen den Häusern ihrer Herren, selbst die Priester strömen von den Altären ihrer Götter zu ihr –, ja selbst die Priester der Isis kehren den Altären, denen sie sich verschworen haben, den Rücken. Alle blicken sie nur auf diese Hexen-Schönheit, und jedem zeigt sie ein anderes Gesicht, doch allen gibt sie nur einen Lohn: den Tod! Ist es nicht so, ihr Frauen von Tanis?«

»Ja, ja, so ist es, o Königin«, antworteten die Frauen wie mit einer Stimme.

»Leiden sind auf Khem gefallen und auf euch, meine Schwestern, doch auf mich die meisten von allen. Mein Volk ist getötet worden, mein Land – das Land, das ich liebe – von Plagen heimgesucht; mein Kind, mein einziges Kind, starb bei dem Großen Tod; man hat mir Gewalt antun wollen, mir, der Königin Khems! Denkt darüber nach, die ihr Frauen seid! Meine Sklaven sind entflohen, meine Heerscharen sind vom Schilfmeer verschlungen worden, und zuletzt, o meine Schwestern, wurde mir auch noch mein Mann, mein geliebter Gemahl, der mächtige Pharao, Sohn des großen Ramses Miamun, entrissen! Seht! Seht! Ihr, die ihr Ehefrauen seid, seht jenen an, der mein geliebter Gemahl war! Dort sitzt er, und alle meine Tränen und alle meine Gebete können seinem stillstehenden Herzen nicht einen einzigen Seufzer entlocken. Der Fluch ist auch auf ihn gefallen. Auch er ist zur ewigen Stille geschickt worden. Seht! – Seht! – ihr, die ihr Ehefrauen seid, und weint mit mir, ihr, die ihr als Witwen allein gelassen wurdet.«

Nun blickten alle Frauen auf, und ein großes Stöhnen erhob sich aus ihrer Menge, während Meriamun ihr Gesicht hinter ihrer Hand verbarg. Dann fuhr sie fort.

»Ich habe die Götter befragt, meine Schwestern; ich habe es gewagt, die Majestät der Götter herabzurufen, welche durch die Lippen der Toten sprechen, und so erfahren, woher all diese Plagen gekommen sind. Und dieses habe ich durch meine Gebete erfahren: daß ihr, die ihr leidet, wie ich leide, erfahren sollt, woher euer Leid kommt, und das nicht von meinen sterblichen Lippen, sondern von den Lippen des Toten, der mit der Stimme der Götter spricht.«

Und dann, während die Frauen sie zitternd anstarrten, wandte sie sich dem Körper des Pharao zu, der auf den Knien Osiris' saß, und sprach zu ihm.

»Toter Pharao, großer Osirianer, der du jetzt in der Unterwelt herrschst, hör mich an! Hör mich an, du Osiris! Herrscher des Westens, Erster von den Heerscharen des Todes. Hör mich an, Osiris, und sprich zu mir mit den Lippen jenes, welcher groß war auf Erden. Sprich zu mir mit deinen kalten Lippen, sprich zu mir in einem sterblichen Tonfall, den diese Frauen hören und verstehen können. Durch meinen Geist, der in mir weilt, die ich noch immer eine Bewahrerin der Erde bin, fordere ich dich auf, zu sprechen. Wer ist die Quelle all der Plagen, welche Khem heimgesucht haben? Sag es uns, Herr der Toten.«

Nun erstarb die Flamme auf dem Altar, und eine unheimliche Stille breitete sich in dem Tempel aus; Dunkelheit hüllte den Schrein ein, und durch die Dunkelheit schimmerten geistergleich die goldene Krone Meriamuns, und die kalte Statue Osiris', und das bleiche Gesicht des toten Meneptah.

Plötzlich loderte die Altarflamme erneut auf, wie der Blitz eines Sommergewitters. Das Licht fiel direkt auf das Gesicht des Toten, und siehe! Die Lippen des Toten bewegten sich, und von ihnen kamen Laute. Die Lippen sprachen mit einem schweren Akzent, und dies sagten sie:

»Sie, welche die Geißel der Achäer war, sie, die das Verhängnis Trojas war, sie, die in dem Tempel der Hathor sitzt, jene Verderberin der Männer, die von Männern nicht getötet werden kann, sie ist es, die den Zorn der Götter auf Khem herabbeschwört!«

Das Echo dieser furchtbaren Worte verklang in der Stille. Dann wurde die Menge der Frauen wegen der Worte des Toten von Furcht gepackt, und manche von ihnen warfen sich zu Boden, und manche schlugen die Hände vors Gesicht.

»Steht auf, meine Schwestern!« rief die Stimme Meriamuns. »Ihr habt es gehört, nicht von meinen Lippen, sondern von den Lippen des Toten. Steht auf und laßt uns zum Tempel der Hathor gehen! Ihr habt gehört, wer die Quelle all eurer Leiden ist; laßt uns gehen und diese Quelle für immer austrocknen! Von Männern mag sie nicht getötet werden können, die sie das Schicksal der Männer ist; von Männern erbitten wir deshalb auch keine Hilfe, denn alle Männer sind ihre Sklaven, und um ihrer Schönheit willen verlassen uns alle Männer. Doch werden wir selbst die Rolle der Männer übernehmen. Unsere Muttermilch soll uns in den Brüsten gefrieren, wir werden unsere zarten Hände in Blut tauchen, ja, von tausendfachem Unrecht gegeißelt werden wir unsere Zartheit von uns werfen und diese bösartige Schönheit aus ihrem Bau herausreißen. Wir werden den Schrein der Hathor mit Feuer verbrennen, ihre Priester sollen auf dem Altar sterben, und die Schönheit dieser falschen Göttin soll in den Flammen unseres Hasses wie Wachs schmelzen. Sagt, wollt ihr mir folgen, meine Schwestern, daß wir unsere Beschämung an dieser Schamlosen rächen, unsere Leiden an der Quelle dieser Leiden, unsere Toten an ihrer Mörderin?«

Sie schwieg, und aus dem Munde jeder der im Tempel versammelten Frauen kam ein Schrei nach Rache, wütend und schrill.

»Das wollen wir, Meriamun, das wollen wir!« schrien sie. »Auf zu der Hathor! Führe uns zum Schrein der Hathor! Bringt Feuer! Bringt Feuer! Führe uns zu dem Schrein der Hathor!«

6

Die Verbrennung des Schreins

Rei, der Priester, sah und hörte. Dann wandte er sich um, drängte sich durch die aufgehetzte Menge der Frauen und floh, so schnell es ihm möglich war, aus dem Tempel. Sein Herz war von Angst und Scham erfüllt, denn ihm war klar, daß der Pharao nicht durch die Hand der Hathor gestorben war, sondern durch die Hand Meriamuns, der Königin, die er geliebt hatte. Und er wußte auch, daß der tote Meneptah nicht mit der Stimme der gefürchteten Götter gesprochen hatte, sondern mit der Stimme der Magie Meriamuns, welche von allen Frauen, die seit den Tagen Taias gelebt hatten, am besten mit den Künsten Schwarzer Magie vertraut war, mit dem Gesetz der Schlange. Und er wußte auch, daß Meriamun Helena aus demselben Grunde töten wollte, aus dem sie den Pharao getötet hatte: um den Wanderer für sich zu gewinnen. Solange Helena lebte, würde ihr das nicht gelingen.

Nun war Rei ein rechtschaffener Mann, der die Götter und das Gute liebte und das Böse haßte, und sein Herz brannte wegen der Boshaftigkeit der Frau, die er einst verehrt hatte. Und er schwor sich, dieses zu tun, wenn ihm die Zeit dazu verbliebe: Er wollte Helena warnen, damit sie dem Feuer entfliehen konnte, ja, und er würde ihr alles über die Falschheit Meriamuns, ihrer Rivalin, berichten.

Seine alten Füße stolperten übereinander, während er durch die Nacht lief, bis er den Hathor-Tempel erreichte und gegen das Tor hämmerte.

»Was willst du, alte Frau?« fragte der Priester, der hinter dem Tor saß.

»Ich möchte vor das Angesicht der Hathor geführt werden«, antwortete Rei.

»Keine Frau hat bisher die Hathor sehen wollen«, sagte der Priester. »Frauen suchen nicht ihren Anblick.«

Nun machte Rei ein geheimes Zeichen, und der Priester, erstaunt darüber, daß eine Frau die inneren Geheimnisse kennen sollte, ließ ihn passieren.

Er kam zum zweiten Tor.

»Was willst du?« fragte der Priester, der hinter ihm saß.

»Ich möchte mit der Hathor sprechen.«

»Keine Frau hat bisher die Hathor sehen wollen«, sagte der Priester.

Wieder machte Rei das geheime Zeichen, doch der Priester zögerte noch immer.

»Lasse mich vorbei, du törichter Wächter«, sagte Rei. »Ich bin ein Bote der Götter.«

»Wenn du ein sterblicher Bote sein solltest, Frau, so gehst du in dein Verhängnis«, sagte der Priester.

»Es komme auf mein Haupt«, antwortete Rei, und der Priester ließ ihn passieren.

Nun stand Rei vor der Tür des Alabasterschreins, durch dessen Wände das Licht der Lampen, die in ihm brannten, schimmerte. Rei zögerte nicht einen Augenblick, sondern murmelte nur ein Gebet, daß er von den unsichtbaren Schwertern verschont bleiben möge, als er den Überfallriegel hob und voller Furcht über die Schwelle schritt. Doch niemand fiel über ihn her, keine unsichtbaren Speere streckten ihn nieder. Vor ihm schwang der Vorhang hin und her, aber kein Gesang drang hinter ihm hervor. Totenstill war es in dem Schrein. Er zog den Vorhang zur Seite und blickte in den Schrein. Er wurde durch eine große Anzahl von Hängelampen erleuchtet, und in ihrem Licht sah er die Göttin Helena an ihrem Webstuhl sitzen. Doch sie webte nicht. Das Gewebe des Schicksals war von dem Wanderer zerrissen worden und lag in zwei Bahnen auf dem Boden, ein Schimmer von Gold und Rot. Die Göttin Helena saß stumm in ihrem herrlichen Schrein, und an ihrer Brust strahlte der Rote Stern des Lichts, der das Blut von Männern weinte. Sie hatte den Kopf in eine Hand gestützt, und ihre himmlischen blauen Augen blickten unbewegt in den leeren Schrein.

Rei näherte sich ihr zitternd, obwohl sie ihn überhaupt nicht zu bemerken schien, und schließlich warf er sich vor ihr zu Boden. Nun endlich sah sie ihn und sprach ihn mit ihrer wie Musik klingenden Stimme an.

»Wer bist du, der es wagt, mich in meiner Trauer zu stören?« fragte sie verwundert. »Bist du eine Frau, die gekommen ist, um eine anzublicken, die durch den Willen der Götter die tödlichste Feindin jeder Frau sein muß?«

Nun erhob sich Rei und sagte: »Keine Frau bin ich, Unsterbliche. Ich bin Rei, jener alte Priester, den du vor zwei Nächten beim Pylonentor trafst, und der dich zum Palast des Pharao geleitete. Und ich habe es gewagt, deinen Schrein aufzusuchen, um dir zu sagen, daß du durch die Königin Meriamun in Gefahr bist, und auch, um dir eine gewisse Nachricht zu überbringen, von einem, welcher der Wanderer genannt wird.«

Nun blickte Helena ihn verwundert an und sagte: »Hast du

mich nicht erst eben eine Unsterbliche genannt, Rei? Wie dann kann ich in Gefahr sein, die ich unsterblich bin und von Menschen nicht getötet werden kann? Der Tod hat keinen Teil an mir. Also sprich mir nicht von Gefahren, mir, die ich – leider! – nicht sterben kann, bevor alles getan ist. Doch erzähle mir von dem treulosen Wanderer, den ich lieben muß mit all meiner Weiblichkeit, welche meinen Geist gefangenhält, und mit meinem Geist, der in meine Weiblichkeit gekleidet ist. Denn, Rei, die Götter, die mir den Tod vorenthalten, haben mich in ihrem Zorn auch mit dem Fluch belegt, daß meine Liebe mir die Unsterblichkeit zur Qual machen soll. Oh, als ich ihn dort stehen sah, wo du jetzt stehst, erkannte meine Seele ihren anderen Teil, und ich spürte, daß der Fluch, den ich über andere verhänge, nun auf mich selbst und auf ihn gefallen war.«

»Doch war dieser Wanderer dir nicht wirklich untreu«, sagte Rei. »Höre, ich werde dir alles sagen.«

»Oh, sprich weiter«, sagte sie, »oh, sprich, und spreche rasch!«

Nun erzählte Rei Helena alles, was der Wanderer ihm befohlen hatte, ihr auszurichten, und hielt nicht ein Wort davon zurück. Er berichtete ihr, auf welche Weise Meriamun den Wanderer in ihrer, Helenas, Gestalt getäuscht hatte, wie er ihr in die Falle gegangen war und bei der Schlange geschworen hatte, er, der bei dem Stern hätte schwören sollen. Er erzählte ihr, auf welche Weise der Wanderer die Wahrheit erfahren hatte, und wie er, als er sie erfuhr, jene Hexe verfluchte, die ihn so getäuscht hatte: wie er von den Wachen überwältigt und auf das Bett der Folter gebracht worden war; wie er durch die Magie Meriamuns befreit worden war und jetzt als Führer der Heerscharen Khems hinausgezogen war. All dies erzählte er ihr rasch und eilig, ohne auch nur das Geringste zu verbergen, und Helena lauschte begierig seinen Worten.

»Wahrlich«, sagte sie, als er zu Ende gekommen war, »du bist wahrlich ein Glücksbote. Jetzt vergebe ich ihm alles. Doch hat er bei der Schlange geschworen, der bei dem

Stern hätte schwören sollen, und wegen dieser Sünde darf Helena ihn in dieser Lebensspanne nicht ihren Gemahl nennen. Doch werden wir ihm folgen. – Rei, höre! Was ist das? Da ist es wieder, jenes lange, schrille Schreien, als ob Geister aus dem Hades ausgebrochen seien.«

»Es ist die Königin«, sagte Rei, »die Königin, die mit allen Frauen von Tanis hierherzieht, um dich in deinem Schrein zu verbrennen. Sie hat den Pharao getötet und will jetzt auch dich töten, um so den Wanderer für ihre Arme zu gewinnen. Fliehe, Hathor, fliehe!«

»Ich werde nicht fliehen«, sagte Helena. »Laß sie kommen! Doch du, Rei, geh aus dem Tempeltor und misch dich unter die Menschenmenge! Dort erwarte mein Kommen, und wenn ich komme, tritt zu mir, ohne jede Furcht, und zusammen werden wir den Pfad des Wanderers gehen, auf eine Weise, die ich dir noch zeigen werde. Geh jetzt! Beeil dich! Und befiehl meinen Priestern, mit dir hinauszugehen!«

Rei wandte sich um und lief hinaus. Vor dem Schrein waren viele Priester versammelt.

»Flieht! Die Frauen von Tanis wollen euch töten! Ich befehle euch, flieht!«

»Diese Alte ist verrückt«, sagte einer. »Wir bewachen die Hathor; und wenn sämtliche Frauen der Welt anstürmen sollten, weichen wir nicht.«

»*Ihr* seid verrückt«, sagte Rei und lief weiter. Er gelangte unbehelligt durch beide Tore und die Tore krachten hinter ihm zu; er verbarg sich im Schatten der Tempelmauer und blickte in das Dunkel. Die Nacht war tiefschwarz, doch von allen Seiten kamen unzählige Lichter auf den Tempel zugeströmt. Sie zogen heran wie Laternen auf den Wassern des Sihor bei dem nächtlichen Laternenfest. Jetzt konnte er auch die Menschen erkennen, die Fackeln trugen. Es war die Menge aller Frauen von Tanis, und jede von ihnen trug eine brennende Fackel. Zu Hunderten und Tausenden kamen sie heran, und vor ihnen fuhr Meriamun, die Königin, in ihrem Streitwagen. Nun befahl sie einigen von ihnen bei ihren

Eseln, Ochsen und Kamelen zu bleiben, die mit Bitumen, Holz und trockenen Schilfbündeln beladen waren, und anderen, ihren Wagen zu bewachen. Dann schritt sie mit der Masse der Frauen zum äußeren Tor, Rammen aus Palmstämmen krachten gegen die Torflügel; sie brachen aus ihren Angeln, und die Frauen stürmten in den Hof des Tempels, an ihrer Spitze Meriamun, die Königin. Meriamun befahl ihnen, zurückzubleiben, während sie auf das innere Tor zuschritt und den Priestern zurief, es weit zu öffnen.

»Wer bist du, die du es wagst, mit Feuer in den heiligen Tempel der Hathor zu kommen?« rief der Wächter des Tores.

»Ich bin Meriamun, die Königin von Khem«, antwortete sie, »und ich komme mit den Frauen von Tanis, um die Hexe zu erschlagen, die du bewachst. Öffne das Tor weit, oder stirb zusammen mit der Hexe!«

»Falls du wirklich die Königin sein solltest, so ist hier eine, die eine größere Königin ist als du«, antwortete der Wächter des Tores. »Geh zurück! Geh zurück, Meriamun, die du dich nicht scheust, den unsterblichen Göttern Gewalt anzudrohen! Geh zurück, damit ihr Fluch dich nicht töte!«

»Kommt weiter, kommt weiter, ihr Frauen!« rief Meriamun. »Kommt weiter! Reißt das Tor nieder! Und reißt diesem Fluchwürdigen die Glieder aus!«

Die Frauen schrien laut auf und rammten die Torflügel mit Palmstämmen, so daß auch sie aus den Angeln brachen. Als sie zu Boden krachten, stürmten die Frauen wie eine wilde Horde hinein. Sie ergriffen den Priester der Hathor und rissen ihm die Glieder aus, wie ein Wolf einen Hund zerfetzt. Jetzt lag der Schrein vor ihnen.

»Berührt nicht seine Tür!« rief Meriamun. »Bringt Feuer und verbrennt den Schrein mit jener, die in ihm ist! Berührt nicht die Tür, blickt nicht in das Gesicht dieser Hexe, sondern verbrennt sie dort, wo sie ist, mit Feuer!«

Nun schleppten die Frauen die Schilfbündel und das Holz herbei und stapelten es in doppelter Mannshöhe rings um die Wände des Schreins auf. Sie brachten auch Leitern, und legten Holz und Schilfbündel auf das Dach des Schreins, bis er völlig umschlossen war. Und sie gossen Pech über Holz und Schilf, und auf den Befehl Meriamuns warfen sie ihre Fackeln auf das Pech und liefen schreiend zurück. Einen Augenblick glommen die Fackeln nur, doch plötzlich schossen überall rote Flammenzungen empor. Nun war der Schrein völlig vom Feuer eingeschlossen, und dennoch warfen sie immer mehr Holz und Schilfbündel in die Flammen, bis sich niemand mehr nähern konnte, wegen der Hitze. Der Schrein brannte wie ein Höllenfeuer, und jetzt erreichten die Flammen auch das Dach. Pech und Schilf und Holz, die dort gestapelt waren, loderten auf, und der ganze Schrein war ein einziges Flammenmeer, das die von weißen Mauern eingeschlossene Stadt und den Fluß in helles Licht tauchte, so wie der Schein der Mittagssonne das Land erhellt. Die Alabasterwände des Schreins wurden noch weißer; die sprangen auf und rissen, bis sie schließlich zusammenzustürzen drohten.

»Das ist das Ende der Hexe!« rief Meriamun, und die Frauen jubelten zustimmend.

Doch während sie noch schrien, schoß eine grelle Flammenzunge durch die zerschmolzene Bronzetür, zehn Speerlängen mochte sie messen oder mehr. In ihrem Weg stand eine Gruppe der Brandstifterinnen. Die Flamme erfaßte sie, leckte sie auf, und siehe, sie fielen als schwarze Bündel zu Boden.

Rei blickte den Flammenpfad entlang. Dort, in der Tür, aus der die Flamme hervorgezuckt war, stand die Goldene Helena, von Feuer umflutet, und das geschmolzene Erz der Tür badete ihre Füße. Dort stand sie, im Herzen des Feuers, doch war nicht die geringste Spur des Feuers an ihr, noch an ihrer schneeigen Robe, noch an ihrem wallenden Haar; und selbst durch das Lodern der Flammen konnte Rei das Strahlen des Roten Sterns an ihrer Brust erkennen. Die Flammen leckten um ihren Körper und um ihr Gesicht, badeten sie in ihrem Feuer und vermischten sich mit der Fülle ihres Haares. Doch sie stand unberührt davon, während die

Frauen entsetzt zurückwichen, alle außer Meriamun, der Königin. Und als sie so in den Flammen stand, sang sie ein süßes, wildes Lied und die Melodie ihres Liedes drang durch das Prasseln der Flammen und erreichte die Ohren der Frauen, die ihre Wut vergaßen und sich angstvoll aneinanderklammerten. So sang sie – von der Schönheit, die alle Männer in den Frauen suchen und niemals finden, und von dem ewigen Krieg, der um ihretwillen zwischen Frauen und Männern geführt wird, welches der Große Krieg dieser Welt ist. Und so endete ihr Gesang:

Wollt ihr Flammen zu meinem Schreine bringen,
Die ich selbst eine Flamme bin,
Wollt ihr den Tod bringen, um meine Reize zu zähmen,
Die selbst der Tod niemals zähmen kann?
Wollt ihr Feuer auf mein Haupt bringen,
Die ich selbst ein Feuer bin,
Und Rache für den Tod eurer Geliebten
Auf das Sehnen der Welt herabbringen?
Nein, ihr Frauen, solange die Erde besteht,
Gehören eure Geliebten nicht euch.
Sie lieben euch nicht, diese eure Geliebten,
Allein *Helena* lieben sie!
Mein Antlitz suchen sie in jedem anderen,
Meine Augen sehen sie in den euren,
Sie knien vor euch nur eine Weile,
Und erheben sich dann, um *mir* zu folgen!

Dann trat sie, noch immer singend, aus dem brennenden Schrein hervor, und als sie das tat, fielen die Wände zusammen, und das Dach stürzte ein, und die Flammen schossen zum Himmel empor. Helena beachtete es nicht. Nicht einen Blick warf sie zurück, sondern schritt über den Hof auf das niedergerissene Tor zu. Sie blickte nicht in die geschwärzten Gesichter der Frauen, noch in das Meriamuns, die vor sie trat, sondern schritt langsam auf das Tor zu. Und sie ging nicht allein, denn ihr folgte ein Feuermantel, der sie von Kopf bis Fuß mit Flammen umhüllte, die aus dem Nichts brannten. Die Frauen sahen dieses Wunder, warfen sich in ihrer Angst zu Boden und preßten ihre Hände vor ihre Augen. Allein Meriamun blieb stehen, doch mußte auch sie ihre Augen mit den Händen schützen wegen der Schönheit, die Helena ausstrahlte, und wegen der unerträglichen Hitze der Flammen, die sie umschlossen.

Helena hörte auf zu singen, schritt jedoch langsam weiter über die Höfe, bis sie zu dem äußeren Tor gelangte. Hier rief Helena laut – und die Königin, die ihr gefolgt war, hörte ihren Ruf:

»Rei«, rief sie, »komm zu mir und hab keine Furcht! Komm zu mir, damit wir gemeinsam den Pfad entlangschreiten, den der Wanderer genommen hat. Komm zu mir, und laß uns ihm nacheilen, denn die letzte Schlacht des Helden steht bevor, und ich möchte ihn sehen, bevor er stirbt.«

Rei hörte ihre Worte und ging zitternd auf sie zu, wobei er die Frauenkleidung, die er trug, von seinem Körper riß und nun in der Priesterrobe vor sie trat, welche er darunter trug. Und als er sie erreichte, verließ sie das Feuer, das sie eingehüllt hatte, und wurde von ihr genommen wie ein Mantel aus Flammen. Sie streckte die Hand aus.

»Führ mich zu jenem Wagen, Rei, und laß uns aufbrechen!«

Nun führte er sie zu dem Wagen Meriamuns, und die Frauen, die bei ihm standen, stoben in Angst auseinander. Sie stieg in den Wagen, und er stellte sich neben sie. Dann ergriff er die Zügel und feuerte die Pferde an, und der Wagen schoß davon und verschwand im Dunkel der Nacht.

Doch Meriamun schrie in ihrer Wut: »Die Hexe ist fort, fort mit meinem eigenen Diener, den sie vom rechten Weg abgebracht hat. Bringt Wagen, und holt die Reiterei herbei, denn dorthin, wohin sie geht, werde ich ihr folgen, ja, bis zu den Enden der Welt und bis zu den Küsten des Todes!«

7

Der letzte Kampf des Odysseus, Laertes' Sohn

Die Heerscharen des Pharao marschierten nun aus On hinaus, zum Krieg gegen die Neun-Bogen-Barbaren. Und bevor sie aufbrachen, traten die Kommandeure zu dem Wanderer, legten ihre Hände auf die seinen und schworen, seinen Befehlen zu folgen, auf dem Marsch und auch in der Schlacht, so wie der Pharao es befohlen hatte. Sie übergaben ihm dabei den großen, schwarzen Bogen des Eurytos, und sein scharfes Bronzeschwert, Euryalos' Gabe, und viele Köcher voller Pfeile, und sein Herz jauchzte, als er die guten Waffen wiedersah. Er nahm den Bogen in die Hände und spannte die Sehne, und als er die Bogensehne spannte, sang der Bogen wieder, und zum letzten Mal von bevorstehendem Sterben. Die Kommandeure hörten das Lied des Bogens, obwohl das, was er sang, nur der Wanderer allein verstand, denn in ihren Ohren klang es nur wie ein leiser, scharfer Schrei, wie der Schrei eines, der im Wasser weit vom freundlichen Land entfernt, ertrinkt. Doch waren sie voller Erstaunen über das Wunder und sagten zueinander, daß dieser Mann kein Sterblicher sein konnte, sondern ein Gott, der aus der Unterwelt gekommen war.

Nun stieg der Wanderer auf den bronzenen Streitwagen, der für ihn bereitgestellt worden war, und gab den Befehl zum Abmarsch.

Die ganze Nacht hindurch zogen die Heerscharen und schlugen bei Tagesanbruch im Schatten eines langgestreckten, niedrigen Hügels ihr Lager auf. Bei Sonnenaufgang verließ der Wanderer das Lager, stieg mit einigen der Kommandeure auf den Hügel und blickte auf das weite Land hinaus. Vor ihm lag eine hohe Bergkette mit einem Paß, der ihm sehr lang erschien, und durch den ein Weg verlief. Die Bergflanken senkten sich in flachem Winkel auf diesen Weg herab und waren mit Steintrümmern übersät, die die Sonnenhitze aus den Wänden gesprengt hatte. Die Hänge waren von Sand poliert, und mit dünnem Gestrüpp bewachsen, das wie die Haare auf dem Körper eines Mannes wirkte. Links von dieser Bergkette lag der Fluß Sihor, doch konnte niemand zwischen Berg und Fluß hindurchkommen. Der Wanderer stieg wieder vom Hügel herab, und während die Krieger aßen, fuhr er mit seinem Streitwagen zum anderen Ende des Passes und sah sich auch hier genau um. Der Fluß bog an dieser Stelle nach links ab, eine weite Ebene umschließend, und auf dieser Ebene sah er die Heerscharen der Neun-Bogen-Barbaren, die mächtigsten Heerscharen, die er jemals erblickt hatte. Sie hatten ihre Lager nach Nationen getrennt aufgeschlagen, und bei jedem Volke waren zwanzigtausend Mann, und hinter dem Lager der Barbaren sah er die Schiffe der Achäer liegen. Sie waren auf das Ufer des großen Flusses heraufgezogen worden, und es waren ihrer so viele, wie er sie vor vielen Jahren an der Küste Trojas hatte liegen sehen. Er blickte auf die Ebene und auf den Paß, auf die Bergkette und den Fluß, und versuchte die Zahl der feindlichen Heerscharen abzuschätzen. Und sein Herz wurde vom Kampfesmut erfüllt, und seine Kriegslist wurde geweckt. Denn von allen Heerführern war er der erfahrenste in der Kunst der Kriegsführung, und er war entschlossen, daß diese, seine letzte Schlacht auch die größte Schlacht aller Zeiten sein sollte.

Er riß die Köpfe seiner Pferde herum, ließ sie zum Heerlager zurückgaloppieren und stellte seine Truppen in Schlachtordnung auf. Es war nur eine kleine Streitmacht gegenüber jener der Barbaren: zwölftausend Speerkämpfer, neuntausend Bogenschützen, zweitausend Reiter und dreihundert Streitwagen. Der Wanderer fuhr an der Aufstellung entlang und befahl den Männern, Mut zu zeigen, denn heute würden sie die Barbaren ein für allemal aus dem Lande verjagen.

Während er sprach, stieß ein Habicht rechts von ihnen herab und schlug einen Reiher mitten in der Luft. Die Männer schrien jubelnd, denn der Habicht war der Heilige Vogel Ras, und auch der Wanderer jubelte über dieses gute Omen. »Seht, Männer!« rief er. »Der Vogel Ras hat den wandernden Dieb des Wassers geschlagen. Und genauso sollt ihr die Beutemacher des Meeres schlagen.«

Dann beriet er sich mit seinen Kommandeuren, und einige vertrauenswürdige Männer wurden zum Lager der Barbaren entsandt. Sie hatten den Auftrag, einen schlechten Bericht über den Zustand der Heerscharen des Pharao zu geben, und zu sagen, daß jene, die noch davon übrig waren, den Angriff der Barbaren im Schutz des Hügels jenseits des Passes erwarteten.

Nun rief der Wanderer die Kommandeure der Bogenschützen zu sich und befahl ihnen, ihre Männer zwischen den Felsen und Dornbüschen des Passes in Stellung zu bringen und dort zu warten, bis er die Masse der feindlichen Heerscharen in den Paß gezogen haben würde. Und mit den Bogenschützen entsandte er einen Teil der Speerkämpfer; die Streitwagen jedoch verbarg er hinter dem Hügel auf dieser Seite des Passes.

Als nun der Hinterhalt so vorbereitet war und alle fort waren außer den Reitern, kamen seine Spione zurück und meldeten ihm, daß die Heerscharen des Feindes ihr Lager verlassen hätten, die Achäer jedoch nicht mit ihnen marschierten, sondern am Flußufer blieben, um das Lager und die Schiffe zu bewachen. Nun befahl der Wanderer den Reitern, durch den Paß auf die dahinterliegende Ebene zu reiten und dort den Feind zu erwarten. Wenn sie von den Heerscharen der Barbaren angegriffen würden, sollten sie vor ihnen fliehen und durch den Paß zurückgaloppieren, wie in tödlicher Furcht. Und er selbst würde diese Flucht in seinem Streitwagen anführen, und sie sollten ihm folgen, wohin er sie führen würde.

Also ritten die Reiter durch den Paß und formierten ihre Schwadronen auf der hinter ihm liegenden Ebene. Nun rückte der Feind näher, und ein wunderbarer Anblick war es im hellen Schein der Mittagssonne, deren Licht von den unzähligen Speerklingen reflektiert wurde. Die Anzahl seiner Reiterei war gewaltig, und auch die seiner Schwertkämpfer, Wagenkämpfer und Speerkämpfer, und die Zahl der Steinschleuderer war nicht abzuschätzen. Sie kamen nach Völkern geordnet, und inmitten eines jeden Volkes stand sein König auf einem prächtigen Streitwagen, umgeben von Mädchen und Eunuchen, die ihm Kühle zufächelten und seidene Sonnendächer über sein Haupt hielten, um ihn vor der Hitze zu schützen.

Der Wanderer jedoch blieb hinter seiner Reiterei zurück, wie in großer Furcht. Doch dann sandte er Boten aus, die den Kommandeuren den Befehl übermittelten, das vorderste der Völker anzugreifen, jedoch nur zaghaft, und dann, sobald sie sehen würden, daß er seine Pferde herumriß und durch den Paß zurückfloh, ihm zu folgen, zwar wie in Unsicherheit befangen, doch auf eine solche Art, daß sie den Feind nach sich zögen.

Dieses taten die Kommandeure der Reiterei. Sie griffen zögernd an, und als sie zurückgeschlagen wurden, versuchten sie es noch einmal, doch gaben die Männer sich den Anschein, als ob sie von vornherein von Furcht erfüllt wären. Als sie sich dann zur Flucht wandten und der Feind ihnen nachsetzte, riß der Wanderer seinen Streitwagen herum und floh in den Paß, langsam, wie zögernd, gefolgt von seiner Reiterei. Als nun die Heerscharen des Feindes sie fliehen sahen, stießen sie ein lautes Gelächter aus, das den Himmel erschütterte, und setzten ihnen nach.

Doch der Wanderer blickte zurück und lachte ebenfalls. Jetzt war er durch den Paß, gefolgt von seiner Reiterei, und hinter ihnen folgten die Heerscharen der Barbaren, wie die Flut eines Flusses, der seine Dämme gesprengt hatte. Doch noch immer hielt der Wanderer seine Hand zurück, erst als der Paß gefüllt war mit den Tausenden von Feinden, ja erst als mehrere der ersten Völker die Ebene erreicht hatten, die zwischen dem Paß und dem Hügel lag, gab er das Zeichen zum Angriff. Er fuhr mit seinem Streitwagen ein Stück den Hügel hinauf und stieß seinen goldenen Schild dreimal empor, und alle Reiter stießen einen lauten Schrei aus.

Als er seinen Schild zum ersten Mal hochstieß, erhoben sich hinter jedem Felsen und hinter jedem Busch zu beiden Seiten des Passes die Helme bewaffneter Männer. Als er scheinen Schild zum zweiten Mal hochstieß, ertönte ein lautes Rasseln, als die Köcher geschüttelt wurden, und als er seinen goldenen Schild zum dritten Mal hochstieß, wurde die Luft dunkel von fliegenden Pfeilen. So wie die Meeresvögel an den Küsten einer einsamen Insel vom Ruf des Seemanns erwachen und ihrer tausend von den hohen Klippen herabschweben, so fuhren beim dritten Aufblinken des goldenen Schildes die Pfeile seiner versteckten Bogenschützen auf die Feinde herab und schlugen wie Hagel auf deren Rüstungen. Eine Weile blieben sie in ihrer Kampfordnung, und zogen über die Körper der Toten hinweg weiter vor. Doch kurz darauf gingen die Pferde der Streitwagen, von schmerzenden Wunden gereizt, durch, rasten in diese Richtung und in jene, brachen aus der Formation und trampelten Fußtruppen nieder. Nun versuchten einige von ihnen, vorwärts zu fliehen, andere nach rückwärts zu entkommen, und viele herrenlos gewordene Streitwagen mähten wie Sensen durch die noch verbliebenen Reihen, und immer noch ging der gnadenlose Regen der Pfeile auf sie nieder, und die Männer fielen zu Tausenden unter diesem Gewitter des Todes. Nun wälzten die gewaltigen Heerscharen der Neun-Bogen-Barbaren sich, dezimiert und zerschlagen, zur Ebene zurück, und jetzt rief der Wanderer den Angriffsbefehl für die Reiterei und für die Streitwagen, die hinter dem Hügel hervorbrachen und ihm folgten, auf jene Barbaren zu, die den Paß vor dem Überfall passiert hatten, und sie sangen das Lied des Pentauros, als sie angriffen.

Unter jenen, die sich nahe der Mündung des Passes befanden, war nun der König des Volkes der Libu, ein gewaltiger Mann, schwarz, und schrecklich anzusehen. Der Wanderer spannte seinen Bogen, und der Pfeil flog davon und durchbohrte den König, und er stürzte in seinem Streitwagen tot nieder. Nun wandten jene, die vor dem Überfall durch den Paß gelangt waren, sich zur Flucht, doch der Streitwagen des Wanderers fuhr mitten in sie hinein, und nach seinem Streitwagen kamen die Reiter, und nach den Reitern die Masse der Streitwagen des Pharao.

Nun flohen alle, die von den geschlagenen Feinden übriggeblieben waren, von wahnsinniger Furcht gepackt zurück, und die Speerkämpfer des Pharao stachen auf sie ein und die Pferde des Pharao trampelten sie zu Boden. Eine blutige Schlacht tobte durch die ganze Länge des Passes, Helme, Banner und Pfeilspitzen blitzten auf und versanken in der wogenden Flut des Krieges, doch schließlich war der steinerne Weg frei, und nur die Toten blieben zurück. Jenseits des Passes war die Ebene schwarz von fliehenden Männern, und die Trümmer zerschlagener Völker waren auf ihr verstreut wie zerbrochene Tonscherben. Wo waren nun die Heerscharen der Neun-Bogen-Barbaren? Wo waren nun ihr Ruhm und ihr Stolz?

Der Wanderer sammelte seine Fußtruppen und seine Streitwagen und ließ sie wieder in Schlachtordnung aufmarschieren; die Reiterei aber ließ er dem fliehenden Feind nachjagen und befahl, daß sie beim Lager der Barbaren auf ihn warten sollten, denn diese sammelten jetzt alle Krieger zusammen, die ihnen geblieben waren, etwa zwanzigtausend, und vor ihren Schiffen standen in dichten Reihen die Achäer, Schild an Schild, jeder Mann an seinem Platz.

Der Wanderer führte seine Truppen langsam über die sandige Ebene und ließ sie schließlich in einer Entfernung von zwei Bogenschußweiten vor dem Lager der Barbaren halten. Das Lager wies die Form eines Bogens auf, dessen Sehne der Fluß Sihor war, und wurde von einem breiten, tiefen Graben abgesichert, hinter dem sich eine Mauer aus Lehm erhob. Innerhalb des Lagers, näher zum Fluß hin, befanden sich ein zweiter Graben und eine zweite Lehmmauer, hinter denen man die Schnäbel der an Land gezogenen Schiffe sah, und die Krieger der Aquaiuscha, Söhne seiner geliebten Achäer. Dort waren die vertrauten Schildzeichen, dort waren die Speere, die vor den Mauern Trojas gekämpft hatten. Dort waren die beiden Löwen Mykenos', der Kentaur des Sohnes Polypaetas', Sohn des Pirithos; dort waren der Schwan Lakedämons, der Bulle des Königs von Kreta, die Rose von Rhodos, die Schlange Athens, und viele andere Schildzeichen alter Freunde und lieber Verwandter. Doch jetzt waren sie die Zeichen von Feinden, und der Wanderer führte den Krieg eines fremden Königs unter den Schwingen des Habichts der Region des Ra.

Der Wanderer schickte Herolde vor, die den Barbaren, die sich hinter die Mauer geflüchtet hatten, zuriefen, sich den Heerscharen des Pharao zu ergeben. Dies jedoch weigerten sie sich zu tun, da sie sich am Ufer des Sihor sicher fühlten. Denn sie waren voller Wut wegen der Tausende ihrer Brüder, die abgeschlachtet worden waren, und außerdem wußten sie, daß es besser war, zu sterben, denn als Sklaven zu leben. Und auch dieses sahen sie: daß ihre Heerscharen noch immer so stark waren wie die des Pharao, die außerhalb von Graben und Mauer standen, ermüdet von der Hitze und von der Härte der Schlacht und von der Mühsal des Marsches durch den Wüstensand. Nun traten die Kommandeure der Truppen Pharaos vor den Wanderer und baten ihn, es an diesem Tage nicht mehr zur Schlacht kommen zu lassen, da die Männer erschöpft seien und die Pferde nach Futter und Wasser wieherten.

Doch der antwortete ihnen: »Ich habe dem Pharao geschworen, diese Völker der Neun-Bogen-Barbaren vernichtend zu schlagen und sie auf den Pfad des Todes zu schikken, so daß die Küsten Khems von ihnen befreit würden. Hier kann ich unsere Heerscharen nicht lagern, ohne Futter und Weiden für die Pferde, und wenn ich zurückweiche, wird der Feind neuen Mut fassen und uns folgen, und mit ihm die Flotte der Achäer, und nicht noch einmal wird es uns gelingen, diese Barbaren in einen Hinterhalt zu locken, denn darin haben sie jetzt ihre Lektion gelernt. Nein, geht zu euren Männern zurück, ich werde das Lager angreifen!«

Sie verneigten sich und gingen, denn da sie sein Können

und sein Geschick in der Kriegskunst gesehen hatten und ihn für den besten aller Feldherren hielten, wagten sie nicht, nein zu sagen.

Nun unterteilte der Wanderer seine Heerscharen in drei Kolonnen, stellte sie in Schlachtordnung auf und ließ sie gegen das Lager marschieren. Er selbst fuhr in der mittleren Kolonne, die jenen Teil der Mauer angriff, in dem sich das Tor befand, da hier der Graben aufgeschüttet war, um Wagen passieren zu lassen. Und auf seinen Befehl hin stürmten die drei gewaltigen Kolonnen vor. Jene, die hinter der Mauer waren, ließen jedoch Speere und Pfeile auf sie herabregnen, so daß viele getötet wurden, und sie wurden von der Mauer zurückgeworfen wie Brecher von einer Klippe. Wieder gab der Wanderer den Befehl zum Angriff, wobei sie die Toten als Schilde benutzen und sie dann in den Graben werfen sollten, um ihn aufzufüllen. Er jedoch blieb mit seiner mittleren Kolonne zurück, beobachtete den Verlauf der Schlacht und wartete darauf, daß die feindlichen Truppen beim Tor abgezogen würden.

Den Kriegern des Pharao gelang es, auf der rechten Seite eine Bresche in die Mauer zu schlagen, und dorthin liefen viele der Barbaren, welche beim Tor waren, um die Ägypter zurückzuwerfen.

Nun befahl der Wanderer einigen Männern, die Deichseln der Streitwagen herauszunehmen und ihm zu folgen, um mit den Deichseln das Tor einzurammen. Dies gelang ihnen auch, aber mit vieler Mühe und unter starken Verlusten, denn die Angreifer wurden von den Bogenschützen mit einem Hagel von Pfeilen überschüttet. Doch endlich war das Tor niedergebrochen, und der Wanderer raste mit seinem Streitwagen über die Trümmer hinweg. Während er jedoch in das feindliche Lager eindrang, wurden die Männer, die rechts vom Tor eine Bresche in die Mauer geschlagen hatten, zurückgeworfen, und die linke Kolonne wurde ebenfalls in die Flucht geschlagen. Die Männer, die dem Wanderer folgen sollten, zögerten für einen Augenblick, als sie die anderen zurückweichen sahen, und dieser Augenblick reichte den Barbaren, Massen von Truppen zum Tor zu werfen, so daß niemand mehr durchbrechen konnte. Der Wanderer war also allein im feindlichen Lager, und zurück konnte er nicht. Doch keine Furcht überkam ihn, nein das Glück des Kampfes erfüllte sein Herz. Er warf seinen Schild auf den Bronzeboden des Streitwagens und schrie dem Wagenlenker zu, während er die Pfeile in seinem Köcher lokkerte: »Fahre! Fahre! Die Schakale haben den Löwen unter sich. Fahre! Fahre! Und gewinne dir einen glorreichen Tod, denn so sollte Odysseus sterben.«

Der Wagenlenker betete zu seinen Göttern und hieb mit der Peitsche auf die Pferde ein, und sie fuhren wie ein Wirbelwind unter die Feinde. Und während sie dahinrasten, sangen der Bogen und die Schwalbensehne, und ein schlanker Pfeil trank das Blut eines Führers von Menschen. Wieder sangen der Bogen und die Sehne, wieder schnellte der Pfeil durch die Luft, und ein Barbarenkönig stürzte von seinem Wagen und seine Zähne bissen in den Sand.

»Beiße tief, du Räuber der Meere!« schrie der Wanderer. »Du magst dort Schätze finden! Fahre, fahre, du Wagenlenker! Damit die Schakale sterben, während die Löwen zusehen!«

Die Barbaren starrten auf den Wanderer, voller Verwunderung und Furcht. Hin und her raste sein Streitwagen über den freien Platz in der Mitte des Lagers, und seine grauen Pfeile teilten immer wieder Tod aus, und die Pfeile der Feinde prallten immer wieder von seinem goldenen Panzer ab. Sie starrten ihn verwundert an und schrien laut, daß dies der Kriegsgott sei, herabgestiegen, um für Khem zu kämpfen, daß er Sutek, der Prächtige, sei, oder Baal in all seiner Macht. In alle Richtungen flohen sie vor seinem Glanz und vor seiner Macht. Denn der Wanderer hielt unter ihnen blutige Ernte, wie der große Ramses Miamun unter den Stämmen der Khita, und sie flohen vor ihm und ihre Knie wurden weich, und ihre Herzen zu Wasser, und er trieb sie vor sich her wie ein Hirte eine Herde von Kälbern.

Doch schließlich traf der Stein einer Schleuder den Lenker

des Streitwagens an der Stirn, so daß er tot auf die Deichsel fiel. Nun rasten die Pferde zügellos hin und her, und dann durchbohrte ein Speer das Herz des rechten Pferdes, und als es tot zu Boden stürzte, fuhr die Deichsel des Wagens in den Boden und brach ab. Jetzt faßten die Barbaren wieder Mut, und einige von ihnen stürzten sich auf die Leiche des Wagenlenkers, um seine Waffen zu plündern, doch der Wanderer sprang vom Wagen, stellte sich über den Leichnam und deckte ihn mit Schild und Speer.

In der Menge der Barbaren entstand jetzt Bewegung, als ob jemand sich durch sie hindurch nach vorn drängte. Und über ihren Helmbüschen und ihren Schilden sah der Wanderer einen blonden, helmlosen Kopf, einen so großen Mann, wie er ihn noch nie gesehen hatte. Helmlos kam er, und ohne Schild, und ohne Rüstung. Seine Haut war sehr hell, auf ihr waren blau eingestochene Bilder von Menschen und Pferden, Schlangen und Meeresungeheuern. Das Fell eines weißen Bären hing, mit einer goldenen Spange befestigt, um seine Schultern. Seine Augen waren blau, hart und glänzend, und in seiner rechten Hand hielt er als Waffe den Stamm einer jungen Kiefer, an dessen Ende eine mächtige Axtschneide aus rohem, unpoliertem Stein saß.

»Platz!« rief er mit dröhnender Stimme. »Macht Platz, ihr schwarzen Zwerge, und laßt diesen Mann seinen Bezwinger sehen!«

Nun bildeten die Barbaren einen weiten Kreis um den Wanderer und den Riesen und standen schweigend, in Erwartung eines großen Kampfes.

»Wer bist du?« fragte der große Mann verächtlich. »Woher kommst du? Welches ist deine Stadt, und wer waren die Eltern, die dich hervorbrachten?«

»Jetzt will ich eingestehen, daß die Menschen mich Odysseus nennen, den Plünderer von Städten, Laertes' Sohn, Fürst der Achäer«, antwortete der Wanderer. »Und wer bist du? Und welches ist dein Land oder deine Stadt, oder hast du keines?«

»Laestrygons Männer und Cimmerier werden wir genannt«, antwortete der riesige Mann, »Söhne des Landes sonnenloser Winter und nachtloser Sommer, Söhne eines städtelosen Volkes, das Städte nur ausraubt!«

Und mit einem lauten Schrei riß er seine mächtige Axt empor und stürzte sich auf den Wanderer, um ihn mit einem Hieb zu fällen.

Doch während der Riese gesprochen hatte, war der Wanderer ein wenig zur Seite getreten, so daß der rote Schein der tieferstehenden Sonne ihm direkt ins Gesicht fiel. Und als der mächtige Mann jetzt auf ihn zustürzte, hob der Wanderer seinen goldenen Schild, fing die Sonnenstrahlen mit ihm auf und lenkte sie voll in die Augen des Riesen, so daß der geblendet war und nicht sehen konnte, wohin er schlug. Der Wanderer jedoch hieb ihm auf seinen nackten rechten Arm, dicht oberhalb des Ellenbogens. Mit aller Kraft schlug er zu, und das Schwert des Euryalos biß tief in das Fleisch, und der Arm fiel zu Boden, mit der Hand, welche die mächtige Axt umklammerte. Doch so gewaltig war der Schlag, daß die Bronze ihm nicht standhielt und die Klinge dicht oberhalb des Griffes abbrach.

»Hast du etwas gespürt, du Menschenfresser?« rief Odysseus, denn er wußte von den Worten des Riesen, daß er dem Wanderer einer bösen Rasse gegenüberstand, die von altersher die Schiffe der Achäer ausgeraubt und ihre Mannschaft gegessen hatten.

Der Riese nahm jetzt seine Kiefernstammkeule, an die sich noch immer der rechte Arm klammerte, mit der linken Hand auf. Und er biß in die Steinklinge der Axt, bis seine Lippen schäumten und er von unbeherrschbarer Wut gepackt wurde. Laut brüllend schmetterte er dann seine Axt auf den Kopf des Wanderers, schlug dessen Schild beiseite und drückte seinen goldenen Helm ein, so daß er in die Knie sank und alles um ihn herum dunkel wurde. Doch seine Hand landete auf einem großen Stein, denn der Platz, auf dem sie kämpften, war einst der heilige Platz eines Tempels gewesen, der noch vor den Tagen des Königs Mena zerstört worden war. Er packte den Stein mit beiden Händen; es war der Basalt-Kopf der Statue eines Gottes oder eines Menschen, eines seit langem namenlosen Königs oder eines längst vergessenen Gottes. Mit mächtiger Anstrengung riß der Wanderer ihn empor, während er sich aufrichtete, denn er hatte das Gewicht einer Wagenladung, und schleuderte ihn gegen die Brust des Riesen, der einen Schritt zurückgewichen war und seine Axt zu einem neuen Schlag erhoben hatte. Doch bevor der Schlag fiel, traf der schwere Stein seine Brust, zertrümmerte das Brustbein und schleuderte ihn zurück. Er fiel um wie ein gefällter Baum, und Blut rann zwischen seinen bärtigen Lippen hervor, und sein Leben verließ ihn.

Die Menge der Barbaren, die dem Kampf zugesehen hatte, wich jetzt furchtsam noch weiter zurück, und der Wanderer lachte wie ein Gott, da er eine alte Rechnung beglichen hatte, über den letzten, großen Streich des Städteplünderers Odysseus.

8

»Bis Odysseus wiederkehrt!«

Der Wanderer lachte wie ein Gott, obwohl er ahnte, daß das Ende nahe war, und die Feinde innerhalb des Lagers und die Freunde außerhalb von ihm blickten ihn an und fragten sich, was weiter geschehen mochte.

»Tötet ihn!« riefen die Feinde innerhalb des Lagers, und sie riefen es in vielen Zungen. »Tötet ihn!« riefen sie, und doch fürchteten sie sich vor ihm und schlichen nur um ihn herum wie Hunde um einen mächtigen Keiler, den sie gestellt hatten.

»Verschont ihn!« rief einer der Achäer, die den Kampf von weitem verfolgt hatten, da sie sich hinter der inneren

Mauer befanden, denn sie hatten sich nicht an der Schlacht beteiligt, sondern waren bei ihren Schiffen geblieben, um sie zu bewachen.

»Rettet ihn!« rief einer der Kommandeure des Pharao von draußen, doch niemand kam, um sich den Weg ins Lager zu erzwingen.

Dann, plötzlich, als das Schicksal des Wanderers an einem seidenen Faden hing, erscholl ein mächtiger Schrei der Furcht und der Verwunderung aus den Reihen der Heerscharen des Pharao jenseits der Mauer. Und er schwoll an, wurde lauter und lauter, bis er schließlich den Klang eines Namens annahm: den Klang des Namens *Hathor*.

»Die Hathor! Die Hathor! Seht, die Hathor kommt!«

Der Wanderer wandte den Kopf und warf einen Blick auf das Land jenseits der Mauer. Ein goldener Wagen kam in rascher Fahrt den Hang herab und hielt auf das Tor zu. Die milchweißen Pferde waren schweißnaß und hatten Blutflekken auf ihrem Fell. Der Wagen donnerte den Weg zum Tor entlang, der rot von Blut war, so wie die Pferde der Morgendämmerung über den blutroten Himmel galoppieren. Ein kleiner Mann, faltig und alt, lenkte die Pferde und beugte sich vor, wenn er mit der Peitsche auf sie einschlug; und neben ihm stand die Goldene Helena. Der Rote Stern flammte an ihrer Brust, ihr Haar und ihre dünne Robe wehten im Wind.

Sie blickte angespannt voraus. Und jetzt sah sie ihn, Odysseus von Ithaka, ihre Liebe, allein, von Feinden umgeben, und ein Schrei brach aus ihrem Mund. Sie riß den Schleier herab, der ihr Gesicht verhüllte, und ihre Schönheit strahlte die Männer an, wie der Mond aus dem Abendnebel strahlt. Sie deutete auf das Tor; sie streckte ihre Arme auf die Heerscharen des Pharao aus, befahl ihnen damit, sie anzublicken und ihr zu folgen. Nun ertönte ein lauter Schrei aus der Masse der Heerscharen, und sie stürmten hinter dem Wagen her, denn wohin Helena führt, dorthin müssen die Männer ihr folgen, durch das Leben zum Tode, durch den Krieg zum Frieden.

Auf dem Wagen fuhr sie in das Lager, gefolgt von den Heerscharen des Pharao. Die Verteidiger des Tores sahen die Schönheit jener, die auf dem Wagen stand und schrien laut in vielen Zungen, daß die Göttin der Liebe gekommen sei, um den Gott des Krieges zu retten. Sie flohen nach allen Seiten auseinander oder standen trunken von dem Anblick der Schönheit und wurden von den Hufen der Pferde zertrampelt, oder von den Rädern des Wagens überrollt. Jetzt hatte sie das Tor passiert, und hinter ihr strömten die Heerscharen des Pharao herein. Neben dem zerbrochenen Streitwagen des Wanderers zügelte Rei seine Pferde, und der Wanderer sprang mit einem Freudenschrei auf den Wagen Helenas.

»Bist du gekommen, um in meiner letzten Schlacht bei mir zu sein?« flüsterte er ihr ins Ohr. »Bist du wahrhaftig Helena, die ich liebe, oder bin ich trunken vom Blut der Männer, oder blind von dem Funkeln der Speere, und ist dies die Vision eines Mannes, dem der Tod bevorsteht?«

»Es ist keine Vision Odysseus, denn ich bin wahrhaftig Helena«, antwortete sie mit ihrer sanften Stimme. »Ich habe die ganze Wahrheit erfahren, und obgleich du einen Fehler begangen hast, halte ich ihn nicht für wichtig. Doch weil du die Worte der unsterblichen Göttin vergaßest und jener, die jetzt und immer meine Feindin sein wird, in ihr listig gesponnenes Netz gingst, bist du dazu verdammt, daß Helena in dieser Lebensspanne nicht dein sein soll. Denn du kämpfst in deiner letzten Schlacht, Odysseus. Voran! Sieh, deine Heerscharen rufen danach, angeführt zu werden, und deine Feinde hängen zurück wie eine schwarze Gewitterwolke und versuchen, ihr Blitzen mit ihren Speeren aufzuwerfen. Voran, Odysseus, voran! damit das Verhängnis vollendet werde und das Wort des Geistes sich erfülle!«

Nun wandte der Wanderer sich um und rief seine Kommandeure zu sich, und die Kommandeure befahlen ihren Männern, sich in Schlachtordnung aufzustellen, und dem blutroten Stern folgend rollten sie über die Feinde hinweg, wie eine Flutwelle über die schwarzen Klippen brandet, wenn der Atem des Windes stark ist; und wie die Wasser toben und fluten, bis die Klippen unter ihrem Ansturm verschwunden sind, so brachen die Heerscharen des Pharao über die Feinde herein und verschlangen sie. Und allen voran strahlte der Rote Stern an der Brust Helenas, und ihr Gesang übertönte den Kampfeslärm.

Als die Heerscharen der Neun-Bogen-Barbaren bis auf den letzten Mann vernichtet waren, stießen die Heerscharen des Pharao gegen die Mauer vor, hinter der das Lager der Achäer war, welche ihre Schiffe bewachten, und an ihrer Spitze fuhr der Wagen, in dem der Wanderer und die Goldene Helena standen. Die Obersten der Achäer standen auf der Mauer und hatten dem Blutbad unter ihren Verbündeten verwundert zugesehen.

»Was ist dies?« rief nun einer von ihnen. »Wer ist jener, der in eine goldene Rüstung gekleidet ist, die wie eine der unseren wirkt, und der die Truppen des Pharao zum Siege führt?«

Nun blickte ein altersgrauer Führer der Achäer den Wanderer an und sagte: »Diese Rüstung kenne ich, und auch den Mann, der sie einst trug. Sie sieht aus wie die des Paris', Priamos' Sohn – Paris von Troja; doch ist Paris seit langem tot.«

»Und wer ist sie?« rief der andere, »sie, an deren Brust ein Roter Stern leuchtet, und welche mit jenem in der goldenen Rüstung auf dem Wagen steht, deren Gestalt die Gestalt der Schönheit selbst ist, und die ein Lied singt, während um sie herum Männer in ihren Tod gehen?«

Nun beugte der alte Mann sich wieder vor und sagte: »So eine habe ich auch schon gekannt; sie hat immer gesungen und ihre Gestalt war die Gestalt der Schönheit selbst, und an ihrer Brust leuchtete stets so ein Stern. Helena von Ilios war es, Helena, wegen deren Schönheit die Welt vor Tod dunkel wurde. Doch Helena ist schon seit sehr langem tot.«

Nun blickte der Wanderer von seinem Streitwagen herab und sah die Zeichen auf den Schilden der Achäer, der

Söhne jener Männer, mit denen er unter den Mauern Trojas Seite an Seite gestanden hatte. Er sah sie, und sein Herz wurde davon angerührt, so daß er weinte.

»Oh, welches Schicksal mir auferlegt wurde, daß ich meine letzte Schlacht im Dienste eines Fremden gegen mein eigenes Volk und gegen die Söhne meiner Freunde kämpfen muß!« rief er.

»Weine nicht, Odysseus«, sagte Helena, »denn das Schicksal bestimmt deinen Weg. Das Schicksal ist grausam und unabänderlich und kümmert sich nicht um das Lieben oder das Hassen der Menschen. Weine nicht, Odysseus, sondern ziehe gegen die Achäer, denn von ihnen wird dein Tod kommen.«

Also fuhr der Wanderer weiter, jedoch ohne einen Pfeil abzuschießen oder einen Schwertstreich zu führen, und ihm folgten die Reste der Heerscharen des Pharao. Dann ließ er die Heerscharen halten, und auf seinen Befehl hin fuhr Rei langsam an der Mauer entlang, um eine Stelle zu finden, an der sie sich erstürmen ließe, und als sie an der Mauer entlangfuhren, wurden sie mit Speeren und Pfeilen und Steinen beschossen. Doch noch war die Stunde des Wanderers nicht gekommen, deshalb wurde er nicht getroffen, und auch nicht Rei, und auch nicht die Pferde, und was Helena betraf, so erkannten die Pfeile sie und wichen ihr aus. Während sie so an der Mauer entlangfuhren, erzählte Rei dem Wanderer vom Tod des Pharao, von der Verbrennung des Schreins der Hathor, und von der Flucht Helenas. Der Wanderer hörte ihm schweigend zu und sagte dann nur eines, da er in allem die Hand des Schicksals zu erkennen glaubte.

»Es wird Zeit, ein Ende zu machen, Rei, denn bald wird Meriamun uns verfolgen, und ich glaube, daß ich eine Fährte hinterlassen habe, der leicht zu folgen ist.« Und er deutete mit einem Kopfnicken auf die Masse von Toten, die weiter reichte, als das Auge sehen konnte.

Jetzt hatten sie die Stelle erreicht, an der der altersgraue Führer der Achäer stand, der die Rüstung des Wanderers mit der des Paris verglichen hatte, und die Schönheit an seiner Seite mit der Helenas.

Der alte Mann schoß einen Pfeil auf den Wagen und beugte sich dann vor, um seinen Flug zu verfolgen. Er flog geradewegs auf Helenas Brust zu, wurde dann jedoch plötzlich zur Seite gelenkt und fiel zu Boden, ohne jemanden zu verletzen. Während er sich noch darüber verwunderte, hob sie das Gesicht und blickte ihn an. Und jetzt erkannte er sie als jene Helena, die er gesehen hatte, als er unter dem Kreter Idomeneos auf dessen Schiffen gedient hatte, als die Belagerung vorbei war und Rauchwolken über dem brennenden Troja standen.

Wieder blickte er zu dem Wagen, und siehe ! – auf dem Schild des Wanderers erkannte er den Weißen Bullen, das Zeichen des Paris, Sohn des Priamos, das er oft auf den Mauern Trojas hatte blitzen sehen. Da packte ihn eine große Furcht, und er warf die Hände empor und rief laut:

»Flieht, ihr Achäer! Flieht! Zurück zu euren Schiffen, und fort von diesem verfluchten Land! Denn dort in dem Wagen steht Helena, die seit langem tot ist, und neben ihr Paris, Sohn des Priamos, und sie sind gekommen, um das Leid Trojas an den Söhnen jener zu rächen, die es in Schutt und Asche legten! Flieht, bevor ihr Fluch euch zerschmettert!«

Nun erhob sich ein lautes Angstgeschrei aus den Reihen der Achäer, als einer dem anderen zurief, daß die Geister des Paris und Helenas von Troja die Heerscharen des Pharao zum Siege geführt hätten. Einen Augenblick lang starrten sie herüber, wie verängstigte Schafe auf anschleichende Wölfe starren mögen, dann fuhren sie herum, verschwanden von der Mauer und stürzten in wilder Flucht zu ihren Schiffen.

Nun stürmten die Heerscharen des Pharao die Mauer und rissen die Flanke der Achäer auf, wie Wölfe die Flanken fliehender Schafe aufreißen. Als die Achäer das Ufer erreichten, stellten sie sich zum Kampf, und eine gewaltige Schlacht tobte um ihre Schiffe, bei der die Knie vieler gelöst wurden. Von den Schiffen wurden einige verbrannt, andere auf dem Ufer liegen gelassen. Einigen der Achäer jedoch gelang es, ihre Schiffe ins tiefe Wasser zu stoßen, und dort hingen sie an ihren Rudern und warteten auf das Ende der Schlacht.

Inzwischen war die Sonne untergegangen, so daß die Männer kaum noch genug sehen konnten, um einander zu erschlagen. Der Wanderer stand auf seinem Streitwagen am Ufer des Flusses und beobachtete die Schlacht, denn er war müde und wollte nicht die Zahl der Toten seines eigenen Volkes noch vermehren.

Nun war das letzte der unzerstört gebliebenen Schiffe ins Wasser geschoben worden, und die Schlacht war endlich vorbei. Doch war unter den Männern dieses letzten Schiffes noch ein junger Mann, und der stärkste und mächtigste unter all den Achäern. Allein hatte er die Ägypter zurückgehalten, während die anderen das Schiff ins tiefe Wasser des Flusses schoben, und der Wanderer, der ihn beobachtet hatte, hielt ihn für den mutigsten und kräftigsten Krieger und den der Achäer würdigsten.

Jetzt stand er im Heck des Schiffes und sah den Widerschein eines brennenden Schiffes an dem goldenen Helm des Wanderers. Plötzlich riß er einen mächtigen Bogen hervor und schoß einen Pfeil auf den Wanderer ab.

»Dies ist die Gabe an den Geist des Paris von Telegonos, Sohn der Kirke und des Odysseus, welcher der Feind Paris' war!« rief er laut herüber.

Und als er dieses rief und die schicksalhaften Worte die Ohren Odysseus' und Helenas erreichten, schwirrte der graue Pfeil, von den Göttern gelenkt, durch die Luft. Er schwirrte durch die Luft und traf den Wanderer an jener Stelle, wo der goldene Brustpanzer an die Schulterplatte stieß, und durchbohrte ihn. Er wußte, daß sein Schicksal besiegelt war, und daß der Tod vom Wasser zu ihm gekommen war, so wie der Geist des Teiresias es ihm im Hades vorausgesagt hatte. In seinem Schmerz ließ er, zum letzten Mal, seinen Schild und den schwarzen Bogen des Eurytos fallen. Mit einer Hand umklammerte er den Rand des

Streitwagens, den anderen Arm schlang er um den Hals der Goldenen Helena, die unter seinem Gewicht schwankte wie eine Lilie unter dem Ansturm des Windes. Dann rief er mit lauter Stimme seine Antwort:

»Oh, Telegonos, Sohn der Kirke, welche Schlechtigkeit hast du vor den Augen der allmächtigen Götter verübt, daß ein so schwerer Fluch auf dein Haupt gelegt wurde, den zu töten, der dich zeugte? Höre, du Sohn der Kirke: Ich bin nicht Paris, ich bin Odysseus von Ithaka, welcher dich zeugte, und du hast mir den Tod vom Wasser gebracht, wie es die Götter voraussagten.«

Als Telegonos diese Worte hörte und wußte, daß er seinen eigenen Vater, den großen Odysseus, getötet hatte, den er auf der ganzen Welt gesucht hatte, wollte er sich über das Schanzkleid des Schiffes ins Wasser stürzen, um dort zu ertrinken, doch jene, die bei ihm waren, hielten ihn mit aller Kraft zurück, und die Strömung packte den aufwärts gekrümmten Bug des Schiffes und riß es mit sich fort. Und auf diese Art ließen die Götter Telegonos zum ersten und zum letzten Mal das Gesicht seines Vaters, Odysseus, sehen und seine Stimme hören.

Als die Achäer nun wußten, daß es der verloren geglaubte Odysseus war, welcher die Heerscharen des Pharao gegen die der Neun-Bogen-Barbaren geführt hatte, verwunderten sie sich nicht mehr über das Geschick, mit dem der Hinterhalt gelegt worden war, und über die Größe des Sieges ihres Gegners.

Die Streitwagen Meriamuns hatten inzwischen die Verfolgung Helenas aufgenommen und die Räder rollten durch das Blut der Männer, die im Paß gefallen waren, und über die Körper der Toten, die auf der Ebene jenseits des Passes lagen. Meriamun erreichte das Lager und fand es nur von Toten bewohnt, und erleuchtet von den brennenden Schiffen der Aquaiuscha.

»Wahrlich, der Pharao ist weise geworden, bevor er starb«, rief sie bei diesem Anblick, »denn kein anderer Mann auf Erden hätte mit einer so kleinen Streitmacht einen so großen Sieg erringen können. Er hat die Krone Khems gerettet, und, bei Osiris, er soll sie tragen!«

Inzwischen hatten die Streitwagen Meriamuns das Lager der Barbaren durchquert und das innere Lager der Achäer erreicht, und die Männer schrien ihr etwas zu, als sie in vollem Galopp heranpreschte.

Der Wanderer lag sterbend am Ufer, und der Feuerschein der brennenden Schiffe spiegelte sich auf seiner Rüstung, und auf dem Stern an Helenas Brust.

»Warum schreien die Männer?« fragte er und hob den Kopf von Helenas Brust.

»Sie schreien, weil Meriamun, die Königin, gekommen ist«, antwortete Rei.

»Laßt sie herkommen!« bat der Wanderer.

Meriamun sprang nun von ihrem Wagen und schritt durch die Menge der Krieger, die ihr Platz machten und sich vor ihr verneigten, auf den Wanderer zu. Sprachlos starrte sie auf ihn herab.

Der Wanderer hob den Kopf und sagte: »Heil dir, o Königin! Ich habe getan, was der Pharao von mir verlangte. Die Heerscharen der Neun-Bogen-Barbaren sind bis auf den letzten Mann vernichtet, die Schiffe der Aquaiuscha sind verbrannt oder vertrieben, das Land Khem ist frei von Feinden. Wo ist der Pharao, daß ich ihm meine Meldung machen kann, bevor ich sterbe?«

»Der Pharao ist tot, Odysseus«, antwortete sie. »Oh, bleib am Leben! Bleib am Leben, dann sollst du der Pharao sein!«

»Ja, Meriamun, Königin«, antwortete der Wanderer, »ich weiß alles. Der Pharao ist tot! Und du hast den Pharao getötet, um mich als deinen Gemahl zu gewinnen, mich, der ich dem Tode vermählt bin. Schwer soll das Blut des Pharao auf dir lasten in dem Lande, in das du gehen wirst, Meriamun, und in das du ihm und mir bald folgen wirst. Du hast den Pharao getötet, und Helena, die mir durch deine Heimtücke verloren ist, wolltest du ebenfalls töten, doch konntest du ihre Unsterblichkeit nicht besiegen. Und jetzt sterbe ich, und das ist das Ende all dieser Lieben und Kriege und

Wanderungen. Mein Tod ist vom Wasser zu mir gekommen.«

Meriamun stand sprachlos, denn ihr Herz war in zwei Teile zerrissen, so daß sie in ihrer Trauer selbst ihren Zorn auf Helena und auf Rei, den Priester, vergaß. Nun sagte Helena: »Du stirbst wahrhaftig, Odysseus, und doch nur für eine kurze Zeit, denn du wirst wiederkommen und mich deiner harrend finden.«

»Ja, Odysseus«, sagte die Königin, »und auch ich werde wiederkommen, und dann wirst du mich lieben. Oh, jetzt öffnet sich das Bild der Zukunft vor meinen Augen, und ich sehe die Dinge, die da kommen werden. Unter den Schwingen der Wahrheit werden wir uns wiedersehen, Odysseus.«

»Ja, dort werden wir uns wiedersehen, Odysseus, und dort sollst du den Schleier der Wahrheit lüften«, sagte Helena.

»Ja«, sagte der sterbende Wanderer, »dort oder anderen Orts werden wir uns wiedersehen, und dort oder anderen Orts werden Liebe und Haß verlieren und siegen, und sterben und wieder auferstehen. Doch noch ist der Kampf nicht zu Ende, der in einer anderen Welt als dieser begann, und er wird weitergehen, bis das Böse im Guten verloren ist, und das Dunkel vom Licht verschlungen wird. Denke nach, Meriamun, denke an die Vision deiner Brautnacht, und versuche, ihr Rätsel zu lösen. Siehe! Mit meinem letzten Atemzuge werde ich es lösen, da die Götter mir Weisheit verliehen haben. Wenn wir drei wieder zwei sind, dann wird unsere Sünde getilgt sein und wir unseren Frieden wieder erlangt haben, und der letzte Schleier wird von dem Gesicht der Wahrheit gezogen. Oh, Helena, leb wohl! Ich habe an dir gesündigt, ich habe bei der Schlange geschworen, der ich bei dem Stern hätte schwören sollen, und deshalb habe ich dich verloren.«

»Du hast mich verloren, um mich jenseits der Tore des Westens wiederzufinden«, antwortete sie leise.

Dann beugte sie sich herab, nahm ihn in ihre Arme, küßte ihn und flüsterte ihm etwas ins Ohr, und das Blut der

Männer, das auf ewig aus dem Stern an ihrer Brust tropfte, fiel wie Tau auf seine Stirn, wo die Tropfen sofort verschwanden.

Und als sie ihm vom Glück flüsterte, das vor ihnen läge, und von Dingen, die zu heilig sind, als daß man sie niederschreiben könnte, erhellte sich das Gesicht des Wanderers und wurde wie das Gesicht eines Gottes.

Dann sank sein Kopf plötzlich zur Seite und er war tot, gestorben am Herzen des Sehnens der Welt. Und so wurde der Schwur der idalianischen Aphrodite erfüllt, und so lag Odysseus endlich in den Armen der Goldenen Helena.

Nun preßte Meriamun beide Hände an ihre Brust, und ihre Lippen wurden weiß vor Schmerz. Doch Helena erhob sich, und bei dem Kopf des Wanderers stehend blickte sie Meriamun an, die bei seinen Füßen stand.

»Meine Schwester«, sagte Helena zu der Königin. »Jetzt siehst du das Ende dieser Geschichte. Er, den wir liebten, ist uns verloren, und was hast du gewonnen? Nein, blick mich nicht so zornig an. Ich kann durch dich keinen Schaden erleiden, wie du selbst gesehen hast, und du kannst durch mich keinen Schaden erleiden, da ich niemandem schaden will, und obwohl du mich immer hassen wirst, hasse ich dich nicht, und bis du lernst, mich zu lieben, wird die Sünde dein Los sein, und Bitterkeit dein Ruhekissen.«

Doch Meriamun sprach kein Wort.

Nun winkte Helena Rei herbei und sagte etwas zu ihm, und Rei ging weinend fort, um ihren Befehl auszuführen.

Kurz darauf kehrte er zurück, und bei ihm waren Krieger, welche brennende Fackeln in den Händen hielten. Sie hoben den Leichnam des Wanderers auf und trugen ihn zu dem mächtigen Holzstoß, welcher aus dem erbeuteten Gut der Barbaren errichtet worden war, aus Streitwagen, Speeren und Rudern von Schiffen, aus wertvollen Stoffen und kostbaren Truhen. Und sie legten den Wanderer auf diesen Scheiterhaufen, und den schwarzen Bogen des Eurytos legten sie auf seine Brust.

Nun sagte Helena wieder etwas zu Rei, und Rei nahm eine Fackel und steckte den Scheiterhaufen in Brand, so daß Flammen und Rauch emporschossen. Und Meriamun stand die ganze Zeit schweigend dabei, wie eine, die im Traum verloren ist.

Nun war der gewaltige Scheiterhaufen ein einziges Flammenmeer, und die goldene Rüstung des Wanderers schimmerte durch das Feuer, und der schwarze Bogen krümmte sich und zerfiel zu Asche in der Hitze. Plötzlich stieß Meriamun einen gellenden Schrei aus, riß die goldene Schlange von ihrem Körper und schleuderte sie in die Flammen.

»Aus dem Feuer bist du gekommen, du Urübel«, sagte sie in einer toten Sprache, »und ins Feuer geh zurück, du falscher Berater!«

Doch Rei, der Priester, rief in derselben Sprache: »Eine böse Tat hast du vollbracht, o Königin, denn du hast die Schlange von deinem Busen genommen, und wohin die Schlange geht, dorthin mußt du ihr folgen.«

Und noch während er das sagte, wurde das Gesicht Meriamuns plötzlich starr, und sie wurde zu den Flammen hingezogen, wie von unsichtbaren Händen. Jetzt stand sie direkt vor dem Feuer, und dann stürzte sie sich mit einem lauten Aufschrei hinein und warf sich auf den Leichnam des Wanderers.

Und als sie auf dem Körper des Wanderers lag, siehe! – da erwachte die Schlange inmitten der Flammen. Sie erwachte, und sie wuchs, und sie schlang sich um die Körper des Wanderers und Meriamuns, hob den Kopf und lachte schaurig.

Nun fiel das Feuer in sich zusammen, und der Wanderer, und Meriamun, die Königin, und die Schlange, die beide umklammerte, verschwanden in den Flammen.

Eine Weile stand die Goldene Helena reglos und blickte in das sterbende Feuer. Dann ließ sie ihren Schleier über ihr Gesicht fallen, wandte sich um und schritt in die nächtliche Wüste hinaus, und sie sang, während sie ging.

Und so schritt sie weiter, und immer weiter, und wird es für alle Zeiten tun, bis Odysseus wiederkehrt.

Dieses ist die Geschichte, die mir, Rei, dem Priester, befohlen wurde niederzuschreiben, bevor ich mich in meiner prachtvollen Grabkammer, die bei Theben für mich vorbereitet ist, zum Schlafe niederlege. Möge jeder Mann sie so lesen, wie er es will, und jede Frau, wie die Götter ihr den Verstand dazu gegeben haben.

HEYNE BÜCHER

H. RIDER HAGGARD

Sir Henry Rider Haggard (1856-1925), einer der bedeutendsten englischen Erzähler der Jahrhundertwende, gehört zu den Klassikern des Fantasy-Romans.

06/4130 - DM 7,80

06/4131 - DM 8,80

06/4132 - DM 7,80

06/4133 - DM 7,80

06/4134 - DM 8,80

06/4135 - DM 8,80

06/4136 - DM 7,80

HEYNE BÜCHER

HEYNE FANTASY

25 JAHRE Heyne Science Fiction und Fantasy

Romane und Erzählungen internationaler Fantasy-Autoren im Heyne-Taschenbuch.

06/4108 - DM 12,80

06/4109 - DM 12,80

06/4090 - DM 5,80

06/4091 - DM 5,80

06/4092 - DM 6,80

06/3955 - DM 6,80

06/3956 - DM 7,80

06/3957 - DM 9,80

HEYNE BÜCHER

HEYNE FANTASY

25 JAHRE Heyne Science Fiction und Fantasy

Romane und Erzählungen internationaler Fantasy-Autoren im Heyne-Taschenbuch.

06/4101 - DM 12,80

06/4116 - DM 6,80

06/4045 - DM 7,80

06/4102 - DM 6,80

06/4158 - DM 6,80

06/4064 - DM 7,80

06/4065 - DM 7,80

06/4066 - DM 7,80

Heyne Taschenbücher. Das große Programm von Spannung bis Wissen.

HEYNE BÜCHER

Allgemeine Reihe mit großen Romanen und Erzählungen berühmter Autoren

Heyne Sachbuch
Heyne Reisebücher

Scene
Cartoon & Satire
Heyne Ex Libris
Heyne Filmbibliothek

Heyne Biographien
Heyne Lyrik

Heyne Ratgeber
Heyne-Kochbücher
kompaktwissen
Heyne Computer Bücher

Der große Liebesroman
Arabella

Heyne Western

Blaue Krimis/
Crime Classic
Romantic Thriller
Eden-Bücher
Exquisit Bücher

Heyne Science Fiction
Heyne Fantasy
Bibliothek der SF-Literatur

Die Unheimlichen Bücher

Jeden Monat erscheinen mehr als 40 neue Titel.

Ausführlich informiert Sie das Gesamtverzeichnis der Heyne-Taschenbücher.
Bitte mit diesem Coupon oder mit Postkarte anfordern.

Senden Sie mir bitte kostenlos das neue Gesamtverzeichnis

Name

Straße

PLZ/Ort

An den Wilhelm Heyne Verlag
Postfach 20 12 04 · 8000 München 2